少年的战争

著 ▼ 殷沈超

九州出版社
JIUZHOUPRESS

图书在版编目（CIP）数据

少年的战争 / 殷沈超著. —北京：九州出版社，
2022.9

ISBN 978-7-5225-1141-2

Ⅰ.①少… Ⅱ.①殷… Ⅲ.①长篇小说－中国－当代
Ⅳ.①I247.5

中国版本图书馆CIP数据核字（2022）第160566号

少年的战争

作　　者	殷沈超　著	
责任编辑	陈春玲	
出版发行	九州出版社	
地　　址	北京市西城区阜外大街甲35号（100037）	
发行电话	（010）68992190/3/5/6	
网　　址	www.jiuzhoupress.com	
印　　刷	天津中印联印务有限公司	
开　　本	710毫米×1000毫米　16开	
印　　张	17.5	
字　　数	260千字	
版　　次	2022年9月第1版	
印　　次	2022年9月第1次印刷	
书　　号	ISBN 978-7-5225-1141-2	
定　　价	69.00元	

目　录

上　篇

1

　　从衣食无忧到饥饿难耐，阿心用了六天，而从前胸贴后背到吃撑肚子，阿心只用了十分钟。阿心从来没有饿到两眼发黑、身子发抖过，所以他没想过人是真的会被饿死的。现在他理解了，为什么书上说旧社会有那么多人饿死在街头。他觉得自己最饿的时候应该离饿死也不远了吧，如果不是马上有一碗热气腾腾的鸡蛋肉丝面下肚的话。阿心跟在好心的高个叔叔身后，内心充满了感激。因为终于吃饱了肚子，他走得比前几天都轻松，只是身上的衣服又脏又臭，晚风再大也吹不去那股子馊臭味。

　　高个叔叔不爱说话，他只在面馆里问了阿心几个问题。在阿心迟疑着表达了不想回家的想法后，他便让阿心跟着他去住。阿心想也没想就答应了。两人穿行在古镇里，阿心不停地东张西望，游人熙熙攘攘，欢声笑语，热闹非凡。两人穿过石桥往北走去，渐渐离开闹市拐入小巷中，回头望去，被巨龙般的红色灯笼点缀得迷离如梦境的古石桥已落在远处。一条两人宽的路在脚下延伸，破碎的石块铺在路面上，棱角已被磨得圆滑，仿佛古稀老人脸上的皱纹，写满了酸甜苦辣，悲欢离合。阿心脑中浮现出一张张幻想出来的沧桑的脸，他们的表情夸张怪异，飞快掠过，又重叠在一起，挥之不去。

　　小路右边是一幢幢上了年纪的旧房子，弯弯曲曲的小胡同如同迷宫中的道路一般，让人摸不着方向。偶有大叔大妈们说话的声音，一声近一声远，前言不搭后语，却让阿心倍感亲切，仿佛这一大片房子里住着的是一家人。自行车铃声在路左边的河对面响起，铃声飘过空旷的空间传到阿心的耳中，奇快无比，当他转头看时，那车已溜到远处。望去，前方河岸边的树下黑乎乎地堆放着一些砖块，似乎是哪户人家正在盖房子，暂时把材料堆那儿了，好在那块空地足够大，不会影响到行人的过往。

高个叔叔转身进了小巷，阿心很快便发现自己已身处高墙的包围中，面前的一幢三层自建楼大门紧闭，双开铁门上的红漆已经剥落，大门与水泥墙壁的间隙也比较大，原本的白色墙漆被风尘和雨水腐蚀成了花白色，整幢房子蹲在暮色中如同一座破败的碉堡。高个叔叔取出钥匙打开边门，走了进去。从外面看这房子比较破旧，但院落不小，进去后阿心发现大厅比较窄，似乎被重新隔过，尽头是厨房，右边则是通向二楼的楼梯。一走进门，阿心便闻到了一股奇特的气味，不臭也不香，像是闷了好久的东西突然被打开时散发出来的气味。

"他叫阿心，离家出走好几天了，我看他没地方去，就把他带回来了，正好能帮帮你们。"高个叔叔指了指阿心，向楼里的胖阿姨和小铁介绍着，又转头对阿心说，"我叫孔布，你以后叫我孔叔就行了。"说完，他让胖阿姨给阿心准备睡觉的地方，自己就上楼休息去了。

阿心睁着困倦的双眼乏力地打量着这幢三层旧楼的内部，它看上去老龄又多病，泛黄的白墙角落已经因为潮湿渗水而出现了好几片黑色的斑块，旧式的木家具大多零散地站在自己的位置上，有些地方外漆掉落，露出了木材本来的颜色。

阿心看到这个头发随便扎在脑后、有着明显双下巴的胖阿姨很轻微地点了下头，然后用疑惑的眼神看了看上楼的孔布。接着，她很快站起身来追了上去。她的动作敏捷快速，和体型形成了鲜明的反差。阿心看到她轻盈地跃上楼梯，依稀听到她在问孔布："这孩子不会惹上麻烦吧……"

麻烦？阿心有时觉得自己确实是个麻烦。

两人消失在楼梯间，还能听到几声低微的交谈，但听不清说了什么。阿心没听到孔布是怎么回答的，不过他听到有人笑了起来。

是小铁，他咧开嘴，露出一口不平整又带着污渍的牙齿，阿心怀疑他是不是从来不刷牙齿。阿心不知道他为何发笑，是觉得离家出走这事太可笑，还是觉得自己穿着一身脏兮兮的衣服、头发乱得像鸟窝的样子很可笑。阿心搞不清楚也不想搞清楚，他知道自己现在又脏又臭，可眼前这个家伙看上去也没好到哪儿去。脸瘦长，还顶着两个黑眼圈，头发又长又乱，衣领一边高一边低，看着比自己个子高一点，尤其是这家伙脸上的邪笑，让阿心感到非常不舒服，他从来没在哪个同学脸上看到过这样的笑容，带着点打量，又带着几分嘲笑，还有一丝丝敌对的意味。

"吃，肥婆的肉烧得还可以。"小铁跷起一条腿，踩在长凳上，眼神瞟了瞟桌上那盘红烧肉。

阿心想起了不久前吃的那碗鸡蛋肉丝面，他摇了摇头，示意自己不饿。小铁似乎不意外，他意犹未尽而又幅度夸张地左右搓了搓嘴，凑上前来低声说："这里是臭屁股的家，小心沾上屎。"他说完后便径直上楼去了，他最后瞥的那一眼让阿心心里凉凉的，怀疑自己没吃肉是不是得罪他了。

在路上的时候，孔叔和阿心提起过家里的情况，说家里收容了好几个没人要的孩子。狭长的客厅里，餐桌被挤在了墙边，一楼还有一大一小两个房间，大房间的门关得严实，孔叔说的那些孩子大概就在大房间里，而小房间的门敞开着，里面黑漆漆的也不知有什么。阿心在餐桌旁坐下，这时，疲惫感突然涌了上来，就像海浪一般把他拍晕，在外流浪这些天给他带来的所有担忧、害怕、饥饿、孤独、疲倦、恐惧全都合到了一起，重重地压到了他的身上。阿心伏在餐桌上，像在学校午休那样将头靠在两条手臂上，很快就睡着了。

"过来。"

一声招呼唤醒了迷迷糊糊的阿心，他眯着眼抬头望向楼梯口，胖阿姨正站在楼梯上看着这个"麻烦"。

"你的房间在三楼。"

胖阿姨呆呆地看着阿心，脸上没有丝毫表情，眼神中也没有任何情绪，就像看着一段枯折的树枝，或是一面粗糙灰白的水泥墙。

"阿心，跟妈妈走吧，这个房子我们不能住了。"

一声模糊的话语传到阿心的耳中，阿心没听清楚，却懂得了那句话的意思。他一转头，没有看到妈妈，再往前看时，面前的马路瞬间变了模样。路两边的树木像被定住了一般纹丝不动，枝叶间看不到半点鲜艳的绿色，每片树叶都像被灰黑色的厚重尘土包裹了起来，两排树木无声地向远方延伸。阿心不知道远处有什么，也不知道路通往何处，路的两侧似乎空无一物，仿佛一切都建在一片空旷寂寥的虚无之中。越往高处的天空就显得越黑暗，只有在靠近树尖的高度上，那黑色才渐变为灰色。阿心仿佛能看到有什么像雪花似的从漆黑的穹顶中落下来，直到将整条路都笼罩住了，可地上却什么也没有，只显得更加坚硬阴冷。

"妈！"

那声音产生的震荡波就像落石击中湖面产生的水纹，一圈一圈，向四周荡了开来。

阿心是被一阵哭闹声吵醒的，窗外仍然漆黑一片。

哭闹声中有小孩的大喊声，还有小小孩的大哭声，最后统统被胖阿姨刺耳的尖叫声打断。那可怕的声响从胖阿姨庞大的身躯和大大的嘴巴中挤出来，更令人恐惧的是，小小孩的大哭声就像是被盖上了厚布一样，变得沉闷。尽管声音是从一楼发出的，可阿心听起来却像在耳边似的。本来小孩子哭闹很正常，但一个小孩的哭声最终会把好几个小孩都吵醒，然后所有孩子都会大哭起来，这就是很恐怖的事了。当阿心用被子捂住头，却仍能听到沉闷的哭声时，更加害怕起来，他总觉得那孩子会被闷死在被子里。阿心依稀听到胖阿姨的咒骂声，仿佛女巫在昏暗的小木屋里念动咒语，木桌子上放满了各种形状的瓶瓶罐罐，里面装着五颜六色的药水，诡异的药水在透明瓶中翻腾，散发着令人无法忍受的恶臭。脚步急促的上楼声打破了阿心的幻想，让他意识到自己没有活在动画片里，可那脚步声又急又重，阿心的心都快拎到嗓子眼了，仿佛会冲进来一个手执长剑的无头骑士或者是张着血盆大口的狼人。

门猛地被推开，小铁的声音传来："快来帮忙，要不然老子不用睡了。"

阿心扯掉被子，看到站在门口的小铁双眼深陷，黑眼圈仿佛更深了。

　　头昏脑胀的阿心跌跌撞撞地跟着小铁跑到了一楼，哭声巨浪般扑面而来。阿心感觉糟透了，他开始明白为什么小铁一副几年没睡醒的样子，也明白胖阿姨为什么表情呆滞、反应迟钝了。无论是谁，如果天天要照顾好几个孩子，晚上还不能好好休息，最终的结果要么变成呆子，要么变成疯子。大房间的墙很厚，大概是为了把声音留在房间里而特别改造的。尽管如此，夜深人静的时候，孩子的哭声还是能轻易地传出去，幽魂般在三层楼的空间里游荡。大房间里贴墙放着三张高低床，有些床上睡着孩子，有些则乱七八糟地堆着被子、衣服和其他杂物。房间的角落里还堆着一堆破东西，阿心只看出了一双破烂的球鞋和一件又破又脏的外衣，如果要看出它们原来的颜色，就真是太困难了。哭声来自中间床上的婴儿，他正咧着喇叭一样的大嘴号啕，这哭声只能用撕心裂肺、排山倒海、地动山摇来形容。本来就很累又没有睡好的阿心听到这哭声，恨不得自己的头马上爆炸掉算了。

　　"别站着，先哄那两个被吵醒的，再哭就用被子压上去！"胖阿姨睁着充满了血丝的双眼，嘴角抽搐地说。

　　阿心随着她的手指看去，只见一个两三岁的孩子正撑起身子睁着大大的眼睛奇怪地看着四周。孩子面色憔悴，头发散乱，一副营养不良的样子，他用诧异的目光看着阿心，大概奇怪怎么来了个陌生人。想到胖阿姨那快失心疯的模样，阿心忙上前把孩子轻轻放倒在床上，又给他盖上了被子。孩子一直盯着阿心看，虽然没什么表情，倒也配合地躺了下去。

　　阿心刚松了口气，另一个孩子突然大哭起来。

　　"抱起来，抱起来，他能听懂你说啥啊？"胖阿姨的嗓音一点也不比小孩的哭声低。阿心见她正在往孩子嘴里塞奶瓶，而小铁解开了另一个小孩的裤子。随着裤子的解开，一股热腾腾的、酸溜溜的味道在屋里散发开来。小铁麻利地抽掉那块包着孩子屁股的棉布，用毛巾将小屁股上的黄色物体擦去，转身换了块干净的毛巾，沾着水又擦了一遍，接着随手拉过干净的棉布条又把那小屁股包了起来。他熟练的手法如同流水线上的机器一样标准无误，把阿心看得直发愣。

过了半小时，吃的也吃完了，拉的也洗干净了，阿心抱着的孩子也渐渐睡着了，一切又安静了下来。胖阿姨低声嘱咐了小铁几句就上楼去了。经过一阵吵闹和忙碌之后，困意渐渐袭来，阿心的头越来越重，脖子完全支撑不住了。这时，小铁凑过头来低声说："跟我来。"阿心糊里糊涂地跟小铁上了三楼。小铁的房间就在边上，房间很小，只有一张床，连窗户都没有。小铁麻利地爬上床去，拍了拍床板，说："小子，从家里逃出来的吧？"

"嗯……"

"孔布那家伙那么鸡贼，他先带你在外面逛了好大一圈吧？"

经小铁一问，阿心想起自从吃了孔叔请的面后，确实走了好长一段路才来到这里。阿心有些疑惑，可他又累又困，觉得浑身骨头都快散架了，也不想思考那么多，脱鞋爬上了床。小铁知道自己猜得没错，他舒服地躺在床上，深深地叹了口气，说："孔布这小子，搞什么呢？准没好事……唉，想好好睡一觉真难啊，老子快要死了。"他双眼直直地盯着漆黑的天花板。过了一会儿，阿心就听到了打呼声。

第二天，阿心睡到了自然醒，居然没有像他想象的那样在孩子们的哭声中惊醒。小铁已经不在身边了。就在阿心犹豫着是否继续睡时，胖阿姨出现在门口，她瞪了阿心一眼，说："小铁说让你再睡会儿，我看睡到这会儿也该够了吧。"

到了一楼，阿心才知道小铁早就开始干活了。看到他在一楼忙碌地照顾小孩子，阿心不禁心生感激，心想这家伙虽然满口粗话，人倒是还不错。阿心也不好意思磨蹭，他知道胖阿姨虽然没开口，但一直在盯着自己。他很快便洗漱完毕，在胖阿姨眼神的指引下坐到餐桌边吃了馒头和稀粥，接着他知道自己应该和小铁一样去那个大房间里照顾孩子了。

小铁皱着眉，把一块黄乎乎的布从一个不到两岁的孩子的屁股底下抽出来，屋子里顿时被一股非常不友好的气味笼罩了起来。阿心这才明白为什么这里是"臭屁股的家"，他捂了捂鼻子，简直想跑出房间去。小铁瞪了他一眼，示意他过去扶着孩子。这可不是件好差事，阿心只恨自己不是长臂猿。他伸长了手臂，尽量让自己离那个光屁股的小孩远一点，他双手挽住那孩子的胳肢窝，方便小铁拿毛巾清洁孩子的脏屁股。小铁认认真真地把事情做好，这让偶尔过来看一眼的胖阿姨颇为满意。

一整个上午，阿心都在配合小铁照顾几个孩子，在小铁的指导下，阿心也掌握了些窍门。等到中午，坐到餐桌边，吃着胖阿姨端上来的咸菜炒笋干时，阿心才感到浑身酸痛，又累又乏，比在学校里跑五公里还累。小铁则像没事人一样吃着饭，好像只要吃饱就一切都没问题。他把两大碗饭吃下肚后，走到水池边开始洗东西。那些用来装牛奶和米糊的奶瓶、小饭盒，还有喂孩子用的汤匙等都被浸泡在一个大脸盆里，脸盆里的水是灰白色的，水面上浮着一层浅色的细小颗粒。小铁面无表情地打开水龙头，拿过一块变色发黄的洗碗布洗了起来。

"今天很勤快啊。水关小点，一会儿把饭碗也洗了。下午我得去买点东西，你们好好看着孩子。"胖阿姨打起了哈欠，往楼上走去。

小铁半点反应也没有。

"饭碗我来洗吧。"

"没事，不就几个碗嘛。"

"小铁，你真勤快。"

"嘿嘿，干了活才有饭吃。"

"小铁，你不用读书啊？"

"你是真傻吧？我要是有书读，还跑出来发神经啊！"

阿心不吭声了，他继续扒着饭，咸菜炒笋干虽然味道还不错，但是辣了点，他有点吃不消，只能用饭裹着菜囫囵地咽下去。

小铁洗着东西，偶尔停下手，侧耳听一会儿，确认胖阿姨没有下楼后，问阿心："你知道这里是啥地方不？"

"啥地方？"

"你知道里面那几个病娃是咋来的不？"

"孔叔说是人家不要的。"阿心低声说。

小铁扫了他一眼，转过身去嘿嘿地笑了起来。

中午能睡一会儿真是太好了，加上每次都能吃饱饭，阿心的身体慢慢地恢复正常了，手上也有力气了，他盘算着该把自己身上带的东西整理一下。趁午睡时间，楼下的大房间里还没有传来哭闹声，阿心打开了自己随身携带的双肩背包，把里面收着的几件衣服、袜子、短裤什么的都拿了出来，还有折伞、两大包纸巾和几个塑料袋，唯一不用找就知道肯定没有的东西就是钱。阿心叹了口气，低头闻了闻身上穿着的衣服，已经馊了。阿心来到三楼的卫生间，拿起放着的一块肥皂，又挑选了一套相对干净的衣服穿在身上，然后利索地放水洗衣服。刚洗了一会儿，小铁溜到门口扫了一眼，转身从房间里扯来几件衣服，一起丢进了阿心洗衣的塑料盆里。

"反正洗都洗了，就一起洗洗呗。好好听你铁大爷的话，以后少不了你的好处。"

阿心皱着眉正要把他的衣服往外扔，小铁又喊了起来："我说小子，今天早上亏得有我，你才能睡个好觉，让你洗几件衣服怎么了？你可别不识好歹。"阿心抬起头来，看到他脸上露出了恶狠狠的神色，便犹豫着把衣服收回了盆里。

"洗干净点。"小铁满意地朝他挤了挤眼，便下楼去了。

听到他的脚步声渐渐消失，阿心嘟囔着说："还是洗衣服好点，一会儿要是那些孩子哭起来，更有你累的。"他把小铁的外套拿过来，正要往水里按，手指触到衣服口袋有些鼓起，伸手一掏，掏出些杂七杂八的东西来：小铁片、金属珠、十来张纸牌，还有两三个硬币。阿心把东西全放在了洗手台上，心想这家伙真粗心，口袋都没掏就往盆里丢，小时候他妈妈肯定没少骂他。

"啊呀。"阿心突然想到一件事，赶紧把自己的外套从盆里拎了起来，伸手就往口袋里掏去。还好，口袋里还没有湿。阿心顺利地拯救出一张小纸条来，正反都看了看，纸条没有沾上水渍，上面写着的手机号码清清楚楚的。他放下心来，盯着那个号码，嘴里念念有词地读了好多遍，这才把纸条仔细地折好，放到裤子口袋里。

　　阿心把衣服洗好，兴冲冲地端着盆来到院里时，看到小铁正坐在一张小凳子上，托着脑袋看着挂在半空的湿衣服发呆。墙边的竹架子上晾着不少小孩子的衣服和尿布，剩下的衣架和空间都不多了。阿心便把孩子们的衣服尽量挂到一起，空出衣架来。小铁就坐在那儿一边抖着脚一边看着他忙活。

　　"哎，我说，你哪儿的人啊？"

　　阿心没理会，继续晾衣服。

　　"我说，你可别把我的衣服晾在尿布边上啊，我的衣服要是沾着屎了，你可没好果子吃。"

　　"臭屁股的家，小心沾上屎。"阿心头也不回地丢下一句话。

　　"嘿，你小子挺横啊，你不知道大爷我是谁吧？我……"

　　"你不就是小铁吗？破铜烂铁的铁。"

　　"小子……一看你就是纯傻，一点江湖经验也没有，还学人家出来混。你等着瞧，到时让你哭都来不及。"小铁也不知道想到了什么，坐在那儿笑个不停。阿心把自己的衣服晾好后，低头看了眼脸盆里小铁的衣服，也拿起来一并晾了。

　　"这还像点话，"小铁很满意地冲他点点头，说，"小子……"

　　"我叫阿心！"

　　"哟，还挺拽，有名字了不起啊。我说小阿心，你爸妈不要你了？害得你书都不念，家都不待，跑到外面来风吹日晒的当流浪狗。"

　　"你不是也一样？"

　　"老子怎么能跟你个小屁孩一样，老子那是要出来干一番事业的。你小子是抽了哪根筋才跑出来的？"

　　阿心晾完了衣服，端着空脸盆，看都不看小铁，一脸严肃地走进屋去。

　　"嘿，这小子，比铁大爷我还牛啊。唉唉唉，对了，你得帮我个忙。"

　　刚一脚跨进大厅的阿心停下了脚步，转头过来看着他，诧异地说："衣服不是晾好了吗？"

　　"来来来，过来帮把手。"小铁说着从小凳子上蹦了起来，走到墙边指了指一个破旧的木衣柜。

见小铁站在木衣柜旁朝自己挤眉弄眼的，阿心好奇地走过去仔细看了看衣柜，发现好些地方都破烂了，便问道："干吗？这是人家不要的吧？"

"可不是，要不然也不会放外面了。我老早就想把这玩意移过去了，"小铁指了指两米开外的那个靠墙的洗衣台，说，"洗东西的时候还能在这柜子上放东西，多顺手，你说是不是？可我一个人搬不动啊，来来来，小阿心来帮我搬一下。"他说着站到衣柜的左侧，双手把住衣柜的外侧用力往上抬。衣柜也不是什么好材料做的，本来就不重，小铁的力气虽然不大，倒也把衣柜抬得动了一下。阿心便上前抬着另一侧，两人边抬边移，费了老大的劲把衣柜抬到了洗衣台边上。放下衣柜后，小铁使劲地冲衣柜踢了两脚，让它紧紧地贴在墙壁和水泥洗衣台边，这才满意地拍拍手，上下看了一圈，说："这下就能成了。"

阿心被哭声吵醒了，他听到孩子在哭。一个孩子开始哭，就容易带动其他几个睡不熟的孩子一起哭，人在小的时候都是这样莫名其妙地就哭了，还哭个没完。阿心发现这件事很要命。他转头看了一圈，有两个孩子已经在那儿翻身转体的不安分了，另一个嘴里咿咿呀呀的不知道在说什么。可小铁不知去哪儿了，并没在屋里。阿心正在担心那两个孩子也会哭起来，房门口响起了令人烦躁的声音。

"怎么就你一个，小铁那小子呢？"

阿心觉得头皮直发麻，答道："……大概上厕所去了。"

"厕所？多久了？"

"十……几分钟吧。"

胖阿姨看出这个回答不靠谱了，她原地转了一圈，大叫着："拿被子捂起来，捂起来，别让声音冒出房间去！"然后她飞快地掏出手机按着号码，砰地把门拉上了。阿心凑到门口听她电话里讲什么，虽然屋里有些哭闹声，但还是能听到胖阿姨说的话，她那个大嗓门确实也无法轻声细语。

"孔哥，不好了，小铁那小子可能是跑了，院子里那个破衣柜被移过了。

他是不是去找……嗯，嗯……那就好，我会看住的，要把他抓回来。"听胖阿姨有挂电话的意思了，阿心连忙跑回哭闹的孩子身边，轻拍孩子的胸口。门被打开了，阿心感觉胖阿姨在门口瞪了自己几眼。她问："那小子走之前说了什么没？"

"没有啊，就说去上个厕所。"隐隐觉得事情不太对劲的阿心装出一副若无其事的样子回答，他不知道自己的表情怎么样，会不会被胖阿姨看破。胖阿姨似乎也没有在意阿心的演技，而是开始东拉西扯一些小铁的事，说这小子有多懒，老是偷溜出去玩。阿心完全没听进去，他开始回想这两天发生的事：帮了自己的好人孔叔叔、年龄大小差不多的几个孩子、胖阿姨，以及小铁。小铁到底去干什么了，为什么要把他抓回来，还有为什么小铁要让自己帮忙搬那个衣柜？阿心一边想，一边装出疲倦犯困的模样。这招果然有效，胖阿姨发现他没什么异样，就渐渐安心了。然而阿心的疑问一旦产生，就觉得越来越不对劲，他继续想着小铁的事，这让他觉得又危险又刺激。"要不要溜走？趁她上厕所的时候跑，她肯定追不上我，可小铁会不会有事，他们到底想干什么？"

阿心犹豫了好久，觉得脑中有很多事飞来飞去的，不知道该抓住哪一个，这让他始终下不了决心，直到本来关着的铁门被砰地用力踢开。

这沉重的开门声仿佛在阿心的心里砸上了一锤，他预感事情正在变坏。阿心跑到客厅，看到孔叔正将一个装有重物的蛇皮袋往客厅地上一扔。蛇皮袋里发出了唔唔的声音。孔布也没想到第一个出来的人是阿心，当他看到阿心眼里的不安时，猛地发现事情可能会变糟，于是迅速做了个决定。他转身关上门，回头冲着刚过来的胖阿姨喊："拉住他！拉住他！"就在阿心回过神来之前，胖阿姨一把拉住了他的胳膊，这时蛇皮袋里的唔唔声更响了，阿心听出了那是小铁的声音。

孔布关上大门，扯过一把椅子坐下："小子，你就算再笨，也该知道我这里不是慈善机构吧。我是干什么的，你自己想想就清楚了。"孔布恶狠狠地说，细小的双眼直瞪着阿心，活像只盯着奶酪的饥饿老鼠。

"骗子！"阿心向孔布挥了挥拳头，胖阿姨很快将他的两只手臂都抓了起来。

"别以为你叫就会有人来帮你，这房子隔音好得很，你再叫也没用！你要是老实点，大家都好过，要是你不识相，我可不会跟你客气！"孔布的瘦脸颊上露出凶狠之色，整张脸瞬间变成了一只穿了十年不洗的鞋底，帮阿心时的善解人意早就荡然无存。孔布从门后取出了两根麻绳，将阿心的双手双脚都绑了起来。阿心的小胳膊在两个大人的力量面前显得太过无力，当他被绑住双手双脚倒在地上时，眼眶里已满是泪水。胖阿姨开始搜身，可全身上下搜了个遍，最后也只在阿心的口袋里找到一张纸条。

"这是谁的电话？"孔布扬了扬手里的纸。

阿心紧闭嘴唇。

"是你爸的还是你妈的？"

阿心索性将脸别向了另一边。

"好小子，嘴够硬，你就不怕我拿锤子敲烂你的牙吗？"

"你管我号码是谁的，反正不是你的！"阿心突然高声尖叫起来，眼泪顺着脸颊流了下来。

"哼，别以为你不说，我就查不到这是谁的号码！"孔布挥了挥手，"都关到小黑屋去，关两天就老实了。"

"咣"的一声响，屋里变得一团漆黑。

小黑屋在三楼的最边上，小且没有窗户，关上门就是漆黑一片，除了门缝里能透进些光线外，简直就是与世隔绝的黑暗地狱。阿心从没被关在这样的小黑屋里过，在睁开眼却什么都看不到的情况下，那些电影里的恐怖影像就都冒了出来，像是科幻片里拖着巨大长尾、嘴里流着脓水、无声无息靠近的异型怪兽；血肉模糊得连脸都看不清、一路走一路从身上掉肉的行尸；还有阿心最害怕的，披着长发、看不到脸、突然就出现在身后的女鬼……要不是有那个会唔唔叫的蛇皮袋陪他，他真的要放声大哭了。这事仿佛噩梦一般，阿心分不清自己是在梦里还是在现实中，但绑住手脚的绳子是那么紧，用力挣扎是那么疼。

蛇皮袋就被扔在脚边，在胖阿姨的脚步声消失后，蛇皮袋一直在唔唔地叫唤着。阿心转过身，凑上前去用力将绑在蛇皮袋口子上的绳子解了开来，小铁便急着把头伸了出来，屋里只能听到他的双脚把麻袋蹬得变形的吱吱声。阿心摸索着把塞在他嘴里的一大块布扯了出来，布塞得那么紧，阿心真害怕会把小铁的牙齿也扯断几颗。当布被扯出后，小铁呕了有一分钟，接着大口喘着气，像是要把小屋里的氧气都吸光似的。

"倒霉！被他们发现了！"

"你去哪儿了？"

"我妹妹被他们抓起来了！"

"你妹妹？"

"你猪脑子啊！你来两天了，还没看出他们在卖小孩啊！"看到阿心瞪大的双眼中流露出三分不解、三分不信、三分吃惊，还有一分害怕的样子，小铁气就不打一处来，"他们在拐卖小孩！卖小孩懂不懂？我妹妹被他们抓起来了，你以为我喜欢给那些小孩擦屎啊！你去试试，擦一次保你全天手臭！洗都洗不掉！"

小铁的话惊雷般在阿心头顶响起。虽然阿心早就感觉不对劲，但从未把事情和人贩子联系起来，如今听到小铁说的话，他大吃一惊。妈妈说过，人贩子都是十恶不赦的坏蛋，没想到自己莫名其妙地混进了人贩子的老窝里。现在想起来，又高又瘦的孔叔有着一张同样消瘦的脸，可偏偏鼻子长得特别，弯弯的就像老鹰的喙，加上他的肩膀始终稍稍耸起，还真的不像个好人的样子。

看到阿心完全呆住了，小铁更加生气地说："怕了吧？这么倒霉的事谁碰到谁哭死！我好不容易知道了花花在哪儿，想偷偷把她带走的，谁知道还是被发现了！"小铁哼哼着，似乎哪里受了伤。

"他们……会把我们怎么样？"

"还能怎么样，关起来卖到大山里，那种让你跑也跑不出来的大山里，给他们干一辈子活儿呗。"听着小铁的话，阿心不禁打了个哆嗦，脑中闪现出来的恶鬼突然就变成了孔布。好几分钟，两人谁也没有说话。再过了会儿，阿心低声问："那怎么办？"

小铁没反应。

阿心又问了两遍，小铁还是没动静，阿心便用力踢了小铁一脚。小铁尖叫一声，缩起脚使劲搓起来。过了一会儿，他才嘿嘿地笑起来："怕了吧，老子可没骗你，还有啥事是这伙人干不出来的。你说你也真是，乖乖在家里好好读书，有爹妈管你，多好的事……哎哟，真是倒霉透了，刚才被那个人贩子打，现在你又踢我，我做什么坏事了？"

"你不怕？"

小铁得意地笑了起来："嘿嘿，老子是谁，你跟老子比？你们这些城里的小孩根本不知道外头的日子有多难熬，没见过世面，什么也不懂，在外面不饿死、病死就算是菩萨保佑了，孔布那混蛋就是看你笨，所以才把你带回来帮忙。"

这下阿心可不服气了，说："那你怎么不待在家里，还把妹妹一起带出来，你更笨！"

"你懂个鬼啊，老子出来两年了，大冬天都没冻死老子，还回去干吗？再说，花花的死人爸妈根本不管她的死活。"

两人又安静了下来，阿心慢慢想明白了小铁妹妹的爸妈就是小铁的爸妈。又过了会儿，小铁开始愤恨地咒骂，反正在他的嘴里，孔布已经被各种方法折磨死了无数次，可小铁还是不解恨，他打算继续想新方法来口头折磨孔布。阿心听他把所有的恐怖死法都说了一遍，有的方法已经用过几回了。小铁终于停了下来，一边扭动着手腕，一边埋怨绳子绑得真紧。他没挣扎几下就累得不行，最后只能放弃。小铁叹了口气，挪了挪身子，靠得舒服了些，开始折腾阿心，他问阿心是不是被老妈骂了几句就跑出来了。看到阿心嘟起嘴的样子，他知道自己猜得没错，便又问阿心，难道真没发现孔布有问题。

阿心老实地回答说："胖阿姨发现你走掉后……"

"还胖阿姨呢，那只肥猪！叫她母猪！"

"那只……她打电话给孔叔，我偷听她说要抓你回来，我就想这些人准保不是什么好人。"

"哟，还挺聪明的，那你还不走？你傻呀？"

"我是想走，可不知道你会不会回来，就一直犹豫。没想到你那么快就被抓回来了。"

"好啊，你这是骂我没用，老子可听出来了。"

"没有没有，我是好奇他们抓你回来后会怎么……弄你呢……"

"你敢臭我，看老子怎么弄你……"小铁恨恨地伸出脚就要去踹阿心。

"你让我帮你搬衣柜，就是想翻墙逃走吧？"

"废话，他们把所有的门都锁上了，要是不翻墙可真出不去。墙那么高，没那个衣柜怎么翻出去？"

"我们逃吧，要不然他们真把我们卖到山里怎么办？"阿心的声音有些发抖。

"逃个鬼！我要劈了孔布当柴烧，还要在那个肥婆身上踩一千脚，不，一万脚。那她就更肥了，连门都挤不出去，哈哈哈……"小铁差点没笑岔气，他使劲扯了扯绳子，还是纹丝不动。阿心呆呆地看着房顶，说："要是我们大声喊，外面的人听得到吗？"说起这事，小铁一脸痛苦地摇头，说上次有个小孩被关在这里两天，哭得跟杀猪一样，外面的人半点反应也没有，里面却吵得要死，根本没法睡。

"里面吵得要死？对哦，能听到一楼小孩的哭声……要不这样？"阿心偏着头，突然冒出了一个想法。

夜色如幕，徐徐降落。在这个保持着古老建筑风格的小镇里，除去热闹繁华的风景区一带，周围的农家小村已经安静了下来。忙碌了一天的人们吃过晚饭，享受起傍晚的休闲时光。村庄的小道上已鲜有行人，只有不太明亮的路灯照耀着一个又一个拐角处。在小镇外围的三层楼里，孩子们吃了晚饭，也渐渐安静下来。胖阿姨忙了一天，累得够呛，饭吃了一半，瞌睡虫就上来了。她挪进房间，关上门熄了灯，连打了几个哈欠，就直接躺倒在了床上。

就在这时，从楼上传来了杀猪般的喊声。

"饿死我啦，快拿点吃的来啊！饿死啦！我真的要饿死啦！"

胖阿姨本来就觉得头重脚轻，只想昏睡过去，被小铁这么一叫顿觉头皮发麻浑身直打哆嗦，想想就是因为这小子逃走才让自己那么累，真想狠狠抽他几嘴巴。她恨恨地捂着耳朵睡觉，可小铁的嘶嚎声特别刺耳，这楼对外可能做过隔音，可内部的房门老旧破败，门隙大得能挤进一条狗去，小铁敲破锅般的哭喊声透过门缝涌过楼道钻进胖阿姨的耳中，一点障碍都没有。胖阿姨虽然听惯了孩子的哭闹声，但这破锣般的哭喊声让她实在无法忍受。

"死小子，你再喊我就把你吊起来！"

"饿死啦！没吃饭啊，行行好吧！咱要求不高，来碗白饭也好啊！真的不行了，要饿死啦！"小铁的哭喊声很有感染力，声音一会儿高一会儿低，一会儿拖几个长音，一会儿又尖叫几声，别说胖阿姨，连阿心都觉得头盖快被爆开似的。小铁哭叫个不停，胖阿姨担心孩子们会被他吵醒，她骂骂咧咧地喊："行了行了，你给我闭嘴，我去给你拿碗饭！"听到胖阿姨答应了，小铁的声音就轻了许多，没有再大声喊，只是低声呻吟着，似乎在提醒胖阿姨快点拿饭来。

一会儿，胖阿姨骂骂咧咧地走了上来，手里拿着一大碗饭和两双筷子，碗里还有些小菜。她一边骂一边砰地拉开房门走了进来："别哼了，有你们吃的！"胖阿姨弯腰把饭碗放到地上，踢了那麻袋一脚，冲着阿心说："你们都给我老实点，吃好了就给我睡，要是再敢鬼叫，看我不抽你们！"

阿心的表情却有些古怪。胖阿姨正纳闷这小子的脸抽什么筋呢，突然腰上被人重重撞了一下，她不由自主地往前扑去，而阿心早有准备地闪开了，胖阿姨脚下被什么东西一绊，直接就朝一堆破烂里摔了下去。就在这时，她听到小铁怪叫一声："快走！"阿心和小铁冲出房间，飞快地往楼下跑去。胖阿姨这才知道上当了，原来小铁早就不在麻袋里，而是躲到了门后，阿心也早就解开了绳子，只是光线太暗，她没发现。胖阿姨的下巴正摔在一堆杂物上，被粗糙的木条子撞得生疼，可她来不及喊疼，她知道要是让两个小鬼逃跑了，这里的一切都将完蛋。她赶紧爬起身来连滚带爬地往楼下追去。刚追到院里，小铁便已经爬上了洗衣台，正当胖阿姨觉得大事不妙之时，门外跑进来一个人。

孔布居然回来了！他几大步上前，一手一个便将阿心和小铁从洗衣台上扯了下来，就这么半拎半拖到大厅里。阿心和小铁用力挣扎，可怎么也挣脱不了。

小铁一边打一边大声地骂了起来。

"行啊，要不是正巧我回来，你们还真逃走了，不错不错，当初我就没看错你，普通小鬼哪儿有这么机灵。"孔布用冷冷的口气不阴不阳地夸着小铁，同时示意胖阿姨关好门后把绳子拿来，"老实告诉你，小铁，我早就把你妹妹换到别的地方了，我保证你这辈子都看不到你妹妹！"他这句话说得异常阴森沉重，小铁放声大哭起来。

阿心忍不住大骂道："你这种坏人要被抓进监狱，蹲好多年牢的！"

"嘿嘿嘿，我也没说过我是好人。你们要是敢再逃，我就打断你们的腿，看你们还怎么逃！"孔布用绳子把小铁绑了起来，这次他下手没含糊，小铁的手被拉到了后面，连同双脚绑在了一起，别说是逃跑，连动一下都很困难。小铁一边哭一边骂，最后被胖阿姨半拖半拎地送回了小黑屋。接着，孔布拉过阿心，边绑边说："我知道小铁这家伙早晚会出事，要不是想换掉他，我才懒得带你回来，看你呆头呆脑的，本以为能听话点，没想到你和小铁混到一起了，哼哼。我会对你好一点，暂时不会打断你的腿。你猜猜是为啥？你兜里那个电话号码我打过了，那女的同意拿钱来买你，你运气不错啊。不过要是你不听话，到时缺胳膊少腿可别怪我，我照样能卖钱。"

阿心的双臂被扭到背后，痛得叫出声来。孔布将阿心绑好，又问那女人到底是谁，见阿心不说，他称赞阿心有志气，还说明天会继续和那女的谈价钱，说不定还能加钱。孔布越想越开心，一边笑一边取出手机给阿心拍了张照。最后，又将阿心也关进了小黑屋。

孔布其实有些犹豫，虽然他很想从阿心身上捞到赎金，可电话里那年轻女人不肯说她和阿心是什么关系，只说愿意赎回阿心，关键是她冷静得让孔布发毛，这让他隐隐约约感觉到危险。但他无法抗拒钱的诱惑力，他觉得自己就是那只守在鼠夹前一步也不肯离开的老鼠。赚钱总会有风险，胆大做将军嘛。孔布这样勉励自己。当再次把这件事从头到尾想清楚，确认安全后，他再次拨打了电话。电话里传来那年轻女人的声音，听起来依旧是那么冷静，这让孔布觉得鼠夹子离自己更近了些。孔布努力摆脱心中的不安，把阿心的照片发了过去，并告诉对方准备五万块，以及交易的地点和时间，最后不忘警告对方，如果报警的话他就会撕票。

对方不动声色地答应了一切条件。

2

肖陵刚刚出狱，就听到了侄儿肖峰离家出走的消息。然而肖陵没能从大哥肖信的脸上看出多少担忧，他仍旧摆着那副至尊无上的表情，推说家里的阿姨没能看牢小峰，所以被小峰溜走了。以前小峰也经常一个人溜出去玩，只不过通常到了晚上就会回来，可这次不一样，肖陵出狱那天，已经是小峰离家出走的第三天。肖陵却一点也不惊讶，他知道迟早会有这么一天。他问肖信，小峰为什么要离家出走。肖信皱起了眉，似乎不喜欢听到这种质问的语调，他含糊地说那天他们夫妻二人为一些事情发生了争执，可能被小峰听到了。肖陵冷笑一声，一个字也没再说，决定先联系付东。

刚巧，付东也正要联系肖陵这个老同学。两人通了电话，付东把有关小峰的情况都说给了肖陵听，说警方已经开始寻找小峰，肖陵便把找小峰的事给揽了下来。肖陵太了解小峰了，这家伙只要是吃喝玩乐的事都感兴趣，在父母不知道的QQ空间里放照片是他的爱好之一。当肖陵看到小峰的QQ空间上出现了新的古镇照片时，就知道应该去哪儿找这家伙了。他给小峰打电话，可手机关机，他便在小峰的QQ上留了言，期待他能回复。

动身前，肖陵去新家转了一圈。在监狱待了两年，让他对回家有强烈的陌生感，与其说是新家，不如说是一个全新的房子。他猜测大哥肖信送给自己这套新房子，或许是为了减轻内心的愧疚感。肖陵看了一圈新布置的家具和电器，却意外发现自己的徒步装备也在。睡袋干干净净地躺着，营地灯电量充足，直刀还是那么酷。这让他想起了以前和朋友们徒步的日子，难免有些感慨。他挑选了个小号双肩包，装起部分物品，出发前往古镇。小峰离家出走的事让他有些担忧，但隐隐地也有些期待，也许这件事和两年前自己被陷害入狱的事有关联，而付东似乎也有所怀疑。他给肖信发了个信息，却完全没有听肖信回复的意思，肖陵根本不想听到他的声音。他作为一个地产公司的老总，几乎天天不着家，外面情人好几个，和老婆关系又不好，最终害得孩子离家出走，这种爹真不知道有什么用。

　　当他赶到古镇，坐在一家茶室里晒着太阳，感受着久违了的自由时，困意却迅猛地袭了上来。

　　入狱后，肖陵成了哑巴，对什么事都闭口不言，对什么人都一言不发，所有人在肖陵眼前都像是夜晚印在灯笼上的飞蛾影子，能看到舞动的影子，能听到扑腾的声音，但却看不清楚也听不真切。付东和陈东鹏去看他，他也不愿出来见面，把陈东鹏气得够呛。付东担心他这样憋着会出事，果然没过多久，麻烦就找上了门。

　　平时肖陵把一切都当成空气，有谁不小心把他撞出了队伍，他就走到最后重新排队；有谁把他的饭碗打翻了，他就捡起来洗一下；有谁将唾沫吐到了他身上，他就脱下来洗掉。这一天，排在他前面领餐的几位犯人因为小纠纷争吵了起来。肖陵早早躲到了一边，可事情波及旁边一位不相干的老年犯人，为首的犯人推搡间一肘打在了老年犯人的脸上。看到老人痛苦恐惧的表情，肖陵突然像是变了个人，仿佛谁在他身上泼了汽油，顺便点着了火，他顿时燃烧了起来。

　　肖陵这一拳真是没留情，直接将对方的牙齿打断了。旁边两个人见肖陵身材并不高大，想冲上来帮忙，可一看肖陵杀气冲天的眼神，倒反而退了两步。僵持间，狱警冲上来维持秩序，一场风波就此平息。

自那以后，肖陵在监狱里名气大涨。不仅如此，这一拳似乎让肖陵的部分魂魄回到了体内，不全是行尸走肉了。遇上有人打招呼，肖陵的眼神也会扫过来一下，再几乎不可辨别地点下头，表示听到了。

休息时，肖陵就爱看手上的老茧。原来在健身房磨出的茧，被劳动磨得更加厚实。这些茧让他的拳头更加坚硬结实，也能承受更大的疼痛。如今，他下意识地加强了训练，以前在健身房里学的东西又回到了他的脑中，他不断变换着训练姿势以防肌肉习惯，不断加强强度来提升效果，用拉开双拳的距离来练背肌，用收缩双拳到腰部来锻炼三头肌，他像打开了开关的机器人，根本停不下来。

在这次偶然的事件发生后，肖陵和别人的交流渐渐多了起来。在一个阳光温暖的下午，大家都在操场上放风，肖陵和几个人在聊天，断牙男和六七个人坐在不远处，偶尔还向这边望望。

"他们肯定在说你。"那个被肖陵救了一回的老年狱友歪头比了比那边。

"听说那家伙在外面就很横，那天他丢脸丢大发了，你还是小心点好。"

肖陵点点头，说："说的是，我得去道个歉。"其实，肖陵是真的觉得自己那一拳下手有点重了。他在几个狱友目瞪口呆的注视下，向对方走去。

肖陵的举动顿时引起了大家的注意，先是断牙男为首的一伙人，紧接着是其他狱友，然后场内迅速凝结的气氛马上将狱警的注意力也吸引了过去。对方立刻摆出大敌当前的架势，可没想到肖陵只低声表示了歉意，说自己当时脑子一热就出手了，很对不起。肖陵真诚的道歉，让断牙男和兄弟们有些不知所措，他们互相看看，不知道该怎么办。双方大眼瞪小眼地对视着，这十几秒的气氛真是紧张到凝固，空气暂时失去了流动性，人们一口气吸进去就再也没呼出来，像石头一样沉到了肺底。谁也不知道接下来会发生什么事，但大家又都特别期待即将发生的事。

肖陵又说了句抱歉，便要转身离开。谁知道断牙男突然上前一步，拉住了肖陵的胳膊，就这么一个动作，顿时让场面充满了火药味。肖陵任由对方抓着自己的胳膊，没有反抗。断牙男使了个眼色，两人走远几步，来到角落里。断牙男见别人都在十几步外看着这边，低声说："兄弟，我打听过，你曾经是个警察。兄弟，我心里还是很敬佩你们的，你们也不容易。"

肖陵一怔，没想到他会说出这么一番话来。

"我有十几个兄弟，以后还得罩着他们。你看，你那拳够狠的，把我牙都打掉了。"断牙男拍拍肖陵的肩膀，说要是肖陵不反对的话，两人就在这里演场戏，帮他拉回点面子，要求不高，就互相轻打几下，别人上来一拉，这事就结束了。肖陵没想到断牙男会提出这样的要求，他觉得眼下的情况有种莫名的喜感。

"唉，就轻轻招呼几下，不过得逼真点，可不能打脸啊。我保证，这事就过了，以后咱和平相处，兄弟相称，怎么样？"

"好，就听你的。"

"好好好，兄弟你太豪爽了。咱就这么开始了啊，说好了，不打脸。"

肖陵点了点头。

断牙突然脸色一变，大声咒骂了几句，然后一拳打在肖陵胸口。肖陵踉跄地退了两步，捂着胸口装出很痛的样子。断牙男追上去照着肖陵的肚子又是两拳，见肖陵还是没还手，断牙男一把将肖陵扑倒在地，在他耳边低声提醒了一句。听到这句提醒，肖陵挣扎起来照断牙男的肚子打了一拳，力道平平，断牙男悬着的心放下了。然后两人互相揍了几拳，狱警赶到，冲过来把两人分开了。断牙男和肖陵束手就擒，断牙男嘴里嚷嚷着："小子，算你有种，敢和大爷我叫板，是条汉子。行啊，今天咱比划过，以前的事就一刀两断，一干二净。咱们高山流水，江湖再见……"

看着演技堪比影帝的断牙男被狱警拉走，肖陵的嘴角浮起了一丝微笑。

之后付东和陈东鹏再去监狱看望肖陵时，肖陵总算愿意见他们了。得知大名鼎鼎的刑警队队长付东都来看肖陵，断牙男对肖陵的认识又深了一层，他隐隐以结识了肖陵这样的朋友为荣。此后，陆陆续续有些朋友来看望肖陵，肖陵也渐渐变得正常起来，这让家人和朋友都略感欣慰。不过，大哥肖信太忙，从未去监狱看过肖陵。

"先生……先生……您这样睡着是会感冒的，先生……"

肖陵猛然从梦中惊醒。他扭了扭僵硬的脖子，向那位微笑提醒的女服务员点了点头。女服务员给他换了一杯热茶。

往窗外望去，春色蔓延的街上绿叶细枝与红穗长龙起伏舞动，与长河古桥融为一体的座座雕楼错落有致，粉墙黛瓦，高脊飞檐，霞光越过山坡斜照街角，原本繁忙焦虑的世界一转到这里，所有的事物都悠闲起来了。茶室窗户玻璃上的温暖阳光驱散了肖陵身上的寒意。窗外，一辆红色凯迪拉克轿车正缓缓驰来，稳稳地停在了不远处的停车场上。一个穿着卡其色风衣的年轻女子走出车子，随手一合车门，发出"嘭"的一声闷响。她双手插在风衣口袋里，四周打量后便走进酒店向前台询问了些什么，很快又走了出来。

肖陵觉得那年轻女子有些面熟，似乎在大哥的公司里见过，但又不太确定。当她站在车旁，带着一丝慵懒的神情环视古镇时，阳光斜斜地铺洒在她的身上，她那又长又柔的乌黑卷发在金色的光芒中呼吸着，每根发丝都如同拥有生命一般。肖陵忽然有种异样的感觉。直到看着她往风景街上走去，肖陵才回过神来，他闭上眼用记忆做了个分析：卡其色呢风衣、浅灰色花纹围巾、黑色牛仔裤配短皮靴，显然不是驴友；单身一人把车停在酒店门口，没有朋友做伴，似乎是来会朋友的；她的双手插在风衣口袋里，询问前台用时简短，显得比较干练；车子是本地牌照，看上去颇为干净，说明洗车后没开太远的路，如果是高速过来，车头和轮胎后方的侧板上通常会积累比较多的尘土，也许她昨天就是在附近过的夜。

肖陵又看了眼那辆红色的凯迪拉克，发现有几个孩子不知从何处跑来，正围在车前说着什么。让肖陵惊讶的是，其中有一个孩子居然长得很像侄儿肖峰，可因为离得比较远，所以无法确认。那孩子对着车子指指点点，一转眼又跑开了。肖陵追出去的时候，孩子们早已跑进人群里，怎么也找不到了。肖陵环视四周，忽然看到胡同口有一个身穿黑色夹克、脚蹬黑色高帮登山鞋的男子正在盯着自己看。他冷漠的目光里带着一丝寒意，消瘦的脸上有着日晒雨淋的黝黑，额头的左侧似乎有一道伤疤，拉着单肩背包带的前臂肌肉紧绷着，似乎在显示强硬的态度。就在肖陵想再看清楚一些时，男子也消失在胡同里。

肖陵一边往孩子消失的方向走去，一边拿出手机发送语音："有个可疑的人，我把信息发给你，你尽快查一下。"

古镇开发的力度不小，在外围新建了不少配套设施：古色古香的商业街、宽阔的停车场、石板铺就的步行街，绿化也经过了修整。人们只要一走近跨河的长桥区域，就仿佛踏入了数百年前的世界，迷失在大片的古建筑中。游人三三两两地在街上闲逛，一边走一边说笑，消失在胡同口，又忽然从某间旧屋里走出来。

唐青云站在长桥上，望着远去的河水，翻出对方发来的那条短信，走过长桥后左转到底，门口竖着破石碑的旧房子，进屋去看墙上的纸条。唐青云用眼神暗暗留意着路上的一切，直至眼前出现对方所说的门口竖着破石碑的旧房子。因为处于古街最里侧，所以这里几乎没有游客。这间砖木结构的老房子零落孤独地坐落在角落里，大门虚掩，门口有棵三人高的银杏树，可惜不在季节，见不到满树金黄的银杏叶。唐青云向四周望了望，离自己最近的游客也在几十米开外，她转身走进屋去。屋里没有人，只是堆放着一些落满了灰尘的，她从未见过的农具。唐青云谨慎地扫视一圈，见没有异常，便往里走去，果然看到墙上贴着一张白纸，木墙白纸，异常醒目，纸上写着四个小字：关门再聊。门口发出砰的一声响，木门被关上了，还有人在外面锁住了门。这样一来，双方可以隔门交谈，却没法看到对方。唐青云觉得有些好笑，她走到门口，大声说："你那么害怕，要帮你打110吗？"

孔布冷哼一声："钱带来了没有？"

"孩子在哪里？"

"你把钱丢出来，我就告诉你。"

"要是你拿了钱就跑，我怎么办？"

"你还能咋样？人在我手上。"门外传来了低沉的撞击声，孔布似乎在用脚跟磕着门板，门板成了他烦躁心情的受害者。

"你是从那张纸上知道我的手机号码的吧？我老实告诉你，那孩子和我非亲非故，那天我开车吓到了他，弄脏了他的衣服，所以才会给他那个号码。我不管你是谁，你也不用管我是谁，既然我们有约定，就按约定办，但要是你觉得可以和我讨价还价，那就大错特错了。"

"笑话，非亲非故你肯出五万块？"

唐青云冷冷地说："你没看出来这孩子已经流浪一段时间了吗？如果他是我亲戚，我会让他独自逛街？我还会给他一张写有我的电话号码的纸条？你只要动动你那猪一样的脑子就会想明白那五万块是上天送给你的馅饼，要是我心情不好，你的馅饼随时会飞走。"

孔布冷哼了声，说："算你厉害，等我电话。"唐青云走到窗口往外望，却没看到半个人影。她试着推了推木门，也没有动静，这门看来陈旧，却比较坚固。她在屋子里转了一圈，发现有扇后门，却也被锁上了。就在这时，一个稚嫩的嗓音从正门窗外冒了进来："嗨，美女，我们又见面了。"

"是谁？"

"是我。"那个稚嫩的嗓音清了清嗓子，从窗口处探出头来，笑嘻嘻地看着唐青云，大声说："我是肖峰呀，上次我们还见过呢。"

小峰笑嘻嘻地看着她，一边摇头一边啧啧地说："真是越来越漂亮了。前两天你和那又脏又瘦的小子在路边说话，塞给他纸条的时候，我还看到你了呢。可惜我追出来的时候你已经走了。天呐，这就是缘分吧。刚才远远地看到，我还担心是看错了。哎，你叫什么名字来着，我们可是见过的，不过臭老爸不让我去他公司，害我都见不到你。对了，你怎么也到这里来了，不会是老爸让你把我抓回去吧？"小峰站在离窗口一米的地方，看着唐青云说道。

看到小峰那副不着调的模样和他爸有的一拼，唐青云感到胸中的闷气正在升腾。可她的脸色很快就变了，表情显得有些严肃，她拿出手机看了几眼屏幕后神情更是紧张起来。"咋啦，眉头皱得那么深，你这是……"小峰的话还没说完，看到唐青云后退两步，紧接着几步加速跑，手在窗台上一按，嗖的一下从窗口跳了出来。小峰看呆了，他几乎以为自己看到了从窗口翻出的猫女，或是复联里的黑寡妇。他一边发呆一边流口水，痴痴地说：“我的天呐，简直太帅了！”唐青云一把扯住他的手，低喝一声：“快跟我来。”不容小峰争辩，她就拉着小峰混入了不远处的人群中。

因为跟踪唐青云而意外找到小峰，这真是天降好运，看到小峰安然无恙，肖陵终于松了口气。这家伙果然还是和以前一样口无遮拦，简直和他爸一个德性。至于那个让他觉得眼熟的开红色凯迪拉克的美女，托小峰的福，肖陵也已经想起来了，她是大哥公司的职员，以前见过。肖陵从屋后走出来，打算跟上小峰，却意外发现有个人靠在墙边，双眼直勾勾地看着地面，竟然是刚才在胡同口看到的穿黑夹克的男子。看到对方神情有异，肖陵敏锐地感觉到了威胁，他下意识地退了一步。

“……为什么要把小孩子生下来呢？生下来没人管，孩子要吃苦，还不如不生。”

肖陵试探地问：“你有孩子吗？”

“孩子……”黑夹克像是在回答肖陵，又像是在问自己，他无力地蹲了下来，双手用力搓着头发，“孩子……朵朵……朵朵太可怜了。”

看到他悲伤的样子，肖陵也有些难过，低声问：“朵朵是你的女儿吗？”

“是啊，要是她在这里，一定玩得很开心……她会笑着扑到我身上。她之前还把我扑倒过一次，她的力气可真大。朵朵最喜欢和男孩子玩了，能玩一整天，那男孩又活泼又可爱，朵朵一定喜欢和他玩，我去把他抓来陪朵朵玩。”黑夹克站起身来就要向小峰追去。

“朵朵不在这里，你把那孩子抓来有什么用？”肖陵不清楚黑夹克到底是真疯还是装疯，也不知道他为什么要跟着小峰，但听他说要抓小峰，便上前拉住了他的肩膀。黑夹克想把肖陵的手甩开，肖陵又怎肯轻易放手。黑夹克试了几次都没挣脱，突然间就怒了，他低喝一声，猛地转身向肖陵挥出手来。仓促中，肖陵看到黑夹克手上有寒光一闪，莫名的惊恐让他的身体条件反射般地向后疾退，只听得一声破裂声响，刀锋从肖陵的左肩划下，划过他的胸口。这一刀事先没有半点征兆，速度又快，肖陵几乎没能察觉到。他的后背重重地撞到了墙上，发出沉闷的撞击声，在那几秒钟里，他感到有些窒息。当他缓过气来抬头看时，黑夹克已经消失在面前。又惊又怕的肖陵来不及检查自己是否受伤，忍痛追了出去。

当肖陵跑出胡同时，发现前方有些游客，远处已看不到唐青云和小峰的身影。黑夹克一边走，一边转头望望肖陵，肖陵则亦步亦趋地跟着。黑夹克见已经找不到小峰，游人又多了起来，便狠狠瞪了肖陵一眼，消失在古镇的胡同中。肖陵一紧背包带正要追上去，突然感到胸口一阵疼痛，低头看时才发现冲锋衣被砍破了一条长长的口子。肖陵伸手一摸，再伸出来时手上已沾满了血。肖陵这一惊非同小可，他迅速找到隐蔽角落检查受伤情况。刀伤主要在左胸处，幸好只是皮外伤，但军绿色的T恤仍被鲜血浸湿了一大块，扯到的时候痛感明显。他忍痛放下背包，找出一块毛巾按住伤口，快步走了开去。

3

小铁踢了阿心一脚，阿心没反应。

"唉，老子快要饿死了，死前找个人聊聊天都没有。"

"聊天就能不饿啊？"阿心的声音像是从很深的海底随着气泡冒上来的，一个接一个吐出在水面上，模糊又迟缓。小铁心里没底，喃喃地骂着人，担心这帮恶流氓会对自己下狠手。阿心就吐槽他吹牛，其实心里怕得要命。"呸呸呸，老子胆子别提有多大了，老子只是想吓吓你……你小子不饿？啊啊啊！肚子饿死啦……饿死人啦，再不给咱吃的，咱就真的死在这里了……"可这回无论他怎么喊，能回答他的就只有两人肚子里的咕咕声。小铁懊丧地停了下来，感觉更饿了。看到连阿心也不理睬自己，小铁又开始咒骂起来。一开始他只是低声咒骂，连阿心也听不清楚骂的是什么，可骂到后面气实在难消，便骂得越来越大声，用的词也越来越恶毒，从孔布到孔布的众多亲戚，男女老少高矮胖瘦无一幸免。阿心蒙着耳朵听了会儿，终于忍不住打断他："别骂了，多难听。"

"娘的，老子要饿死了，骂几句也不行啊！还有没有天理了！老子想吃红烧牛肉面，一定要加荷包蛋加辣酱啊！"

阿心舔了舔嘴唇，说了一串好吃的出来，什么盖浇饭、干菜扣肉、猪肝青椒、香肠金针菇……小铁的美好回忆顿时被勾起来了，他连连点头赞同，说："看你长得跟小瘦猴一样，还有对小眯眯眼，没想到还挺馋嘴的，你干吃不长肉啊？我跟你说，以前我打工的小饭店里就卖这个，只要干得好，老板每个月会请花花吃顿好的，所以花花就天天盼着。后来我就求老板多派点活，好让花花每个星期都能吃一次，不过她牙不好，只能吃软的东西。那老板人不坏，他还教了我点手艺，说要是干得好就让我一直干下去。唉，要是一直待在那里也蛮好。对了，我的衣服和鞋子都是他买的，还是我自己挑的呢，我长这么大还没自己挑过衣服，穿了好长时间。哎，墙角那堆就是。"

小铁说了几句，肚子又咕咕地叫起来，他叹了口气，说："老子上当了，一天没吃东西还聊吃的，不是找死吗？"

"唉，你别老说脏话行不行？我不陪你聊天了。"

"老子……你小子……"

"你看看你，都说习惯了，我真不陪你聊了！"

"你个臭小子，看我不抽你。"

"阿心吃饭啦……"妈妈的声音在外屋响起。阿心放下笔，揉了揉疲惫的双眼。

"作业怎么样啦？"

"还有一半呢，快考试了，老师们都发疯了。"

"先吃饭吧，吃完休息一下，继续加油。"

"妈，学校要捐东西给灾区的孩子，我们家里有什么好捐的啊？老师说书、衣服啊，反正那里的孩子能用就行了呗，李老师说那里的孩子连饭也吃不饱的。"

"所以啊，你要珍惜现在的生活哦。"

"当然了，我可珍惜这块肉了。"阿心哈哈大笑起来，一口把肉吞进了嘴里，"那我们到底捐什么啊？"

"鸡蛋多吃点，是邻居阿姨老家拿来的，菜市场里可买不到。嗯……衣服可不可以啊，你有几件外套穿不着了，还挺新，你带去给那里的孩子穿吧。"

"好咧，又完成一个作业了。"

门口传来钥匙转动门锁的声音，阿心的笑声像被快刀切断似的戛然而止，妈妈脸上淡淡的笑容也消失了，两人都低头默默地吃着饭。一个面容消瘦、个子不高的男人打开门走了进来，径直走到里屋去翻找着什么。阿心能听到抽屉拉动声和重重的柜门合上的声音，他的心咚咚地跳得厉害。不一会儿，那男人走了出来，手里拿了一个大包，他低着头板着脸走了出去，门被重重地关上，发出沉重的响声。

阿心猛地被惊醒，睁开双眼发现眼前一片漆黑，这才知道那只是个梦，但巨大的关门声仍在耳边，仿佛真的发生过一样。阿心的双手都被反绑在了身后，动弹不得，只有静静地躺在地上，慢慢让心跳缓下来。额上的冷汗滑了下来，阿心喘着气，使劲把额头往小铁的裤子上蹭了蹭，硬是把汗给蹭掉了。

"天好像黑了……"小铁的身子抖了一下，从昏睡中醒了过来，看了看靠在脚下的阿心，嘀咕着。他已经没力气去踢阿心了，可他发现阿心瞪着一双眼睛正盯着自己。小铁被吓得打了个寒战，骂道："你小子发神经啊，黑漆漆的小眼睛瞪那么大干吗？我告诉你，你瞪再大也……"

"我忽然想起一件事。"阿心眼中发着光，让小铁想起了漆黑夜晚里野猫的眼睛。

"什么……什么事？你不会是被什么东西附身了吧。你可别咬人啊，我的肉臭……"

"那儿有块板，正好用来磨绳子。"

两人在黑暗中待了好久，已经能在微弱的光线下看清屋里的东西。屋里堆放着好多破椅子、柜子，有块破桌板掉到了地上，斜斜地躺在那里。小铁张大了嘴，感到有些吃惊，他捋了捋思路，说："就算把绳子弄断了也不行，怎么出门啊？肥猪从外面锁上门了。"阿心挪到断裂的木板边，开始用破口子磨绳子。小铁嘟囔着说："这块板是被肥猪撞倒掉下来的吧，这肥猪可帮了咱不少忙。唉，你这么有经验，以前是不是老是被绑起来啊？"

肖陵站在远处，看着酒店门口停着的红色凯迪拉克，口袋里的手机响了起来。他犹豫了一下，接起了这通陌生来电。

"肖陵？"

"哪位？"

"我是唐青云，你大哥公司的员工。见面聊，我已经快到酒店了，我加你微信。"

肖陵挂了电话，抬头又看了一眼那辆红色凯迪拉克，心情更加沉重了。他转身走进酒店。

没过多久，那位眼熟的年轻女子走了进来，酒店大堂内只有肖陵一个人坐着，她便走过去在他对面坐了下来。在这一小段时间里，肖陵一直冷冷地盯着她看，仿佛她随时都会掏出枪来行凶一般。面对肖陵审视的目光，唐青云却显得丝毫不以为意，安然落座，随意得就像在自己家里一样。

"你看起来没你大哥高，脸也没那么方，我见过你穿警服的照片，现在瘦了不少啊。"

"你应该有什么要告诉我的吧？"肖陵没接她的话。

"我和你一样，是来救人的。"和刚才在电话里的说话风格一样，她的话简洁有力，省去了烦琐的客套，一句话就把她此行的目的说了出来。但在肖陵听来，她这句话却说得有些含糊不清。

"有那么简单吗？那个人贩子是怎么回事？还有，小峰在哪里？他应该和你在一起才对吧。"肖陵说着向酒店门口看了一眼，门口空无一人。

唐青云仿佛知道肖陵会产生质疑，又或者预料到了肖陵那审讯般的语调。她气定神闲地向前台招了招手，示意送两杯茶过来，说："要把这两个问题讲清楚就要多花点时间了。不过，你既然知道人贩子的事，说明你在跟着我，这样也好，省得我解释了。"她转头谢了端茶水过来的服务员，拿起茶杯轻轻吹了吹浮在水面上的茶叶，又把杯子放了下来。"我刚到这里的时候差点开车碰到一个男孩，把他的衣服弄脏了，那男孩挺有骨气的，拒绝了我给他的钱。我看他状况不太好，就给了他一张写有我手机号码的纸条，想帮帮他。可没想到，后来我接到了一个电话，打电话过来的男人说那男孩在他手上，想要赎回的话就得照他说的做，所以我就赴他的约了。"

"还挺大胆。不报警？那个人贩子威胁你了？"

唐青云耸了耸肩，无奈地说："万一我报警，那男孩真的出事了，那怎么办？我想了想，还是先接触一下。"

肖陵叹了口气，仿佛在遗憾她的决定很不专业。

"至于小峰，我在和那人贩子谈好后，他自己出现了，他似乎是在跟着我。我本想直接把他带上车送回家的，可刚买了点东西就听他说要帮我去找人贩子，一转眼就不见了。所以我联系了你这个警察，看看你有什么办法。"

"是前警察。"肖陵仍然很严肃地看着她，问道，"你知不知道你冒了多大的风险，因为还有一个危险人物在跟着小峰。"

唐青云淡淡地说："我知道，我就是跟踪那个人来到这里的。"

这句话里的信息量过于巨大，肖陵意识到了事情比自己想的更复杂，但同时事情似乎在往合理的方向走。于是，他端起面前的那杯茶，借着合适的温度喝了一大口，没有马上开口追问。在稍稍考虑了一会儿后，肖陵说："你知道有跟踪者，也就是说你知道是谁在威胁信陵集团，威胁小峰，并且如果我们继续跟踪他，就能找到小峰？"唐青云满意地点点头，说："看来'警界之星'这个名头不是假的。没错，我能跟踪上那个人，所以就算我们一时找不到小峰，但只要跟着他，他找到小峰，我们也就找到了。"

　　肖陵皱了皱眉。唐青云猜测他对"警界之星"这四个字有点敏感，她说："但问题是，我刚听说这人很难对付，所以我需要确认一件事。到时碰上了，你能不能制服他？"

　　肖陵终于笑了笑，说："看来你是要找一个帮手。"

　　"没错，普通人没有那样的能力，再说了也不能让普通人冒这样的险，只有警察……"

　　"很遗憾，我已经不是警察了。"

　　"也许你穿的衣服不是警服了，但你还是来到了这里，插手了这件事。"

　　"小峰是我的侄儿，要不然……"

　　肖陵说到一半主动停了下来，唐青云却笑了起来，说："不管怎么样，你来就够了，正好可以当我的助手。"

　　肖陵淡淡一笑，说："你这话听起来像是付东说的。"

　　"运筹帷幄有付东，冲锋陷阵看东鹏，你……"

　　唐青云的话音还未落，却见肖陵伸手到冲锋衣里，再伸出来展示给唐青云看时，手指上赫然沾着鲜血。

　　唐青云吃了一惊。

　　"死里逃生病肖陵。"肖陵的语调中带着些自嘲，说："你和人贩子谈好，带着小峰离开的时候，我碰到了他，这就是他送给我的见面礼。"

　　唐青云慢慢把茶送到嘴边，浅啜了一口，说："要不还是报警吧。"

　　肖陵的脸上挤出一个难看的笑容，那意思仿佛在说："看来是被看扁了。"

　　唐青云读出了他的想法，无奈地努了努嘴，说："你都受伤了，总不能指望我去制伏他吧？我只练过射箭，没练过格斗的。"

　　"不用担心，会有人来帮忙，不过，你是不是应该说明一下你所知道的情况。"

　　"要不这样，以防万一，我们现在就跟上去，然后我慢慢和你解释，怎么样？"唐青云说着，在手机上操作了一下，然后把屏幕展现在肖陵的眼前。肖陵看到了屏幕上的一张本地地图，上面还有一个红色的点在跳动，仿佛警示的红灯一般。肖陵仔细一看，红点距离酒店并不远，想到自己身上的伤和不知去向的小峰，他点了点头。

阿心累得满头大汗，在饿了一天的状态下去磨断紧绑在身上的绳子，几乎把阿心仅有的体力都消耗完了。庆幸的是，绳子终于被磨断了。阿心如释重负地靠在墙边，感觉手臂都快抽筋了。

"该死的孔布，这绳子磨着怎么没动静……等老子出去后要是不给他来一百发必杀重炮，老子就不姓铁！"

"真有姓铁的人啊？"

"废话，老子就姓铁，不服气啊。"小铁哼哼着，磨到手了。

"你还真姓铁？废铁的铁？破铜烂铁的铁？"

"你才废铁，你才破铜烂铁，叫老子铁大爷！"小铁再也撑不住了，重重地靠在墙边，连头都摇不动了，喘着粗气，"真不行了，今天晚上肯定要饿死了……"

"哦对了，我的绳子磨断了。"

"咳咳……你个臭阿心、死阿心，你是专门来让老子受罪的是不是？怎么不早说？"看到阿心开始解绳子，铁大爷感到欣慰，"你胆子咋那么大？普通小孩肯定又哭又闹又尿裤子的，你是不是以前就被人贩子抓过，被抓多了就有经验了？"

"你才老被人贩子抓呢。"

"嘿，那就是你老做坏事，你爹妈老罚你，把你绑起来，这没错了吧？臭阿心！"

阿心脸一沉，把绳子往地上一扔，说："看来你力气多的是，那你自己解吧。"

"唉，不会吧，我就是说说，又不是认真的。阿心老弟，快快快，快来帮我这块破铜烂铁解下绳子。阿心大哥，咱的手都快没感觉了。唉哟，是不是断掉了，真的要断掉了……"

阿心没理他，跑到门口小心翼翼地拨弄着锁。小铁看他异常认真，好像真有那么回事似的，忍不住问："臭阿心，你还会拆锁啊？你上的什么学校啊，咱也去学学。"阿心转身走到那堆破家具前翻找着什么，没多久又跑到门口尝试，这样反复来回几次却就是不和小铁说话，只把小铁憋得难受至极。小铁嘀咕着："难道这臭阿心真能把门弄开？这也太骗人了吧，这小子到底是干什么的。"小铁正在胡思乱想，阿心却转过身来盯着小铁看。

"你你……你干什么？眼神这么怪。"

阿心咧开嘴嘿嘿地笑了笑，猛地扑了上去。

小铁吓得直哆嗦："你……你真是饿疯了，想咬人啊……救命……"

"快解绳子，破铜烂铁，这门有办法弄开的。"看到阿心帮着自己解绳子，小铁喜出望外地加快了速度，说："真的？你小子不会真是小偷学校毕业的吧。咱们是同行啊，不过你是正规军，我是游击队……"

"你才小偷！"阿心晃了晃手中的木条，得意地说，"以前我逃出去玩，回家的时候才发现钥匙没带，一下午我试了好多东西，铁丝、木片都试过，后来才知道怎么把门弄开，嘿嘿。这个门在外面反锁了，不过你看门缝这么大呢，我们不用动锁，只要用力推，再拿木条一顶，就能把门顶开。"小铁看着阿心缓慢又用力地推门，果然如阿心所说，门缝变大了，他学着大人的样子摇了摇头："你这孩子真不听话，妈妈都跟你说了不能出去玩，不能出去玩……"

"去去去，快来帮忙。"

两人凑到门口，确认楼梯上没动静后一起用力把门往外推去，两人一点点加大力气去推，门受力后微微往外顶出，门锁处的缝就更大了。阿心拿木条在那锁口子上用力顶了几下，门果然就开了。看到门骤然弹开，两人都吓了一跳，真害怕门砸到墙上发出声音来。倒是还好，门打开时擦到了地，只发出了轻微的摩擦声，即使如此也把两人吓得够呛。小铁吸了口气，蹑手蹑脚地钻了出去。外面一片漆黑，连楼下的孩子房都很安静，静得让人抓狂。小铁不断地在心里默念："要小心，要小心，别滚下去了，这次再搞砸就真要死在这儿了。"可他心跳得还是好快，真怀疑阿心都能听到。两人往楼下走去，开始几步走得挺慢挺小心，后来越走越快，小铁几乎是屏住呼吸走到一楼，阿心则紧跟着他，两人贴在一起跟连体婴儿似的。

到了一楼，小铁指了指后门，又指了指冰箱。阿心心领神会，偷偷打开冰箱的门，小铁悄悄拔去木门的门闩。一切顺利，小铁用很慢很慢的速度打开门，阿心也找了篮子装吃的，两人在黑暗中互相望着，兴奋地几乎要喊出声来。虽然没有星光，但不远处有依稀的灯光映射过来，使门口比屋内亮一些。小铁走进光亮里，四月的晚风吹来，让他感到异常舒适，哪怕一天一夜没吃东西也不觉得饿了，只要能逃出这个鬼地方，就能去找妹妹了！

小铁朝里招手，低声催阿心快出来。过了一会儿，阿心慢慢走了出来，淡淡的灯光映得他的脸色有些不对劲。

"靠，搞什么鬼，还不快走？"看他关键时刻半死不活的样子，小铁顿时火冒三丈，压低着嗓子骂他。阿心把馒头递给小铁，低声说孔布又抓来一个小孩。小铁恶狠狠地咬着馒头，低声咒骂这个死鬼孔布不知道又要祸害谁了！他恨恨地踩了踩脚，仿佛孔布是蟑螂，能一脚踩死似的。

"要不去偷听下？"

"笨蛋！要是再被抓住，他肯定要把我们的手脚全打断了！"

阿心把篮子交到小铁手上，低声说只去偷听一下，要是被发现了就拼命跑，他肯定追不上。预感到阿心要犯傻的小铁死命摇着头，可这要求不好拒绝，不帮会显得很没义气、很胆小，于是他郑重提醒阿心，有事马上跑。阿心点点头，往衣服口袋里塞了个馒头，偷偷地回到了屋里，小铁则站在门外大嚼特嚼，竖起耳朵听着屋里的动静。

孔布在屋里问着一个又一个问题："你是哪儿来的？手机里怎么会有这个号码？你和她是什么关系？"可那孩子一个字都没说。气急败坏的孔布叫嚣着要把他关进小黑屋去，饿他三天三夜。他的脚步声在屋里来回响着，嘴里不停咒骂着各路神仙大佛，还用脚狠狠地踢着椅子："臭小子，一个比一个犟，想骗我？没门儿！你们是一伙的吧？想救那小子，是不是？可恶，那女的还装出不认识的样子，我差点被她骗了！"那男孩说自己只是来这里旅游，其他的事一概不知。孔布冷笑着说："你真是把我当成傻子了，你让那几个孩子来跟踪我，到底想干什么？要不是我警惕性高，把你逮个正着，恐怕早就着了你的道吧！说，你到底知道多少事？"可不管孔布怎么吼，那孩子就这么几句话，孔布拿出手机打了个电话，然后提高了嗓音，说："你嘴硬，那就让你们兄弟聚聚！你可不要喊痛！"椅脚在地面滑动的摩擦声很是刺耳，那男孩被绑在椅子上没法挣扎，只能大声尖叫，大骂着孔布欺负小孩不得好死，但是声音传到门外已经很轻。

阿心知道情况不妙，跑出去说："不好了，孔布要把那个小孩关到楼上去了。"

"快跑啊，快！"

"可那个小孩怎么办？"

"关我什么事？先跑了再说，再被抓住就真完了！"小铁急得张牙舞爪起来。

就在这时，里屋的门打开了，那男孩的大叫声顿时变得非常响亮。小铁一把扯过阿心就往外跑。孔布看到后门开着，知道情况不妙，几步追了出来。小铁跑得更快了，阿心紧跟着小铁大步往外跑去。虽然夜里光线昏暗，看不清路，但小铁对这一带熟门熟路，完全不用想，左转右转地飞快往村外跑去。阿心紧张得心都快跳出来了，他根本不知道自己跑得有多快，感觉两条腿都没长在自己身上，要飞起来似的。他知道孔布就在后面追，想回头去看却又不敢，生怕一回头就会看到孔布的大手正从后面伸过来。两人很快跑到了河边，隔着老远才有一盏路灯的河边小路忽明忽暗、坑坑洼洼，小铁真担心一脚踩进坑里摔个狗啃泥。四处静悄悄的，也不知道是晚上几点，微弱灯光外的地方一片漆黑，就算藏了上万个鬼影子也看不到。小铁忽然想到一件事，他喘着气叫道："阿心，快……快喊……"

"喊？喊什么……"

"你猪脑子啊……当然是喊救命……"

阿心累得够呛，已经感觉不到两条腿在哪儿了，要不是有个魔鬼在后面追着，他早就累趴下了，哪还有力气喊，但一想小铁说得也对，万一有人听到就能来帮忙了。阿心张大嘴吸了口气，大声喊了出来："救命啊……救命啊，有没有人啊……快救命啊……"小铁也一起喊了起来。

这下孔布可真急了，他真不敢相信这两个孩子居然又逃了出来，早知那么难搞，就不带阿心回来了。后悔不已的孔布只能加把劲追上去，他知道万一被这两个孩子逃走，自己这个新据点就完蛋了，那几个生病的一直没脱手的孩子也没套利的希望了。可两个孩子拼了命地狂奔，短时间内孔布还真追不上。小铁和阿心撕心裂肺地喊了几声后，上气不接下气，再也没力气喊了。就在这时，前方路口转弯处人影闪动，走过来两个人。小铁一眼看到，顿时像碰到了观世音菩萨般高兴地扑了上去，喊道："救命啊，有人贩子……在追我们。"

孔布心里顿时凉了一截，他反应超快地蹿进旁边的小路，满脑子盘算着怎么快点把家里那些孩子转移，实在不行就自己跑掉算了。

前面那人扶住了小铁，大声问："小朋友，发生什么事了？"小铁大口喘着气，手脚酸麻地停了下来，感觉小腿上的肌肉在突突地乱跳。这时，孔布突然蹿了出来："死胖子，是你？"这下轮到小铁和阿心大吃一惊了！阿心拉了小铁一把，说："快跑，他们是一伙的！"可前后的路都被堵死了，左边是墙，右边是河，想跑都没路。阿心和小铁拉着手，一步步往河边退去。孔布扶着腰跟跄着走上前来，嘿嘿笑着："跑？往哪儿跑？有本事跳河啊！臭小子，胆子真大啊，快把我跑死了，我看你们真是活腻味了！"

"孔哥，这小子心里鬼得很，要不是有他妹妹在我们手里，哪管得住他。"那人一把抓紧小铁，狠狠往小铁的右腿上踢了两脚。小铁痛得大叫一声，摔倒在地。"臭小子还装！把你的狗腿踢断我看你还怎么跑！"那男子继续往小铁腿上踢，小铁蜷着身子抱头大哭起来。阿心呆呆地看着小铁在地上滚来滚去，泪珠在眼眶里打转，大叫道："不要踢了，他的腿要断了，是我说要逃的！"

"嗯，你倒讲义气，办法是你想出来的？"

"不逃出来等死啊，我们都快饿死了！"

"很好，很有骨气。"孔布阴沉着脸走上前来，伸手重重地抽了阿心一记耳光。他冷冷地对另外两个人说："捂上嘴带回去，我叫你们来商量挪窝的事，这里不安全了。"于是两个男人抓着两个小孩，随孔布往回走。阿心被抽了一记耳光，只觉眼冒金星，头晕目眩，耳边嗡嗡作响，一点声音都听不到。而小铁被拖着，右腿一瘸一拐地挪着，每挪一步都痛得惨叫一声，可因为被捂着嘴，只能发出很低的呻吟声。

这条无名的河边小路上又归于沉寂，只有远处的田间小屋里亮着盏灯。

4

"阿心！跟你说了不要跑出去不要跑出去，你就是不听！"老爸愤怒的嗓音在耳边响起，阿心畏畏缩缩地坐在椅子上，低着头，一句话也不敢说。

老爸来回踱步，双手不时在空中挥舞，嘴里不停地训斥着，但阿心都没听进去，他满脑子想的都是老爸会怎么惩罚自己，会不会一巴掌往自己头上打过来，会不会打得很痛。每次老妈加班到很晚回来的时候，阿心都觉得很害怕，倒不是怕一个人留在家里，其实他更希望一个人待着，这样就可以找小朋友玩，或者看自己心爱的书了。今天老爸比以前回来得早，当自己在外面玩得尽兴，兴冲冲地回到家时，老爸的怒火正好发作。阿心知道自己有错，就低头乖乖地听训。可老爸今天特别生气，他一边骂，一边用力拍阿心的头。就在阿心觉得老爸快出完气的时候，他的手机响了起来，老爸接起电话答应了几声后，挂掉电话，大声说："我有事要出去，你自己待在家里，不能再跑出去玩了，知道不知道！"

阿心点点头。

"不行，你已经逃出去好几次了，我不能再信你了，不然你那个烦死人的老妈又要来烦我了。"老爸恨恨地骂着，转身找来根绳子，要将阿心绑在椅子上。阿心边哭边求老爸，但老爸下了决心，不由分说硬是把阿心绑在了椅子上。他不顾阿心哭着求饶，关上房门甩下一句话："要是你以后再也不逃出去玩了，我就不绑你，今天是对你的惩罚，你好好反省反省！"

直到老爸关上门离开家，阿心还在嘶声哭喊着："爸，我再也不敢了，爸……爸……我要上厕所。"

阿心昏昏沉沉地醒来，浑身无力。他忘记自己是什么时候睡过去的了，身子动了动才发现自己被紧紧地绑在了一张破桌子上，有一瞬间，他误以为自己是被绑在了家里的椅子上。桌子倾斜着，绳子穿过破损的地方将阿心牢牢地捆在桌上，让他喘不过气来，脑中还有嗡嗡声在回响，好似被装进了十几只苍蝇蚊子，里里外外地飞进飞出。小铁就在边上，他的双手被绑在木柱子上，低着头迷迷糊糊地站着。小铁对面的墙上绑着另一个男孩，一根绳子将他的双手和墙上的铁钩绑在一起，因为绑得高，他除了笔直地站着就没有第二个姿势可以换。

"小铁……"阿心虚弱地喊了一声。让他害怕的是从自己口中喊出来的声音，自己竟然听不清楚。小铁转过头来嘴巴动了几下。阿心很用心去听，可小铁的声音像是从很远的地方传来，传到阿心耳朵里时已经微弱到无法听清。阿心突然意识到了什么，惊恐地盯着小铁，嘶声叫了起来："小铁，你说大声点，大声点！"阿心看到小铁张大嘴喊了几声，这次终于能听到小铁的话："你的耳朵流血了，痛不痛啊？"

流血？阿心被打得脸仍然麻木着，还有汗一样的东西挂在脸颊上，就像贴着块湿湿的硬布条。那是血？阿心紧张起来，耳朵流血，听不到声音……他呆呆地看着天花板，没有哭。

"他的耳朵被打坏了，要么就是被打傻了。"另一个孩子嘟嚷着说。

小铁焦躁地看看阿心，又看看那男孩，吼道："还不是因为你，要不然我们早逃走了。"

"去你的，土包子，关我什么事。"

"老子的腿都断了，阿心的耳朵都听不见了，要不是你，我们早跑了！"小铁怒不可遏，冲着那个男孩乱吼。那男孩没理他，转头问阿心怎么会在这里，他耐着性子大声问了几遍，阿心才把自己来到这里的过程说了出来。

"哼，真没出息，他给你吃碗面，你就把自己卖给他了？你就值十几块钱？"

阿心不时摇摇头，感觉听力多少恢复了些，转眼见小铁支着一条伤腿，把重心都放在另一条腿上，就问小铁腿要不要紧。小铁哭丧着脸说又胀又痛不知道骨头断了没有，那人下手真重，以后走路都要一拐一拐了。

"怕啥，你不是还有条腿嘛。"

小铁恶狠狠地瞪着他："小子，你给老子小心点，等熬过了这一段，老子让你尝尝骨头断掉的滋味。"

"就凭你？一个被绑在墙上的瘸子？太可笑了吧，哈哈哈。"

"你不是一样被绑在墙上！"小铁咆哮起来。

"那怎么能一样，峰爷我自然有办法让那家伙乖乖地放开我。你们两个要是拍拍我马屁，乖乖听我的话，也许我还能帮你们一下，怎么样？认我当大哥吧，叫几声好听的。"

"去死吧你，老子在江湖上混那么多年了，还要认你个菜头来当大哥！"

"哼，一看就是没素质没教养的小流氓、土包子。"那男孩连正眼都不看小铁一下。

"你叫啥？"阿心忽然问那男孩。

"叫我峰爷吧。"

"你是怎么被抓来的？"

小铁哈哈大笑起来："疯爷，小疯子，哈哈，好好笑的名字，真是笑死我了。小疯子，你爹妈真是太有才了，你一生出来，他们就知道你是个疯子。"

"你给我闭嘴！"

"我干吗闭嘴，我干吗闭嘴，我干吗听你的？你来让我闭嘴啊，来啊，来啊，小疯子。哈哈哈哈，真是太好笑了，哈哈哈，真是笑死了。怎么着，怎么着，瞪着我干什么？你来封我嘴呀，来封呀，来封呀！"

小峰冷笑几声："又穷又残，亏你还笑得出来。"

反应速度超快的小铁立即回骂了过去："你才残，你才残，你们全家都残！"

"哼，要不是为了帮你，你以为我会被那家伙抓进来？你小子可欠我一个大人情！"小峰非常不甘心地瞪了瞪阿心，似乎这一切都是阿心造成的，阿心应该负全责！

"唉哟喂，原来您是来救臭阿心兄弟的，真是太牛了。唉，可惜你来错地方了，这里的坏人可都是成了精的特大坏蛋，没个十年八年对付坏人的经验，你就是来找死。"小铁慢悠悠地调侃着小峰，仿佛只要这样，他腿上的痛就会好过些。

"哼，你记得那个开红车子的美女吧？"小峰干脆无视小铁的存在。阿心点点头，他想起那辆红车子差点碰到自己，也想起自己拒绝了那位美女给的钱。小峰说那个时候他也在边上，可惜没追上她，所以用钱收买了镇上的几个小孩来找她，后来为了帮美女，又去找人贩子的老巢，但不小心被抓住了。小峰最后叹了口气，说要不是为了拍美女的马屁，自己就不会这么倒霉，现在应该在哪儿大吃大喝呢。

看着小峰后悔不已的样子，阿心和小铁异口同声地说道："你骗人！"

小峰耸了耸肩，一副爱信不信的模样。

"说来说去都怪你！"小铁忽然骂起阿心来，"要不是你多管闲事，说不定我们现在也在哪儿大吃大喝呢！"

"还不是要怪他！要不是他多管闲事要帮那个美女，就不会被抓起来，我们肯定逃出去了。"阿心委屈地说。

"还是怪你！"小峰叫了起来，"我要不是为了找人贩子，就不会被抓起来，我不被抓起来，你们就见不到我，你们见不到我，就能逃出去了！那就啥事也没有了！"

三人互相指责骂了一通后都静了下来，过了一会儿，听到小铁感叹阿心是好兄弟，是条汉子，那混蛋踢人的时候能挺身而出，不容易。小峰也叹了口气，情绪仿佛受到了感染，说以后见到美女一定要冷静。三人各自沉默，表情各异。小铁精神萎靡，愣愣地在想妹妹，越想越难过；小峰呆呆地看着门口，大概在想美女，越想越神往；阿心怔怔地望着天花板，一点表情也没有。但经过一阵沉默后，阿心的内心又翻腾起来，想到自己惹了那么多事，妈妈一定很难过……

一定要逃出去！打定主意的阿心咬牙活动着已经麻木的手臂，可惜手臂根本无法动弹，而且浑身连半点力气都没有。小铁见他表情坚定地扭动起来，就知道这傻孩子又想逃出去了，他正想说什么，忽然听到楼梯下传来脚步声。小铁低声说："有人来了，快，快装死！"他说完，马上低头装作昏迷的样子，阿心和小峰也各自装起死来。

门口处传来了脚步声，紧接着门被打开了，三个小孩都假装没有听到，一点反应也没有。

"看到你们三个都在，我都开心地想哭了，至少我不用追着你们满大街跑，我看真没哪个人贩子像我这么倒霉的。"

到底是正宗的坏人，虽然三个小孩都闭着眼，可那声音听起来还是那么令人厌恶。

"别装了，我知道你们都听见了。"

孔布的目光在三人间流转："小铁，我本来想把你培养成左右手，一起赚钱，可你背叛我，真让我失望。还有你，虽然刚来，不过你能想办法逃出屋子，证明你有脑子，也有胆子。那个女人肯出五万块赎你，也肯定能出十万块来赎你。昨天那巴掌是我善意提醒你，只要你不再惹事，我保证你不缺胳膊少腿，听明白了吗？最后是你，新来的，穿最好的衣服，用最贵的手机，看得出你是个有钱人家的孩子，本来我可不想惹那么有钱的人家，不过既然误打误撞抓来了，看来不干也不行了。你现在是不是能告诉我，你爹妈是谁了？"

小峰虽然低着头闭着眼装没听见，但听孔布步步紧逼，身子禁不住发起抖来。

"嗯，我就知道要让你们明白一下我的决心，要不然你们都不会听话。看来只有委屈小铁了。"

小铁猛地抬起头来，声音颤抖地说："你干吗？"

孔布叹了口气："这个地方不安全了，咱们马上要换地方。这两位财神爷我得带走，他们可值不少钱呢。你知道太多事了，说不定什么时候就把我给卖了，本来把那小子带来就是想换掉你。唉，怎么把你处理掉呢？看在你帮过我的分上，给你个优惠。小铁，你自己说想要什么死法。"他顿了顿，屋内暂时安静下来，他的目光扫了扫三人，接着说，"要不这样，旁边的河我下去摸过，有个地方比较深，我的个头还踩不到底，要是绑上石头，保证你一口气沉到底，用不了两分钟就完事，你就不用活得那么累，还要找什么妹妹，怎么样？"听到这里，小铁终于哇的一声大哭起来。

阿心只觉一股寒意涌上心头，脑子里乱糟糟的。

"那个有钱的，要是你实在不肯说你爹妈是谁，那我收不到钱，就只好把你和小铁一样解决了，省得费事。"

"我爸……我爸是造房子的。"

"哦，是地产老板，真是条大鱼啊。谁不知道地产老板富得流油，身家怎么也得上亿吧。嘿嘿，有兄弟姐妹吗？"

"没有……"

"发财了！你至少值一千万，嘿嘿。看来是老天爷赏老子的，老子就索性干票大的吧！干成了老子就金盆洗手，做个好人。不过我还是要提醒你们，谁要是再敢耍小聪明逃出去，我就打断你们的腿，反正断了腿的儿子也是儿子，照样卖大价钱，明白了没有？"

凌晨。古镇沉浸在安静之中，远远望去，景区里只剩下路灯和少数农舍的灯还亮着。

肖陵坐在一张矮小的木椅上。一条石头铺就的表面已经被踩得光滑圆润的路在他的前边、左边、后边延伸，灯光仿佛在这些年头久远的石头上涂了一层油，足以让走在上面的人担心是否会滑倒。他的右侧是一排老房子，一面横挂着的布旗正在他的头顶随风飘荡，偶尔发出一声脆响，旗上写了一个大大的"酒"字。酒店早已关门，于是放在街边的桌椅便成了肖陵和唐青云的临时歇息处。

唐青云坐在肖陵对面，拿着手机认真地看着，颇有小孩子玩手游时的执着。

肖陵的思绪却飞到了几年前。

肖陵刚把衣服收进寝室，隔壁的任鑫就凑了上来。他的个头不高，身上也没多少肉，长着一张任何时候看起来都在笑的瘦脸，这显得他脸上的皱纹要比同龄人多。肖陵原本并不太关注他，但每次肖陵去隔壁寝室找付东聊案件分析的时候，任鑫总会大大咧咧地坐在一边听两人聊，并且很快会掌握发言权，把肖陵和付东的课后研讨变成了他个人的案情总结分析。一开始，肖陵和付东也想过拉他加入这个小型讨论组里，可听他发表过几次分析后，比较谨慎的付东还是放弃了这个想法。后来付东和肖陵另外找了两个对脾气的同学一起组成了课后案件分析小组，并且把聚会地点放在了学校操场上，完美地避开了任鑫。

不过任鑫这次找肖陵倒不是来讨论案件的，他偷偷地来告诉肖陵一件事。

"他们在评校花，你去不去看？"

肖陵转头用怪异的眼神看着他，仿佛在观察他的脑回路是否出了故障。

"去看看美女也好啊，听说还有评校草的环节，虽然应该只是个附属环节，怎么样，去不去？"

"我约了东鹏体能训练，你自己去不就行了？"

"唉，这个比赛很隐秘，你还记得上次有人找你写班里谁最帅谁最美的事吗？那个就算是初选了，今天下午是总决赛。"任鑫的语气里透露着莫名的兴奋。

"你找付尔摩斯去吧，我一会儿真的要训练。"

"唉，付东这家伙满脑子案件，太无趣了。你都练出八块腹肌了，还练什么练，做警察又不是当拳击手，主要靠脑子，又不是靠体能。"他说着点了点自己的太阳穴，那意思似乎是"这个脑子比较有用"。肖陵脸一沉，正想严词拒绝，室外走进来一个身材高大的学生，重重拍了拍床板，怒气冲冲地喝道："哪个说体能没用的？"听到这威武的嗓音，还有板床晃动的声音，任鑫的脖子顿时缩了起来，他知道被陈东鹏揪着去操场训练会是什么下场。他不得不低声嘱咐肖陵，总决赛的地点就在操场的内侧草坪上，然后迅速溜了出去。

或许还是有点好奇，当肖陵开始在操场上训练时，他有意无意地往操场内侧的草坪上看去，果然透过一排低矮的树木，他看到在草坪上聚集着二十几个人。跑第一圈的时候，他没能看清楚，只看到那些人分成了男生一排，女生一排，面对面坐了下来。肖陵估计这些人就是参赛人员。另外还有几个拿着各类工具的工作人员，聚在一起商量着事。跑第二圈的时候，情况已经发生了变化，工作人员给每个参赛人员发了便签纸和笔，肖陵看到参赛人员的胸口都挂上了号码纸，他猜测大概是要投票吧。

"搞得还挺正式……"可看到陈东鹏在前面转头瞪自己，肖陵赶紧调整呼吸跟上去，眼睛却又往草坪上瞄了一眼。就是那一眼，在一棵矮树和另一棵矮树的间隙里，他看到有个穿着翠绿色长裙的女同学端坐在椅子上，接过了工作人员递过去的便签。她的左手轻轻捋了捋头发，微笑着点了点头，表示了感谢。

他不由自主地停下了奔跑的脚步，往后退了几步，怔怔地透过树的间隙看着她。

后来肖陵才知道，这个女孩子叫秦瑜。

"想女朋友了？"

肖陵一怔，抬头看了看她，这才意识到自己走神了。

唐青云认真地盯着手机屏幕，偶尔瞄他一眼。

"不再是了。"肖陵淡淡地说，用的是和"不再是警察"相同的语调。或许是为了避开唐青云的提问，他下意识地摸出手机，发现手机里有一条新信息。肖陵看了以后，神情愈发地严肃了。他低声又凝重地问："你必须跟我说清楚你知道的一切，这个人太危险了。"他说着，把手机里的信息给她看。

窄街上别无他人，幽暗灯光下的街道显得格外幽深漫长，两人凑在暖光灯下低语，仿佛相互取暖一般。

唐青云认真地看了一会儿，缓缓往后坐直了身子，呼出一口气，表情显得有些沉重。

"这个叫吴刀的人是个杀妻的逃犯，已经逃匿好长一段时间了，他怎么会和小峰扯上关系？你又为什么跟踪他？他到底是为谁服务的？"肖陵估计大哥不知道追踪软件这事，否则一定会把情况告诉付东。而从付东和自己交流的信息来看，他也不知道追踪软件的存在，甚至不清楚有吴刀这个人的存在，如果不是自己发了信息让他查的话。事情变得复杂起来，但脉络也更清晰了。肖陵向朋友打听过唐青云，也听说了一些关于她的事，但现在看来，这个颜值、智慧和胆量超出平常水平的女孩子并不像外人传的那样，只是个为了钱财而迷惑大哥心窍、让大哥和大嫂不和的狐狸精。肖陵觉得，如果她是个只认钱的姑娘，应该不会冒巨大的风险来帮自己找小峰，也不会帮素不相识的流浪儿。

唐青云显得很镇定，从包里拿出充电宝，给手机充上电，问道："你的伤怎么样了？"

肖陵伸手轻轻按了下胸口，仍然有明显的痛感。

"你放心，我不是坏人，我是来救人的。"

"你得把事情说清楚，否则付东会来向你要解释。"

"会的，不过不是现在，况且，要救的也不止小峰一个。"

肖陵仔细想了想她这句话里的意思，却没能理解。唐青云似乎察觉到了他的想法，她扫了一眼手机里那个红点，说："我们不清楚他什么时候会行动，所以你趁现在休息一会儿吧，既然这个吴刀那么可怕，一会儿要是起冲突，还要指望你的。"

肖陵还想再问什么，但看到唐青云那认真的表情，他知道她暂时还不想说，于是他选择将身子靠到右侧的栏杆上，慢慢合上了眼。

少年的战争

天还没亮，三个小孩就都被饿醒了。小铁的双手已没了任何感觉，开始还有些疼的腿经过几次醒醒睡睡后也感觉不到疼痛了，只是麻麻的使不上力。小峰的状态好一些，至少没挨打没受伤，但是小峰饿了。这简直是遭受了核弹级别的毁灭性打击，他只希望孔布快把早饭送来，自己也不挑好坏了，只要有碗粥，有个肉包，肉包里基本是瘦肉就行。听起来这要求也不算高。就在小峰饿得想啃舌头吃的时候，楼梯处传来了脚步声，门被打开后出现在三个小孩面前的是个陌生男子。三人用疑惑、担忧、害怕的眼神看着这位个头不高、穿着黑夹克的男子。那男子的目光在三人脸上飞快地掠过，最后落在了小峰身上，接着他从腰间摸出刀来，就在三个小孩的心都拎到喉咙口的时候，那柄刀一下割断了绑住小峰的绳子，接着，他利索地把小峰背到了肩上。

"帮……帮他们也解开。"

"别说话。"

"那家伙要杀小孩的！"

吴刀身子顿了一下，转身踏步上前几刀划断了绑住小铁的绳子，又从口袋里摸出一张胶带贴住了小峰的嘴，就背着小峰下楼去了。小铁哼哼着从地上爬起来，刚才摔的那下触到腿伤了，让他猛地又疼了一阵。小铁嘟囔着说手坏掉了，他吃力地靠墙站起来，活动着僵硬的双手。阿心让他赶紧去找警察叔叔，小铁倒不情愿，哼哼着说："万一你被带走了怎么办？兄弟我有难的时候你帮我，现在我要是溜了，那多没义气。咱们要死一起死，要埋一起埋！"

吴刀敲晕胖阿姨，找到小峰后迅速撤离，这个过程只用了几分钟。然而他没想到，在胡同里刚转过弯就迎面碰到了两个男子。那两个男子见到他背着的小峰后，互使眼色一左一右地包夹上来。吴刀知道情况不妙，也不惊慌，退了几步让到了胡同拐角处，放下了小峰。两个男子一个高高壮壮，另一个则显得有些肥胖。双方互相瞪着眼睛僵持了半分钟，这半分钟让人感觉漫长至极，最终短暂的平衡被打破。吴刀摸出了刀，短刀在阴暗的天色中闪耀着阴沉沉的寒光。看到吴刀熟练的取刀动作和冰冷的眼神，对面两人更谨慎了，他们拿出了随身带的家伙——一根短铁棍和一把匕首。

"朋友，这孩子是我家的，放下小孩，立马离开，大爷就饶了你。"铁棍男用铁棍往砖墙上一敲，石砖碎屑直往下掉。吴刀一言不发地上前一步，挥了挥直刀。匕首男的双眉竖了起来，从侧面逼了上去，铁棍男也走上前几步。三人手上都拿着凶器，互相越逼越近，慢慢地到了一个突刺就可以刺到对方的距离，小峰躺在几步远的地上，看得胆战心惊。就在三人全神贯注地对峙时，小峰听到背后有人在喊自己，声音低到几乎听不见，转头看时居然是肖陵！小峰大喜，可嘴上被贴了胶带无法说话。肖陵竖起手指放到唇边摇了摇头。小峰的位置正是胡同的转弯处，所以吴刀看不到肖陵。肖陵做了个揉手腕的姿势，小峰心领神会，偷偷活动起双手来。肖陵冲他点点头，他手中拿着一根不知从何处找来的一人高的粗木杖。

那边三人又干起了架。首先发动的是吴刀，他的一个突刺被铁棍男敏捷地让了开去，而匕首男却趁机砍了过来，吴刀早料到他会偷袭，不慌不忙地闪开后一腿扫了过去，铁棍男又扑了上来。趁三人打在一起的时候，小峰往肖陵那里一滚，顿时消失在吴刀他们的视线之外。吴刀往后退了一步，脸颊上被揍到的地方有点痛，刚才虽然躲过了铁棍，却还是被打到了一拳，好在对方也没占便宜，嘴角都被吴刀打歪了，匕首男的腰上也挨了吴刀一腿。三人交手过一轮，都了解对方的本事，就更不敢轻举妄动了。就在吴刀准备发起第二轮进攻时，眼睛一瞟发现小峰竟然消失了，他吃了一惊，接连往后跳了几步来到胡同的转弯处，正看到十几步远的肖陵和肖峰。

"站住！"吴刀吼了一声，大步追了过去。

肖陵还没来得及解开小峰身上的绳索，吴刀已冲了过来。肖陵吃过吴刀的大亏，哪敢大意，他将小峰藏在自己身后，操起粗木杖狠狠地砸向吴刀。吴刀根本就没打算和肖陵周旋，他看准肖陵的攻势，滑步闪过了木杖，一把抓住了小峰。肖陵又惊又怒，收回木杖便要打吴刀，可是一抬眼就看到两个凶神恶煞般的大汉手持武器赶了过来，嘴里喊着放下小孩！这实实在在的威胁不能不顾，肖陵只得将木杖抡得呼呼带风，把那两个手持凶器的家伙逼到几步之外，不得进前。眼看着吴刀扛起小峰便往远处跑去，肖陵急得两眼都快喷出血来。唐青云突然从墙边冲了出来，她也不知道从哪里找来一把长柄竹扫帚，追上前用力往吴刀的腿上扫去。吴刀看在眼里，一脚踩住扫帚，顺势把唐青云踹倒在地，转身便逃。唐青云在地上翻滚了一圈，一把撑起来喊道："队长，大伙已经把这里包围了，收网吧！"肖陵低下头装作和队友通话："我是肖队，我是肖队，这里已经被我拖住了，收网。重复，收网，一个也不准放跑！"

铁棍男和匕首男一听情况不妙，撒开腿就跑。

肖陵暗暗吁了口气，丢下木杖就去扶唐青云。唐青云推了一把肖陵，低声喊："快追！"

"你怎么样？"肖陵看她脸色煞白，也不知道是被吓得还是有受伤。

"没事，"唐青云喘了几口气说，"快去，再慢就来不及了。"

肖陵往远处看，吴刀的身影已经转入胡同里，他把付东的手机号码报给唐青云，说："马上联系付队，他们在附近，就等着收网了。你自己小心。"他看到唐青云点了点头，便下定决心，转身向吴刀追去。

小铁咧着嘴忍着痛把身上的绳子摘干净，跳起来就要给阿心解绳子，可他忘了腿上有伤，这一用力顿时又痛得蹲了下去，哼哼了一会儿才站起身来。可阿心身上的绳子绑得特别紧，都嵌进肉里了，受伤的小铁使了半天劲也无可奈何。阿心满头大汗，躺倒在木板上直喘气，摇摇头让小铁先走。小铁可算是犟上了，他气哼哼地说："就算是孔布来，我也要给你解开，大不了和他拼命！"阿心边哭边说："小铁，小铁，除了我妈，你就是这世上对我最好的人了。"小铁嘿嘿嘿地笑了起来，说："出来混，最要紧的还是讲义气。"阿心问他怎么碰到孔布的，小铁就说了出来。原来小铁带妹妹离家出走在社会上混，碰到孔布时已经饿得不行，小铁想自己饿就算了，可不能饿着妹妹啊，所以才答应帮孔布，一开始也不知道这孔布是干这个的。后来孔布把兄妹两人分开，还用妹妹来要挟小铁，小铁没办法只能照做，他不知道妹妹在哪，只能偶尔和妹妹打个电话，再后来偷偷知道了妹妹在哪，想带妹妹逃走，可还是被发现了。

阿心正在感叹，小铁忽然低声说："嘘，有人上来了。"阿心吓了一跳，果然听到上楼的脚步声。小铁拿起一根断掉的桌腿，闪到了门背后。门又一次被打开，一个女人走了进来，阿心怔怔地看着她，说："你怎么……小铁，别打！"小铁从门后蹿了出来，抢起木棍想使劲往来人身上砸去，听到阿心提醒，又急忙收了回来，木棍打在地上，把他自己吓了个半死。

"姐姐，你怎么会在这儿？"

"她是谁？"

"就是给了我电话号码纸条的姐姐。"阿心真没想到会在这里看到唐青云，两只眼睛瞪得老大，怀疑自己是不是还在梦里。

"小阿心，看来欠别人的，不还是不行的。"唐青云笑着拍了拍阿心的脑袋。她给阿心解了绳索，两个小孩便随唐青云走下楼去。有唐青云在前面开路，两个小孩的胆子都大了很多。走到楼下，他们才发现胖阿姨躺在地上，一副睡得很死的样子，孩子们则横七竖八地躺在床上，全部睡得很沉。唐青云嘱咐两个小孩上街去找警察局，把情况说给警察叔叔听。阿心问她怎么不一起去，唐青云说她要去把另外一个孩子救回来。她摸摸阿心的头，按手机上指示的方向向另一条路追去。

"总算逃出这个鬼地方了。"小铁忍着腿上的痛，在阿心的搀扶下往外走去。早上五点多钟，路上也没什么行人，阴沉的半空中有乌云集结着不肯散去，风从河那边直卷过来，将河水往这边推，沾上了河水的寒气，分外阴冷。又冷又饿的小铁和阿心打着寒战，缩起了身子。

"这鬼天气要下雨了，我们好不容易逃出来，怎么也得出个太阳让我们开心开心啊。阿心兄弟，我请你吃东西吧，咱吃顿好的，暖暖身子。烧饼加豆浆，怎么样？"

"小心我把你吃空了。"

"嘿，小看老子，一顿早饭嘛，你铁大爷请得起。就算你吃两个大饼、两碗豆浆，再来碗拌面，也才……也没多少钱！"

阿心被他的话引得口水直流。

"还痛吗？"小铁用袖子轻轻擦了擦阿心耳边的血迹。阿心搓搓脸，觉得耳朵和正常时还是有差别，想想什么也听不到的感觉真可怕。

"这死孔布，咒他拉不出便便，咒他吃不下饭饭！"小铁咬牙切齿地骂着。

"你还是省省力气吧……小铁，快看那人是谁！"阿心的嗓音忽然变了，就像磁带机放得好好的，突然卡带发出的尖鸣声。小铁感觉不妙，抬起头来看时，发现对面匆匆走来一人，远远看去竟是孔布！

阿心和小铁互相搀扶着跌撞着跑了一小段路，但孔布跑得更快，一下就追了上来。阿心从路边抓起断树枝用足力气挥舞起来，一边挥一边让小铁快跑。小铁的双眼瞪得老大，转身挖起路边的砖头，紧紧捏在手里，一瘸一拐地跟在阿心后面，颇有一副鱼死网破的势头！孔布瞪着血红的眼睛快步走来，嘴里念念有词："你们两个居然找来警察！今天要是不弄死你们，我就不叫孔布！"头顶阴云密布，冷风从河面吹来让人浑身起鸡皮疙瘩，突然间一道闪电划破灰暗云层打在头顶。阿心只觉眼前寒光一闪，吓得一缩手，手上的树枝打到了胸口，痛得直哆嗦。孔布趁机一把抢走了阿心手上的树枝，随手往地上一丢，便劈头盖脸地往阿心头上打去。阿心双手抱住头，脑袋脸颊连连被孔布打到，只觉得眼前天昏地暗，头重脚轻地往地上倒去。一声惊雷响起，小铁吓了一大跳，手上的砖块差点掉到地上。

"我砸死你！"小铁将手中半块砖头狠狠地砸向孔布。孔布急忙伸手去挡，手被砸得生疼。孔布一脚踢开阿心，抓住小铁，对着他的脸就是重重两巴掌。小铁只觉得脸上火辣辣的痛，耳朵里嗡嗡作响，连孔布的面孔也看不清了。小铁迷糊中看到阿心一动不动地躺在地上，以为阿心被孔布打死了，想到自己马上要被沉到冰冷的河底，他尖叫起来："救命啊，杀人啦……"孔布立刻捂住他的嘴巴，将他脸朝下压倒在地上，抽出皮带把小铁的手绑起来，又脱下小铁的裤子把他的腿也绑起来，狠狠地说："小铁啊小铁，我说过你再不听话，我就把你绑上石头丢到河里，看来你是很想试试水有多深啊。好，我今天就满足你！"他伸手抓起地上的泥巴就往小铁嘴里塞。小铁拼命摇着头，孔布就一手抓住他的嘴，一手往里面塞，没塞几下小铁就恶心地呕吐起来。孔布见他不再喊，将他扛起就往河边走去。

风骤然猛烈起来。

光着双腿的小铁在孔布的肩上无力地挣扎着，嘴里塞满了泥，沙沙黏黏的，让他直犯恶心，不断把嘴里的泥往外吐。小铁没吃什么东西，等把泥吐干净后，口水混着胃液继续从胃底冒出来，想止也止不住。

豆大的雨点突然间倾盆而下，刚才还阴沉灰黑的半空现在透出了一点亮光，灰白、沉重而又压抑的云层显得咄咄逼人，仿佛蕴藏着无尽的怒火。电光在云层上方闪耀，雷声如滚石般在四处回荡，没人知道闪电会在什么时候穿透云层光临大地，也没人知道惊雷会在什么地方响起。孔布正担心有人看到，这场雷雨反而帮了他的忙，隆隆的雷声将其他声音完全掩盖了下去，雨幕拉起的无数道密密层层的珠帘阻断了人们的视线。孔布低头寻找合适的石块，却模糊地听到远处有人大喊："警察！把孩子放下！"声音传到耳中时已经很轻，但孔布还是吃了一惊。他转头望去，看到一便衣男子正从胡同口转出，飞快向自己奔来。孔布顿时手足无措起来，他狠狠跺了几下脚，用力把小铁往河中间抛了出去，然后往那男子跑来的反方向狂奔。

雨点劈打在脸上，如同被小石子打中般生疼。

孔布不会知道，他这个看似聪明的举动真是把陈东鹏的怒火彻底引爆了！他和队友们身着便衣分散埋伏在周边，听到小铁的叫声后赶来，正巧远远地看到孔布把孩子往河里扔，这种丧心病狂的举动顿时让他的怒火一发不可收拾。陈东鹏朝着河边狂奔，冒着暴雨跳进被雨点击打得水花四溅的河中。可小铁已经顺着河水往外飘去，在大雨的打击下很快沉了下去，连挣扎的力气都没有，只能一边呛着水一边微弱地喊救命。陈东鹏就像只愤怒的豹子，完全不顾大雨，也不考虑河水有多深，迅速而勇猛地向小铁游去。

孔布一边逃一边回头看，他看见陈东鹏果然去河里救小铁，密集的雨点将河面打得颤抖不已，要想看清楚他们的身影都变得不太容易。孔布突然停下脚步，原地呆呆地站了几秒钟，颤抖着手摸出手机打了通电话，大吼道："快到河边来！河边！房子西头！"他转过身双眼直勾勾地瞪着陈东鹏在水里救小铁的模糊身影，眼中闪动着疯狂的光芒，飞快地向前跑去，从路边抄起砖块就往陈东鹏和小铁扔去。一块接着一块，连续不断，半块的、整块的砖头直接往陈东鹏和小铁身上落下。沉重的砖块将水面砸起了一个又一个水花，河面就像是中了炸弹，发出连续且不规则的沉闷声响。有几块砖砸中陈东鹏，一块甚至砸到了他的头，鲜血流下来又很快被雨水冲走。陈东鹏不敢怠慢，单手把小铁托出水面，弓着身子将他保护起来，后背却又中了一砖，感觉像中了一记闷棍，陈东鹏顿觉一口气接不上来，望出去，烟雨密布的河面上更显得模糊一片。

连小铁都感受到了那记砖块的冲击力，看着陈东鹏额头的鲜血流下来，叫道："叔叔……"

陈东鹏调整了下呼吸，解开绑住小铁的皮带和裤子，问："会游泳吗？"

"会。"

"好，吸口气，我们潜下去，回去好好教训那个家伙！"

小铁的眼中闪动着兴奋的光芒，他用力点了点头。两人一起深吸了口气，往河里潜了下去。扑通扑通的砖块落水声仍然响着，陈东鹏和小铁已经消失在水下。孔布一下子失去了目标。他的脸兴奋地扭曲着，写满了胜利者的狂喜，嘴里念念有词，仿佛在窃笑又仿佛在诅咒。他两手各持一块砖，跑到河边仔细地寻找，然而混浊的河水和密集的水幕阻隔了他的视线，根本看不清哪里有人。孔布又朝河里扔了几块砖，扑通扑通几声低响后便没有了反应。他皱起眉头想，刚才那几下是不是把那个警察砸晕了。孔布又张望了一下，两人始终没有浮上水面来，这让他得意起来。然而就在他最后一眼望向河边时，却发现有什么东西在河岸边的地上蠕动。他抹了抹被雨水淋得模糊的双眼再看，离自己十几米远的河边确实有人在地上爬行。当他看清楚那人正是陈东鹏时，陈东鹏像窥视猎物已久的猎豹般一跃而起，飞奔着冲向孔布。孔布一怔，陈东鹏距离他不过四五米远。

看到陈东鹏怒吼着朝自己奔来，仿佛发怒狂奔的天神般令人畏惧，孔布这才意识到自己犯了多大的错误。下河救人和数次被砖块击中都没有影响到陈东鹏的体能，加上那被孔布一而再、再而三激起的愤怒，陈东鹏彻底爆发了！十几米的距离对于陈东鹏而言只是一瞬间，对于孔布来说只是发了一下愣而已，眨眼间，陈东鹏的铁拳已经打在孔布的肚子上。孔布突然觉得身体轻了许多，手脚顿时失去了知觉，张大了嘴却吸不到一点氧气。孔布猛然想到了死，他倒在地上艰难地抽搐着，过了十几秒才剧烈地呼吸起来。

　　陈东鹏围着孔布转了半圈，确认他没有威胁后，才向小铁招招手。小铁跟跄地走来，使出浑身的力气踢了孔布几脚，然后把昏迷中的阿心扶起来，拍拍他的脸。阿心悠悠醒过来，冰冷的雨水将他浑身打湿，失温的阿心嘴唇发紫，脸色铁青，浑身发抖。看到阿心没大碍，陈东鹏略微松了口气，正想带两个小孩去避雨，突然听到身后传来快速的踩水声。陈东鹏警惕地推开小铁和阿心，转过身来，猛然觉得左肩上一阵剧痛。两个男子一人拿着匕首，一人持着棍子，一起扑了上来。陈东鹏用手臂挡了一记铁棍，闪开匕首男的袭击，身上又中了一棍。连续中招的陈东鹏冷静得简直不像个知道疼痛的人类，他面无表情地游步闪避，将二人的距离拉成一条直线，找准机会用力一脚踹中那匕首男的腹部，将他踢得连退两步，滑倒在地上。铁棍男却趁陈东鹏单脚离地的时候猛地冲上来把他推倒在地，拿起铁棍劈头向陈东鹏脸上打去。陈东鹏挡开一棍后猛然发力将对方掀翻在地，照着对方的脸就是重重一拳，只是一拳，铁棍男就已受不了，陈东鹏没给他回力的机会，照脸又是一拳，拳头就像迅猛有力的打桩机。铁棍男顿时被打得七荤八素，眼前一片迷蒙，意识随着眼角的鲜血一起模糊起来。陈东鹏夺过铁棍，转身向匕首男砸去。匕首男正半跪着站起来，小腿正好被铁棍重重击中，腿骨断折，剧烈的疼痛瞬间袭来，他痛得大喊起来。他刚喊出声，陈东鹏的拳头扫开雨幕呼啸着击中了他的下巴，匕首男如同被闪电击中般战栗着摔了出去，重重地落在满是雨水的地上，再也没了动静。

　　陈东鹏警惕地扫视着两人，铁棍男倒在地上只有呻吟的份，匕首男更是昏迷了过去，但他突然意识到那个最早被制服的家伙居然趁机逃走了。暴雨没有停止的迹象，谁也看不清十几步开外的情景，泥地和杂草也被充分打乱洗刷，连脚印也无从查起。陈东鹏无法确认那家伙是往哪个方向逃走的，他忍着伤口的疼痛走到小铁和阿心的身边，脱下外套给小铁和阿心挡起了雨，接着摸出对讲机，联系同事赶紧过来支援。

5

孔布的房子已经被警察控制，五六名便衣警察进进出出地忙碌着。付东捏着根烟站在屋檐下若有所思，淡淡的白烟顺着他那钢针一般的头发向上飘散，将他侧面的大片短发熏成了白色。他的脸上没有多少肉，因此但凡骨头凸出的位置就很显眼，这让他的表情看起来颇为严肃，所以即使身材并不高大，也会给人一种少见的压迫感。当小章他们进去的时候，付东打断了沉思，迎出去把陈东鹏等人接进了客厅。看到陈东鹏身上的血迹和伤口，即使付东见惯了大阵仗，也不免有些担忧。他向小章询问陈东鹏的伤势。小章表示这家伙伤得不轻，要不是大家拉着，恐怕这会儿已经追嫌犯去了。付东点点头，没理会郁闷的陈东鹏，在询问了两个孩子的伤势后，和颜悦色地对阿心和小铁说："小朋友们不用怕，叔叔们都是警察，你们现在很安全，那些坏人已经被抓住了，不要担心。你们叫我付叔叔好了，有什么需要都可以说，叔叔会尽量满足你们。"

两个小孩一边流泪一边点头，分别把自己的名字说了出来，小铁问是不是真的可以提要求。付东笑着说当然可以了，于是，刚进门的徐冰蓝领到了一个新任务：买早餐。没多久，徐冰蓝把小笼包、拌面、豆浆等热气腾腾的早餐放上了桌，并高喊一声："姐姐请吃早饭啦。"阿心和小铁就像饿狼一样扑了上去。

徐冰蓝转头见陈东鹏脱去了上衣，健壮的身上多处绑着绷带，血迹斑斑的，坐在边上生闷气，她惊呼起来："我的天，小鹏子，你怎么了！碰到斯巴达勇士了？怎么伤得那么重？"付东指了指墙边那两个被铐住的男子，说那两个可是亡命之徒，今天要是换成别人，搞不好就牺牲了。徐冰蓝看到匕首男和铁棍男浮肿的脸和歪掉的下巴，吁了口气，说："还以为我们的特洛伊王子碰到阿喀琉斯了。没事，没事，你还是保持着不败战绩嘛。"她拍拍陈东鹏的肩膀。陈东鹏吃痛地大喊了起来，吓得徐冰蓝赶紧缩回了手。

付东找了张凳子坐到陈东鹏面前，说："赫克托耳，说说你的看法。"听到付东顺着徐冰蓝的话把自己叫成特洛伊王子，陈东鹏朝他翻了翻白眼。

"那个逃走的人，应该就是孔布，不过孔布这个名字估计也只是假名而已。这人狡猾得很，经常盗用别人的手机号码，用几天就又更换了。"

陈东鹏几乎要跳起来，说："那人就是孔布？雨太大我还真没认出来，早知道是他，我就打断他一条腿。他简直就是个变态杀人狂，连小孩子也不放过！为了引开我，他把小铁丢进河里，还朝我们丢砖头，真不明白天底下怎么会有这样的人！"付东按着他背上的止血贴，示意他冷静下来，说："他的巢穴不在这里，这只是他的临时据点而已，好在孩子们都救下来了。120马上就到，这些孩子要尽快送到医院才行，你也要尽快检查一下。"

"嘿，要不是这几个孩子身上有病，早被转手卖掉了吧。"

两人说话间，120急救车已经赶到了，付东和医生们进行了交接，大家一起将孩子们抱上了120急救车。之后付东向小章询问两个小孩的伤势，小章说小铁的腿没骨折，阿心的耳朵最好做进一步检查，排除脑震荡的可能。除此之外，两人并无大碍。听到警察谈论自己，小铁赶紧表示自己还没吃饱呢，他生怕桌上的一堆吃的马上就要离自己而去。

"好啦，好啦，听姐姐的，付叔叔说可以就可以哦。"

"哼，都是当阿姨的人了，还装什么姐姐……"

"小鹏子，你是不想活了，想尝尝姑奶奶的九阴白骨爪了？活该你流血牺牲。"

"我还没牺牲呢。"

"那下次争取呗。"

"你……"陈东鹏碰到徐冰蓝，就像是泄了气的足球。

付东望着屋外，屋檐上的雨水像珠帘般垂挂下来，将内外隔成了两个世界。就在阿心和小铁吃得不亦乐乎时，付东的手机收到了一条消息，他看后叮嘱大家听小章的指挥，按计划行事。陈东鹏问他要去哪儿，付东说："肖陵已经去追那个吴刀了，我得去支援他。我家里那个退休警察时常念着他，指望着他能早点好起来，我可不能让他出事。"付东点了两名便衣刑警冲了出去。

"哼，阿姨最喜欢他，没天理！"

徐冰蓝拿筷子在他头上拍了下："好啦，别小孩子气了，快吃点东西吧。"

"好，姐姐。"

"小鹏子，你找死……"

　　肖陵虽然落下了吴刀一段路，但有唐青云的信息提示，他能一直跟着吴刀。然而好运是会到头的，当唐青云发来的短信显示吴刀拐进了一条去向荒郊野岭的上山路后，肖陵知道之后的追踪会更麻烦，唐青云手机中的追踪信号迟早要断。这是条缓慢爬升的小山路，因为大雨的关系，肖陵能清晰地看到泥泞路上的脚印，脚印深是吴刀扛着小峰额外的体重造成的。急骤的暴雨略有缓和，但雨点依旧不小，打在脸上让人感觉生疼。在山路上快速追赶，泥泞湿滑，肖陵几次险些摔倒，这使得他的速度慢了下来。他调整呼吸继续往前追赶，因为受了伤，他也不敢过于消耗体力，一旦遇上吴刀，如无法和平解决，一番苦战在所难免。

　　再追了十几分钟，肖陵已经身处山腰，令他深受打击的是路上渐渐出现了碎石块，越往前碎石块就越多，直至无法辨认出脚印。当前行者脚上沾着的湿泥被逐渐蹭掉后，碎石路上就再也没有任何可供识别的痕迹，而另一边，唐青云的指路信息也没有再发来，显然信号已经消失了。肖陵停了下来，回想这一路赶来并没有看到岔路，不可能是走错了路，两边的植被比较茂盛，背着个孩子也不可能往那无法下脚的树丛里走。他便继续往前赶路。前方出现了岔路，一条往山顶而去，另一条似乎是横着绕过了山头。山道从泥路变成了被各种植物覆盖的碎石小路，即使仔细辨认也很难找到前人走过的痕迹。肖陵心想，如果自己是吴刀，挟持着一个不听话的孩子，会往哪条路上走？是选择要翻越山头的上山路，还是选择要绕过山峰的平路？

　　肖陵略一沉思，有了决定。山路两旁的枝叶、荆棘还有杂草将这条小路挤得满满当当，植物的尖刺划过肖陵的冲锋衣和登山鞋，不断发出唰唰的声音，和雨声巧妙地融合在了一起。走了一段后，前方植被渐渐稀少起来，泥路便露了出来，肖陵欣喜地找到了那串熟悉的脚印。他顿时精神大振。山路蜿蜒而上，指向了不远处的山顶。当肖陵登上山顶，赫然发现吴刀正坐在一块大石头上，小峰就坐在他身边，嘴依然被封着，双手被绳子绑在身前。看到肖陵，小峰顿时唔唔地喊叫起来，可惜只能发出非常轻微的声音。肖陵大口喘着气，停下脚步后，双脚踩在湿滑的长草上竟是有些发飘，他缓缓走上前去，点头示意小峰放心。山顶到处被长草覆盖，几棵矮小的树木丛生其间，一条小路穿过吴刀坐着的石头堆，消失在前方。

　　吴刀盯着肖陵，似乎并不意外他的出现。

　　"麻烦你把小峰嘴上的胶带撕掉吧，这样贴着他挺难受的。"

　　吴刀注视着肖陵的一举一动，偶尔向小峰扫一眼，当他看到小峰眼中的哀求之色时，终于伸手将小峰嘴上的胶带撕了下来。小峰则用一声尖叫来回应。

　　"我知道你不喜欢热闹，现在只有我们三个人，咱们聊聊吧。朵朵和小峰差不多大吧？"

　　"你怎么知道？"

　　吴刀究竟是否精神有问题，肖陵不清楚，付东提供的资料里也没有提及，这种情况让他更难以捉摸对方的心理。肖陵定了定神，笑着说："是你自己说的，那时你还砍了我一刀。"吴刀歪着头仔细看看肖陵，说："那一刀应该砍得很重啊，你的命挺硬。"

　　"可能是老天不让我死，想让我去把小峰找回来吧。你也一样，要找回朵朵。"

　　吴刀的神态顿时萎靡了下来。

　　"是谁把朵朵带走的？"

　　吴刀脸颊上的肌肉抽动着，眼神中透露着疑惑，问道："你……你到底是谁？"

"我们都是想救孩子的大人。"

看到肖陵态度温和，吴刀放松了些警惕，叹气说："要是朵朵在身边就好了。"他见小峰冷得发起了抖，嘴唇也冻成了紫色，便脱下外套，用力拧干水，披在小峰的身上。

"小峰，还不谢谢叔叔。"

小峰看看肖陵，又看看吴刀，迟疑着说了句谢谢叔叔。

"你说说是谁把朵朵带走的，我们一起去救朵朵吧。"

"哼，你怎么救得了朵朵？只要我把这孩子带回去，他们就会把朵朵还给我，还会给我一笔钱，我和朵朵就能过上好日子了。"

"不能信他们，他们要是再用朵朵要挟你，那怎么办？"

"闭嘴！你听到没有！你不要再跟着我，否则我对你不客气。"吴刀喘着气，双眼圆睁怒瞪着肖陵。

"叔叔……你就放了我吧……"

吴刀转头看着小峰，目光渐渐又变得柔和起来，说："孩子，我也不想害你，可我也想和朵朵过好日子……叔叔虽然杀过人，可叔叔不是坏人。"

"那你就听陵叔的吧。陵叔说话算话的，我们一起去救朵朵，好不好？"小峰又饿又累又冷，一边哆嗦一边说，连牙齿都在打战。

吴刀委顿了下来，说："朵朵那么小就没了妈，太可怜了……"

肖陵柔声说："我知道你没想害小峰，我一定帮你把朵朵救出来，好不好？"

吴刀的眼神不断变幻着，在大雨中，他缓缓站直了身子，表情变得异常认真，说："我不会害这孩子，可是我答应了他们要办的事得办好。"

肖陵的心沉了下去。

"你不是坏人。你不要挡着我，我会杀了你的。"

"我是绝对不会让小峰跟你走的。"

吴刀翻手摸出刀来，说："那你就试试吧。"

一道寒光当头劈下，夹杂在大雨中的劈砍让人难以看清，雨点随着刀光铺洒，给人致命的错觉。肖陵吃过一次大亏，哪敢大意，迅速往后退了一大步。吴刀的动作很谨慎，同时保持着勇猛和冷静两种特质，每一次进攻都迅猛而留有余地，不留破绽，不给肖陵还手的机会，肖陵几次想找机会进攻，都被他稳若泰山的气势给压了回去。但吴刀同样不敢过于逼近，一旦自己进攻太猛，防御上难免会出现错漏，肖陵就会借机反攻。此刻的他完全变了一个人，仿佛擂台上的拳王，步步为营，稳中求胜，将肖陵逼得连退了几步。

没多久，吴刀就发现肖陵行动迟缓起来，他意识到在受伤和爬山的双重消耗下，肖陵的体能已经所剩无几，这从肖陵踉跄的步伐上得到了证实。吴刀的出手更加迅速，直刀连续劈砍，其中还夹杂着腿击，让肖陵防不胜防。肖陵刚躲过一刀，胸腹处就中了一脚。这一脚的力道虽然不重，但震到了伤口，火辣辣地疼。他脚下被石块一绊，整个人向后仰去，滚倒在草地上。

吴刀没有追击，他持刀而立，雨水将刀刃洗得雪亮，喝道："你走吧，你不是我的对手。"

肖陵翻身站起，大口喘着气，他看到吴刀目光中的一丝怜悯后笑了起来："你的身手真好。谢谢了，如果不是为了救孩子，我们可以做朋友的。"

"你真的不走？"

"小峰是我的亲人。"

"好，我保证会把小峰安全地交到他们的手上，他们会怎么做，我就不知道了。你再追来，我真的会杀了你。"吴刀的表情异常严肃。

"好，看在你想放我一马的分上，我也向你保证，无论发生什么，我都会尽力帮你找到你的女儿，把她带到你身边。"

"什么意思？你站都站不稳，还想打赢我？"

肖陵把脸上的雨水抹去，说："刚才趁你不注意，我已经偷偷把刀丢给小峰了……"

吴刀一惊，转头往小峰坐的地方望去，小峰已不见踪影。看来刚才趁两人打斗之时，小峰已经逃走了。"你真是找死！"吴刀暴怒起来，他猛地转身，想狠狠教训肖陵。然而在那一瞬间，他心里突然感到了强烈的不安："难道这是他一开始就想好的？见到我时装出体力不支，趁我不注意时丢刀给小峰，当小峰逃走后诱使我回头，然后……"

这个想法在吴刀的脑中一闪而过，快得如同刺破乌云的闪电，几乎同时，肖陵的拳头打到了吴刀的脸上。如中铁锤，吴刀只觉脑中轰的一声响，还没感受到剧痛，肖陵的第二拳又打在了吴刀的腹部。吴刀这才意识到自己太低估肖陵了，肖陵先前的示弱都是为了现在的爆发。然而连续的迅雷般的两拳并没有击垮吴刀，他久经训练的身体有着比普通人更强的抗击打能力。吴刀的身体突然往左边闪跌开去，正巧闪过了肖陵的第三拳。第三拳打空的肖陵突然发现自己暴露在了吴刀的刀下，这一惊非同小可。他转头去看吴刀时，又看到了他手中的寒光。肖陵的双拳迅猛凌厉，像半空中响起的连环惊雷，而吴刀手中的刀却带着死亡的气息，宛如死神手中的镰刀。他的手自然一划，刀光就在肖陵的右肩闪耀出了一道完美的弧线，鲜血顿时在雨中绽放开来。双方身体的冲力仍在，肖陵不容吴刀有任何再挥刀的动作，不顾伤口直接向吴刀压了下去，死死地将吴刀持刀的手压在地面上，两人顿时扭打在一起。

连续的大雨将所有被乌云笼罩的地方都清洗了整整一个小时，山石被大雨冲洗得一干二净，找不到一点尘埃；青草根根挺拔碧绿，一尘不染；泥土地在大雨的冲击下被完全湿润，一脚踩下会陷进去半个脚，更难以站稳。两人重重地倒在了地上，肖陵死死抓住吴刀的手腕，双腿也绞住了他的腿，将全身的重量都当成武器完全缠住了对方。吴刀的四肢都被控制住，一时也无可奈何。吴刀这时才感觉到来自脸和腹部的疼痛，他歪着脸忍着疼说："我真是小看你了，不过你能压制我多久？"

"能多久就多久，只要小峰逃远了就行。"

"你还在流血。"

"你救女儿没错，但不能害别人，这是底线，我可以救小峰，但不能杀你，这也是底线。"

"底线？哼，天真。"

肖陵笑了起来："我们讲和吧，反正小峰已经逃走了，警察马上就会来，我和你一起去救朵朵，怎么样？"

"朵朵……"听到女儿的名字，吴刀的眼神猛地变了，嘴唇颤抖起来，"不行，我的朵朵……"

肖陵察觉到了他的变化，大吼道："你真以为把小峰带到他们面前，他们就会放了朵朵？他们这么卑鄙，你还信他们？我看天真的人是你才对！"吴刀原本飘忽的眼神被肖陵的吼声吸引了回来，然而当他再次凝神看着肖陵时，眼神已和刚才完全不同。肖陵仿佛从他的眼中看到了魔鬼，四肢传来的感觉告诉肖陵已经无法再压制住他了。

肖陵的瞳孔突然收缩起来。吴刀大吼一声，发力将肖陵掀翻，跳起来顺势就是一刀。刀光将雨帘划开，带出一道水珠的弧线，正好从肖陵的脖子前划过。濒死的觉悟让肖陵浑身战栗起来，他知道语言已经无用，如果不能在短时间内打倒他，自己就会死在这里！肖陵的精神无比集中起来，目光紧跟着吴刀的攻势，身体的灵敏度也达到了极限。吴刀显然不再克制自己，疯狂地挥舞着直刀，吼道："你让我怎么办！要不是为了朵朵，我早就不想活了。我回到家里才知道老婆跟别人好了，老头得了肺癌，朵朵饿得就像条瘦狗……你知道我有多对不起朵朵，多对不起老头！家里什么也没有，什么也没有了！那个女人把家里所有值钱的东西都卖了……老头临死前还骂我是不中用的混蛋，不中用的混蛋！"肖陵被吴刀凌厉的刀光逼迫，一句话也不敢接，生怕稍不注意，自己的哪个部分就会和身体分家。他感受到了吴刀的伤心和恐惧，所以对吴刀燃不起一点恨意来，这使得他更为被动。可伤口不允许肖陵一直防御下去，胸口伤处渗的血越来越多，肩膀更是已被鲜血染红，再拖下去即使不被吴刀砍死，也会死于失血过多。肖陵的意识渐渐模糊起来，冰冷的雨水淋在身上，和血水一起将肖陵的体温带走，他的速度在不知不觉中降了下来。吴刀的进攻却没有半点减缓，他手中的直刀在肖陵胸前划了道口子后又重重一脚踢在肖陵胸口，翻转手腕一刀向肖陵插下，誓要将肖陵刺穿。

"陵叔小心！"

听到小峰的叫声，吴刀的动作迟疑了一下，他似乎想回头看一眼，确认自己是否听错。肖陵突然抓住吴刀的手腕，左拳自下而上拼尽全力击出，正打在吴刀的肘部。吴刀惨叫一声，右手把住左臂，接连向后退了几步，滑倒在地痛得打起滚来，那把让肖陵惧怕三分的刀也掉到了地上。肖陵脸色惨白，拾起刀丢得远远的，踉跄着冲到小峰身边，左手放到胸口处一摸，摸到满手鲜血。小峰把肖陵扶到大石块上坐下，看到肖陵剧烈地呼吸着，浑身都是鲜血，小峰吓得嘴唇颤抖起来，手忙脚乱地给肖陵捂住伤口。肖陵骂道："你……你怎么没跑，你不怕死啊？"小峰流着泪说："陵叔你一个人留在这疯子身边太危险了，你流了那么多血，你可千万不要死啊，呜呜呜……"肖陵摸摸小峰冰冷的脸，说："陵叔不会死的，流点血没关系，就当是献血嘛，献血有什么可怕的，你说是不是？"话虽这样说，但肖陵不敢怠慢，割下衣服绑在伤口上止血。小峰突然叫了起来："陵叔，他又站起来了……"肖陵一惊，果然看到吴刀颤抖着站起身来，他浑身上下沾满了淤泥和断草，嘴唇发白，一条手臂挂在身边，另一只手撑着大腿，一步步走过来，望着小峰，嘴里念念有词："朵朵……我要和朵朵过好日子……"

小峰被吓得面无血色，躲到了肖陵身后。

"醒醒吧，你连路都走不稳！"肖陵怒吼。

吴刀赤红了双眼，突然向肖陵跑来。肖陵咬牙站起身来迎敌，可他能站稳已经很勉强了。谁知道吴刀没跑几步，脚下一滑，身子重重地摔倒在地。连续的变化让肖陵和小峰紧绷的神经都快崩断了，肖陵拉着小峰走远了些，远远地观察吴刀的动静。吴刀的头似乎撞到了什么，他的身子在地上轻微扭动着，再也站不起来了。肖陵吁了口气，安慰小峰说："没事了，没事了，大BOSS已经被打败了。"肖陵的心缓了下来，看来吴刀已经没能力再威胁自己了，突然失去压力的他这才感到身体如同死了一般无力，几乎连一根手指都动不了。小峰浑身上下都被雨水淋透，嘴唇成了黑紫色，不住地发着抖。肖陵真担心小峰瘦弱的身子会经受不住这样的磨难。虽然半空中的乌云有些散去，雨也渐渐小了起来，但山间温度并没有升高。肖陵抱住小峰，两人都感觉暖和了些。

"陵叔，他的手是不是在动啊？"

肖陵凝神看去，果然看到吴刀的右手在轻轻颤动着。"小峰，陵叔现在和你说的话，你要认真听，因为非常重要。虽然他做了坏事，但小峰一直说陵叔是个好警察，好警察是不能见死不救的，对吧。陵叔要去看看他的情况，如果陵叔被他打倒的话，你记住，你什么也不要管，一路跑下山找警察帮忙。记住，你只管往山下跑，千万不要回头，千万不要停，也千万不要再回来……"小峰抱住肖陵大哭起来："陵叔不要，你已经不是警察了啊，他会杀了你的，你会死的，你流了那么多血，都已经死了一大半了。"

"这不还活着一小半呢，陵叔会小心的。"肖陵搓了搓小峰的脸，"还记得我们以前说的，男子汉应该怎么样？"

"善良、勤奋、勇敢……做不到的是乌龟，呜呜……"

"呜呜可不是男子汉该做的事哦，陵叔就知道小峰是男子汉，一定要记住陵叔的话。"离开肖陵的怀抱，小峰觉得更冷了，不仅是嘴唇，连脸都发青起来，浑身打战着点了点头。肖陵拿着刀，小心翼翼地向吴刀走去，靠近时才发现他已经昏迷了过去。肖陵用力把他翻过来后看到吴刀的额头被砸出个口子，血正往外流。肖陵割下布条，给他包扎起来。或许是伤口的疼痛刺激到了他，吴刀睁开眼睛，看到肖陵正在给自己包扎，他叹了口气，低声说："这次……是你赢了……"

"我们都没输，我们都还活着。"

"我两次都差点把你杀了……你还要救我？"

肖陵笑笑说："我和小峰约好要做男子汉的，我们都要做到善良、勤奋和勇敢，谁没做到谁就是乌龟。我可不想当乌龟。"

"……你不恨我？"

"你要救女儿，我理解，我不怪你，我们都有必须去做的事。"

吴刀虚弱地躺在地上，眼泪止不住地流淌着，嘴唇颤抖着说："对不起……真对不起，我真不是个东西……我把朵朵她妈杀了，害得朵朵那么小就没了妈，现在又来害你和那孩子，我连老爸和女儿都照顾不了，我太不是人了……"

"谁都有倒霉的时候，过去了就好了，朵朵会好起来的。"

"你真是个好人，你和那孩子的约定一点也没错……朵朵要是在的话，我也要和她约定……可……"

"我保证会找到朵朵，把她带到你身边，我说到做到。"

"从来没人帮我，他们都说我是个只会练功夫的疯子……只有你肯信我，你的心肠跟菩萨一样，我们这算约定……"

"算，我们都要遵守，谁没做到谁就是乌龟。"

吴刀艰难而又无力地握住了肖陵的手："谢谢你……我发誓，我再也不拿刀了，只要朵朵回来……我再也不干犯法的事了。我去打工赚钱，我会好好待朵朵，不让她再吃苦了……求求你一定要把朵朵找回来，这孩子太苦了……求求你……"吴刀感觉头越来越晕眩，眼里看到的一切东西都在旋转，他吸了口气急促地说："裤子袋里有……有……"肖陵伸手去吴刀的裤子口袋摸索，果然摸出一小袋用塑料纸包起来的东西。肖陵转头想问吴刀时，发现他已经昏迷了过去。肖陵把小袋保存好，探了探吴刀的脉搏，情况还正常，额头的伤口也没再流血。他吃力地站起身来，眼前猛然一片漆黑，瞬间觉得天旋地转，整个人失去了重心，他仅剩的意识告诉自己，完了……

然而他并没有摔倒，瞬间，他感到有人扶住了自己，紧接着他失去了意识。也不知过了多久，他微微睁开眼来，隐约看到有个人影在眼前晃动，一会儿近一会儿远，他看不清楚是谁，只觉得那身影像记忆中的一位女同学。他浑身酥软，甚至连微微抬头的力气都没有，但好在意识并没有再次失去，他甚至能听到一些声音。雨声已经渐渐消失，也不知道是雨真的停了，还是他无法听到。接着，他觉得暖和了些，有人正往他身上裹着什么，有一个很好听的声音在他耳边说："警察在往这儿赶了，不过可能还要等一小会儿。小峰被冻昏了，我担心他冻伤，先背他下山去了。"肖陵努力想伸出手来，被一只柔软的手轻轻按住，那个声音说："你放心，你和小峰都会没事的。"

也不知道是不是从这句话中获得了安慰，肖陵放松了下来，再次昏迷过去。

中　篇

6

车开得很慢，但些微的震动还是会造成伤口疼痛。肖陵并不在意，和两天前相比，现在的疼痛几乎可以无视。他保持着沉默，对虚弱的自己不太满意，车窗外的雨水让他想起了山顶的那场大雨，还有闪耀在雨中的刀刃上的寒光。从床上醒来时他就听到外面雨声不断，他懒得去碰手机，懒得和别人说话，所有的一切包括时间和地点对他来说，都不重要。他确信小峰已经安全了。他想起了自己在昏迷前听到的那个温柔的声音，那显然不是秦瑜，而是唐青云。不知为何，虽然对她并不了解，但肖陵对她却有一种莫名的信任。

徐冰蓝开着车，带他离开了古镇医院，车子并没有开上回城的高架路，而是转弯开进了一条村路。车速较低，轮胎在水泥路上滚动，发出细微的碾压积水和小石子的声音，即使徐冰蓝开得很小心，仍难免些微颠簸。路两侧的农田在阴郁灰暗的天空下显得毫无生机，车大灯开到了最亮，也照不进远处那座沉浸在风雨中的小村落。车子熟门熟路地开进村里，最终停在一幢三层的自建楼前，灯光照亮近处的空地和停在那儿的三四辆车。附近的空气中滚动着浓浓的肉香，偶有交谈声从房间里传出来，又被雨水冲刷得不见踪影。徐冰蓝停好车，撑起一把伞，打开了车门，水珠便顺着伞面滚落到车身上、地面上。肖陵坐起身来，望了外面一圈，发现这里既不是医院，也不是公安局，更不是自己的新家，他略略松了口气。灯光映着徐冰蓝俏皮的笑脸，她做了一个"请下车"的动作。肖陵没有去握她伸过来的手，一头钻了出去，在雨伞的护佑下走上楼梯，穿过走廊，来到走廊尽头的房间里。付东坐在沙发上，单手托着下巴正在沉思，看到徐冰蓝和肖陵进门，付东的脸上浮现起久违的笑容。他起身指了指椅子，走到窗口大喊一声："老蔡，上菜了。"这一声大喊让陈东鹏从沙发上惊醒了过来，他一把扯掉盖在头上的外套，扬起头叫道："肖陵这混蛋到了？"

"到啦。"徐冰蓝笑嘻嘻地给肖陵拉开了椅子。

"臭小子，你可算是来了。"陈东鹏在肖陵的肩上用力拍了一下。肖陵咧着嘴一声不吭地承受了下来。虽然看到了老同学和老同事，虽然房间里没有外人，但他仍然是那副闭着嘴懒得说话的模样，哪怕是疼，他都懒得哼一声。

付东瞄了他一眼，说："看来你的伤比我想象的要重一些，我看你还是待在里面比较安全，一出来就差点儿丢掉小命。"

"你们都希望我在里面孤独终老吧。"

"哟，说话了！哈哈，我赢了，快给我发红包。"徐冰蓝大笑着对陈东鹏说。

陈东鹏气鼓鼓地摸出手机来给徐冰蓝发红包，一边埋怨肖陵不争气，付队的第一句话居然就得到了他的回应。肖陵这才知道自己一进来就着了付东的道。

酒菜很快就上来了，四个人，四道菜：大盘白切鸡、大盘剁椒鱼头、大盘蒜泥茼蒿、大碗鸭血豆腐汤。徐冰蓝给三人倒上了酒。

"还是你们最爱吃的，特别加了量。"徐冰蓝笑吟吟地看了陈东鹏一眼。陈东鹏不开心地咧了咧嘴，也不知道是不是又扯到背上的伤口了。

"真是难得啊……我等这一天已经等了两年多了，好歹今天我们四个人又能像以前一样围在一张桌子边了。"付东拿起小酒杯，说，"来，今天这顿算是我们三个请肖陵的，大家都得喝一口。"

肖陵似笑非笑地看着付东，说："你的胃好了？能喝白的了？"

"只要是个医生都说队长不能喝酒，不过这一杯是早就说好的，一定要喝。"徐冰蓝瞅了瞅队长。

付东举起酒杯大声说："第一，我们敬肖陵同学恢复自由身；第二，敬我们成功打掉了人贩子团伙，救回了孩子们；第三，敬我们在经历了一段时间的分离后，又能重新聚到一起。干了！"说完，他伸长了手臂。

难得见到付队有这样情绪激动的一面，徐冰蓝的眼眶瞬间热了起来，她拿起茶杯就碰了过去，陈东鹏也端起了酒杯，三个人静静地看着肖陵。肖陵却有些无动于衷，他缓缓站起身来，举着酒杯，说："第一，我虽然出来了，但还是个罪人，身上还背着罪名；第二，人贩子团伙虽然打掉了，孩子也救回来了，但主犯仍然在逃。所以，庆祝还为时过早。"

"那就为了我们重新聚到一起，干一杯吧！"徐冰蓝忽然喊了一声。

"小丫头片子，别在那儿起哄，我都不知道这水有多深，你冲进来不怕溺水啊？"

"小鹏子，你不是叫我姐姐的吗？"

"肖陵，你说的没错，所以今天这个局不单单是为了庆祝你出来。你的出狱只是一个开始，接下来才是重点。信陵集团、吴刀，还有唐青云，这些事情的背后很有可能牵扯你当年的案子。我知道不让你碰这案子是不可能的，你这小子肯定满脑子想着怎么给自己洗刷罪名，所以，咱们边吃边聊。"付东凝视着肖陵，笑意中带着几分严肃。

"好！这才像你付东。"肖陵举起酒杯，四个人的杯子重重地碰了一下。

徐冰蓝把车子停在小区的路边，感叹老小区里要找个停车位可真不容易。她前后左右看了又看，不知道是担心自己的车会影响别人的进出，还是担心车子没停好容易被擦伤。肖陵的心思没在停车的事上，在约了徐冰蓝去见陆焰的妻子后，他一直沉思着不说话。两人下了车，往小区的北面走去，一路上，两人在路边停着的车子和路上行驶的车子间来回避让，总算来到一幢六层的旧式小楼前。

"队长带我来过一回，不过陆焰的妻子态度很差，不太配合。"

肖陵点点头，把墨镜戴上，徐冰蓝按响了门铃。

"啪"一声响，楼下的铁门打开了。两人走上五楼，右边的家门已经半开，门口却空无一人。往屋里望去是一个长方形的小客厅，地上铺着灰色加黑点的地砖，墙的下半侧用竖条木板装饰了起来，上半边则贴着老旧的墙纸，一张木制的浅色调桌子靠在墙边，顶上是一把吊扇灯，扇面上积着些黑色的灰尘。

徐冰蓝弯起手指，在门上敲了几下，里面走出来一位四十岁左右的女子，正是陆焰的妻子。她身穿一条质地优良的绸质衬衫，配一件灰黄相间的包臀格子短裙，涂着口红，看起来是一副刚从外面回来的模样。她扫了两人一眼，认出了徐冰蓝，便让两人进屋来。徐冰蓝介绍了一下自己，又说肖陵是自己的同事。陆焰的妻子便问徐冰蓝有什么事。

趁徐冰蓝和她聊天，肖陵打量了一下屋内：这是一套大概七十平方米的老户型房子，南面是两间卧室，其中一间外接阳台，中间就是现在三人所在的客餐厅了，这个区域比较小，也没有像样的沙发，北面则是厨房和卫生间，还有一个小小的后阳台。肖陵注意到南面不通阳台的卧室门半掩着，似乎有个小女孩在里面，偶尔传出些声音来，还有肯德基的味道从里面飘出来。

"我们这次来没有什么特别的任务，只是看看你有没有需要我们帮助解决的问题。"

"那谢谢你们关心了，我这儿挺好的，家里从四个人变成了两个人，没人吵架，反而清静了。"她坐在徐冰蓝对面，目光停留在桌上的塑料果盘上，面无表情地说。

"离陆焰出来的时间也不远了，相信你们很快就能见面了。"

陆焰的妻子没有说话，她微微皱了皱鼻子，算是一种回应。

"你女儿也在家？"

"嗯，放学了，正写作业呢。"

"四年级了吧？那你有时间接送吗？"

"那么大的孩子，可以自己上下学了，钥匙都给她的。"

坐进车里后，徐冰蓝着急地问："你确定她没认出你？"

"嗯，她本来就不熟悉我，这两年我黑了不少，也瘦了不少，再加上这副墨镜，应该没问题。"

"有什么收获没？"

"不出意外的话，她外面是有人了。"

"就因为她对老公即将出狱的消息没什么反应？"

"不仅如此，你说她一次也没去狱里看过陆焰，还有她那身衣裙、门口那双闪亮的皮鞋、比较正式的妆容，看得出她平时还会做瑜伽来保持体形。但她似乎并不怎么喜欢女儿，她女儿的房间里堆了一些她的东西，包括瑜伽垫，乱得不像是有母亲帮忙收拾的样子。总之，虽然她的儿子去世了，老公又进了监狱，但她自己过得似乎还挺滋润。"

"可这能说明什么？"

"付东说陆焰进去之后，过了一段时间，他的老婆换了个收入不错的好工作？"

"是的，这事我们查过，是陆焰的一个朋友帮的忙。据说两人关系很好，正好公司有个空位，就安排了陆焰的老婆，没发现什么可疑之处。"

"能查到这家公司和信陵集团有无间接关系吗？"

"没有业务上的往来。"

肖陵沉默了一会儿，说："那就查这家公司和信陵集团或相关企业的往来，比如控参股企业、股东入股情况、上下游供应商，包括竞争对手，还要查该公司老板的私人关系网，包括他是不是在和陆焰的老婆鬼混，都要查。"

"这个……你大哥不配合，他们提供的有关信陵集团的资料只有薄薄的十几张纸。"

"哼，大概是怕查出什么不想被你们看到的东西吧。这家伙到底干了些什么，只有他自己知道。"

徐冰蓝听他的口吻似乎很是怀疑肖信的所作所为，便颇有同感地说："信陵集团真的很不配合，他们似乎做了很多防范工作，普通人没那么容易查到集团的核心资料。可越是这样，就越是让人怀疑有问题。"

"这些年他变得很厉害，有的时候我根本不敢相信他是我大哥。他要是真的能配合，也许当年我的案子就会有转机。"

"要是你大哥真的有问题，怎么办？"

"法办。"

徐冰蓝知道肖陵不是说笑，她赶紧换了话题："我就觉得奇怪，她的儿子死了，她就不心疼？还有心情在外面鬼混？"

肖陵哼了一声，说："很多人说可怜天下父母心，可事实上，很多家庭里最可怜的就是孩子，这些孩子因为父母吃了很多苦，长大后也会变得和父母一样。"

他靠在车上，闭上了眼睛。

徐冰蓝把车开到肖陵居住的小区门口后，转头看了眼车上的时间，肖陵便问她是不是还有其他事要办。徐冰蓝说这次人贩子团伙案里有两个被困的孩子得到解救后偷偷地溜走了，现在下落不明。在两个孩子中，那个操着外地口音的孩子来历不明，不过另一个本地口音的孩子的身份已经确定了，所以付队吩咐去他家里走一下，看看能不能了解到一些情况。

肖陵知道自己即使回了家也会睡不着，便问要不要一起去，徐冰蓝答应了。徐冰蓝联系了阿心的妈妈，阿心的妈妈说自己已经搬出了原来住的地方，现在住在出租房里。徐冰蓝一边和阿心妈妈微信聊天，一边摇头叹息。肖陵知道她大概是在为阿心的家庭环境而叹息。

见面后，让肖陵颇感意外的是，阿心的妈妈给他和徐冰蓝留下了相当不错的印象，肖陵感到这位妈妈对阿心很负责任，也很关心阿心。通过聊天，肖陵和徐冰蓝搞明白了为什么阿心会离家出走，为什么阿心妈妈会住到出租房里了。很显然，阿心有个非常不靠谱的爸爸，不仅抛弃了阿心和妈妈，还抢走了他们唯一的房子。

肖陵回到家后发现自己还是睡不着。这套大哥送的房子里似乎住着魔鬼，这魔鬼附身在所有的新家具、新电器上，肖陵甚至能在浴室的镜子里看到他的模样，这让肖陵感到浑身难受，让他一刻也待不下去。他觉得，无论睡在哪里，也好过躺在这个用两年牢狱生活换来的新房子里。于是，他刻不容缓地逃离了这套名为"家"的房子。

　　肖陵躺到旅馆的小床上后，枕着手臂把几方关系都想了一遍。唐青云为什么跟踪吴刀？吴刀背后到底有什么势力？吴刀和陆焰是不是受同一伙人指使？人贩子团伙和这伙人有什么关系？从自己两年前就着了他们的道来看，这伙人显然预谋已久，他们不惜牺牲陆焰陪自己入狱，是不希望自己去帮大哥，说明他们的目标是信陵集团，他们究竟想做什么？信陵集团里到底还有多少人是他们的内应？大哥到底知道多少内情？

　　"肖信这个家伙要是肯配合的话，事情就要容易得多。"一想到肖信拒绝配合的态度，肖陵就是一肚子气，这个大哥实在没有一点让他喜欢的地方，不论是对小峰的付出还是对警察办案的配合，他都显得相当吝啬，他只喜欢在自己的世界里当皇帝。监狱里的陆焰是那伙人的帮凶，显然不会提供什么信息，如果想要他开口，就要从他的家庭和孩子入手，但非常不易，因为很明显陆焰是有了心理准备和某种交易才做的这事。吴刀虽然被抓获，但他的女儿仍然在那伙人手里，以他十分在意朵朵的安全，再加上他的精神状态不正常，要从他身上得到信息也不容易，除非能找回朵朵。最有希望的突破口还是唐青云，她一定知道很多肖陵不清楚的信息，她要是肯配合，这个案件一定会有突破。想到这里，肖陵心中已经有了对策。他从衣服口袋里摸出吴刀在昏迷前交给自己的塑料小袋。袋里放着一张朵朵的照片和出生证明，照片上的朵朵看上去六七岁，瘦小单薄，穿着大红色的方格粗纹棉外套，整个人像只小猫似的被裹在衣服里，惹人疼爱。照片是在房间里拍的，阳光从她身后的半扇窗口照射进来，不远处还有起伏的群山。朵朵的眼神让肖陵错觉她是在黑暗又寂静的密室中往外张望，一双因为营养不良而凹陷的大眼睛里透露出来的是七分警惕和三分害怕。

　　肖陵不敢再看照片，朵朵似乎在透过照片述说着不幸，这让他陷入了不安，他从未看到哪个孩子的眼神中包含着这么复杂悲哀的感情。让肖陵更为难受的是，每当他看着照片上的朵朵时，耳边总是会回响起吴刀在山顶发疯般砍人时说的话，这让他的心头仿佛压了块重重的石头，喘不过气来。

　　现在，肖陵只想尽快找到朵朵。

少年的战争

　　吴刀穿着医院的病号服坐在付东面前，头发被修剪得干净整洁，除了被包扎的伤口和手腕上的手铐外他看上去与常人无异，他表情麻木，眼神中没有任何神采。一开始，付东甚至怀疑他失忆了，可徐冰蓝说吴刀只是精神状态有些异常，对外界的刺激没反应，因此一句话都没说过。付东问徐冰蓝要了吴刀的资料后随手翻看了起来。没一会儿，他合上资料，缓缓往后仰，靠在椅背上掐起了眼角。就在徐冰蓝以为付队要放弃这次沟通时，付东忽地凑上前来，和颜悦色地开口道："吴刀，我们聊聊吧。我们找到了一些关于你的资料，没想到你从小习武啊，现在能吃苦练功夫的人可真是少见了。"付东停顿了一下，继续诚恳地说："其实，有很多事情既然已经过去了，那就不再重要，当下最重要的是，你有一个女儿，她叫朵朵，是吧。"

　　吴刀的眼神晃动了一下，仿佛平静的水面起了漩涡，原本麻木的表情也变得生动起来。

　　"你和肖陵都能安全回来，真的太好了。"付东取出一张照片放到吴刀面前，"那天你们可都伤得不轻，不过好在你们最终解决了分歧。肖陵就是这样一个人，表面吊儿郎当，内心却火热善良，这也是我能和他成为死党的原因。来看看，这是我们在警校时拍的照片，你能认出哪个是肖陵吗？"付东的手指轻轻敲了敲照片，嘴角浮起了微笑。吴刀的眼珠奇迹般地转动起来，循着付东的提示在照片上寻找。付东凝视着他，直到他的目光在某个位置停止不动，才说："没错，后排左边起第三个就是肖陵，他是警校的名人，长得帅，成绩优异，打架也在行，耍酷对他来说是很自然的事，女同学们都被他迷得一愣一愣的。来，看看，这可是我的珍藏。"付东转身从包里拿出一本相册放在吴刀面前，他一边翻相册，一边给吴刀讲解照片是在哪儿拍的，里面都是些什么人。吴刀认真地看着。徐冰蓝也好奇地凑上前去看照片，她注意到了吴刀的变化，不由暗暗钦佩付队心思巧妙，经验丰富。等到一本相册看完，吴刀已经和之前完全不一样了，他的眼神变得专注起来，注视着付东。

　　"我的女儿……叫朵朵……朵朵她……"吴刀只说了一半，泪水突然涌上眼眶，表情变得痛苦而内疚。

付东柔声安慰着，让他不要担心，警察一定会把朵朵找回来的。

吴刀低下头想了会儿，似乎是下定决心了，说："那天他保住了我的命，我的命是他给的……我没见过他这样的人，我要杀他，要抢他的孩子，他却来帮我，一点都不记恨。"

"警察就该保护他人，我们都发过誓的。"付东望着手中的照片，思绪似乎也回到了过去。

"后来我把找朵朵的事拜托给了他，我知道他一定可以找到朵朵的，你说是不是？他不是普通人，你说是不是？"

"是！他一定可以找到的！我们都会尽力帮你找朵朵的。你好好休息吧，要是有什么想和我说的，随时可以让门外的警察来找我。"付东说着拍拍吴刀的肩膀，走出门去。陈东鹏在门外等候着，似乎是有什么事情要汇报，两人边说边往外走。徐冰蓝也安慰了吴刀几句，把门轻轻关上后追了上去，问道："队长，队长，前天给你介绍的那姑娘怎么样？见面了没？"付东和陈东鹏一起转过头来，陈东鹏一脸好奇，付东则有些尴尬。徐冰蓝看到护士的目光中带着责备之色，忙轻下声来，但仍然不依不饶地问："队长，你去见了没？我可是从阿姨那里领了任务的，要负责到底。"

付东转回头，往停车场走去。

"唉，别这样嘛。人家好心给你介绍，你总要抽点时间去看看的嘛……"

徐冰蓝正说着，付东的手机响了起来，他看了眼信息，朝陈东鹏使了个眼色。陈东鹏心领神会地点了点头。

徐冰蓝还想说，却被陈东鹏一把拦了下来，"别叫了，队长有事。"

"有事也要找对象吧，他也不小了！"徐冰蓝振振有词。

陈东鹏见付东已经走远，便低声说："队长要去见个线人。"

"什么案子？"

"没说。咱队长办过不少大案子，你知道外面有多少人恨不得他出事吗？"

徐冰蓝怔怔地看着这个平时非常粗线条的家伙，意外于他谨小慎微、低声说话的样子。

"队长上次见线人的时候被三个人围住，还被捅了两刀，要不是他身手好，现在就剩张照片了。"

"有这事……我怎么不知道？"

"没伤到要害，不过口子蛮长，他捂着伤口自己开车去的医院。我也是看到驾驶室里有血迹才追问出来的，要不然他会瞒着所有人。出了那事后我都尽量跟他一起行动，要是他有事，我哪儿还有脸去见阿姨啊……好了，对象的事你帮队长留心着，不过我不敢保证他会去相亲。还有，队长受伤这事你要保密，那天的车子还是我亲自洗的，千万不能让阿姨知道。"陈东鹏说着快步走上前去，坐进了付东的车里，只剩下徐冰蓝呆呆地站在医院门口，看着车子消失在眼前。

每次去监狱探望陆焰，徐冰蓝的心中都会产生一抹挥之不去的忧伤，毕竟陆焰的妻子和孩子都没有去探望过他，他待在监狱里孤零零的，就像被丢弃在暗室角落里的破玩具。前两次，徐冰蓝还会讲些他家里的情况，让他不要担心。通常陆焰不会有什么表示，即使徐冰蓝问他有没有话要带给家人，他也只是微微摇摇头。这一次，徐冰蓝犹豫着是否要把他妻子生活得很滋润的事说出来。来之前，肖陵的意思是说出来看看陆焰的反应，如果对陆焰有所触动，说不定就能打开他的心理防线。但看到他清瘦的脸颊和黯然的神色，徐冰蓝实在有些难以启齿。就在她左右为难，并最终决定交流到此结束时，陆焰忽然说话了。

"我快要出去了，麻烦你转告陈婷，孩子最好能归我。如果她一定要，我也要有探视权，我没有其他要求，资产全归她。要是她同意，等我出去，我们就去办手续。"

徐冰蓝一怔，试探着问："你要离婚？你老婆知道你的想法吗？"

陆焰的嘴角抽动了一下，发出了一声几不可闻的冷笑："怎么会不知道？都好几年了，要是我早点放她走的话，也许孩子就不会出事了。"他的表情不见一丝痛苦，但是眼泪却滚落了下来。

"要不要我找你老婆过来，你们自己谈一下？"

"不用，她的意思我早就知道了，麻烦你帮我转告就可以了。"他说着擦掉了眼泪，面无表情地站起身来向徐冰蓝浅浅地鞠了个躬。

见他要走，徐冰蓝着急地拍起玻璃来，于是陆焰再次拿起了话筒。

"付队让你安心服刑，他说这个案件快被侦破了，不管是谁害了孩子，他都会找到真凶，不会让你的孩子死得不明不白！"

听到这话，陆焰再也控制不住自己的情绪，紧紧地捏着话筒，放声痛哭起来。

7

阿心在古老石桥上发着呆。他一大早就从破沙发上醒来，阿姨们跳广场舞的动静打破了他睡懒觉的愿望。他张望着那只昨天晚上收留自己的破沙发，它仍然缩在不远处那家饭店的门口，阿心怀念着沙发给他带来的温暖和舒适，前几天发生的一切都像电影一般在他脑中流淌而过。

想到可能会被警察叔叔送回老家，小铁怂恿阿心找机会偷溜了出来。为了忽悠阿心陪自己去找花花，小铁先陪阿心去找了一趟妈妈。遗憾的是阿心并没能见到妈妈，远远地，他看见家里多了一个不认识的女人，让小铁上前打探才知道妈妈已经搬出去租房子住了。虽然不知道为什么妈妈会从家里搬出去，但阿心松了口气，他开始想象妈妈现在住的地方会是个什么样。至于老爸，在拿到房子后，应该不会再折腾了吧？他的小脑瓜还没把事想清楚，小铁就开始说找花花的事了，两人便又赶回了古镇。可两人费了老大劲，也没能找到什么线索，事实上他们根本不知道该怎么找线索。后来，小铁上网的瘾犯了，他带着阿心去了以前光顾过的某家网吧，小铁倒是自在地上网聊天玩游戏，而阿心却非常不适应，尤其在知道这家网吧没有营业证后，他坚决地离开了那里。

小铁自然不会陪着他。

阿心在公厕里洗了把脸，又跑到桥上看风景，除此之外，他也不知道该做什么。古石桥边除了大妈就是大爷，能在这风景宜人的地方锻炼身体，倒确实让人身心愉快，遗憾的是如果想填饱肚子，光看风景可不行。长河边上虽然有各种风味小吃店和餐馆，但大多不会这么早开门，阿心怀念着昨天晚上那家小吃店，东西好吃，分量足够，价格也很公道，吃一顿能顶一天。阿心肚子里的馋虫催促着他向那家小吃店跑去，可当他兴冲冲地跑近小吃店门口时，却惊异地发现有个小孩正蹲在门口，一脸愁容地东张西望着。

小铁！

阿心揉了揉眼睛，隔着马路惊奇地看着小铁，怀疑自己是不是眼花了。阿心才看了几眼，小狗一样机敏的小铁就嗅到了阿心的味道，他眼睛一亮，像是认准了骨头的小狗一样蹦了起来，几步蹿过马路一把将阿心扯住。阿心这才相信眼前的小铁是真的，他转身要逃。小铁一把扯住他的衣服，瘪着嘴可怜巴巴地望着阿心，好像打碎了花瓶的小狗趴在地上乞求主人的宽恕。这副表情和平时的小铁太不相符了，阿心脑中满是他叫嚣着要教训小峰和拿砖块拍死孔布的画面，怎么也无法和眼前这只可怜又委屈的哈巴狗联系在一起。

小铁忽然咧嘴一笑："臭阿心，我请你吃早饭呗！"

虽然这事有点奇怪，但一大碗馄饨外加一个茶叶蛋确实进了阿心的肚子。阿心拍拍肚子，这顿早饭的丰富程度超出了他的想象，而且一分钱也没花，这让他感到高兴。小铁一边吃馄饨一边偷偷看阿心，一向吃东西狼吞虎咽的小铁今天吃得特别慢，等阿心吃完了，他还有半碗没动呢。阿心又开始怀疑这个小铁是不是真的了，他晃动着身子左看看右看看，小铁的眼珠也随着左转转右转转。阿心把筷子往碗上一搁，生气地说："吃那么慢，是不是网吧里泡面吃多了啊？"一说到网吧，小铁难受了，支支吾吾地说："没吃泡面，阿心你不要生气嘛。"

阿心哼了一声。

小铁眼泪都快掉下来了。

阿心突然大笑起来，一边笑一边拍着小铁的肩膀，说："傻孩子，骗你的啦，我昨天晚上睡在沙发上，舒服极了，那个黑网吧又臭又闷还全是烟味，有什么好的。我的床就在河边，空气好极了，你看我现在多精神，你看，你看。"

小铁卸下了重担似的整个人都轻松了，他半瘫在椅子上，喃喃地说："还好还好，老天保佑，老天保佑……"

"你发什么神经，破铜烂铁？"

小铁一改刚才的颓废，坐直了身子飞快地把馄饨吃下去，抹了抹嘴："你还帮我找花花不？臭阿心说的话还算数不？"

"哼，你要是再说脏话，我就不帮你了！"

"好，果然是条汉子，那我们就一……一……就这么定了，你帮我找花花，我就不偷东西，也不说脏话！要是我偷东西、说脏话，你马上回家找妈妈！"小铁向着阿心伸出小手指来。

"好，一言为定。哈哈，看我非把你说脏话的毛病治好了不可！"

"对！一勾为定，嘿嘿！"

两人伸出小指互相勾了下。

阿心站在石墩上苦思冥想该怎么找花花！小铁则蹲在一边，脸跟着来回踱步的阿心而左右摇摆着。看到阿心皱起眉，望着长河一筹莫展的模样，小铁说了件事出来。昨天晚上阿心离开网吧后有个人在QQ上找小铁，是古镇上的朋友，叫小高。小高告诉小铁，在邻居家里见到过花花，可后来就没再见到了，据说是被带走了。阿心追问带去了哪儿，小铁却支支吾吾地说不清楚，后来又说不管怎样都得花钱，还是先想想咋赚钱吧。说到钱，阿心顿时愁成了苦瓜脸。小铁翻箱倒柜地把身上的钱全取了出来，说那天警察叔叔来了后，他找机会把房子里散放着的钱全搜刮了一遍，可只有这么多。他说着重重地叹了口气，把钱分给了阿心一些。阿心嫌那是偷来的钱，摆摆手说不要。小铁顿时给他一通教训，说这是工钱和医药费，还说这点钱算什么，按国家规定至少得给十倍。阿心很意外他居然还知道什么国家规定，又一想没钱也没办法去找花花，于是便把钱接了过来。接着，小铁把自己的钱分成两份藏了起来。阿心奇怪他为什么要这样做。小铁解释说这是为了防小偷。可是这些钱也不多了，恐怕支撑不到他们找到花花，阿心便问小铁有什么办法。小铁冷哼一声，说："要是能偷的话……"

话还没说完，就被阿心坚定坚决地否决了。

"瞧！"小铁也学他的样摊了摊手，接着眼珠一转，说，"还有个办法。"

"快说！"

"要不咱们找小峰帮帮忙？他那么有钱。"

"他？"阿心的脑中飘过小峰嚣张的模样，他不明白为什么小铁会想找小峰帮忙，小铁这家伙不是很讨厌小峰吗？阿心慢慢地摇了摇头："他为什么帮我们啊？再说我们也不知道他在哪儿啊。"

"笨阿心，那个漂亮得跟天仙一样的姐姐不是去救他了吗？那小峰肯定和她在一起啊。"小铁的脑子灵活得很。

"那又怎样？"

"唉，你不是知道她的电话吗？打一个问问不就行啦？"

阿心怔怔地想了想，最后在小铁期盼的眼神中摇了摇头。

虽然阿心没有同意，但小铁可不会轻易放弃，他死缠烂打地绕着阿心转，都叫好几声"阿心哥"了，可阿心仍然拒绝提供唐青云的电话号码。小铁实在没办法，只得恨恨地在一边坐了下来，嘴里抱怨阿心不是好兄弟，自己太伤心、太难过了。阿心说要靠自己找到花花，再说了，小峰也不一定会帮忙。小铁冷笑着嘀咕："你有啥本事，再搞不到钱，我们马上都得饿死。"阿心捏了捏拳头，以示不能偷的决心，但随即又软了下来，说："小铁你带着花花都能活过来，你一定有好办法。"小铁得意地笑了起来："你可别小看铁爷，铁爷没啥本事，不过想要饿死咱，没门。就算不偷，我也能活！"看到阿心那崇拜的小眼神，小铁说："来来来，看在咱们是好兄弟的份上，我就教给你吧。"接着，他意气风发地跳上石墩，手舞足蹈地来了一个霸气的造型，大声喊道："行走江湖本门不传之秘技，第一招，偷！"

阿心恨不得离小铁远一点，免得别人把他也当成神经病，他赶紧示意这招已经讨论过了，求第二招。小铁更认真了，耍了几步不知道从哪儿看来的京剧身段，嘴里还"呛呛呛"地配着音，最后一亮相双手往天上一招，说："行走江湖本门不传之秘技，第二招，要！"要？阿心的脑袋瓜上冒出了个问号。小铁见阿心连这个也不懂，忍不住翻了个白眼。他收起夸张的身段，脸上顿时挂起一副可怜相，好像七天没吃饭，九天没睡觉，六十天没洗澡的样子，低着头双手往前伸着，嘴里嘀咕着说："行行好，行行好。"

"要饭啊？"

"废话，要钱更好，总比要命强！"小铁朝他翻了翻白眼。

"这个……也太丢脸了，求第三招。"

小铁恼了，吼道："你这也不行，那也不行，还出来流浪个鬼啊？早点回家找老妈喝奶吧。你以为流浪好玩啊？哪个神经病喜欢出来流浪？铁爷我是没办法，知道不？没办法！铁爷我待在家里要害外婆受苦，我不出来就要被人骂死了！你家里有妈管，有床睡，有澡洗，学校里有书读，有妹子看，还溜出来流浪，没吃没睡的，你有病啊！"小铁气鼓鼓地在石墩上坐了下来，别过头再也不理睬阿心了。小铁在答应阿心不说脏话后，果然有所改进，至少已经从"老子"改为了"铁爷"，听起来文雅了许多。一看小铁真发火了，阿心便软了下来："我这不是想帮你找花花吗……哟哟哟，别生气，别生气。"

"哼。"

"有没有第三招了？"

"有！太有了！有一招最笨的，又累又苦，你肯做吗？"

"肯啊肯啊，快说快说，只要不偷不抢不做坏事就行啊。"

"嘿，要饭也是不偷不抢不做坏事啊，你觉得太丢脸是吧？你都不知道要饭来钱有多快，打工哪能赚到那么多钱。"

"好吧好吧，要饭……要饭确实比饿死好，比上孔布的当好，这么一想要饭简直太好了，就是我没啥经验……还是先说说第三招吧，铁爷，好不好？"

小铁哼了一声："第三招是省！"

阿心嘀咕着说已经很省了啊，买的都是便宜的东西。他的话果然引来了小铁的一阵讥笑："你这种菜鸟流浪狗怎么会懂，蛋炒饭很便宜吧，馄饨和茶叶蛋也不贵吧？昨天的蛋炒饭八块，馄饨和茶叶蛋是……六块五，加起来是……十四块五！"小铁对于自己的算术能力颇有些得意。阿心喃喃地说："那怎么省啊，要吃饱最少也得五六块钱。"

"给我十块钱，铁爷就教你，怎么样？嘿嘿。"

阿心看着洋洋得意的小铁，咬咬牙从口袋里抽出十块钱，拍在小铁手上，说："成交！"

半小时后，阿心坐在离菜场百米远的一块空地上，面前堆起了一个用石头搭的灶头，一口崭新的薄铁锅正架在上面煮着东西。他一边煮一边乐，偶尔还去周围找些可以当柴火烧的杂物。在灶头边有两个大塑料袋，里面放着小铁从菜场里买来的菜：发黄变蔫被虫子啃过的菜叶子、过期的豆腐、断成了一小截一小截的粉丝、三个长得东倒西歪满脸麻子的苹果，还有一大堆个头不一的土豆，以及不知道从哪儿切下来的边角料肉渣。阿心唯一能接受的是土豆，他觉得大小不均匀不是问题，甭管长啥样，吃到肚子里都一样，便洗得干干净净放进锅里煮。但无论如何，这两袋东西只花了十四块钱，这简直就是个奇迹。阿心估计这些东西能让他俩支撑好几天，他乐得简直合不上嘴。

阿心远远地看到小铁走回来，手里还拿了个小袋子，估计是找到好吃的了。小铁在阿心对面坐下，老师上课般地说："生火可是流浪的十大秘技之一。只要不下雨，铁爷我随便找点什么就能把火生起来，能煮汤，能烤肉，能烤火。去年冬天，全靠我偷衣服，天天找柴生火，要不然花花早冻死了。"他说着从小袋子里抓起点东西就丢进嘴里。"破铜烂铁，你带什么好吃的回来了？"小铁一把将东西藏到了身后，得意扬扬地说："没你的份。"阿心泄气地坐了下来，把骨渣、肥肉和盐放进了锅去，用树枝做的木筷搅了一阵，沾着汤放到嘴边尝了尝，说："不吃就不吃，我这土豆烧肉可是名菜，老妈经常烧，可好吃了。"

小铁咧咧嘴，提醒他锅里这可是土豆烧土豆！阿心从锅底好不容易挑起一小块骨头，说："你看这不有肉吗，有骨头就有肉味啦。"

小铁从神秘的袋子里抓了点什么丢进嘴里，又抓了两块递给阿心，说："得了，得了，解解馋吧。"阿心开心地用树枝把神秘物挟了过来，放在眼皮子底下看看，还闻了闻。看他又闻又看又研究的模样，小铁顿时有意见了，他一把伸出手去就要抓回来。阿心飞快地把东西放到嘴里轻轻地嚼了几下，咦了一声，接着把其他几块也塞到了嘴里，大口嚼了起来，一边嚼一边问这是啥肉。小铁慢条斯理地说："给你就吃，别问那么多，问清楚了说不定你要吐出来。"阿心没理解他的意思，只好用筷子搅动着锅里的土豆，不时把筷子放到嘴里尝尝滋味，咂咂有声，一副无比美味的样子。

"这么多东西只花了十四块钱，我的天，真是超级无敌大秘技啊，哈哈哈哈……"阿心不停傻笑着。锅里的肉渣已经开始起作用，油慢慢浮上水面，骨渣也被热气泡带到汤面上不住翻滚，香气随之飘散开来。阿心终于熬不住了，挟起一块小土豆，放到嘴边直吹气。小铁却不着急，提醒阿心小心拉肚子。阿心把土豆架在牙齿间凉着，正要一口咬下去，谁知一打滑，土豆滚到了柴堆里。阿心顿时像只被射了一箭的野猪般跳了起来，趴在地上撅起屁股找土豆。土豆虽然找到了，可上面沾了些泥灰。阿心自言自语地把土豆皮剥掉，放到嘴里用力嚼了几口，不住地点着头。

小铁忍不住问熟了没，阿心一边嚼一边点头，相当享受的样子。小铁立即挑了块大土豆用衣服裹着剥了皮后丢进嘴里。阿心这才吐出口气，说："还真的没熟。"小铁知道上当了，张嘴就想骂人，可发烫的土豆在嘴里，想骂又骂不出，只能发出咕咕的声音。

"哈哈哈哈，我可没说熟了啊……"

"那你点什么头啊！你个臭阿心！"

阿心哈哈大笑着加了些树枝，把火烧得更旺了。小铁则把头枕在石头上斜躺着对停在树枝上的鸟吹口哨。阿心见他口哨吹得不错，便也想学，谁知道连吹了几次都没发出声音，惹得小铁大声怪笑起来，一下就把鸟给吓跑了。小铁愤愤不平地踢了阿心一脚。阿心问他怎么口哨吹得那么好，小铁哼哼着说还能咋样，没事找事做呗。

"对了，你爸妈去哪儿了？怎么会不管你们的？"

"嘿嘿，管娃哪有赚钱要紧。那些大城市里的人哗哗地赚钱，吭吭地造房子，咱们山里人还能咋样？丢下娃们哧哧地卖力气呗。"

"那你妹妹叫花花，你姓铁，你妹妹叫铁花花啊？"

"去你的！"

"难道你叫铁长草？"

"臭阿心！"

这是小峰第三次从车后座上醒来，和前两次一样，他躺着一动也不动，要是没有保险带绑着，他会觉得是睡在家里名贵的沙发上。难受的是嘴里残留着怪异的味道，用两瓶可乐都冲不掉。

"这家伙仗着长得漂亮，居然敢逼本少爷吃药！哼！"

海浪冲击海岸的声响一阵阵在耳边回荡，有时轻盈，有时轰鸣，像起伏的钢琴曲般澎湃动人。他忍不住跟着弹动起手指，《海之恋》的指法就随着海浪声弹奏了出来。小峰居然想念起家里那台施坦威钢琴来了。第一眼看到它时，小峰的眼神是直的，钢琴漆黑典雅，透着神秘与高傲。他迫不及待地坐上去狠刷了几首曲子才过瘾。

"唉，要是我能写出这样的曲子，我就是当代贝多芬了。"小峰感慨着往车窗外望去，大海就在眼前，他这才确信海浪声不是自己幻想出来的。他想起了什么，打开车门就往外跑，谁知外面就是大石块砌成的海堤斜坡，不留神跌了跤滚了几圈才算收住。小峰惊魂未定地站起身来，鼹鼠侦察兵般四处张望，终于发现在不远处的海边，唐青云迎海而立，长发飘扬。"真是美得冒仙气，我应该写首钢琴曲，叫《致青云》，或者《海边美女狂想曲》……"小峰痴痴地望着，脖子越伸越长，想象着她仿佛就要随风飞去，各种偶像剧和网游女主角的绝美镜头在他脑里飞闪而过，各种梅花、雪花、樱花漫天飞舞，音效、灯光、烟幕全部上场。天呐，这简直就是神剧的出场画面啊！

等等！她不会是想不开吧！也许是被哪部偶像剧女主角的悲伤结局刺激到了，小峰顿时吓出一身冷汗，大步向唐青云跑去，嘴里大喊："千万别想不开啊！"他没跑几步就看到唐青云一步步往大海走去，海浪翻滚而上，冲刷着她的膝盖。小峰急疯了，脚下一软又跌了个跟头，连滚带爬地跳起来大叫："停下，你给我停下！"

唐青云转过头来，眉间带着惊讶。

十分钟后，唐青云让小峰在车外大跳了一阵"发抖舞"，直至身上的沙子全部抖搂干净之后，才被允许上车。

被冻昏迷的小峰醒来后，唐青云便要带他回家，可小峰知道自己这般回去定要被老爸狠狠处理，所以不管唐青云怎么软硬兼施，他打死都不肯回家，还以再次出逃为威胁。唐青云好不容易把他找回来，也怕这家伙又像上次那样逃走，便暂时答应了他，但要求他必须给他爸打个电话报平安。于是，唐青云和肖信通了电话，小峰勉强和老爸说了两句就把手机丢开了。肖信见已经找回小峰，便放下了心，同意只要小峰答应回家后安心读书，他就可以和唐青云在外面玩几天。接着肖信便和唐青云聊起了天，关心地问她这几天过得怎么样，有没有遇到危险，还埋怨她不说一声就去找小峰。唐青云淡淡地回应了两句，便挂了电话。之后肖信不时往她的手机里发信息，表达关心，都被她用"在开车"等简短的信息应付了。

小峰可以光明正大地在外面玩了，而唐青云算是明白了这孩子为什么这么能折腾。

这几天大概是小峰长这么大过得最快乐的日子，他跟着唐青云东跑西转，玩遍了附近几百公里内的所有景点，完全忘记了世界上还有上学这回事。两人在街上闲逛，特别吸引路人的注意，当然主要是唐青云太惊艳，无论谁都会朝唐青云多看几眼，男士的目光惊叹，女士的目光复杂。小峰却有点不爽，他发现自己就像光芒耀眼的恒星边上的小行星一样黯淡无光。可每当小峰看看唐青云，无论她凝神远处，还是轻抚长发，又或是注目微笑，都透露着超乎寻常的美感，越发让小峰看得发呆。

终于，他忍不住问："你是哪里人？哪个大学毕业的？当过模特吧？是不是选美冠军？你平时用什么化妆品啊？"小峰问了十几个问题，唐青云微笑不答，反问他家里那么好，为什么还跑出来。小峰叹了口气，说："哪里好了，除了钱多。读书无聊死了，天天刷题、背公式，放假的时候还要上无聊的兴趣课，这种东西有用吗？你看哪个大人上班要背数学公式、背英语单词的？再说了，我家的钱哪还用得完，读书有啥意思？"他长叹了口气，又凑上前来问唐青云肯不肯做自己的女朋友。看到唐青云疑惑的表情后，小峰更加严肃了，追问她是不是已经有男朋友了，是不是肖信这家伙在骚扰她。

唐青云伸手就要在这小子的头顶重重拍一下，同时手机里又传来一条微信："早点带小峰回来吧，想你了。"

"啪"，借着拍小峰一下，唐青云发泄了心里的怒气。

半空中滚起一声闷雷，阿心抬头看时，乌云已经在不知不觉中聚集了过来。这让他想起了以前学书法时最喜欢的那个游戏：找玻璃瓶盛满水，把蘸了墨汁的毛笔伸进瓶子里，只让笔尖碰到瓶里的水，黑色的墨水便在清澈的水中慢慢荡漾开来，八爪鱼般向四面八方伸展着，直到整个瓶中都是乌黑一片。看瓶中的水都变黑的过程是阿心的乐趣所在。每次看的时候，阿心都会觉得心里很是舒服，好像一个门窗紧闭多时的房间终于通风了一样。但等到瓶里一片漆黑时，他便又会郁闷起来。

小铁叹了口气，抱怨着要下雨了，还不知道晚上睡哪儿呢。他看了阿心的锅子一眼，像个老太婆似的絮絮叨叨地埋怨起阿心来，好像连这天上的乌云都是阿心招来的。阿心也没反驳。除了长在路边的杂草，附近确实啥也没有，只能依稀看到两幢大楼耸立在灰蒙蒙的远处，一高一低，加上中间高高横着的脚手架，仿佛一个大人牵着自己的孩子。

两人朝小铁定的方向走了两天，那包土豆已经吃得差不多了。阿心的胃口大有增长，以前在家吃一碗饭还磨磨蹭蹭的，现在哪怕是不爱吃的，也能勉为其难地咽下去了。小铁检查过好几次储备，土豆剩下两小把，还有火机、塑料袋、盐包等杂物，却怎么也翻不出吃的东西了。泡碗盐汤啃冷土豆的事，今天小铁无论如何也不想干了，于是他翻口袋数起钱来。小铁下定决心要花钱了！今天要吃大碗面，得有肉，再加个蛋！小铁在脑中想象着这碗加了蛋和肉的香喷喷的面，并不断强化这个图像。阿心自然反对，但他的声音在小铁听来就像蚊子在嗡嗡叫："钱马上就用没了……"小铁才懒得理他，冷笑一声，说："那你给那仙女姐姐打电话啊。"

天越来越暗了，偶尔有风吹来，阿心打了个寒战，不得不点了点头。想到有好吃的在等着自己，阿心和小铁都像是充满了电的电动娃娃，背起锅子和口袋义无反顾地大步往前走去。前面的工地上正在造房子，路边有几幢简易房，一条泥路通往远处。这里房子虽然很多，但路上没什么行人，只有不远处几个大孩子在玩耍。两人好不容易发现了路边有家小卖部。在阿心的苦劝之下，小铁终于同意先吃碗方便面充充饥。阿心咬牙多买了根小号火腿肠，小铁则有气无力地要了两包香辣牛肉面。

他们一人捧着塑料盒，一人抱着一口锅，坐在店门口大吃。小铁瞧了眼阿心那碗海鲜面里的香肠，用筷子夹起一块脱水牛肉，说："哼哼，你看，我也有肉。"阿心大笑起来，分了一段香肠到小铁碗里。"去去去，我才不白吃你的香肠。"小铁一口把香肠吃到嘴里，然后把一筷子面夹到阿心的锅里。

"咳咳，你那碗是辣的……"

小铁哈哈大笑起来，唾沫星子喷得老远。阿心赶紧端着锅子坐得远了些。两人吃了两天土豆，积累了不少饥饿感，这下全爆发了出来，虽然方便面不如青菜肉丝面来的好吃，更没有荷包蛋，但两人还是吃得不亦乐乎。当他们心满意足地再次出发时，乌黑的云层已将两人的头顶完全笼罩，四周黯淡无光。不知道雨什么时候会倾盆而下，阿心和小铁总觉得像是被什么追赶着似的，空气也变得异常怪异，让人透不过气来。小铁埋怨说怎么感觉孔布这混蛋又要出现了。阿心打了个寒战，走得更快了。小铁吃得太撑跑不动，只能怪叫着跟在后面。阿心回头催促，前面有房子，再不快点就要淋雨了。"哪有雨，还不知道会不会下呢……哟，怎么说下就下……"一颗豆大的雨点打到了小铁头上。突然间，大雨就哗哗地往两人头上落下来。小铁拼命跑起来，追着阿心而去，阿心则把锅子顶在头上，飞快地往前面那黑影憧憧的楼房跑去。也就两三分钟时间，两人就从"吃饱喝足的流浪小孩"变成了"吃饱喝足又洗了澡的流浪小孩"。

这片房子还没造完，黑漆漆的，怪吓人。两人转了几分钟，终于找到了可以躲雨的地方，这时豆大的雨点已经统治了这一大片街区。摸摸湿漉漉的头顶，小铁恨恨地看着大雨，一副想骂娘的样子。突然有阵风吹来，将雨点卷进了小通道，小铁哇哇大叫着往里躲了几步。可等他看清楚通道里除了灰尘什么也没有时，又无奈地叹了口气。

"等雨小点再出去找地方呗，破铜烂铁。"

小铁朝他翻了个白眼，恨恨地说淋湿了小心生病！看到阿心抱着双臂发抖的样子，小铁放下袋子，原地跑起步来，嘴里嗬嗬地配着音，然后又拉开马步张牙舞爪地打起拳来。他一边运动一边喋喋不休地教训阿心，说淋雨后就要快动动，这样把衣服烘干就不会生病了，还让阿心学着点。

"你这是猴拳！"

"你才猴子！我这是，这是……"

"是螳螂拳？"

"胡说！我这明明是……"小铁气急败坏地在心里找拉风威武的拳法名，怎奈没看过几本书，关键时候什么好名字也想不出来。

"唉，也不像啊，螳螂拳的手是勾起来的，我再想想……"

"想想想，想个鬼！我这就是最最厉害的专打阿心拳！"小铁冲上前来对着阿心就是一顿"拳打脚踢"。

"好好好，你说啥拳就啥拳。"阿心抱着头靠在墙上，偷笑起来。小铁用各家拳法打了一阵后也累了，气喘吁吁地靠到了墙边，说："臭阿……阿心，你不信我，让你发烧发到100度，脑袋烧成火锅。"阿心得意地伸出手指在锅子上弹了弹，说："嘿嘿，我有锅子，淋不到。早知道我就买大一号了，一锅多用，能烧菜又能挡雨，多好，哈哈。"

"你就笑吧，哼哼，有本事今天你就睡锅里。"

"好啊，好啊，要不要留半口锅给你？"

"去你的，臭阿心！你自己睡吧。"小铁看雨比刚才小了些，又挤眉弄眼地探头出去四处张望。阿心叹了口气，说："你这副贼样，说你不是小偷都没人信。"小铁头也不回地骂："你才是小偷，你们全家都是小偷！咦，臭阿心，我找到睡觉的好地方了。"阿心喜出望外地往外看去，暗漆漆的空间里雨雾迷漫，除了模糊的房子和无人的马路，哪有能睡觉的地方。阿心嘟囔着骂小铁是骗子。小铁嘿嘿地笑了起来，要和阿心打赌。一听要赌博，阿心马上搬出了妈妈的日常教导，小铁及时地打断了他，说了句爱来不来，便顶着雨奔了出去，阿心也只好顶起铁锅跟了上去。没跑多远，小铁就停了下来，指了指面前停着的汽车。阿心做梦也没想到小铁口中说的"睡觉的好地方"竟然是指路边停着的车子！那车子后排右侧的窗户没有关上，像是一个黑漆漆的洞。小铁探进头去张望了下，便开始从车窗口爬进去，阿心一把扯住小铁，紧张地看看四周，说："要是车主人来了怎么办啊？"

"管他的，来了再说。"他挣扎着往里爬，一下就翻了进去。阿心独自在外面顶个锅子淋雨，郁闷地探进头去看看小铁，又转头看看阴暗无人的四周。小铁在车里舒服地坐了下来，长长地吁了口气，转眼看到阿心犹豫的样子，他顿时火大了，说："你在外面瞎转悠，把人引来我们谁都睡不了！"他恨恨地往车里靠了点，避开车窗不理阿心了。阿心哼了一声，扭头就走，没走几步，突然转身跑到车窗口，连滚带爬地翻了进去。

"阿心，到房间里做作业。"妈妈头也不抬地说。

阿心没吱声，眼角往爸爸那儿扫了一眼，乖乖走进了屋。

阿心已经不记得上次爸爸住在家里是什么时候了，他只记得爸爸偶尔会回来和妈妈商量事，但通常他们很快就会吵起来。阿心不安地坐在桌子前，手里拿着笔，留神听着外面的动静。今天运气还算不错，外面风平浪静的，没什么争吵。就在阿心渐渐把心思放到作业上时，猛地有什么东西被重重地摔到了地上，摔得粉碎。突如其来的破碎声里蕴含着无尽的不安，阿心再也无法静下心来。

"你到底答不答应？"爸爸的声音冒了出来，像是突然冲出牢笼的怪兽发出的巨大吼声，阿心的心跳顿时加快了。相对于爸爸那高亢的嗓门，妈妈的声音却很细弱，几乎都无法被阿心听到。

"你到底想怎么样？"

老爸的声音很响却又很模糊，带着让人不适的震动。老妈没回答。外面陷入了短暂的沉默，空气凝固让人透不过气来，阿心手中的笔尖在微微颤抖。过了一会，阿心终于听到妈妈低声说了几句话，劝爸爸不要太大声，但爸爸完全没听进去，反而更加冲着妈妈大喊大叫，他说话的声音越来越响，越来越响，阿心的耳中充斥着爸爸的吼叫声……

"给我起来！别装睡！"

阿心觉得自己飘了起来，忽忽悠悠地飞到了房顶上，又从那朦朦胧胧、似真似幻的家里掉到了冰冷阴暗的真实世界中。阿心的眼睛还没睁开就摔到了地上，屁股痛得很，按在地上的手上全是泥水，他睁开双眼，看到面前站着个男人，正用厌恶的眼神盯着自己。阿心转头看看周围，这才想起昨晚睡在车里的事。

糟糕，他是车主！小铁呢？

车主转身进车里把锅子丢了出来。看到锅子被摔，阿心想上前去捡，却被车主一把拉住骂道："臭小子，把我的车当旅馆了，还把垃圾放我车上，没人管你了是不是，嗯？"刚从不愉快的梦中醒过来的阿心本就头昏脑胀，还被人抓住不放连连搋头，顿时流下泪来，抱住头躲着车主的手。车主越说越气，怒不可遏地在阿心头上拍了几下。这么会儿功夫，有几个行人围了上来，还有位保安提醒车主看少了什么没有。车主转身翻腾了一阵，骂骂咧咧地说放在车上的百十块零钱不见了，一定是这小子偷了。他也不听阿心解释，直接对阿心搜起身来，果然搜出了几十块钱。眼见钱被拿走，阿心抽泣着就要抢回来，说那是自己的钱。

"小流氓哪来的钱，这一定是花剩下的钱，再不说实话我就报警了！"

阿心一听要报警，觉得自己成了坏人，会被警察抓起来，顿时大哭起来。

"我就不信没人管得了你！"车主气急败坏地摸出手机就要拨号。

"不要！"阿心尖叫着扑上去抢他的手机，车主猝不及防，手机顿时被甩出去几米远，啪地摔在地上，他的脸色顿时由红转青，更加难看了。保安正想缓和下气氛，突然人群里有个孩子大喊了一句："他没偷你钱！"小铁冲了进来，挡在阿心和车主之间，像只咄咄逼人的猎狗一样瞪着车主。小铁个子虽小，但有鱼死网破的气势，车主倒也不敢上来欺负他。

"你……你小子和他是一伙的吧？"

"废话，他是我兄弟！我们是在车里睡觉怎么了？谁让你不关窗了。你一男的这么小气，我们好心帮你看着车子，有我们在，小偷都不敢来偷东西。"

"你还有理了？一定是你偷了我的钱！"

"谁要你的破钱！"小铁从口袋里摸出几张纸币丢了过去，"要不是我兄弟发烧了，我怕买药的钱不够，我才不要你的臭钱，拿回去！铁爷我就算要饭也不会要你的钱！"小铁说着朝地上吐了口唾沫。

保安走上前去摸摸阿心的额头，果然有些烫手，就劝车主算了吧，钱也回来了，俩孩子看着也挺可怜的，不是什么大事。阿心这才意识到自己发烧了，难怪头晕晕的，眼前的东西都在旋转，脚也站不稳。听到保安居然帮起"小偷"来，车主的鼻子都要气歪了，然而他不幸地发现不少路人都有帮着"小偷"的意思，这让他更加恼怒，他不甘心地拾起手机，发现手机壳上划了道缝。他狠狠地瞪了那保安一眼，打起110来。阿心又低声抽泣起来，小铁倒是一副死猪不怕开水烫的样子，双手叉着腰，瞪着那车主。保安拍拍阿心的肩，低声安慰他。一些围观的人走开了，还有几位老人留在那里看热闹。

110来得很快，警察还没有下车，车主就迎上前去攀谈起来。不一会儿两名警察走了过来，警察在问话的时候，车主一直在边上看着，颇有点搬来救兵的孙大圣模样。保安和围观的人们把情况照实说了，保安还指了指阿心，说这孩子病了，那孩子给他买药才拿的钱，最后还把钱都还回来了。警察见阿心真发烧了，车上的钱也确实没用，再加上小铁振振有词地说了一大通事，警察便劝那车主算了，这俩孩子要是没能联系上家人，可能要先带回警局去。车主一边听一边瞪眼睛，最后说了句倒霉，便悻悻地离开了。

小铁低声和阿心说，要是被警察带回去，搞不好他就要被送回老家了。于是阿心不得已借保安的电话打给了唐青云，电话顺利地打通了。唐青云说自己离得有点远，大概要两小时才到，但一定会赶过来，让阿心和小铁安心等待。警察和保安一商量，决定让他俩在保安室等待，留下一位警察陪同。保安叔叔热情地把几人迎到保安室里，倒了杯热水给阿心，警察还去给阿心买了盒药。

时间过得飞快，两小时很快就过去了，其间阿心和小铁还吃了保安买的早餐，结结实实地感受到了温暖。小铁边吃早饭边哭，感叹这世上还是好人多啊。阿心很怀疑他的眼泪是从哪儿挤出来的，怎么看都不像是真的。遗憾的是两小时过去了，唐青云还没到。小铁担心唐青云要是不来，自己真会被赶回老家，便拉着阿心借尿遁逃离了保安室。两人不管方向地跑了一小段路，确信警察和保安追不上来后才停下来狂喘气。阿心喘得尤其厉害，他感觉头晕目眩，两条腿像是面粉捏的，完全不听使唤。

小铁犹自望着来的方向，庆幸地说："还好，还好，没有追来。"他转身见阿心坐在台阶上，头靠着墙柱直打瞌睡，便上去摸了摸阿心的额头，发现比刚才烫了些，便抱怨阿心昨天被雨淋了没打拳，这下发烧可真是麻烦了。眼看阿心迷迷糊糊的，小铁把药翻了出来，挖出一颗就往阿心嘴里塞。阿心模模糊糊地知道那是药，就想咽下去，可嗓子很干，药丸咽到喉咙口就被粘住了，他使劲咽了两下还是不行，突然感到一阵恶心，胃里瞬间翻江倒海般难受起来，连着呕了几下，把刚吃不久的早饭和药全都吐了出来。一看阿心吐成这样，小铁也慌了手脚，他又摸了摸阿心的额头，叫了起来："哎呀阿心，你的头能煮鸡蛋啦，我们还是回保安那里吧，他们都是好人……"

"不要！"阿心抹了抹嘴，虽然头晕但口气很坚决，"我吃颗药睡一觉就没事了。"

"好吧，好吧，你个臭阿心，你倔起来的时候孔布都要怕了你。"小铁把阿心拉起来，两人互相搀扶着往前走了一小段路。有辆红色的车子缓缓开来，然后调转方向，停在了两人身边的马路上。车窗摇下后，一个男孩露出了头，朝这边瞟了一眼，冷哼着说："阿心，你身上背的那锅是红太狼送的吗？"小铁觉得声音耳熟，转头看时发现居然是小峰。这时，驾驶室的门打开了，一位穿风衣的卷发女子走下车来，抱着双臂似笑非笑地看着这边。

"天呐，花花终于有救了！"小铁突然尖叫起来。

8

"小陵子，还在睡呢。"肖陵被清脆甜美的声音唤醒，迟钝地睁开眼来，意识到是那个传说中暗恋自己的三大校花之一——秦瑜在叫自己。秦瑜总是笑嘻嘻的，从来就不知道什么叫烦恼，人称欢乐女神。渐渐地肖陵也感觉到这位让众多男同学倾倒、女同学嫉妒的美女似乎确实对自己有点意思，而他也总忘不了自己透过矮树林看她坐着的模样，那已经成为一幅永远存在于他大脑中的油画了。不过肖陵和秦瑜总是保持着距离。秦瑜也看出了肖陵的心思，她只是偶尔找机会和肖陵接近，却不刻意。可麻烦的事总是会有，毕竟肖陵的情敌们学的都是怎么识别罪犯，怎么对付坏人，对于还没出校园的青年们而言，情敌显然是最大的坏人。于是肖陵尽量保持低调，除了正常的学习操练外，他还主动跟陈东鹏一起加强体能训练，回到寝室里就和付东聊各种案例。陈东鹏经常把肖陵从床上拖起来，叫嚷着去操场上比十圈。有一阵子肖陵怀疑他根本就不是地球人，他似乎不用睡觉，不用休息，只要保持食量是正常人的三倍，就能生龙活虎地活下去。好多次肖陵都想换寝室，可又觉得真换了就不利于鞭策自己了，况且除了肖陵，谁也不敢和陈东鹏同寝室。

后来，还有过一次被称为"校花秦瑜情敌大作战"的事件。

有一天晚饭后，肖陵和陈东鹏在操场上被十几个男同学围了起来，这十几个男同学都自称是"校花秦瑜追求者联盟"的人。就在肖陵惊讶某个"肥肉男"居然也信誓旦旦地说他明恋着秦瑜时，那十几个同学一拥而上，每人负责按住肖陵的一个部位，直接将他压到了地上。肖陵无论想动哪只手或哪条腿，都被一百多斤的人死命缠着，他知道这下要任人宰割了。当陈东鹏吼着要来救肖陵时，"校花秦瑜追求者联盟"领头的同学却说他们只是想和肖陵聊聊，不会伤害他。陈东鹏看着地上被五六座大山压住的肖陵，表情变得异常有趣，他笑了好几声，然后在边上坐下，跷起了二郎腿。

"东鹏，快救我，你……你不会也暗恋秦校花吧……"

"去去去，我就是喜欢看你被人整。来来来，你们不要客气，随便上，随便上，整好了我请夜宵。"

本来肖陵以为自己要经历什么人间惨剧，没想到那领头的情敌只提了两点要求："第一，如果你对秦校花有意思，就好好对她，不许冷冰冰地伤了她的心；第二，如果你对秦校花没意思，就滚出'校花秦瑜追求者联盟'，以后不许和秦瑜有任何交流。"肖陵根本不清楚自己是什么时候加入"联盟"的，可还没有二选一，秦瑜就出现了。"联盟"众人顿时鸟兽散，连陈东鹏都偷偷地溜走了。肖陵好不容易从地上坐起来，苦笑着说："今天才知道你是黑社会老大。"

脸色通红，眼含娇羞的秦瑜说："肖陵，你才是罪犯！"

这句话本该带着笑意，好似情人间的打情骂俏，可肖陵听到的却是冰冷的，如同配了恐怖背景音乐的极其瘆人的嗓音。

肖陵猛然惊醒，意识到自己是在做梦后，他抹了抹额上的冷汗，又躺了下去。他拿出手机帮助自己转移思路，睡前发给唐青云的信息还没收到回复，不过大哥倒是发来过信息，说让小峰和唐青云去玩一圈，顺着小峰的意，免得他再出事。肖陵根本懒得理他，大哥好像完全没弄清楚小峰面临的危险。肖陵急于向唐青云了解情况，自然是越早见到唐青云越好，但唐青云似乎并没有想联系肖陵的意思，这让肖陵有些无奈。

偶尔，肖陵也会想起以前，那段父母仍然健在的日子。那时全家人住在五十平的小房子里，空闲时老爸会带着两个孩子打羽毛球或踢足球。肖信打羽毛球不是肖陵的对手，可踢足球当真是把好手，每当两人闹别扭的时候，肖陵就会要求比羽毛球，而肖信则要求比赛射门。为了打败肖信，肖陵偷偷苦练扑点球，有一次终于在点球上赢了肖信，肖信脸上表露出来的怀疑和震惊，让肖陵觉得再累再苦也值了。这场胜利使肖陵免洗了一个月的碗，他就每天坐在旁边笑嘻嘻地看肖信洗碗。

很多事情无法再重新来一遍，就像谁也不会想到老爸会过早离开人世，而妈妈的身子本就弱，承受不了打击，不久也过世了。从老爸的坟头回来后，肖信就像变了个人，他再也没和肖陵玩，而是继承了老爸的工作，在工地拼命做事，几年后，生意不但没有差下去，反而更加兴旺起来。一开始肖陵以为肖信是借了老爸的光，继承了人脉和钱，心里还有点情绪。后来听老爸的一位好友说起，他才知道肖信当时有多苦。老爸去世后，公司里的几个股东想另起炉灶，肖信咬了咬牙，把老爸留下来的钱都拿出来，分配给大家，希望能把队伍继续搞下去，同时他还拜访了两位最大的客户，甚至跪求客户将业务继续给自己做。看肖信这么努力，客户们都被他感动了，肖信终于稳住了队伍，拿到了单子，这才一步步走到今天。那几年，肖信都是很晚才回到家里，面容惨淡，经常一声不吭地倒在床上，连饭也没力气吃。肖陵心里总是很愧疚，自己除了做些家务外，就没做过什么有用的事。有一次肖信趁着酒劲说："陵子啊，你哥我可真是什么丢脸的事都做过了，你可千万别说出去啊。"想到肖信这么个犟主，能在别人面前跪下，肖陵的眼泪当时就涌了出来。每当肖陵回想这些时，对大哥的怨恨就会少一些，但这向来持续不了多久，只要想到大哥最近几年的所作所为，肖陵便又会无法自抑地厌恶起他来。

他翻了下信息，昨天还有个老同学给他发了条信息，祝贺他获得自由身，并说最近有个小范围的同学聚会，问他要不要参加。鉴于关系还不错，对方又是出于好意，肖陵倒也不便无视这条信息，但他纠结了好久都没有决定该怎么回这条信息。好在只过了一会儿，那位同学又发来信息，说聚会改期了，以后再约。这让他顿时松了口气，他略一迟疑，把这条对话信息给删除了。

最后，他的微信界面又滑到了秦瑜的名字上面。

唐青云拉着阿心走进了一条入山小道，小峰满怀妒意地跟在后面，不时呼着冷气。小铁落在后面，他兴奋得不得了，对一路上渔民摆放出的各种渔具和停泊在岸边的大小船只都异常感兴趣，不时跑过去想看个究竟。他听到唐青云说要带着大家边玩边吃，顿时拍起马屁来："姐姐，你长得和神仙一样好看，心地还那么好。"憋了好久的小峰终于忍不住说话了："拜托，神仙里有好多难看的好不好？猪八戒也是神仙，你觉得猪好看吗？还有千里眼、顺风耳、雷公都长得怪模怪样的。我的青云可是仙女中的仙女，七仙女只配给她倒洗脚水，嫦娥也只配给她洗衣服……"这一通话自然只换来小铁的一个鬼脸。

一行四人在山间小路上走了近一个小时，绕过了两座小山头，眼前的山势随之左转，有座木屋从山石后面探出了头。这可把三个孩子乐坏了，小铁第一个冲了过去，大叫道："快来看呀，这里有座好大的屋子，是个……是个别野！"

小峰差点扑倒在地，朝他吼道："那叫别墅，别墅！你个土包子！"

"唉，管他的，反正好大啊。"

小峰正想吹嘘几句，转头见唐青云神色有异，便仔细观察起木屋来。这座二层木屋的二楼比较低矮，木屋背靠巨大的整块岩石而建，宽厚的木制屋身和石块堆砌的底座让这座别墅看上去坚固耐用。木屋前方有条走廊，一边通到右侧房间，一边转到木屋左侧，还有只铺着棉坐垫的竹椅躺在那里。一只深色水缸就放在木屋的侧前方，从屋顶通下来的竹水槽径直接入缸里。不远处还有一小片耕地，作物茂盛，望过去翠绿一片。

"姐姐，谁住在这里啊？"

唐青云微微叹了口气，她走上前去，让三位少年都进来。

屋内干净简洁，家具大多是手工木制品，包括圆桌和七八只木凳，地上铺的木板颜色偏浅，踩上去又硬又凉，在这个温度渐渐升高的季节里，让人感觉特别舒服。小铁不安分地到处乱转，兴奋地啧啧作声。唐青云打开楼下两个房间的门，看了下大概的情况，又走进客厅后面的厨房里，阿心便跟着她进了厨房。

"这里真是太爽了。"

"切，这种山里小地方造个木房子能花多少钱。峰爷要是喜欢，随便造个十七八间都行。城里的大宾馆舒服多了，里面什么配套都有。"

"配套，什么是配套……真的啊？峰哥你太牛了！唉，我们山里人，什么都没见过，下次有机会去大城市里看看那什么……大宾馆就好了。"

"小意思，等我回去了，你就跟我混吧。到时好好带你开开眼界。"

小铁高兴地左一口"峰哥"，右一口"峰爷"，把小峰叫得迷迷糊糊、舒服至极。

唐青云来到客厅，让三位少年都围着餐桌坐下，认真地说："我会在这里住几天，我有几条要求，你们做到了才能住在这里，要是做不到，我现在就送你们回家。"

三位少年互相看了看，阿心和小铁赶紧点了点头，小峰则有些不以为然，斜着眼，噘着嘴，一副无所谓的样子。

"首先，你们自己的事情要自己做好，什么铺床、洗衣服、刷牙、洗脸、整理房间等都得你们自己干。对了，刚才山下给你们买的衣服，也要自己理好。其次，你们要做些简单的家务，到时我会给你们分配工作。怎么样？"

"什么啊？扫地、擦桌子也要我干啊？那都是佣人干的事！"小峰大叫了起来。可他喊了一嗓子后，发现小铁和阿心都没出声。

"你看这里有没有佣人？"

小峰见唐青云神情严肃，反驳的话便硬生生地吞进了肚子里，只微不可闻地嘀咕了几句，坐在他旁边的小铁都没能听到他说的是啥。

"好，现在开始，我们要准备晚餐，然后收拾睡觉的床铺。那个房间里有个大木床，正好给你们三个睡。你们把房间擦一遍，把地扫一遍，我会给你们准备好被子。等我烧好热水，你们都到卫生间去好好洗个澡。好了，行动吧！

一起努力，为了丰盛的晚餐！"唐青云站起身来，"啪啪啪"地拍了几下手掌。

晚餐在小铁的眼里非常诱人，在阿心的眼里无比丰盛，在小峰的眼里……

大家早就闻到从厨房里飘出来的香味了，小铁的鼻子最灵，他能根据香味猜出厨房里在煮什么菜：红烧肉的香味热烈感人，土豆的香味浓郁持久，辣椒的鲜辣味让人热血沸腾……啊，还有虾的鲜味！天呐，有多久没吃虾了啊！上次吃还是很久之前在喜宴上给花花抢的虾，自己只嚼了几只虾壳虾头。小铁的口水流了一地，暗暗想着一会儿无论如何也要多抢几只。他正大光明地偷溜进厨房看了很多次，可每次唐青云都笑笑说还没好，还要再煮会儿。小铁特别担心煮那么久会不会把虾给煮烂了，这么好的菜要是被煮成一锅烂，得多可惜啊。小铁在心里不知叹了多少口气。

小铁煎熬了好一会儿，才听到厨房里传来起锅的声音，饭香也冒了出来，屋里弥漫着幸福的味道。然后，三位少年看到唐青云把一个冒着白气的大铁盆举重若轻地放到了餐桌上。小铁和阿心不由自主地站起身看，"哇"地惊叹起来。手速最快的自然要数小铁，当唐青云和阿心还在纠结先吃什么的时候，小铁早就狠狠夹了好几筷子菜到碗里，定睛一看，有一块半红烧肉、半块土豆，还有一只很大个的、新鲜的虾！天呐，虾身上闪着色拉油的金光，挂着淡淡的酱油色，以及鲜虾自身的深红色，香味扑鼻，让人完全无法抗拒，小铁迫不及待地一口吃进嘴里，然后又尖叫着吐了出来，不知道是被烫着了还是被虾头刺到了。

"等等！这个……根本就是脸盆吧！"小峰发现了什么，指着盛菜的大铁盆大叫起来。

"没错，这是不锈钢脸盆。"

"怎么能用脸盆盛菜！"小峰的脸都绿了，脑袋里顿时飘过脸盆里可能出现的各种不明物体，暗自庆幸自己还没有下筷。

"这脸盆买来就是用来盛菜的，绝对干净，刚才还用热水烫过。"

旁边两位可没这么讲究，对于小铁和阿心这样的流浪户来说，能在遮风挡雨的屋子里，洗得干干净净，吃一顿又香又丰富的大餐，已经是最大的幸福了。

当唐青云迅速给他们每人挟了一大块腌肉时，小铁突然哭了起来，他一边哭一边吃，哽咽着把饭菜吞下肚去，才抬起手抹了把眼泪。他盯着碗里那块香气四溢的腌肉，哽咽地说："姐姐，除了外婆，就没人给我夹过菜。"

唐青云笑着点点头，说："想吃多少就吃多少，不用急，小心噎着。"

"好！姐姐，我明天一定好好干活，干得又快又好……"

阿心看他一副饿死鬼投胎的样子，一边吃一边说还一边流眼泪，不由地哈哈大笑起来。

"小铁，别光吃肉，蔬菜也很好吃，都是让山下的朋友送上来的，很新鲜。要多吃点，营养全面。"

大家一边吃一边交流，小铁几乎半张脸都沾上了菜汁。大家吃了一阵，忽然听到"咕"的一声怪响。这声"咕"带着穿云破雨之势力压各种声音，硬生生地钻到每个人的耳朵里。屋里顿时安静了下来，连狂吃的小铁也停下来了，他和阿心、唐青云一起，不约而同地转头看向了剩下的那个人。

小峰涨红了脸，一句话也不说。

大家静了几秒，小铁说："我们吃吧。"于是大家又开动起来。

小峰再也忍不住了，他挥着筷子大叫："你们怎么不问问我饿不饿啊！"

屋里又静了下来，这下，小峰不但脸涨得通红，连眼泪都快出来了。

阿心低声说："你饿，为什么不吃呀？"

小铁嘴里嚼着一大块腊肉，含糊不清地说："我们快吃吧，冷了就不香了……"

小峰拿起筷子指着小铁，大叫："死小铁，我和你没完！"他用力把筷子朝小铁丢去。尖叫声冲出木屋，划破了夜空的宁静。最终，等小铁和阿心吃到肚子快爆炸时，小峰才眼泪汪汪地用自己捡回来再去洗过的筷子勉强吃了几口东西。这一晚，小铁的呼噜声和小峰肚子的咕咕声都没能吵到阿心，他睡得很好，什么也没梦到。

第二天阿心醒来的时候，小铁仍然睡得像头会打呼的死猪，小峰则频繁地

少年的战争

在床上翻来覆去，不知道是因为饿还是嫌床太硬。阿心抓抓头，转而望向窗外，红色霞光顿时映满双眼，在大海的尽头那个明亮耀眼的太阳正好爬上海面，躲藏在云层下散发着热量。彤红的光芒点燃了天边的云彩，淡薄的云朵燃烧起来，大海还没有被唤醒，依然是一片宁静的蓝色，只有临近太阳的那一缕海水被浸染了淡淡的红光。海浪声若近若远，似有似无，阿心仿佛能想象出海水涌动、温柔地轻拂沙滩的画面。

窗外，唐青云凝视着远方，她的脸庞因为温暖的阳光而显现出异样的光彩，她的神情宁静而专注，眼神中甚至带着几分虔诚，阿心忽然觉得她就是电影里的仙女，再也没有更贴切的词语来形容她了。阿心呆呆地看着唐青云，绚烂的朝霞都成了她的背景色。突然间，刚才还躲在云朵和海面间的太阳已经冲破云层，虽然只是露出了一点，却放射出无比耀眼的金色光芒，万丈霞光如同无数把利剑穿透云层，云朵瞬间变成了透明状，天空和海面都被涂上了一层金色光芒，灿烂无比。

阿心再次惊叹地张大了嘴。就在他觉得阳光渐渐变得有些炫目时，听到客厅里有人大叫了起来："饿死了！早饭还没好啊……你们太懒了，快起床！快来人呐，几点供应早饭啊！快来人给我做早饭！"

唐青云走了进来，她没理小峰，只拉着阿心走进厨房。

"哇，有番薯！"

小峰还来不及吐槽，小铁飞快地从他身边跑过，蹿进厨房，连连叫道："我来我来，这个我拿手。"

厨房里很快传来干柴燃烧的噼啪声，还有三人说笑的声音。没多久，番薯的甜香和粥的糯香就传了出来。饿了一晚的小峰哪还经得起这种折磨，他不安地在大厅里走来走去，但始终没往厨房里去。小铁和阿心嬉笑着争抢起番薯来，最后不知道是谁咬上了一口，顿时被烫得嗷嗷直叫。小峰恨得牙痒痒，他一想到番薯被烤得脏兮兮的样子，心里就一阵不舒服，现在他只希望粥能赶快烧好，至少白粥他还是可以接受的。

"小峰，来刷牙啦。"

小峰哼了一声，当作没听见。

唐青云很快把粥和番薯端到了客厅里，香气直冲小峰的鼻子。他本就饿得眼冒金星，当香喷喷的粥和番薯放到眼前时，他马上就撑不住了。阿心和小铁扑到桌边，小铁满满地给自己盛了碗粥就大吃起来。

"小峰，怎么不进来刷牙？快进来！"

阿心听唐青云口气蛮硬的，不由地朝小峰吐了吐舌头，小峰纠结了一阵还是进了厨房。这时，小铁已经啃掉了一个番薯。

小峰走出厨房时仍是一副愁眉苦脸的模样，可当他看到吃得稀里哗啦的小铁时，愁眉苦脸马上就变成了鄙夷和嫌弃。他饿得头昏脚软，拿着碗好不容易走到锅前，闻着粥的香味，真恨不得扑上去狂喝三大碗。谁知拿起瓢这么一搅，突然发现粥里居然有几坨黄色物体，他尖叫了起来："这是什么东西？！"

小铁以为他在锅里发现了老鼠，凑上前来看了看，顿时松了口气，说："番薯啊。"

"那我怎么吃！"小峰狂叫了起来，咣地把瓢丢进了锅里。

屋里一下子静极了，小铁不知道他发什么神经，也懒得招惹他，赶紧移开几步自顾自地吃了起来。阿心也不明白为什么粥里有番薯就不能吃了。唐青云喝着粥，偶尔和阿心说句话，小铁就端着碗偷偷地移到了阿心身边。小峰的脸像是新刷了白漆的墙壁，他从没想到自己冲冠一怒的结果会是这样——谁也不当回事。更可恶的是，这个阿心居然一直坐在唐青云身边有说有笑的。这小子明明笨得要死，衣服穿得乱七八糟，又脏又丑，怎么就那么会讨仙女姐姐的欢心！还有那个墙头草小铁，明明就是个没人要的流浪儿，居然在这里白吃白喝，还不是沾了他的光！小峰阴郁纠结之极，五官都挤到了一起。可问题总得解决，瓢还在锅里，碗还在手里，人也饿得不行，昨天晚饭就没吃。可要是吃的话，就得先过了这一坨坨黄色物体的关，这一坨坨的可真是太像……小峰看着粥里的番薯，越想越可怕，都不敢再看了。

"太好吃了，再来一碗，再来一碗！"小铁大呼小叫地冲到锅前，又满满地盛了一碗，还特意盛了一大块番薯。看到他碗里的粥胡乱地滴在地上和桌子上，小峰都不知道那是粥还是口水，万一他把口水也滴到锅里，那简直太可怕了！小峰更没胃口了，他把碗往桌上一丢，一声不吭地挪回房间去了。看着碗滴溜溜地在桌子上打转，阿心有点担心，说："他都两顿没吃了，妈妈说饿一顿就会饿坏肚子。"

"拉倒吧，你看我，天天饿肚子，我饿坏了吗？"

唐青云朝屋里喊："小峰！"

"干什么？"

"锅里还有粥，番薯都被我盛出来了，你自己去盛粥吃。"

房间里没反应。

"你不吃的话，我现在就送你回家！"

仙女的威力显露出来了。

又过了会儿，小峰慢吞吞地移出房间，拿起碗去厨房盛粥，然后找了张远离众人的椅子坐下，低头吃起粥来。如果说阿心吃饭的模样属于正常人范畴，那小峰就是慢条斯理型，小铁则是张牙舞爪型。唐青云一边喝粥，一边偷偷看三人的表情，觉得像看哑剧一样有趣。

"小铁，你的番薯皮呢？"阿心忽然问道。

"吃了啊。你们这些城里人就是浪费！"小铁翻了个白眼。确实，在他面前只有空碗和筷子，不要说番薯皮，连番薯蒂也没有。

看三位少年吃得差不多了，唐青云便分配了任务。小峰负责打扫几间卧室，小铁负责打扫卧室之外的屋子，阿心则负责洗碗。等阿心洗完了碗，唐青云从房间里拿了一套干净的衣服和一卷手纸，拎了桶水，示意阿心盛碗粥，拿两个番薯跟着自己走。两人通过厨房后门来到屋后，踩着小路穿过一个天然的石门，出现在眼前的是一大片无人修剪的长草，长草的两边是远近距离各不相同的山壁，阵阵浪涛声随风拂来。这地方简直就是个秘密花园，两人仿佛钻进了某个原始的海岛森林，人类世界的噪音都被海风吹散了。阿心惊讶之余紧紧跟着唐青云，不知道她要去哪儿。

前方一间简陋的小木屋出现在眼前。阿心看了看手中的食物，很多疑问在脑中盘旋。唐青云走上前，放下东西，在这间比报刊亭还小的小木屋前蹲了下来，回头示意阿心也把东西放下。唐青云伸手轻轻地在木屋的墙板上敲了几下，说："东西放在外面了，太阳下山的时候我会回来取。"唐青云说完便拉着阿心的手沿原路返回，在长草即将淹没视线前，阿心转头望了一眼，小木屋没有任何动静。

　　夕阳在山后渐渐隐去，温暖的光芒逐渐被微凉的海风替代，眼前变得不明朗起来，只有海面泛起的淡淡银光在不住晃动，木屋被披上了一层薄薄的银纱，和唐青云一起被笼罩在了银光下。月亮仿佛就悬挂在木屋顶上，伸手可及。微风轻拂长草，唐青云微卷的长发随之轻轻飘扬，银光使她的面庞更显晶莹白净。远处飘来的淡淡海浪声和草间沙沙的风声将这附近的时空和外界的繁华世界完全隔离了开来。

　　"怎么？真就不出来了？"唐青云坐在小木屋前，长长地吁了口气，"说起来，能安全地回到这里，我真是松了一口气。"

　　然而，小木屋里什么声音都没有。

　　"不会跳下去了吧，小白？"

　　"放心，我还没那么脆弱。"小木屋里传出了一个男人的声音，清清朗朗，非常好听。

　　"你已经够想不开的了，好不好？要不然为什么一直待在里面，一步也不肯出来？要不是我雇了山下的老柯给你送饭洗衣，你早饿死了。"

　　"做了错事，是要受到惩罚的，谁也不能例外。"

　　"都说了，陆焰儿子的事和你无关，当时你也不知道他想干什么，听他说有办法赚钱，当然支持他了。这是他们两个的责任。"

　　"不提这个了，这次的事还顺利吧？"

　　"放心，孩子没事。"唐青云把情况简单地说了下，包括离家出走的阿心和小铁。

　　"有惊无险。"

唐青云默默地点了点头。

两人都沉默了一会儿，小白说："你对他还是心存愧疚吧？"

唐青云长叹一声，说："偷跟踪软件、救小峰，我都已经做了，也不用再说这个了。现在孩子安全了，谈谈后面的事吧。接下来你有什么打算？"

"你的决定不会错。"小白顿了一顿，他似乎在小木屋那有限的空间中换了个姿势，口吻变得认真了些，"这段时间我确实想了很多，我能肯定方银不会罢手，就算他知道我们已经离开他。"

"前段时间我们只是离开了他，可现在我们是站在了他的对立面，你觉得他会做什么？"

"控制小峰的计划失败了，再加上我们的对立，他会意识到自己不安全了，如果不尽快控制信陵集团，逼肖信达成某种协议，尽快结束这件事的话，最终他少不了要惹上官司，甚至锒铛入狱。"

"那个吴刀已经被警方抓获了，小峰也安全了，警方破案是迟早的事，他还敢一意孤行？"

"吴刀方面，只要朵朵还在方银手上，他就觉得还有余地。方银早就在暗中借用他人名义，购买了信陵集团的股份，不知道进展如何了。当年肖信种下的恶果，彻底改变了方银，他后来变得不再相信任何人了。不过方银没有让你参与他的事，甚至他所做的那些越过底线的事，也半点都没有透露给你……"

"他是想保护我。"唐青云低声说，"他一直嘱咐我安分守己地工作，多赚点钱。"

"是的，所以你也想帮他，我知道。"小白略微停顿了一下说，"我们现在就是在帮他。这件事拖得越久，对方银就越不利。"

"我知道，他会陷得更深，罪也会更重。"

小白叹了口气，说："我们得尽快把他从这个泥潭里拉出来。对了，肖信还一直骚扰你？"

"还是那样，我对他客气一点，他就想进一步，我话说得硬一点，他就往后退一步。动手动脚都是常有的，我要是态度不硬的话，恐怕他早就按捺不住了。"

"他老婆也是个美人，可惜啊，人都是会老的，感情也就跟着朽了。在认识你之前，他已经有好几个情人了。"

"唉，真不敢相信事情会变成这样。总觉得一切都没意思了，我还不如回去做那个什么也不懂的乡下姑娘，每个月赚几千块钱，每年换个地方打工，那样倒也简单。"

"回不去的，你已经不再是以前那个想法简单、只想着每个月多赚一千块寄回家的唐青云了。方银也回不去了，他要面对自己犯下的那些错事，我也一样，这是所有人都回避不了的变化。"小白低笑了一声，不知道是嘲讽还是叹息。

唐青云沉默了一会儿，说："小白，我们来结束它吧。"

"好，不能让他再错下去了。"

等唐青云走出石门，回到别墅中，过了一小会儿，草丛中有个很低的声音说道："我……是不是可以说话了？"

"切，再忍忍你会死啊？"

"难受死了，背后的破石头冷死了，脚下的破石头更是硌死了……"

"轻点，被听到就麻烦了。"阿心仍然望着唐青云消失的方向。

才安静了没一会儿，小铁又说道："可……我尿急……"

"你走开点自己去尿啊！谁让你喝那么多汤！"小峰不耐烦地说。

"唉，不早说……"草丛中传来簌簌的声音，然后是小铁舒服的叹息声。

小峰厌恶地走远了点，说："走走走，回去了回去了，这里垃圾真多。"

"我觉得他不像坏人……"

"啊？"

"小木屋里的人啊。"

"鬼才相信，不是坏人在小屋子里躲个什么劲……唉，也不知道他们在聊什么，听都听不清楚。这事太头晕了，我懒得想。走走走，这儿黑漆漆的一点也不好玩。"四周草影重重，谁也不知道草丛中还藏着些什么，比如蛇或其他可怕的动物。一想到蛇，小峰就禁不住打了个寒战，想想自己从来没在荒野里待过，都不禁佩服起自己的勇气来。小峰还想表现得再勇敢一点，可黑暗中似乎有千百只奇形怪状、狰狞可怕的怪兽在窥视着自己，这么一想，好不容易浮上来的一缕勇气也都化成青烟消散了。小铁凑上来问能不能回去了，小峰看他没半点害怕的样子，不由得在心里重重地哼了声。三位少年爬上木道，小峰当先，小铁断后，往别墅走去。走在中间的阿心一转头，却发现小铁正蹑手蹑脚地往小木屋走去。

"喂，你干什么……"阿心低声喊了一句。小铁回头朝他挥了挥手，说："我想看看里面的人长啥样。"小铁胆子倒是挺大，也不怕被唐青云骂，更不担心小木屋里的是坏人，无声无息地走到木屋外，上上下下地翻找着可以朝屋里张望的门缝。这小木屋虽然简陋，却密封得很，只有一扇被锁上的小门和一个递东西用的小窗口，其他地方都被木板挡得严严实实的。小铁扒在门缝边努力地瞅了瞅，发现真是一点缝隙都没有，他只得跪下身来，想看看下面那个递东西的小窗口边是否有缝隙。阿心也凑了上来，两人一左一右地寻找着，小峰则在不远处坐着，一脸冷笑地看着他俩。

"怎么办？一点也看不到……"小铁试图绕到后面去。就在这时，小木屋里的人突然说话了："你们就是跟着青云一起回来的孩子吧。"他这一句话把小铁和阿心吓得够呛，小铁连滚带爬地离远了几步，回头看了眼小木屋，发现没有人从里面出来，才稍稍安了点心。阿心也吓得退了两步，但还是在木屋前站住了。两人互相看看，不知道该怎么办。不远处的小峰捂着嘴低声笑起来。

"阿心、小铁、小峰，是吧？听说你们三个都是从家里偷跑出来的。"

小峰走上前来，大大咧咧地说："哪个告诉你的？我可没偷跑出来，我是正大光明出来旅游的，嘿嘿。我跟他们两个流浪汉可不一样。"

"哦？你爸妈倒放心你一个人出来旅游？"

"切，峰爷我想出来的时候，谁拦得住我？"

"那你们两个呢？为啥想出来流浪啊？"

　　小铁索性在地上坐了下来，用手指搓了搓鼻子，嘀咕着说："家里有啥意思？全是老头老太，烦人得很，少干点活还要被他们骂，还是出来混比较爽。"

　　"小铁，我听青云说，你把妹妹弄丢了？你爸妈呢？"

　　"哼，那两个人去城里打工了，他们会点泥水手艺，哪里造房子，他们就去哪里打工，反正半年一年也不见回家的。"

　　"造房子啊，叫你爸来给我爸打工算了，我爸造房子，他手下工地里好多人，也不差你爸一个。我去给你说一句，小意思啦。"小峰插了一句，一副大哥罩着小弟的模样。

　　小铁瞟了他一眼，也没说啥。小木屋里的人又问："家里还有大人吗？"

　　"家里就外婆了，还有一帮子和外婆差不多年纪的烦人老太婆。我去山上玩半天，她们都能说上一个月，你说烦人不烦人。"

　　"嗯，那阿心呢？你又是为什么跑出来？"

　　阿心低着头不说话，小铁瞄了他两眼，发现他眼圈有点红红的，便大声说："阿心他爸和另外一个女的住在家里，他妈……"

　　"哪有啦，他们就是，他们就是……"阿心猛地打断了小铁的话，可只争辩了半句，就捂住脸无声地抽泣起来。小铁见他哭得伤心，想到自己也是被爹妈丢下没人管的，鼻子一酸，走上去拍拍阿心的肩膀。

　　"哎哟，不就一套房子的事，我爸那儿多的是，不过你们得有钱才行啊，没钱住什么房子，是不是？要是没钱的人也能住上房子，那就没人去努力赚钱了。"小峰的理论不知道是从哪儿听来的，讲得很是流畅。小铁想起了山里老家的老房子，那也是房子，虽然模样没城里的房子那么体面，不过也能遮风挡雨，住人完全没问题，还非常适合养狗。小铁也不知道为什么对城里人来说，房子那么重要，不过他知道阿心的妈妈从家里搬出来，只能花钱租房子住，也真是怪难受的。

　　"我们家有房子，谁说没房子了！"

　　"切，那种又旧又老的小房子也能叫房子？和狗窝差不多。放个屁全家都能闻到吧？算了吧，和你们也说不清楚，不过你啊，连那个又旧又老的小房子都不能住了。"

"哟，峰爷，可别说了，阿心他妈妈对阿心可好了……"

"是啊，我忘了还有个你呢，你爸你妈算是彻底不要你了吧？要说起来，你最倒霉。"

"小峰，"小木屋里的小白忽然问，"那你为什么跑出来呢？你家里有很多房子，你爸妈还有好多钱，他们总不至于为了钱吵架吧？"

"就是……"小铁刚接了两个字，看到小峰恶狠狠的眼神，马上闭上了嘴。

"你们懂什么，没钱人过得苦，有钱人也有烦心事。唉，我还是回去玩手机吧，你们聊，你们慢慢聊。"小峰说着向小木屋这边挥挥手，潇洒地离开了。

"哼哼，就爱耍酷吹牛，自己什么本事都没有，要是他爸穷，我看他还能横到哪里去！"看到小峰离开，小铁终于憋不住吐槽起来。

"我就是不明白，我爸为什么不喜欢我！"阿心突然喊了一声，把小铁吓了一跳，他看着眼含泪水、眉头紧皱的阿心，把目光又转回了小木屋上。小木屋里的人没有回答阿心，整个木屋陷在沉默中，没有声音。

"要不我们走吧，阿心，你问他，他也不知道呀……"

"我爸从来不管我，一两个月才回家一次，一回来就走，连话也不和我说一句。"阿心说前半句还挺正常，可一想起那些难过的事，顿时觉得无比委屈，说到最后便再也收不住，大声哭了出来。小铁吓了一跳，忙安慰他："好了好了，别哭别哭，你好歹有个好妈，我都好久没见过我爹妈了，连妹妹也弄丢了，我都不知道去哪儿找他们……别哭了，快别哭了，要不然铁大爷我都要哭了……呜呜呜……"

"我小时候爱玩，成绩也不好，老妈被我气个半死，我爸也经常骂我，可我后来听话了啊，成绩也好起来了，我爸反而不理我了……呜呜呜……"

小木屋里的人忽然说："阿心，我也不知道该说些什么，不过有一点我是能肯定的。"

"什么？"

"我能肯定这件事的问题不在你的身上，所以你不用难过。"

"为什么啊？"

"你想，如果是你不好，那为什么你妈妈依然关心你呢？所以你不要想太多，好好地关心妈妈就行了，对吧？"

阿心慢慢止住了抽泣，点了点头。

"笃！"伴随着短促的破空声，三角形的铁制箭头没入了树干中，箭尾整齐的白色鹅羽犹自微微颤抖。

唐青云踩在一根高出地面半米的树桩上，看了一眼那支箭，摇了摇头。箭筒中的十支箭全射了出去，中靶三支，中树干两支，其他五支全部射到了后面的挡板上。阳光下，唐青云默默地走上前去取箭，当她把一支支箭重新收到箭袋时，耳中似乎又响起了方银说过的那些话，弓要怎么拿，双脚要怎么站立，肩膀该对着哪里，手臂、手指又该如何拿捏，还要保持呼吸均匀……

相比高尔夫而言，唐青云更中意射箭。方银当初是希望她能跟自己一起混入那个爱玩射箭的精英圈子，可唐青云却真的迷上了射箭，一箭射中红心的成就感是无法言喻的美妙，瞄准时的自我控制也是种绝妙的练习。那个时候她只要一有空就去练射箭，状态最好的时候射箭馆里没有人是她的对手，但是，自从小白把方银做的事告诉她后，唐青云就再也没找到过那种必中红心的感觉了。

第二天，当第一缕阳光照射到木屋的时候，小峰奇迹般地第一个起了床，他偷偷地去厨房洗漱干净，盛了粥和小炒，拿了双筷子，都放在一个大盘子上，端了盘子小心翼翼地往厨房后面走去。阿心发现了他的异常，轻声叫醒小铁，两人偷偷跟了上去。小峰一路小心地来到小木屋前，把盘子放下，敲木板召唤小白吃早饭。

"谢谢你，小峰。"

"没事，小意思。"

木板被移开，一只手伸出来把盘子拿了进去。小峰慢悠悠地说："这里面最多只能放张小床，连厕所都没有吧，你整天在里面干啥呢？我以前被老爸关禁闭，连电脑手机也给停了，吃的也全收走了，除了看书只能睡觉，真是倒霉啊。"

"哦？你被关了好几个月？"

"就两天啦。后来我妈把我放出来的，他们狠狠地吵了一架，比平时吵得都凶。"

"你做坏事，你爸就把你关了起来，你妈知道了回来和你爸吵，把你放了出来。看来你妈不住在家里，所以你被关了两天她才知道，既然她不住在家里，那么这消息应该是你想办法通知她的。手机电脑都被停，你怎么通知她的？通过家里其他人？照顾你的阿姨？"

"我的天……你好像亲眼看到了似的。没错，你全猜对了，老爸虽然把我关了起来，但总得有人照顾我，要不然我就饿死了，所以我死皮赖脸地求阿姨，让她无论如何也要通知我妈，要不然我就把她解雇了。"

小铁蹲在后面嘿嘿地笑了起来，嘴里嘀咕着："死皮赖脸，死皮赖脸……"

小峰说自己在学校里把同学给打了，还分钱给其他同学，让同学们不要和那家伙做朋友，搞得那家伙在班级里发疯了。后来老师和校长知道了，老爸也知道了，班主任还挨了批评。老爸就天天在家里骂，说现在害得老师都挨批评了，还怎么和老师建立关系。听小峰口若悬河、滔滔不绝、厚颜无耻地说着，阿心只有"吐血"的份，谁知道更严重的还在后面。小峰后来从卡里取了五千块钱，走进办公室啪地把钱拍在班主任的桌子上，说这是补偿给老师的钱。这回可真是把班主任气疯了，差点把桌子掀了。当然了，他老爸也被气疯了！小峰叹了口气，大概是觉得自己的好心没人理解，所以很郁闷。听小峰自述"光荣历史"，连小白也叹了口气，似乎颇为替他的班主任担心。小峰以为找到了知音，继续埋怨着老爸，说真要碰上他发火了，那可不好对付。有一次老爸在公司里发火，那些平时很牛的经理、老总什么的，一个个都吓得脸色铁青，屁都不敢放一个。

"小峰。"

"嗯？"

"你今天那么出人意料地来给我送饭，是想问青云的事吧？"

"哟，你好像别人肚子里的蛔虫嘛。"

"你是不是特别喜欢青云，以后长大了想娶她？"

"嘿，你也觉得可以吗？反正我长得挺快的，她看上去那么年轻……你是她朋友，知道她现在有男朋友不？"

"这个事吧，我看等你长大了再说吧，到时说不定青云早嫁人了，哈哈。"

小峰顿时像泄了气的球般萎了下来，没想到自己难得勤快一次，起早又送饭，可得到的居然是小白的嘲笑，这让他简直懊恼透了。小铁开心地偷笑着，尤其是看到小峰垂头丧气地走回来时，小铁真想高呼三声万岁，冲上前去亲他一口，来庆祝他的失败。但当他真的面对小峰时，表情管理得相当出色，不但立刻收起笑意，还淡定地和小峰说说话，逗他开心。只不过小峰爷没有理会他。回到别墅后，小峰一改往日的尖牙利嘴和盛气凌人，一言不发地喝着粥，而小铁喝一口粥，看一眼小峰，心里乐一下，喝一口粥，看一眼小峰，心里再乐一下。阿心却皱着眉头在想着什么，表情比小峰还认真。

经过了上午的"痛苦劳动"后，小峰再次被折磨得怀疑人生。他勉勉强强地完成了唐青云布置的工作，连午饭都没吃，直接滚到了床上，无论谁叫他，他都像死猪一样，一动不动了。唐青云知道他在家里太养尊处优，也不理会他，吩咐小铁给小白去送饭后，便带着阿心去外面的山林里找枯枝。

小铁狼吞虎咽地消灭了两大碗饭，然后盛了饭菜，往衣服口袋里塞了双筷子，双手各拿一个碗就兴冲冲地往厨房后跑去。等快要到达小木屋时，小铁大笑着喊道："小白，今天是铁爷给你送饭来了。"他说着把碗往那小门口一放，便在旁边坐了下来。小白伸出手来取走了饭菜，很快就感慨今天的饭特别多。

"又不花我的钱。对了，早上你是怎么知道小峰要问青云姐的事的？"

小白反问小铁是不是不喜欢小峰。小铁向来有话直说，立刻开始吐槽小峰仗着他老子有钱，天天装酷，要是他老子穷，看他还能不能这么拽。小铁还想再多骂小峰几句，小白却转过了话题，问他想过怎么找妹妹没有。说到伤心事，小铁叹了口气，说当然想，但没办法啊。于是他把自己带妹妹出来遇到孔布，以及后面的事都说了一遍。

"我来帮你理一理吧，要找你妹妹就得找到那个孔布。要找到孔布就得知道他在哪儿，或者他会去哪儿，要不然漫无目的肯定是找不到的。"听到小白的话，小铁突然想起了什么，他吃惊地瞪着小木屋，喃喃地说："小白，小白，你真是天下第一聪明，你是那诸葛亮投胎吧。你随口一提，就让我想到办法了。"小铁激动地跳了起来，四处张望了几眼后又坐了下去，双手在脑袋上使劲地揉着头发，像是开心得不得了，又像是纠结得不得了。过了会儿，他才低声说："小白，要是知道他会去哪儿，你说该咋办？""你可以让警察抓他，抓住了他，你妹妹就能找到了。"小铁用手指关节敲着木板，一边点头一边自言自语地说："嗯嗯，太对了，太对了，我得好好想想，我一个人也抓不住他……"

小铁顾自坐着，捧着脑袋想事，好像脑袋会掉下来似的。小白吃好了饭，把碗筷递了出来，小铁干脆地说了句走了，拿起碗筷就蹦了回来。回来后小铁像是变了个人，他不再叽叽喳喳地找阿心聊天，也没心思拍峰爷的马屁，只顾做着家务，什么擦桌子呀扫地呀，他都是一声不吭地去做了，干得毫无怨言，无论阿心敲他脑袋还是踢他一脚，他都没反应。

晚上的菜相当丰富，除了小炒外还有两条鱼，一条煮汤一条红烧，把三人都吃得肚子朝天了。然后又到了给小白送饭的时间，小峰和小铁一致看向阿心。

难得他们意见这么相同。

当阿心把盘子放在木板前时，小白问来的人是不是阿心。阿心奇怪小白是怎么知道的，问他是不是透过门缝偷看了。小白哈哈大笑，说："早上小峰来过，走的时候不大开心，估计是不会再来的，而从走路的方式听，也不像是那个风风火火的小铁，所以就猜是你了。"阿心实在是佩服极了，叹了口气说自己要是有这样的本事就好了。

"我已经在教你了，你想有本事就学啊。"

阿心顿时开心起来，连连说一定比在学校里上课还认真。于是小白一边扒着饭，一边和阿心讲解刚才自己的判断。小白叮嘱阿心要先学会观察，他之所以猜到来的是阿心，是因为有仔细听脚步声，不同人走路的声音不一样，快慢、节奏，还有身上穿的衣服所带出来的声音，这都有区别，尤其是在木板路上。

阿心频频点头，忽然问："那我学好了，能看出老爸为什么不理我吗？"

小白一时沉默了。

"小白，你是不是不想教我了呀……"

小白吃了一惊，他发现在三个孩子中，虽然表面上看阿心是最不灵巧的一个，但他却有着普通孩子所没有的敏感和准确的直觉。小白不确定他的直觉来自何处，但他知道这定是经过长时间的练习而产生的思维反应。为了解除阿心的担忧，小白肯定地说当然要教，还重重地拍了拍胸口，表示男子汉大丈夫说话算数。于是小白继续讲解，阿心听得津津有味，沉浸其中。

就在阿心努力学习的时候，小铁和小峰一头扎到了床上，舒服地感叹起来。小峰很快又吹起了牛，说："这就是间木屋而已，下次有机会带你住七星级酒店。"一直穷得要饭的小铁可没听说过什么七星级酒店，但他感觉那一定是个厉害的地方，顿时喜出望外地拍起小峰的马屁来。于是，就吃这一套的小峰迷汤越喝越多，虚荣心越攀越高，口若悬河地讲起自己家里那一屋子的奢侈品、床头柜里的几部最新款苹果手机、三个笔记本电脑、价值几十万的高科技玩具，等等。

为了表示自己没撒谎，小峰还拿出手机翻照片给小铁看，照片里蓝蓝的大海、金色的沙滩、如钻石般闪闪发亮的商场、冲上云端的高楼、光亮无比的名车，把小铁都看呆了。整整十几分钟，小铁一句话也没说，眼睛瞪得老大，生怕漏过一张美图。这一刻的小铁简直就像是被凿开了脑袋，灌满了他从前根本想象不到的花花世界的画面。当小峰关上手机时，他还意犹未尽地称赞小峰的手机大气上档次，跟看电视似的，于是被灌饱了迷汤的小峰豪气地许诺送小铁一个手机，把小铁激动地扑上去好好抱了下小峰的大腿，扎扎实实地感受了下土豪的体温。

两人很快从敌人变成了死党，小铁一下子就把小峰讨厌的地方全忘了，至少是暂时忘了。这恐怕是阿心无法理解的。小峰退出了和肖陵的聊天框，关闭了自己的微信，大方地把手机借给小铁玩，小铁可从来没用过那么好的手机，还不用担心网费超标，他登上QQ，加了小峰的QQ号，顺手就玩起游戏来。"厉害，厉害，厉害啊！您这哪叫流浪，这叫玩，叫旅游，叫……叫豪华游，太爽了……"小铁一会儿翻群聊天，一会儿看有谁给自己留言了，嘀嘀声一直不断，感觉比去网吧还爽。小峰也不去管他，心想收了个小弟总得给点甜头才行，到时就能指挥他帮自己干活了，还能让他对付那个死阿心。奇怪的是没玩多久，小铁却停了下来，看着手机屏幕发呆，原本激动的表情也僵住了。小峰奇怪地凑过头去，问："没电了？""有电有电！"小铁迅速地在屏幕上摁了几下，把手机还给了小峰，钻进被窝打了两个哈欠，说："死阿心怎么还没回来，我都困死了。""唉，管他呢。"小峰也躲进被窝，开始玩手机。

这一天，小峰和小铁都不知道阿心是什么时候回来的。

第二天凌晨，小铁和小峰还在睡梦中时，阿心已经和唐青云在海边踩沙滩了。阿心双手提着裤管，小心翼翼地迈了一步，担心会不会踩到尖刺的东西，或者被虾呀蟹什么的狠狠夹一下。不过随着第一脚踩上去，细沙从脚趾缝里挤出直没到脚背，湿湿的冰凉的沙子瞬间把整只脚包裹了起来，舒服中带着些许刺激。沙滩异常冷清，海浪的声音一直在耳边回响，脚下的沙子无声而缓慢地流动着。世界仿佛是静止的，黑暗、冰凉，如同虚无中仅有的一整块坚硬岩石。阿心睁大眼睛想找唐青云在哪儿，但即使借着海面上反射的淡淡光芒，他仍然什么也看不清楚。这时他听到唐青云的声音从不远处传来："阿心，快来。"

"姐姐你在哪儿？"

"你看，太阳快升起来了！"

阿心循声望去，忽然间就看到了唐青云。她那随风摆动的衣襟就像面迎风舞动的旗帜，在光线不足的地方依然显眼。阿心大步向唐青云跑去。当他跳过一块被海水冲刷的光滑如镜的石块后，望向远方，天边出现了淡淡的红光。这是今天看到的第一缕温暖的光芒，就在东方那不知多远的海平面上。初看时，阿心怀疑那些微的红光是否存在，或许只是自己眼花了。但仿佛有人在不断地往淡淡的红色中注入能量，让它可以燃得更旺一般，那点微光很快变成了一抹模糊的红光，突然光芒变得更亮了，整个天空仿佛瞬间被点燃，顿时熊熊燃烧起来了。

彤红的光芒充满双眼，阿心从未见过如此壮观的景象，他情不自禁地张大了嘴，目不转睛地望着远方那逐渐明亮的地方。太阳越爬越高，渐渐露出小半个脑袋，附近的云层也在不断变幻着颜色，部分云层开始变得透明起来，白色、淡红色、深红色、黑色交相辉映，连海面也被染上了凝重的深红色。一道金光铺洒在海面上，如同一条通向太阳的金光大道，海水在光芒下闪动着，仿佛大海与太阳的呼应。阿心只觉浑身温暖舒适，刚才的寒意和担忧全部都消失殆尽了。就在这时，唐青云收到了一条微信，她迅速回了信息，然后转身向阿心高高地挥动着双手，说："阿心，我们把这段沙滩跑完就回去吃早饭。"阿心往前冲了几步，想起了什么，又跑回去拎起鞋子，大叫："等等我，这沙滩好远的！"唐青云笑着跑了开去。

当唐青云和阿心回到木屋时，小铁小峰还睡着。

这一天，让阿心奇怪的是，在小白面前把小峰骂得一无是处的小铁，现在倒成了小峰的死党，两人坐在一起，不时低声交谈着，嘻嘻地笑着，神神秘秘的，谁也不知道他们在说什么。晚饭过后，累了一天的阿心也困了，早早地躺到被窝里，满脑子想着小白教自己的那些本事。不一会儿，小铁和小峰很有默契地爬到阿心身边，一左一右地把阿心包围了起来。

小铁讪讪地笑着："臭阿心，有花花的消息了。"

"真的！在哪儿？"

"嘘……你轻点声。"小铁说着望了望门口。

"干什么偷偷摸摸的……"

小铁说自己用小峰的手机上QQ时遇到一个朋友，朋友说看到过花花。和上次的情节有所不同，这次这个朋友准确地告诉了地址，还让小铁赶紧去找，要不然花花再被换地方就麻烦了。接着小铁说怕唐青云不同意，最好偷偷溜走。阿心低下头来默不作声。小铁和小峰互看一眼，开始各种游说，从利害关系一直说到兄弟义气。小峰还拍胸脯说不用担心钱的问题，峰爷有的是钱，吃饭睡觉坐车都没问题。最后，阿心总算同意了。看到小铁和小峰互使眼色一脸开心的样子，阿心更加奇怪，这两个家伙什么时候成铁哥们了？

他隐隐觉得自己上当了。

9

这绝对是小铁最幸福的一天，没有之一，因为他终于有了自己的手机。这个手机好到什么程度他不太清楚，是什么品牌他也不在乎，关键是外观拉风到了极致。手机是他自己挑的，金色的背板，大大的屏幕，点起来飞快。手机店还送了一大堆小玩意，有耳机、小音响、手机壳、充电器、贴膜，等等。小铁被搞得晕头转向，只知道听小峰的话，把所有东西都装进袋子里。想到自己的人生理想这么快就实现了，小铁感动得又叫又跳，抱着小峰直叫亲哥。小峰没啥感觉，现金用完了，他拿着一张黑卡随手划，那卡里像是有用不完的钱，别说是吃饭、逛超市、买手机，哪怕是买辆车子都能划出来。小铁对那张黑色的卡充满了崇敬之情，他顿时感觉以前自己学的本事都是垃圾，只要有这张卡，那些本事还有个鬼用！

几人从手机卖场出来后，阿心仍捧着从超市买的打折书看，而小铁有了新手机后连走路都不看方向了。小峰走在前面，和阿心、小铁越拉越远，他回头看时，两人如同两个幽灵在后面晃荡，既不抬头也不说话。小峰觉得无聊起来，阿心不受招安不肯要手机倒也罢了，那没骨气的小铁被招安后完全沉迷于手机，根本不理自己了，这真是出乎他的意料。他看到小铁慢悠悠地跟在后面低头玩手机，好几次差点撞到树，不由怒从心起，叉着腰大吼："你们搞什么，再不说话，我就自己回家了啊！"

"别别别，别生气嘛，我的峰哥，峰爷！我是太喜欢这手机了，走走走，我陪你聊天。阿心！阿心，说你呢！别看书了，你妈没和你说走路看书危险啊。"小铁说自己刚上过QQ，那朋友留言了，马上去找花花。小峰二话不说，顺手拦了辆的士。三人坐上的士一路往南，几个小时后又换了一班中巴车，往西转入山里。

阿心看起了《西游记》，小铁低头玩手机，偶尔和小峰聊聊天，毕竟他还指望着小峰帮忙充话费呢。小峰有一搭没一搭地和小铁聊天，可当他看到车渐渐往山里深入，便又开始骂起小铁来："死小铁，你买了到哪儿的车票啊，怎么越爬越高了？"他透过车窗玻璃往下看去，下面是落差十几米的悬崖，山谷里什么都看不清，黑洞洞的让人头皮发麻。小峰满脑子想着要是车子滚下山去的话，那准保没命了。他赶紧闭上眼，把头靠在座椅上装睡。过了一会儿他睁开眼睛，发现阿心仍在津津有味地看书，而小铁继续不亦乐乎地玩手机，小峰再也忍不住了，怒叫道："你们两个是不是商量好来气我的！"

听到他的怒吼，阿心才一脸茫然地抬起头来，问："已经到了吗？"

"到你个头！在车上看书，小心把你的眼睛看瞎了！你妈就没告诉你在车上不能看书吗？"

"也是哦……好像是说过。"阿心不好意思地摸摸头。见他不反驳，小峰反而更火大，怒气冲冲地抢过小铁的手机，不许他再玩，否则就没收。小铁立刻求饶，连连点头称全听峰哥的。小峰从阿心包里拿出一本书来递给小铁，说要聊书里的故事。阿心连说："好啊好啊，这书有说明解释，真是没买错，还打折呢。"小铁手里捧着一本《红楼梦》，为难地看着小峰，声音颤巍巍地说："峰哥，这个……"

小峰便给他换了一本，说："这本比较适合你这家伙！"

"水许传……"小铁看着封面，皱起了眉。

"哈哈哈哈……你真是……你真是太逗了……哈哈哈……"

小铁一脸茫然地看着小峰，然后看看阿心，表情变得特别委屈："小阿心，怎么了嘛，峰哥在笑啥？"

阿心也忍不住笑出声来："书名总共三个字，你念错了两个。"

"水许传……"小铁呆呆地看着书，又念了一遍，小峰笑得根本停不下来。

"哪里错了嘛……"

"这是水浒传好不好，不是水许传。那个'浒'字不念许，'传'是第四声，不是第二声，唉！"小峰上气不接下气地说。小铁嘟囔着想起来了，电视演过的。小峰喘匀了气，笑嘻嘻地说："小铁啊，你要是能把这本书看完，我就把手机还给你，嘿嘿。"

"啊……不会吧！我又不识字，这本书这么厚！"

下车的时候，小峰还在滔滔不绝地讲三国里的故事，中巴车发出的轰鸣声越来越远，直至逐渐消失，他才意识到周围如此安静，于是四处张望起来。显然没人知道这是哪儿，连小铁也是一脸迷糊。眼看着车子绕过一个弯消失在山坳里，小峰的愉快变成了愤怒，他向小铁咆哮着，劈头盖脸地骂道："这是什么破地方，除了车站什么也没有，干什么在这里下车！"

小铁摸摸头皮，四处看看，一脸疑惑。

刚才要是跟着汽车到终点站，好歹有个小镇，有吃有住，而这里什么也没有。想到这里，小峰就更是怒火上冲，走上前来就要踢小铁。

"说不定有野猪哦。"阿心忽然来了句。

"不……会……吧……"小峰情不自禁地退了几步，这一脚就没踢下去，仿佛小铁就是野猪，踢一脚反而会被咬一样。

天很快就黑了下来。

走了段路，敏锐的阿心突然有了新发现，他指着前方说有人家了。小峰条件反射地讽刺阿心，说这种破地方哪儿会有人家，连个鬼也没有。"鬼"字刚一出口，小峰就不自觉地打了个寒战，然后又打了两个嚣张的喷嚏，情不自禁地往阿心和小铁中间靠了靠，嘴里嘟囔着："这鬼地方阴森森的。"一阵小雨借着山风飘落在三人头顶，阿心伸手接到几点雨水，搓了搓双臂催促大家快走，前面有灯光的地方肯定有人家。听他这么一说，小峰心里充满着期待，可嘴里又不肯服软，努力眯着眼却只能依稀看到一点黄光在远处微微颤动，跟鬼火似的。

无处出气的小峰又把气撒到了小铁身上，恨恨地说："还不是因为你神经兮兮地下错地方！这里要是能叫到110，我就直接让警察把你送精神病院去！"他用力在小铁的屁股上抽了下，一把扯过阿心的手，朝灯光的方向走去。

小铁嘟着嘴，骂骂咧咧地跟在后面。

"冷吗？我包里有外套要不要？"

"呸，你个乌鸦嘴，你也不是个好东西。要不是唐青云莫名其妙地喜欢你，我才懒得跑出来，这下倒好，真累死我了，我后悔啊！"小峰一边埋怨一边扯着阿心的手臂，和他并肩一起往前走。

"啊？青云姐哪有喜欢我？"

"呸呸呸，鬼才喜欢你，唐青云怎么会喜欢你个傻子。我多聪明可爱活泼能干英俊潇洒富可敌国啊，哼哼……"

一路上只听到小峰叽叽歪歪，阿心偶尔安慰他一句，小铁却四处张望着也不知道在看什么。雨从刚才开始就一会儿停一会儿下，现在终于绵绵地下了起来，三人的身上变得又湿又难受。阿心的眼神真好，前方真的出现了一个小村子，十几幢房子高高低低地站在山坡上，若不是有那么几缕灯光从屋里映透出来，这一幢幢陷在黑暗树林中的房子实在不容易让人发现。小峰的大脑里全是各种鬼屋的情形，他越走越慢，腿上像是灌了几十公斤铅一样。

小铁兴奋地叫着："真的有房子啊！有灯光，有灯光啊！"

三个少年高兴地大笑起来。突然，传来几声尖厉的狗叫声，随后十几条狗一起狂吠了起来，山里顿时像炸开了锅。小峰被吓得七魂丢了三魄，一把甩开阿心的手回头狂奔起来。狗叫声震天动地，阿心和小铁跟着小峰疯了般往回跑，跑出好一段距离才停下来。小峰用最后的力气蹿到了路边的大石头上，颤抖着问："有……没有……追过来？"阿心和小铁光顾着喘气了，哪还有力气回答他。过了一会儿，见果真没有狗追来，小铁才一屁股在石头上坐了下来，说："这次比躲孔布那次跑得更累，靠！对了，狗追过来的时候不能跑，要不然狗会追得更厉害。"

"有本事你别跑！"小峰恨恨地骂道。

"那不是……"小铁似乎想辩驳几句，但想到手机还在小峰那儿，就乖乖闭上了嘴。

"现在怎么办？难道在这里等天亮？那不是要冻死我？"小峰一阵狂奔后身上出了不少汗，加上淋到的雨水，经山风一吹，打了几个寒战。阿心拿出衣服递给小峰，习惯性地唠叨起来："身上有汗，风一吹当然冷了。我妈说爬到山顶的时候汗最多，要是在有风的地方站着，很容易感冒。"

小铁朝阿心挤了挤眼，嘿嘿地笑了起来。

小峰披上了衣服还是觉得冷，蹲在横凳上搓着手又开始数落起小铁来。小铁看看阿心，好像在求他想个办法出来，要不然自己的手机恐怕是没戏了。阿心听狗叫声停了下来，就建议再去试试，这次轻一点，不要吵到汪星人们。小铁知道这事根本没那么容易，想要躲过那么多狗鼻子狗耳朵偷偷进村，根本就是不可能的事。可他只抱怨了一句，小峰就气得大叫起来，说不管怎么样晚上也得找到能吃住的地方，要不然峰爷生气的后果很严重！

"狗耳朵多灵啊，哪躲得过……"

"我不管，你想办法！"

"要是能见到个人就好了，有熟人的话狗就不会叫。"

小峰跳下石头一把扯住阿心的手，说："小铁你去找人，阿心陪着我，今天要是没地方住，手机永久没收！"小铁撇了撇嘴，开始慢慢往前挪步。经过一阵喧闹，小村又沉寂了下来，埋伏在各处的狗安静了下来，但小铁很清楚，只要有一点风吹草动，这些狗又会瞬间竖起耳朵，发出让人心惊肉跳的狂叫声。小铁有些害怕，回头看看后面跟着的阿心和小峰，小峰拖着阿心的手，不让他走快。小铁在心里重重哼了一声："呸，装什么大爷，要不是稀罕你的钱，看老子理不理你。"

他正想着，突然听到有人说："你们几个干什么呢？"

这声音就在面前响起，刚转回头的小铁被吓得跳了起来，撒腿就往回跑，大叫："妈呀，鬼啊……"

阿心和小峰也吓得够呛，"鬼"居然出现了！小峰的腿直打哆嗦，差一点软倒在地上。阿心看到前面有个高高的人影，虽然心吓得扑通扑通乱跳，但还是一把扯住了小峰，勉强答道："我们……我们就是到这里来玩的，要去前面的镇子，可……可下错站了。"听到阿心和那个高高瘦瘦长得像树一样的人说话，小铁和小峰都躲在阿心身后，探出头来看着这个"树枝鬼"。

"天都黑了怎么还有小孩子在外面玩，你们家大人呢？"

虽然看不清脸，但"鬼"都说话了，三个少年就不害怕了。再说了，他们都悄悄瞅过了，这"鬼"分明是有脚的。阿心简单解释了一番，小铁及时地问了借宿的事，没想到这位叔叔二话不说就答应了三个少年的请求。吃住问题都解决了，小峰终于松了口气，拍拍小铁的头以示赞许。小铁也松了口气，他知道手机安全了。

"阿心，阿心，起床了，今天不是要参加课外活动吗？快起床，不要迟到。"

阿心忽地翻身坐起，拿起枕边的手表一看，顿时怪叫一声，妈呀，闹钟怎么没响啊！他也来不及找原因了，立马穿起衣服来。窗外阳光耀眼。阿心精神振奋，想到有趣的野营活动，他就觉得时间最好马上跳到野营开始的时候，那多好啊。据说今天还有班级组织的父亲大PK活动，小朋友们要和父亲一起去闯关夺宝，接受体力和智力的考验，真是又刺激又有趣。听说参赛的小朋友们和父亲们都会得到礼物，要是能进前三名还有大奖。阿心跃跃欲试，恨不得立马开始比赛，可他现在必须刷好牙，要不然老妈会发火的。

老妈果然开始在外面唠唠叨叨了。

"哎呀，知道啦，知道啦……老妈，老爸今天真的会来？"

"是啊，昨天晚上电话里他亲口答应的，你要是不信自己打电话问呗。"

"不用啦，老妈保证过一定没问题的啦，那我先走了。"阿心背起包，拿起一份早餐就跑出门去。

"阿心，别跑太快！小心车子，看着红绿灯……"妈妈无奈地回到家里，拿起电话拨通了号码。"喂……嗯，阿心刚走，昨天晚上和你说的事……哦，这样啊……可我答应阿心了，那你来得及去学校接他吗？他们回到学校大概……哦，好吧，那我到时请个假……"

这一天，活动丰富有趣，同学们都玩得很开心，但阿心始终没看到老爸出现。在父子互动的环节里，阿心借着上厕所跑开了。当他远望那些同学和自己的爸爸在跑道上奔跑时，他就想象老爸领着自己的样子，想着想着泪水从眼中涌出来，怎么也止不住。

"阿心，不过去玩啊？"

"钟老师，我……我肚子有点痛……"

"要不要紧？你爸爸呢？"

"他……他去帮我买药了。我没事，上过厕所就好了。"

"好，要帮忙就喊我哟。"钟老师笑着朝阿心挥挥手。

阿心远远地又走开了一段距离，找了个不会有人注意也不会有人经过的角落坐下来，听着人群里的欢呼声一浪高过一浪……

天气变化很快，上午还是大晴天，这会儿已成阴天，又渐渐飘起雨点来。阴云从游乐园最高耸的尖塔上掠过，刚才还感觉刺眼的金属塔尖失去了能量，变得阴暗起来，被太阳晒得打蔫的月季花现在倒精神起来了，和树叶长草一起在风中舞动，仿佛在热烈期盼着雨水的到来。阴云和雨点很快改变了游乐园里的气氛，刚才的欢笑声很快变成了几个女孩子的尖叫声和大人喊孩子的声音。大人们纷纷带着孩子躲到了屋内，室外顿时空旷起来。细雨润进头发和衣服里，皮肤上沾了雨水感觉凉凉的，和那些渴望雨水的植物一样，阿心的心情舒畅起来。他站起身来，好整以暇地理了理衣服，冒着雨，迈着舒心的步子穿过草坪，往屋里走去。

一天的活动终于结束了，大巴车载着一车子的欢笑声驰回了学校。妈妈到学校去接了阿心，当阿心看到妈妈的笑容时什么话也没说，背着包开开心心地和妈妈一起走回家。快到家的时候，阿心忽然停住了脚步。

"怎么了，小阿心？"

"要不我们在外面吃饭，好不好？"

"为什么？"

"反正爸不要我们了，就我们两个，我请客啦。我存了不少钱，还有老妈给的零花钱，今天我一分钱都没有用过呢，你看。"阿心说着从裤袋里翻出一小叠十块二十块的钱来。

妈妈的眼眶里瞬间涌满了泪水，蹲下身来轻抚着阿心的脸，柔声说："小阿心，今天是不是不开心啊？"

"没啊。我发现世界上的乐园都差不多，学校每次都去差不多的地方，我都玩腻了。天又那么热，后来还下了雨，那些女同学的尖叫声吵得很，能早回来才好呢，还是家里舒服啊。老妈，你哭啥，我就是想家了，想早点回来。"阿心伸手去替妈妈抹眼泪，可自己的眼泪却不知不觉地跑了出来。

"妈妈……妈妈对不起你，妈妈答应你的老是做不到，妈妈给爸爸打过电话的……"妈妈说着紧紧抱住了阿心。

"老妈，我们吃饭去，你想吃啥？我们吃烧烤好不好，就上次你带我去的那家，有免费的冰激凌吃哦，而且你还不用洗碗了，哈哈。"

"好好好，你说去哪儿就去哪儿。"妈妈抹着眼泪被阿心牵着手往前走去。

"阿心，阿心，快醒来。阿心，阿心，快醒来……"

睡梦中，阿心似乎听到有人像闹钟一样重复地喊着自己的名字，醒来却发现根本没有人叫他。由于树人叔叔家里没有多余的床，所以三人就只能睡在一张床上，好在这张床不小，三人横睡着也足够大。小铁大声打着呼噜，小峰则躺在边上玩手机。阿心虽然醒了，却有些习惯性发呆。小峰一边玩手机一边拿眼角瞟着阿心。过了一阵，小峰把手机放下，向阿心提了个要求，他说只要阿心离开唐青云，以后永远不见她，就能得到一部手机的外加十年话费的奖励。

阿心感到奇怪，他搞不明白小峰为什么要这样做。虽然他很想有个手机，可一看到小峰眼神里那奇怪的笑意，他就觉得有问题。渐渐地，他看小峰的眼神变得清澈起来，小白的教导好似清澈的溪流在他脑中流淌而过，阿心的魂魄仿佛脱离了身体，缓缓升起盘旋在屋顶，居高临下地看着下面三个孩子。于是，小峰的笑容就显得更加奇特，他那甩着手机的样子也更好笑，阿心甚至觉得自己能听到小峰心里在想些什么。

他缓缓摇了摇头。

天刚亮，山色笼罩在一层淡青色的缥缈雾气中。

小峰呼呼大睡，而小铁很早就出门了。阿心听到小铁的动静后又迷糊了一会儿，最后被屋外的公鸡叫醒，他拍了拍昏沉沉的脑袋，晃晃悠悠地走出屋去。

微风中带着淡淡的草木清香，屋前的水泥地上停着一辆像是从旧货店里淘回来又在泥泞路跋涉了三天三夜的摩托车，脏到了令人侧目的程度。旁边水槽里那老旧的水龙头每隔几秒就会滴一滴水下来，发出低微却悦耳的水滴声。水泥地前是上下山的柏油路，昨天晚上三人就是沿这条路走上来的。四下里看不到人，这里的一切都还在梦境中没有醒来，连昨晚吼叫的狗都没了声音，似乎已经把阿心当成了自己人。阿心走到路边往外看去，十几间房屋或独立或连体地矗立在绿植中，高大的树木沿路撑开了绿荫，把屋舍和木栅栏都隐藏在了枝叶下，好像父母张开双臂保护自己的孩子。忽然有几缕阳光从林间倾泻下来，把记忆中那片阴森恐怖的小村子变成了童话中的美丽家园。

就在阿心发呆的时候，远处传来小铁的声音："阿心，我知道我们要去哪个站啦，刚才我去车站那儿看过了。"小铁远远地向阿心甩了甩手，手机的金属壳反射着日光晃了阿心的眼，让他觉得有些刺眼。

坐上车后小峰忍不住打了个哈欠。车子开动起来，昨晚的住所在小铁的目光里渐渐远去。小铁瞄了阿心和小峰一眼，大声感叹说："世上还是好人多啊，我们白吃白住的，他一分钱都没收。"小峰懒懒地应了一句："你这是想到处骗吃骗喝吧。"

阿心忽然问："你们有没有听到，刚才有个阿婆问那个叔叔：'住得还习惯吗？'"

"阿婆？阿什么婆？我还阿公呢。"小铁横了他一眼，伸手想去摸手机，却被小峰逮了个正着。他只好撇撇嘴，从包里拿出《水浒传》翻看起来。就在他看入迷的时候，小峰突然扯了扯他，让他快看窗外。小铁便往窗外望去，正看到一个戴着黑漆漆的头盔的人骑着摩托车跟在公交车旁边。他似乎想超过公交车，但是道路狭小，车子一会儿靠着左边一会儿靠着右边，摩托车一直没能超过去。小铁朝他吹了声口哨，指着摩托车手哈哈大笑，小峰也是不住地向他摇手，一会儿指挥他往左边超，一会儿指挥他往右边去，两人玩得不亦乐乎。虽然看不到他头盔下生气的脸，但小铁和小峰依然乐不可支。终于，那摩托车手趁公交车驶过一段直行路的时候超了过去，消失在前方的拐角处。

"切，真没劲，才玩了那么会儿。这破摩托一点劲也没有，这人技术也差得要命。"小峰又无聊地坐了下来。

半个小时后，三个少年终于随着公交车来到了最终点站——外婆坑村站。

走进外婆坑村，小峰才松了口气，他知道这下吃住都有保障了。小铁也松了口气，说联系上朋友了，还知道了花花的地址。小峰早就烦透他了，一路上吃够了他的苦头，这会儿是完全不信他了。小铁说要往小路拐，小峰就昂着头顺大路走，他心想："峰爷可不是来陪你找妹妹的，既然已经把阿心骗出来了，我就找个机会回唐美人身边去。没有阿心，仙女姐姐就是我一个人的了，嘿嘿嘿……"

谁知道他还没得意几秒钟，小铁和阿心就一人拖住他的一只手，把他往小路上拽。

"我不要，我不要！别拉我，别拉我！你们这两个逆贼，想造反了不成？来人呐，御林军，锦衣卫，快来救驾，救驾……"小峰手舞足蹈地喊救命，游客们看到三个小孩玩闹，都笑着走开了。小峰气鼓鼓地被阿心和小铁扯着往前走，阿心安慰他："好啦好啦，别生气啦，等找到花花，我们就陪陛下玩三天三夜。小铁，你说是不是？"小铁连连点头，又疑惑地问："御林军是啥？锦衣卫又是啥？"

"哼，让你不读书，让你不读书，这下可蔫了吧。我不告诉你，我就不告诉你，我就让你笨笨笨……笨死算了！"小峰说着一甩手，怒气冲冲地向前走去，倒真有几分天子震怒的气度。他边走边抱怨："你们两个什么都不懂，这样的臣子怎么配给朕做事，朕的天下都要毁在你们手里了！来人呐，把他们两个打入大牢。"

阿心看他气焰嚣张，忍不住回敬："你这泼猴，休得胡闹，救花花一命胜造七级浮屠……"小峰猛转身指着阿心的鼻子大声说："你这秃驴，休要在此装好人，要不是朕全力相助，尔等哪能来到此地，快快上前向朕行叩拜大礼，朕可饶你等不死。"小铁看两人尽说些自己听不懂的话，都快疯了，他原地蹦跶着，叫道："二位兄长哥说啥呢，洒家听不懂啊……"

"哈哈哈哈，你个死小铁，自己都在用水浒里的词了，还让我们别说！"

小铁疑惑地抓抓头皮："哥哥说的啥？洒家不知道啊。"

"算啦，不要欺负小铁了。对了小铁，花花到底在哪儿啊？我们得赶紧找啊。"阿心正色道

"这家伙胡扯呢，他就知道玩，根本不认路，害得我们在荒山野岭下了车，还被狗追。你这死小铁！"小峰转过身来狠狠瞪了小铁一眼。

"我……我……我那朋友就说是这条小路吧……"小铁贼头贼脑地看看四周，低声问，"峰哥，你的那个陵叔在哪儿呢？他是警察，挺厉害的吧？"

"你咋知道我家陵叔的事？"

"不小心在峰哥的QQ里看到的，我看到你们在聊，他一直跟着咱们吧？"

"哟，你挺贼的啊，你关心这个干啥？"

"没……没干啥……"小铁咬着嘴，支支吾吾地应着。小峰冲着他咆哮，让他赶紧去找花花。小铁慌乱起来，提议先朝这条小路走走看，阿心和小峰没办法，只得跟着他走。

已近黄昏，太阳躲到了山背后，阳光渐渐隐去，灯光华丽地亮起来。外婆坑村主道上的人越来越多了，村民们把各种特色小吃全摆到街上，供游客选购。据说今天外婆坑村会搭一个大舞台，还会有精彩的表演。小峰一脸不悦，愤愤不平地走在小路上，脑瓜子时不时地往主路方向转，可他只能通过房子的间隙

看到零星的热闹场景，那喧闹的声响还一刻不停地传到他耳朵里。

小铁去前方探路，还不见回来。阿心忍不住说："陛下，不知道小铁找到花花没？"

"咳……爱卿，管他的，反正铁爱卿有手机，一会儿打电话问呗。不过朕长那么大可没受过这种累，跟你们两个小流氓住破木屋不说，居然还要朕干家务，简直是疯了，疯了！朕本来打算微服私访，遍游大好河山，遍尝人间美食的，真是倒了霉了，还要找什么花花，这简直是疯了！你知不知道我出门坐的是什么车？我上的是什么学校？我吃的、穿的、用的可都是最好的，你们……"看阿心一脸迷茫，小峰便愈发生气。

就在这时，两人听到小铁的声音在前面大声喊："快来啊，我找到花花啦！"阿心和小峰就奔了过去。小铁在不远处的路当中站着，指了指前面那间宅子。小铁二话不说推门就进，阿心和小峰也跟了进去。这宅子平平常常，没什么特别之处，三人走到正屋前，正犹豫着要不要进去时，从正屋里走出来一个高高瘦瘦的戴着摩托车头盔的人。他走到门口，在三个少年的注视下把门插销插了上去，然后便站在门口不动了。阿心咦了一声，说："他不是路上被你们笑的那个摩托车手么？"

阿心刚说完，有个声音就从屋里传了出来："又见面了，我的小兄弟们。这么久不见，有没有想我啊？"

虽然这句话讲得热情洋溢，但当阿心醒悟到这个声音是谁的时候，顿时觉得自己一下跌进了万丈深渊。

10

"孔布！救命啊！"小峰只来得及喊一声，就被反剪双手抓了起来，紧接着嘴里被严严实实地塞进了一块布。小峰使劲挣扎，可孔布的力气哪是他能抵抗的，他绝望之余希望阿心能来帮自己，却看到阿心正被那戴头盔的人捂上了嘴，绑了起来。小峰和阿心被绑了个结结实实，嘴里塞满了破布条，当他俩流着眼泪互相看时，却发现小铁好好地站在那里，啥事也没有。

孔布搜出小峰的手机塞进自己兜里，嘿嘿冷笑起来，"惊不惊喜，意不意外？你们一定以为我孔布躲起来了吧？嘿嘿嘿，太小看我了，有赚大钱的机会我怎么可能放过。我的小老弟，你可值几百万啊，这一票要是成了，这辈子就够了。小铁，干得好，我不会亏待你的，我会奖你一笔钱，以后你们兄妹每天都能在一起，天天有好吃的。"小铁躲在旁边站着，涨红了脸，双眼盯着地面，一眼也不敢看小峰和阿心。小峰被塞住破布的嘴里咕噜咕噜地闷声响着，连阿心的眼里都充满了厌恶，两人就像看着世上最令人讨厌的，比蟑螂、苍蝇、老鼠都更恶心的生物。小铁的脸越涨越红，终于哇的一声大哭了起来，说："你们别骂我，我不听他的话，花花要死掉的。"

孔布皱起了眉，正想让小铁闭嘴，门外响起了敲门声，有人大声问："里面有人吗？"被塞上了嘴的小峰使劲挣扎着，嘴里唔唔地呼喊起来。孔布一把扛起小峰，低声提醒小铁别惹事！戴头盔的人也把阿心扛了起来，跟着孔布往后院跑去，小铁一边抹着泪一边跟了上去。敲门声停止了，突然响起一声沉重的踹门声，紧接着又是连续的踹门声，木门发出了令人心惊的破裂声，门销和碎木板掉到了地上。与此同时，墙后传来汽车发动的声音，刚冲进屋的肖陵迅速跑往屋后，正看到一辆面包车向村外开去。肖陵撒开大步猛追，一边拿出手机拨通了唐青云的电话，告诉她三个孩子出事了，马上开车去村口汇合。

小面包车在崎岖的山路上开得飞快，好在人们都在主街上看演出，这条不被人注意的小路上倒也没什么行人，偶尔有一两个行人看到有车子碰碰乱响发疯似的开过来，早就吓得远远逃开了。面包车沿着山路往村外开去，没两分钟就过了村口，上了主路后车开得更快了。肖陵跟到村口，突然听到一阵汽车疾速发动的轰鸣声，红色凯迪拉克迎面开来。肖陵坐进副驾驶，指了指前方说快追。凯迪拉克咆哮着在多弯的山路上疾驰猛进，如同愤怒的猛兽在突击目标，高速前进让肖陵的心始终拎在嗓子眼，他紧紧抓住车把手，屏息凝神地看着瞬间出现在大灯下的弯道一转眼又被车子甩在了身后。

"蝙蝠侠，小心点开……"

"他们可是亡命之徒。"

虽然唐青云将车开得很快，但限于山路弯道太多，车速拉不了太高，好在唐青云车技不俗。车子转过一个大弯，前方有段较长的直行路，氙灯照耀的山路上，一辆破旧的面包车在前方疯狂地飞驰。

"是上次的人贩子？"

"嗯。"

"啧，我察觉到他们三个不见时，就感觉会出麻烦。"

"还好我们有所准备。"肖陵看着手机，手机里有小峰一路发给他的信息，但此刻是不能指望小峰再发来信息了。他在手机上打字，给付东发了条信息。

"小峰的手机联系不上了吧？"

"肯定被那伙人搜走了。这群人还真是执着，为了钱，他们连坐牢都不怕。"

"何止，我看他们连命都不要了。"

就在两人说话间，前方又出现了一个弯道，为了保持车速，唐青云没有踩刹车，只是松了下油门准备过弯，肖陵能感受到高速过弯时那巨大的离心力。哪知过弯后两人同时看到前方路当中停着一辆车子，唐青云下意识猛踩了脚刹车，肖陵只来得及吸了口冷气，凯迪拉克就迎面撞了上去。轰的一声巨响，紧接着是机械零件支离破碎的声音……

肖陵脑中一阵轰鸣，耳中瞬间接收到了几种不同的巨大声响，大脑暂停了工作，就像死机的电脑一样什么信息也无法收到，无法读取，更无法分析，只是闪动着一片雪花白……大脑异常沉重，眼前一片模糊，身体重得仿佛血管里流淌的全是水银，四肢麻木无力，有一小会儿甚至失去了知觉。在昏昏沉沉间，肖陵挣扎着保持清醒，他用尽力气活动着手指，视线逐渐变得清晰，就像是在可怕的地狱之谷走了一回，他拼命回到了真实的世界中。原来，他还在车里，安全气囊弹了出来，车内充满着爆炸后留下的奇异气味。透过裂开的前挡风玻璃，肖陵看到了那辆面包车。面包车被撞得往前移动了十几米后又撞上了路边的水泥墩子，要不是有厚实的水泥墩子挡着，恐怕它早就掉下山崖去了。显然是对方估算了两车的距离和时间，在刚转过弯后就迅速停车离开，留给后车一个极其危险的障碍。

在夜晚的山路上狂飙，谁能料到转弯后会有车子停在前方？万幸两人都系了安全带。唐青云无力地躺靠在座椅上，额头上有血迹，意识还没有完全恢复清醒。肖陵吃力地解脱保险带，试着打开车门，好在车门没有变形。车门外是山崖边的水泥墩子，车门只能打开一个狭小的门缝，肖陵从门缝里艰难地挤出去，打开驾驶室车门把唐青云抱到路边安全处，避开被来车撞伤的可能。肖陵给唐青云检查了伤口，发现只是头皮擦伤，这才松了口气。这时他才感觉手腕疼痛难忍，也许是在撞车时用力过猛造成的扭伤，脚踝和脚趾也因为过度用力而疼痛。肖陵费劲地摸出手机发了条信息，目光落到山路外侧十几米深的斜坡上，坡上种着矮树，要是刚才唐青云往外打方向盘，凭着巨大的惯性，车子会冲上水泥墩子飞出路外，那后果就不堪设想了。肖陵捏了把冷汗，借着车灯光芒看到左边有条小路没入草丛，往山上而去。

这时他听到靠在自己身上的唐青云叹了口气，低声说："看来我们是低估小丑了。"

"你没事吧？"

唐青云摸了摸额头，摸到了血。

"不要紧，只是擦伤，已经止血了，我一会儿给你包扎。"

唐青云轻轻拍了拍脸，站起来跟跄地走向车子，打开后备厢找着什么。

"他们也真是拼命了，为了摆脱我们都不怕被撞死……"肖陵打开了手机的电筒模式，上前检查小路。准备妥当的唐青云往那小山路上跨去，可身体还没恢复，力量不足，反而滑了下来。肖陵一把将她托住，说："你可能有轻微的脑震荡，还是回去……"

"等找回三个孩子再说吧，绝不能让孩子们出事。"唐青云还未从晕眩中恢复过来，说话有气无力的。肖陵还想再劝，但唐青云已经往前走去。

付东赶到后吃惊地看着眼前这辆冒烟的车。凯迪拉克的车灯一直开着，加上肖陵的提醒信息，才不至于让付东他们的车子一头撞上去，即使如此，陈东鹏急刹车后还是吓了一大跳。陈东鹏打开双跳灯和大灯，小汤去后备厢取警示牌，灯光将山路照得一片通明。付东和陈东鹏在两辆损坏的车里都没发现伤员，付东便让小汤迅速联系当地警局，请求支援，同时吩咐陈东鹏整理些东西。他走到路边进山的小道口，仔细看了看脚印，说："他们已经追上去了，运气好的话会碰到老熟人。"

陈东鹏兴奋地捏了捏拳头，"真是孔布那混蛋？看看，什么叫天网恢恢。咱们赶紧去追肖陵吧。"

走在黑暗的山路上，小铁浑身发着抖。前面孔布他们背着阿心和小峰赶得正急，小铁只有紧跟着他们，生怕一个没跟上就会在山林里迷了路，跟着这个恶魔肯定没好果子吃，可不跟又找不到花花……小铁偷望着孔布的背影，想起之前孔布把自己往河里丢的情形，他的牙齿忍不住打起战来，他担心孔布会把自己往哪个山谷里一丢了事，他越想越害怕，低声抽泣起来，又担心孔布会听到，便压住声音，偷偷抹去眼泪。

山色昏暗，孔布和头盔男戴着头灯，各自扛着一个孩子在山路上健步如飞。他们似乎很熟悉这条路，即使在夜色中也能清楚认路。偶尔孔布会转过头来看小铁一眼，见到小铁一直跟着，他又放心地转过头去。小峰和阿心被他们封了嘴背在肩上，在这荒山野岭里，阿心和小峰也不敢乱来。

没多久，孔布在一个相对开阔的地方停了下来，粗喘了一阵，两人竖起耳朵仔细听了会儿，没发现有人跟上来的动静。孔布得意地低笑了起来。头盔男长吁短叹着，怀念起牺牲的面包车来，却被孔布一顿奚落，说："眼光要放远点，那破面包车才值几个钱，你背的这小子至少值十万，只要把这事办成了，买十辆面包车都成。"孔布得意地在小峰的屁股上用力拍了下，小峰呜呜地喊了几声。头盔男还是有点担心，说山里虽然能藏人，可要是警察真追上来了，派人搜山的话咋办。

"担什么心呢？实在不行我们就转移，这里四通八达。搜山？哼，这么大的山，你以为捉迷藏呢。我们往深山里一跑，来一万个人也搜不出来！别废话了，赶紧走，早点把钱搞到手。"孔布扛起小峰继续赶路，头盔男背着阿心跟在后面，小铁看看四周，迅速用脚在湿滑的地上划了几下，也跟了上去。

光圈晃动着，不时扫到路边，在光圈和山风中微微摇摆的植物显得异常清晰，又带着些奇幻的色彩，肖陵觉得自己仿佛正处在一个极其真实的梦境中。头灯那雪白的光芒照在唐青云的背上，把她的风衣纹理照得清晰可见，这让他渐渐产生了错觉，他的大脑中轻快而又熟悉地播放起以前的片段来：

肖陵刚结束操练回到宿舍，却发现宿舍被一则消息引爆了：秦瑜被旁边学校的男生欺负了！肖陵上楼的时候正听到十几个男生围在一起吼着要多找些人，把秦瑜救回来。他们看到肖陵，顿时像见到了亲人般把他拉了过来，说秦瑜和阿光他们吃完饭回来的时候，路上被别校的几个男生挑衅了，还打了起来，对方人多，现在阿光他们吃着亏，得赶紧去帮忙。

肖陵有点不以为然，无非是些习性不良的男生找事而已，况且街上人多，也出不了什么大事。他安抚了大家，正想找个借口溜，突然听到楼下有人大吼："你们怎么还不下来，阿光都挂彩了，那几个混蛋里有社会上的混混，快把秦瑜掳走了！”这下子弟兄们可真站不住了，呼啦一下冲到楼下，跟着那人狂奔出学校。肖陵本想往寝室里走，可又觉得不大够意思，便犹豫着跟了上去。

当一群人热血澎湃地冲到事发地点时，发现情况果真不妙，阿光摔倒在地，另外两个同学也被那伙人打趴下了。看到兄弟们赶来了，阿光挣扎着从地上爬起来，大叫着快去把秦瑜抢回来！也不知道是谁第一个冲上去的，双方顿时混战了起来，可谁也没看到秦瑜。

“校花秦瑜追求者联盟”盟主冲阿光吼：“秦瑜去哪儿了？”阿光捂着嘴角的裂口朝胡同指了指。盟主心里一凉，朝人群喊道：“一队的顶上，二队的跟我来。”可现在不管是一队还是二队都跟“敌人”正打得不可开交，想抽人可不容易。盟主大为光火，他目光一扫，正见到肖陵不紧不慢地跑来，盟主的心里顿时涌起了希望，他向肖陵挥挥手，两人摆脱了人群，飞步往胡同里追去。

后来，肖陵带着秦瑜从胡同中走了出来，外面的几十号人还在火拼，只是都显得有气无力了。联盟的兄弟们见到秦瑜安然回来，个个兴奋地叫喊起来，而“敌人”们则显得灰心丧气，大有被抄了老窝、抢了家当的感觉。秦瑜低着头跟在肖陵身后，看来并无大碍，倒是肖陵一副随意的模样很让联盟里的兄弟嫉妒。盟主趾高气扬地把躺在地上的“敌人们”教育了一顿，让他们以后少惹事，否则见一次扁一次。之后，众人簇拥着秦瑜以胜利者的姿态顺着大街回到了学校。

再后来，肖陵吃了处分。

处分很轻，毕竟是对方错在先，所以学校也没打算真处理肖陵。可在盟友们的眼中，肖陵这小子受的处分就是学校颁给他的巨大奖牌——追求校花秦瑜得胜奖！这简直是每个盟友都梦寐以求的！可惜肖陵这小子一脸死相，很不知趣的样子，还说自己打人不对，以后一定不再犯。于是，肖陵继续被孤立着。再再后来，秦瑜说要感谢肖陵，请肖陵吃饭，顺便看电影什么的。可惜那天的电影都很糟糕，即使是秦瑜也没法假装说哪个电影好看，于是两人慢慢逛回了学校。最后两人互道晚安，这一天就结束了。

肖陵忽然有个念头，如果当时自己和秦瑜真成了情侣，那现在的自己会是什么样？听说秦瑜的老爸开了个厂，自己会去厂里当个管事的？想到自己穿着工作服在车间里转悠，颇有点地主家的儿子驾着鹰牵着狗在大街上游荡的意味，肖陵有些想笑。人总是无法回到过去重新选择，别说几年，哪怕一天也不行。

夜间山风拂面凉飕飕的，让人清醒。唐青云走在前面用电筒照着地上查看脚印。这两天似乎下过雨，地面是湿的，不久前留下的脚印便更清晰。她间或问肖陵几个问题，比如："你看没看清对方车上有几个人？""这事你是怎么想的？"然而大多数的时候唐青云都在仔细看路，似乎生怕会漏掉一个岔路口。她看起来十分专业，让肖陵感到意外。两人边观察边赶路，唐青云嘀咕着说："两个大人三个不听话的孩子，怎么才能走得那么快？"又走了一小段，唐青云停下脚步，指了指前方。前面是块相对开阔的小空地，有生火起灶后留下的木炭和被烧黑的石块，地上的各种脚印杂乱无章，最令两人惊讶的是地上还有一个不到一尺长的箭头标记，指向了右前方。肖陵小心地走近了观察标记，又顺着箭头的指向走到空地的边缘，仔细检查后略带兴奋地说："看来不是坏事。一路上有两大一小的脚印，大人的脚印比较深，加上我们没有看到三个孩子的脚印，说明两个大人各背了一个孩子。孩子的脚印是跟在两个大人后面的，因为小脚印有时盖在了大脚印上面。那孩子既然走在后面，说明他是自愿的，要么被控制了，要么是同伙。"肖陵比画着地上的脚印，唐青云仔细看去，确实看到小脚印有些地方压在了大脚印上。

"这也解释了为什么三个孩子会来到这偏僻山村，很有可能那尾随的孩子出于某种目的在配合劫匪，把其他两个孩子引到这里，完成了这场犯罪。"

"小铁？"唐青云皱起了眉。

"嗯，不会错的，他的妹妹被孔布抓起来了，这是他受人贩子控制的原因。小铁利用找妹妹这个借口把小峰和阿心带到这里来，并给人贩创造机会。那人贩的耐心和毅力也真是超乎常人。"肖陵用头灯照着这片地方，光芒在平地上闪来闪去，"这是驴友们扎营的地方，一路上我们看到的指路彩带就是证明，但人贩子的老巢不会设在徒步线上，这太容易暴露了，他们一定会去普通人根本不会到的地方。"

"既然小铁给我们留下了标记，说明他和人贩不是一伙的，他希望我们去救他们。可他既然知道孔布在哪，又想抓住孔布，救出妹妹，那为什么不干脆报警呢？"

"也许上次孔布逃走的事给他留下了不好的印象，也许他怕警察过来把孔布吓跑了，也有可能他知道我们在后面跟着，就想把我们带过来，毕竟我和小峰在手机上聊天，他能看到。孩子的想法有时很奇怪，不能完全用逻辑来解释。"

在经过一条岔路后，两人跟着脚印离开山路，进入丛林中，脚印就难辨认了，有时需要弯腰细查才能找到脚印。肖陵走在前面，身穿冲锋衣的他更适合挡开矮树低枝，前进速度变慢了，肖陵意识到双方的距离在被拉开。唐青云的情绪异常平稳，从未抱怨道路难走或者辛苦疲劳，这让肖陵颇为定心，也暗暗称奇。再走一段，更倒霉的事来了，泥路变成了碎石路。前方岩石区顶部往远方翻下处平坦光滑，脚印就更难捕捉到了，肖陵不得不蹲下身来仔细寻找前人鞋上掉下的泥渣。五分钟过去了，虽然有黯淡星光的帮助，也借助头灯的光亮，但肖陵一无所获。他往前方望去时，黑影重重，去路根本无可判断。

两人不得已，只能就地扎营。肖陵将包里备着的宝贝全取了出来，从营地灯到炉具，从防潮垫睡袋到挡风板，这倒真是让唐青云小小地惊喜了下，她发现在这前不着村后不着店的荒山里，自己居然有可能睡得很舒适，尤其当肖陵问她想吃点什么的时候，她随口报了个鱼香肉丝。肖陵一怔，然后两人相视大笑起来。虽然最后还是用方便面解决了问题，但唐青云已经很满意了。明亮的营地灯将方便面那鲜亮的蓝色外包装照得异常显眼，唐青云一边吃着方便面一边看着肖陵削小树枝，气氛柔和，似乎两人只是出来度假而已。

"你以前经常徒步吗？"

"算是比较喜欢吧，以前有一帮朋友一起玩，所以就习惯了户外的生活。不如讲讲你的事吧，神秘人。"

"别担心，我不是丧心病狂的罪犯。"

"是啊，我可不希望你步我的后尘。"肖陵拿起木筷子看了看，又削去了些毛刺，满意地试用了下，"虽然有叉子，可总觉得还是这个好用。"

"你一定特别想知道这一切的背后是怎么回事吧？"

"微信里问了你那么多次，你都不愿说。不过我确实很好奇，所以你一喊我，我就赶过来了。"

"我没有想瞒你的意思，这些事最终还是要公之于众的，只不过在公布前，需要一些准备，哪怕是心理上的。我不知道你能不能理解。"

肖陵点了点头，自嘲地说："这就像我花了好长时间才能接受自己在监狱服刑一样。"

"我知道他做错了事，我也想让他停手，但是他不会停的。也正是因为这一点，我才想做点什么把事情结束了，我不希望再看到有人在这件事里成为受害者。"

"我觉得你很有勇气，也很明智。"

唐青云笑了一下，说："你不拍我马屁，我也会把事情说出来。"接着，她把方银、肖信以及两人间的纠葛说了出来。

一直到听完，肖陵才叹了口气。

"你就没什么想说的？"

"有的人为了钱真是什么都干得出来啊。陆焰因为想赚钱，不惜自己入狱帮着方银陷害我，但他却没想到会在自己儿子身上发生这样的悲剧，而方银，他是被仇恨迷了心窍。至于肖信，唉，也真不是什么好东西，从某种角度来说，他才是事件的起始点，方银也是被他害的。"

"没想到你还挺公正的。我已经和小白决定把资料整理出来交给警方了，希望不要再发生什么悲剧。"唐青云说着，又吃了一大口方便面。

"你真要亲手把他送进警察局？"

唐青云迟疑了几秒，低声说："除了这样，我还能怎么帮他？时间拖得越久，他背的罪就越沉重。"她的表情很淡然，看不出有什么波动，但肖陵却从她凝视着方便面的眼神里看到了深深的无奈和失望。

11

　　小峰和阿心被丢在一张木床上，准确地说是一块木板上。小峰从昏睡中清醒过来，发现自己在一间大木屋里，身子下面有张用木板钉起来的床，床边立着两个高矮不一的木柜子，里面放着些小峰不认识的灰头土脸的杂物。对面靠墙处有个土灶头，这个小峰还是认识的，他在农家乐里看到过，灶头旁边堆着木柴，墙上挂着锄头、镰刀、柴刀、雨衣等物，然后小峰意识到自己嘴里塞着布条，难受得要命，身边的阿心也是唔唔地说不出话来。孔布他们坐在桌边喝茶吃东西，另外还有三四个人在忙其他事。看到孔布拿着番薯在吃，阿心才觉得肚子饿了起来，转眼看看小峰，小峰的眼里也写满了饿字。

　　孔布抱怨番薯太冷，使唤小李去热一下，头盔男拿起番薯就去灶头上热。他们几个交流着，孔布仿佛很是满意，叮嘱着要把阿心和小峰都铐上，说这两个孩子心眼多，要特别小心。一个人高马大的男人说陷阱都布好了，绝对没问题，孔布就阴阴地笑了起来，说那两个死警察要是没撞死在路上，真追来的话就要再死一次了。这时听到小铁低声问妹妹的事，孔布转头扫了小铁一眼，问花花在哪儿。有人说在柴房锁着干活呢，孔布就让他带小铁去见花花，顺带警告小铁要是再敢搞事就把花花丢到山里喂野猪。小铁深知孔布啥都做得出来，哪敢反抗，畏畏缩缩地点了点头。孔布嘱咐小李在这里休息，顺便看着阿心和小峰，他自己伸了个懒腰，走进房间去了。

　　看到孔布把房门关上，小峰低声骂道："白眼狼，亏我对他那么好，还给他买手机充话费，这小子原来一直在骗我们，故意把我们引到这里来，早知道我在海边就弄死他了，白眼狼！"小峰真是恨得牙痒痒的。阿心却叹了口气，一个字也没说。有个矮个子男人端了碗热好的番薯放到阿心小峰面前，冷冷地扫了他们一眼。两小在外婆坑村没正经吃饭，又折腾了一晚上，早就饿得快昏过去了，小峰看着那碗番薯，眼神有些纠结。阿心透过沾满了尘土和蛛网的窗户玻璃，见外面天色已渐渐发亮。孔布走了一夜山路能走多远呢？阿心呆呆地想着。小峰恨恨地让他别发呆了快吃，他单手挑了个大番薯就咬起来。阿心吃惊地看着他，低声问："这是番薯？"

"废话，难道是田鼠啊？"小峰像小铁一样翻了个白眼。

"小峰，你怕不怕？"

"有什么好怕的！"小峰手里的番薯在微微颤抖，"怕有什么用！他们不是要钱嘛，给他们不就行了！等我逃出去了，我就找一万个警察把这些人全抓起来枪毙了！枪毙一万遍！"

"可没人知道我们在这儿啊……"

"反正要枪毙一万遍！"小峰也清楚阿心说得没错，可嘴上就是不肯服输，又骂起小铁来，"白眼狼！我那么聪明伶俐，怎么就没看出来这家伙心里藏着那么多坏水呢！你看他一口一个峰哥都快把我叫迷糊了，后来呢，还不是把我给卖了。哼，你还以为和他是好兄弟吧，还想着帮他找妹妹吧？你蠢啊，他一样把你给卖了！"小峰一边吃一边愤愤不平地骂着。小峰平日里吃香的喝辣的，完全不把五谷杂粮放在眼里，现在居然吃番薯吃得那么津津有味，也真是难得。阿心看到小峰一只手拿着番薯，用嘴把番薯皮剥下来，像小狗一样，忍不住笑了出来。

"你脑子烧坏了？还笑得出来！"

"闭嘴，老实待着！"旁边传来一个男人恶狠狠的声音，阿心的笑声顿时停了下来，转头见那几个男人凑在一起商量着什么，然后高个男子朝小李挥了挥手，几个人走出门去。屋门刚被关上，就听到门外传来几声响亮的狗叫声，接着就悄然无声了。小李舒服地躺在躺椅上，接连打了两个哈欠，嘴里念叨着孔布这次可真是把老本都贴上了，不但养着那小女孩没卖掉，还花钱把老王他们叫来帮忙，要是不能大赚一票，那可真要亏死了。接着他又感慨起那辆被撞坏的面包车来，说等这一票赚到了，他就去整辆好的二手面包车。他打了几个哈欠，声音渐渐迷糊起来："孔哥还真是小心，老担心有警察跟着你们，还让我扮当地人在半路接应，让我骑摩托车跟着……"小李再也顶不住瞌睡虫的猛攻，倒头睡去。

"我说有点奇怪呢，那天有个阿婆问他住得习不习惯，现在一想就对了，那房子是他租下来的，所以人家会那样问。他骑摩托车时头盔戴得严密，也是不想被发现，那辆摩托车一早就停在那里了，只是太脏，后来他骑的时候洗过，所以我们没认出来……真是什么事都有原因呢，小白真厉害。"阿心恍然大悟的样子。小峰真怀疑阿心是不是有病，被骗了还一脸开心的样子，他擦了擦手上的番薯泥，冷笑着说："厉害，厉害，那么厉害，你帮我们逃出去啊？做得到吗，亲爱的小白师父的好徒弟？"被小峰一激，阿心有点熬不住了，问："你也想逃出去？"

"废话，你是小白菩萨的徒弟嘛，你比孙悟空可厉害多了，全靠你了啊。"小峰臭完了阿心，吃饱了番薯，困意很快就上来了。阿心却好像刚被人丢进冰水里又马上捞起来，精神得让人吃惊。他仔细检查了手铐，金属质地根本无法打开或磨断，他的目光便像探照灯般仔仔细细地扫过全屋，可完全不见钥匙的踪迹。之后半个小时里，他把各种方法都想遍了，把各个地方都仔细看了两遍，却仍然一无所获。阿心心里默默念着，要冷静要冷静，要仔细要仔细，小白说过要观察，要思考，一定会有办法的。就在他想试试能不能忍痛把手从手铐里抽出来的时候，边门轻轻地被打开了，小铁像只刚把头伸出洞口的老鼠一样探了探头，扫了一圈后眼睛就直勾勾地盯着阿心。阿心看了小李一眼，发现他睡得死死的，而孔布那间房里也是悄无声息，就向小铁点了点头，小铁顿时像只被主人召唤的小狗般迅速而又无声地移到阿心身边，睁大双眼等待着主人的指示。阿心晃了晃手铐，低声问钥匙在哪儿。小铁苦着脸说不知道。两人一边低声说一边左右看，活像两只爬出洞口望风的鼹鼠。阿心又问那几个人去哪儿了，小铁努了努嘴说还能去哪儿，担心后面有人追上来，去下套了呗。小铁把头凑了过来，用很低很低的声音说："阿心兄弟，我跟你说，我也是没办法……我真不是想害你们，我要救花花。"

"一开始我是很生气，唉，算啦，不怪你……"阿心的话还没说完，小铁的眼泪一下子掉了下来。

"唉，我又没骂你……可你为什么不早点把事情告诉警察呀？"

"我哪敢啊，万一被孔布发现，花花真没活路了。"小铁一把抱住了阿心，在他耳边低声说，"好兄弟，这辈子你就是我亲兄弟了！其实……那天在网吧里，孔布就用QQ找上我了，要我把你们两个带到他说的地方去，不然就把花花丢去喂野猪，还给我发了花花的照片，我真的没办法啊。后来我又登录过几回QQ，看了孔布的留言，这才把你们带到这里……"

"花花没事吧？"

"瘦了好多，我都认不出了，这群坏蛋简直不是人，狗都没吃那么差！该死的孔布！我要和他同归……同归……"小铁愤怒归愤怒，在阿心的提醒下开始找起钥匙来，他蹑手蹑脚地到小李身边找了一阵，又去其他地方找了一圈，最后懊丧地回到阿心身边，摇了摇头，但小铁告诉阿心，这一路上他偷偷留了记号。喜出望外的阿心夸小铁真聪明，说后面跟着的是青云姐的车子，青云姐肯定会来救我们的。小铁连连点头，低声问阿心接下来怎么办，这破地方连手机信号都没有。阿心说："反正吃饱睡好，也别惹他们生气，先养足力气。"小铁支支吾吾地说："好兄弟，我都听你的……我求你个事，你可一定要答应啊。孔布那混蛋肯定恨死我了，再说我又不值钱，要是我被他们打死了，要是你没被他们打死，花花就是你的亲妹妹啊，你得好好带着她，我下辈子做猪做狗也会报答你……"

"胡说八道！我们都不会被打死的，再说了，花花也不认我这个哥啊。"

"呜呜呜……"

"好好好，答应你答应你，别哭了，快吃点东西，万一要跑得有力气。"

第二天凌晨，肖陵花了更多时间去找寻痕迹，终于获得了有用的信息。从岩石区开始，追踪变得艰难起来，并不是没了脚印，而是脚印多了很多，地面被踩得乱七八糟，应该是在差不多的时间里有数量不少的其他人也从这条路上经过了。但在光线明亮的白天，肖陵对自己的追踪能力很有信心，他确认这些脚印是登山鞋留下的痕迹，路边还有同样新鲜而明显的登山杖印子，看来这些人不可能是孔布的同伙。

又走了一大段，唐青云拍了拍肖陵的肩膀，问他知不知道追到哪儿了。肖陵打量四周才发现两人已身处丛林深处，周围被草本植物和小树密密麻麻地遮掩了起来，很多植物都高过了人头。前两天下过雨，今天却是大晴天，低矮的山地始终被闷热笼罩着，又潮又热。远处，一层层高草和矮树远远地铺了开去，看不到边也不知深浅。山坳里没有一丝风，这些植物都沉默地站立着，仿佛在默哀。两人都意识到了危险，尽管谁也说不上来危险在哪儿，但一想到昨晚惊心动魄的车祸，他们就觉得用丧心病狂来形容孔布真是再贴切不过了。当对手是这样一个疯子，两人又处在完全不熟悉、远离人烟的深山中时，什么情况都会发生。肖陵的心情沉重起来，他看了看唐青云，说："我真不该带你来。"

"你带不带我来，我都在漩涡里，快走吧。"唐青云爬上一处缓坡，直了直腰，感觉小腿肌肉有点酸胀，她用袖子擦了擦额头的汗，缓了口气，似乎感到了一丝丝山风。肖陵一眼瞥见前面草丛中露出的一小截铁圈，猛地伸手拉住唐青云的手臂："小心！"唐青云刚跨出半步，肖陵突如其来的动作让她往前冲了半圈又撞回到肖陵身上。唐青云吃了一惊，肖陵跨上一步拨开了草丛，吁了口气："还好瞄到一眼。"唐青云定睛看去，肖陵手边有个铁圈般的东西，两边是已被拉开的锯齿状铁条。看到那已生锈了的锯齿铁环像虎口一样张开可怕的利齿，唐青云心中一阵发毛。

"你可不能小看这东西，真要是被夹上了，保证皮开肉绽。在这山里没法及时医治，搞不好真的会死人。"

"可怜了山里的野兔……会不会是那群人贩子放的？"

"那我们就是可怜的野兔了。"肖陵虽然开了个玩笑，但心里却是更紧张了，如果唐青云说的是真的，那就说明这些人贩子是有着充足准备的，那这次两人深入山中的危险自然可想而知。肖陵走在前头，唐青云犹有后怕地跟在肖陵身后，两人又走了段路，再爬上一座小山坡，终于有山风迎面而来。

前方豁然开朗，大片的绿色映入眼帘，点缀着紫色不知名小花的大草甸就像无边的地毯，平整自然，从前方的下坡处开始，一直绵延到远处山体的尽头。山风徐徐吹来，迅捷而又轻快地在草尖上掠过，带起长草的呼应后涌出。两侧是略高的山坡，这里仿佛童话故事里隐藏在森林深处的原始世界。"太美了……"唐青云张开双臂尽情享受这带着无数青草野花清香的山风，被酸痛和汗水纠结的身体终于得到了充分的解放，她真想躺进草甸里，在这暖阳与和清香的风中美美地睡上一觉。肖陵可不敢放松，他往远处眺望，看是否有山路，然而或许是被大草甸遮盖，他什么也没发现，接下来似乎只能顺路而行，碰碰运气了。

"走，我们去看看。"唐青云小跑下了斜坡。

"小心夹子。"

"肖陵，前面有脚印……啊！"唐青云一句话还没说完，突然尖叫一声从肖陵的眼前消失了。

肖陵这一惊非同小可，他大步跑上前去，面前的路被杂草覆盖，要不是眼见唐青云在这上面消失，他还真看不出这里有个洞。肖陵俯身下去，拨开厚厚的长草，大喊："你在不在？有没有事？"稍过了会儿，听到唐青云的声音从漆黑的地洞里传上来："在……"她的声音听起来有点发闷，但还算镇定，肖陵松了口气，又追问："有没有受伤？""还好，没事。""别担心，我这就找东西拉你上来。"肖陵用力去拉扯盖在地洞上方的树枝，可他发现这地洞比自己想象的大很多，上面铺了木架，再用长草细枝交叉掩盖着，一时很难扯开。肖陵警觉起来，他正想站起身来四处打量，突然后背处被什么东西重重顶了下，人往前一扑，立刻伸出手却没能抓到什么，他顿时也掉进了黑漆漆的深坑。

望着脚下的山路，付东再次拿出手机看了看，又略带失望地放回兜里。陈东鹏凑了上来，看到地上的脚印还在。

付东忽然低声说："嘘——"

　　两人几乎同时静下来警惕地聆听周围，可四周除了密密麻麻的植物，什么也没有，几乎连风声都听不到。陈东鹏正在纳闷，付东低喝了声："在这里！"突然往草丛里蹿了进去，陈东鹏立即反应过来，迅速从侧面以包围的态势掩了过去，他知道付东异常细心，一定是发现了什么才会迅速做出反应。很快，陈东鹏听到前面草丛里有人跑动的声音，他加快速度追上去，看到前方有个矮个男人正在飞奔。这男人个子矮小却身手敏捷，明知身后有人追赶，逃起来却是不慌不忙，一路上的路障都被他轻易避开了。陈东鹏的速度虽快，但在枝叶丛生的山中，一时也追不上他。

　　"站住，警察！"付东喊了一声，然而对方却跑得更快了。

　　"这家伙肯定有问题！"付东总觉得哪里不对，他忽然想到了什么，大叫道，"他在带我们绕圈，东鹏小心！"话音未落，只听到"喀"一声响，付东痛喊一声，身子顿时倒了下来，在地上打了个滚，撞到一棵树上。陈东鹏大吃一惊，他拉住一棵树，硬生生止住了冲势，转身就向付东奔去。付东侧躺在地，看到陈东鹏向自己跑来，他大喊："我没事，快追上去，千万别让这家伙跑了！"付东的左脚脚踝处被铁夹牢牢地夹住了，翻滚中更是撕扯到了伤口，当他稳住身子时，鲜血已浸透了裤脚。陈东鹏瞪大眼睛看着嘴唇痛得发白的付东，犹豫了下，猛地转身继续向目标追去。付东冲着他的背影喊了声："小心铁夹子！"

　　想到陈东鹏的能力，付东略感安慰，他忍痛曲起左脚，用力去扳铁夹，可稍一用力，锯齿和伤口摩擦便是一阵剧痛，手指一松，锯齿又一次陷入肉里。付东咬紧牙关不叫出声来，额上的汗珠大滴大滴落了下来。付东不得不松开双手，一边积蓄体力一边观察铁夹。眼前这只铁夹看上去锈迹斑斑，连锯齿上都生满了铁锈，显然已经用了好久，铁锈刺破皮肤更容易引发感染。付东摸了摸身边，枪、手铐，腰上还有一根战术钢棍。付东抽出钢棍，又从地上找到根粗树枝，将两根棍子固定在锯齿间的地上，深深吸了口气用力扳动，铁夹终于被取了下来。虽然被夹时间不长，可左脚已经开始麻木，伤口在摔倒时被撕扯到了，皮肉被撕裂，血流了不少。

　　付东没有止血药或绷带，他用矿泉水冲洗了伤口，撕下衣服包扎起来。等他做完这些事，已经累得够呛，失血和疼痛使他嘴唇干裂，连站起来的力气都没有。付东把最后一口矿泉水喝了下去，拿出对讲机喊："东鹏，东鹏，你那边怎么样？"可陈东鹏没有回话。付东又喊了一遍，仍然没有回音，他忧心忡忡地将对讲机和钢棍收好，正想站起身来，忽然听到长草丛中又有异响。在见识了撞车、经历了矮个男人和铁夹的事后，付东哪敢大意，他摸出手枪，支撑着站起身来。

正当他努力站直身子时，草丛中窸窣作响，突然蹿出一只狼狗，向他扑来……

矮个男人的身影一直在前面，好几次陈东鹏觉得可以抓到他了，又被他巧妙地逃了过去。他仿佛背上长了眼睛似的，借着地形和灵巧的身手，能轻易地把体力极好的陈东鹏甩在身后，这让陈东鹏憋了一肚子火。

没多久，矮个男人开始沿着小路往山上跑。陈东鹏心里挂念着付东，根本不想和他纠缠，见机会来了，便使足力量追赶上去。两人顺着山路往上跑后，陈东鹏的速度优势便体现出来了，他连追几十步，伸手便去抓对方的肩膀。就在这时，矮个男人猛地往左边一转，整个人荡了开去，陈东鹏手上抓了个空，突然发现前方竟是个断崖，正全力奔跑的陈东鹏根本无法止住脚步，当他意识到上当时，身子已经凌空飞出……

肖陵捂嘴蹲着，好一会儿没站起来。阳光透过树枝间的微小间隙透射下来，仅在泥壁上投下微弱细小的光影。唐青云的表情很古怪，似乎仍然不信自己掉进了深坑，又或是对捂嘴大痛的肖陵有点歉意，她摸摸头，被肖陵撞到的地方还是有些疼痛。肖陵终于站起来退到了坑边。两人都听到头顶上有人搬东西的声音，枝叶和地面摩擦发出沙沙的声响，光线又暗了一些，有人把重物压在了坑上的木架上，光听声音就能感觉到那东西的沉重。就在光线突然暗一下的瞬间，唐青云忽然想到了"活埋"二字。

肖陵扯着嗓子大叫起来，说自己是徒步的驴友，因为迷路了所以才会走到这里。坑上只传来几声低沉的笑声，便再无声息。肖陵倾听外面的动静，那人似乎已经离开了。肖陵低声咒骂着，见坑顶较高，即使用力跳起也根本无法伸手摸到，便转而去摸坑壁。坑壁上沾着泥水，异常湿滑，根本无法爬上去。他在泥壁上挖了一把，湿泥和碎石块就掉了下来，肖陵甩了甩手上的湿泥，叹了口气。

"真没想到，除了铁夹，还有深坑等着我们。"唐青云的声音在肖陵身边响起，带着微微的震动。

"这挖坑的是老手了，这伙人真是做了很多功课来迎接我们啊。我们试试搭人梯吧。"

唐青云抬头望了眼头顶阳光透射进来的地方，点了点头。当即肖陵扶着一面坑壁蹲下，让唐青云踩上自己的肩膀，再扶着泥壁慢慢站起身来。两人的身高让唐青云的手刚好可以摸到木架子上挂下来的枝条，但是离木架子还有一小段距离。唐青云努力试了几次，仍然抓不到什么可以着力的东西。尝试的过程也让他们消耗了不少体力，唐青云只觉双臂酸麻，肖陵只得把她放下来。

肖陵恨恨地说："居然碰到这样棘手的家伙！"

"要是死在这坑里，会不会很多年了也没人发现？"漆黑中唐青云的嗓音听起来多少有些异样。

"反正也没人记挂我。"

"你那个女朋友呢？"

"快结婚了吧。"

"说不定她还是喜欢你的，不过她的父母肯定不会同意她嫁一个……"

"没错，一个罪犯。"肖陵一本正经地说。

"如果她还愿意嫁，你愿意娶吗？"

"如果这个坑有十几米深的话，我们现在都已经不在人世了，哪还用考虑这么多。"

看他回避话题，唐青云轻声笑了起来。肖陵转头看了看躲在阴暗中的唐青云，似乎在观察她的表情，又像在欣赏她的笑容，他问道："你呢？"

"我？我可没有被判入狱的男友。"

"那方银呢？他算什么？"

话一说出口，肖陵就后悔了。唐青云果然沉默了下来，她仰望着顶上照射下来的微弱光芒，呆呆出神。肖陵有些惶恐，不知道自己是不是应该岔开话题，或者讲个什么蹩脚的笑话来缓解尴尬的气氛。想到自己的话打断了她好不容易展露的笑容，肖陵真想拍自己一巴掌，或者让她拍自己一巴掌。

"可能这就是我和他之间最大的问题。"唐青云忽然说，"如果他不刻意和我保持距离的话，我们也许会是一对情侣，他也许不会走到今天的地步，但谁会知道呢？"

这下轮到肖陵沉默了。

"你觉得人贩子的事和他有关系吗？"

肖陵颇为肯定地摇了摇头，唐青云松了口气。

"帮我个忙，仔细听着外面的动静，要是在我搞好之前那个家伙再过来就麻烦了。"

肖陵摸出直刀在泥壁上挖着，然而试了几个地方都一样又松又软，湿泥中带着些许沙子，根本无法立足。肖陵不死心，继续尝试，当他挖到最后一面泥壁时，直刀却扎中了坚硬的东西，似乎是石块。这一发现让他精神大振，他用直刀几下就把坚硬处上方的泥挖了出来，再挖大些，就成了可以放下脚尖的口子。经过一番辛苦作业，肖陵终于挖了几个可以容脚的口子，勉强可以攀着爬上去。唐青云侧着头仔细聆听着洞口处，坑外的人一直没回来。肖陵向上攀爬，很快便抓到盖于坑顶的木架子，可用力推了几次却毫无动静，他发现木架子上还压着几根较为粗壮的树杆。肖陵用一只手稳定着身体，另一只手用直刀上的锯齿锯起木条来。

唐青云看他人形蜘蛛般贴在三米多高的墙上，身体还不时摇动着，忍不住提醒他要小心。

"力气用完前我是不会掉下来的，不过你站边上点，万一刀没拿稳掉下去砸到你。"

"嗯，刚才……你的牙还好吧？"

付东在最短的时间内连开两枪，狼狗哀鸣一声扑在了付东身上。被毛茸茸的一条大狗压着，狗嘴巴就凑在自己的脖子上，付东真担心它会给自己来上一口。付东的手掌心全是汗水，手指还在微微颤抖。他贴在地上往后移了半个身子，挣开了狼狗，惊魂未定地看着眼前这条仍在抽搐的大狼狗，伤口处的痛感又袭了上来。他发现腿上的包扎松了，便用力绑紧了些，可目光扫到狗脖子上挂的项圈，猛然想到这狗既然是有人养的，那么……

身后的草丛中突然传来一声响动，付东知道不妙，迅速转身掏枪指向身后。

猛然间，付东只觉手上一阵剧痛，手枪脱手飞出，袭击者终于露面了。这个男人足有一米九，膀大腰圆，四肢发达，给付东以小山般的压迫感。他拿木棒一下打掉了付东手上的枪后迅速冲上前来将付东拦腰抱住，两人一起摔倒在地。付东也顾不上后背的疼痛，用力挥拳打他的头部，可对方丝毫不为所动。付东被那壮男的双臂抱夹得越来越紧，插在腰间的钢棍像是要往付东的身体里挤进去一般，一直压到了骨头上。这家伙的蛮力真是惊人，无论付东怎么挣扎都不能挣脱半分，付东觉得肋骨都快被夹断了，可对方的力量还在加强。

付东眼冒金星，呼吸困难，因为缺氧，他甚至连拳头都无法握紧，只能在地上胡乱地摸索着，他怀疑自己很快就会听到身上的骨头被夹断的声音，断裂的骨头会刺破内脏和肌肉，造成大出血……什么东西，这是什么……付东的手指摸到了一件坚硬的东西，冰冷粗糙，还有一定分量。突然意识到自己还有机会的付东拿起那个坚硬物，用尽全身的力量往壮男头上砸去。两下猛砸后付东感觉腰上的压力减轻了，他大口喘气，又接连砸了几下，那双像金箍一样紧紧抱夹着的双臂终于松了开来，最后那壮男扑倒在付东的身上，一动不动，像是死了一般。

付东躺在地上使劲地吸着氧气，过了一会儿，他把手伸到眼前，那双因憋气而充满血丝的眼睛模糊地看到在青天白云的映衬下，手上这只锈迹斑斑的铁夹上染满了鲜血。付东挣扎着从壮男身下爬出，忍痛捡回了手枪，留意着四周。壮男的后脑上有好几道深深的血痕，鲜血正往外冒。付东猛地意识到自己可能会杀死他，立即扑上去捂住他的伤口，可壮男的脉搏已是细微之极。付东懊丧地跪坐在地上，虽然自己从死神手中逃了出来，好不容易碰上的线索却也因此断了，这让付东难以接受，尤其当他想到如果刚才少砸几下，或许这人还不至于死亡，这种无可挽回的后悔让付东胃里突然翻江倒海般地疼痛起来……

付东跪在壮男身前，双手捂着肚子，身体弓得像龙虾一般，额头顶到了地里，却还是无法缓解疼痛。对他来说，胃病是无法避免的，经常性不良的作息习惯让他的胃就像是磨损严重的机械部件，已经到了必须大修的地步了。上次医生已严令他住院治疗，只是付东无法抽出时间来，可他做梦也没想到胃痛会在这个时候发作起来。他颤抖着将手枪放回枪套中，生怕不小心会朝自己身上开一枪。剧烈的疼痛让他不清楚时间过了多久，只觉得渐渐地疼痛有所缓和下来，不知道是不是痛久了，痛神经已经麻木。付东一手撑地，颤抖着拿出对讲机："东鹏……东鹏在吗？"陈东鹏还是没有回应。付东坐了起来，继续呼叫陈东鹏，他想到那小矮子的目的就是为了把两人引入布满铁夹的林子里，对方如此处心积虑，恐怕现在陈东鹏也是危险万分。付东焦虑起来，他又探了探壮男的脉搏，确定他已经没有了心跳，便开始搜查他的衣裤，看他是否带着能证明身份的东西，可惜只搜到了干粮饮水和麻布手套。付东只得拿出手机拍了照片，并用地图确定了位置。付东撑着地想站起身来，可身子稍稍动弹，胃里的疼痛就一阵阵袭来，这次胃痛和以往不同，付东意识到情况不妙，他四处打量一番，看准一棵树慢慢爬了过去，后背靠在树上，手上拿着枪，慢慢地一小口一小口地喝着水，希望能把这场剧痛熬过去。

陈东鹏浑身疼痛，他不知道自己哪里受伤了，也不知道伤得有多重，因为每个地方都在痛，每个地方都痛得很厉害，膝盖和手腕仿佛骨折了一般，其他地方也是如此。额上有血流了下来，嘴或舌头也被咬破了，嘴里都是血。陈东鹏从趴着的姿势换成了仰卧的姿势，仅仅是这么个小动作已让他疼得冷汗直冒，但至少他能看到自己是从哪里掉下来的——七八米高的山坡上。

真是完美的陷阱，谁也不会想到在山路的尽头有个被长草掩盖着的地狱入口。矮个男去哪儿了？陈东鹏看到有条绳索在路尽头的口子边上晃动，这家伙一定是抓住绳子像猴子般荡走了。这个混蛋！陈东鹏转首看看自己躺的地方，似乎是一块天然石台，只有一侧连在山壁上。陈东鹏慢慢活动着四肢，还不敢站起身来，生怕一用力就会发现哪条腿断了，况且被疼痛支配着的身体没有半分力气，站都站不起来，除非是爬。

爬……陈东鹏脑中闪过这个念头，他努力地翻过身来，向平台最近的边缘爬去。仅仅是几步远的距离，陈东鹏却像是跑完了一场马拉松，累得再也使不出一丝力气来。汗水早已将衣服浸湿，膝盖和手肘处的疼痛更是让他难以忍受，这些陈东鹏都咬牙忍住了，可当他爬到平台边缘往下看时，才发现真正的困难还在后面：这平台离地面至少还有十米的距离！

陈东鹏真想就此滚下去摔死算了。

想到付东的处境，陈东鹏用衣袖擦了擦额头上的血和汗，连做了几次深呼吸后往山壁爬去，希望能沿着山壁滑下地面，然而发现平台到实地那段既不是可以轻松下滑的缓坡，也不是悬崖峭壁，假如是身体状态良好时，他大可冒险一试，可现在连握紧拳头都做不到，更别提这种高强度的攀岩冒险了。陈东鹏绝望地躺着，极度疲惫和剧烈疼痛让他迷迷糊糊地在醒与睡之间挣扎，满脑子都是付东身中数刀从车上滚下来，鲜血染红了衣服和车座的画面。

也不知过了多久，阳光在他背上积累了暖暖的热量，让他的神智渐渐清醒起来。他睁开眼，发现对讲机就在面前的地上，他再次往平台下方看去，疼痛仍侵袭着全身，他紧咬着牙，心想只要有一点可能，就算是再摔一次也要想办法下去，绝不能让付东出意外。他打足了精神爬到平台的另一边缘察看情况。让他惊喜的是，这边的山壁的斜度更大一些，只要抓住石壁上凸起的部分往下滑，至少不至于一下子摔到地面上。

陈东鹏试着握拳，发现手上的力量还很微弱。他咬了咬牙，翻转身艰难地把上衣脱了下来，口手并用撕咬成几块，绑在双手上。接着，他趴在原地足足休息了十分钟，直到觉得又拥有了一些力气后，他缓缓地往平台边缘移去。先是双脚，然后是膝盖，接着连大腿都伸到了平台外，他双手抓住平台隆起的地方，试着让双脚找到支撑。这边的情况确实要好一些，在四肢用力的情况下，他的身子能牢牢地贴在山壁上，但他感到力量消耗得很快，还没有剧烈的动作，豆大的汗珠就顺着脖子直往下淌。陈东鹏不敢停顿，他生怕力气会不够用，左脚又往下试探，希望能找到新的支撑点。就这样，慢慢地，一点点地往山底攀下去。

12

小峰和阿心仍然被铐在那里。无论是谁，一只手被铐在柱子上，都没法好好睡觉的，裹着一床臭被子躺在木板上将就一晚，能不感冒就已经是谢天谢地了。阿心只要想到那次在河边和小铁一起遭遇的危险，他就心跳得厉害。小峰再天真也没指望孔布会送来早餐，以前吃的那些美食，无论是鲜嫩甜美的橙子还是香糯诱人的方糕，那些吃到腻的东西他这会儿连想都不敢想。他现在能做的只有和阿心一起盯着餐桌旁那四个正在吃东西的家伙，期待着他们谁会转头丢几个番薯过来。现在看来，这也不容易。小铁蹲在一旁，连大气也不敢出，偶尔抹下眼泪，他生怕孔布会突然做个决定，决定自己和花花的命运。被丢进河里，随着大雨逐渐下沉的恐惧感一直像巨蟒缠身般折磨着他，那滂沱大雨中的每一滴巨大的水珠都仿佛带着老天爷的怒意，前仆后继地把小铁往水底深处挤压。小铁裸露在外的皮肤被打得生疼，努力想抓住什么不至于沉下去，却什么也没能抓到，在那短短的一两分钟里，小铁觉得自己已经死了。

孔布正和一个高大的家伙商量事。这个高高壮壮的家伙把胸脯拍得山响，说事情全安排妥了，要真有人敢追来，保证他有来无回。小峰的脑中顿时浮现出咆哮着拍胸口的大猩猩。那个叫老王的大猩猩继续说这是他的地盘，哪儿有沟哪儿有坡是一清二楚，还有几百个夹子，都跟地雷似的，谁踩上谁完蛋。大猩猩得意极了，一边说一边吃肉，咂咂有声。这时，从屋外走进一个瘦小的男人来，活灵活现地比划着，说他在外面那条山路上挖的陷阱真逮了两个人。听他眉飞色舞地说着，仨小孩儿心都凉了，他们知道这瘦子说的肯定是肖陵和唐青云。

孔布冷笑着说："居然没撞死他们，真够命大的，不过也只剩半条命了。"接着他们愉快地聊这次买卖能赚多少钱，孔布说多了不敢喊，几百万那是肯定有的。老王就想着好多钱堆在眼前，乐得都合不上嘴了，一直哈哈笑个不停。

想到都是因为小铁这白眼狼，自己才会被掳到这里来，小峰真是恨得浑身发抖。小铁仿佛感觉到了小峰的怒意，不由低下了头。

孔布也听到了小峰低声而又持续不断的诅咒，他斜眼看了眼小铁，拿起筷子敲了敲碗："小铁，过来。"

小铁浑身一抖，站起身来，磨蹭着走到孔布面前。

"给他们盛粥去，再拿两个番薯，可不要把财神爷饿着了，你也吃点，要是听话，我不会为难你。"

"那……我给我妹妹也拿点去？"

"嗯……"

"呸，狗奴才！"小峰重重骂了句。

小铁默默地把两碗粥放到小峰和阿心面前，转身又拿了筷子和几个大番薯放在碗边。"拿走，老子才不喝狗奴才盛的粥！"小峰拿起筷子就丢到地上。阿心看到小铁的眼泪在眼眶里打转，便劝小峰别骂了，先吃早饭。他不劝倒还好，一劝之下小峰连阿心也骂了进去："你小子不会也和他们是一伙的吧？怎么处处护着他，你是他爸啊！"阿心凑到小峰耳边低声说："一会儿要是有机会逃走，我看你不吃东西没力气怎么跑？"小峰知道阿心说得没错，可一想到连陵叔和唐青云都被抓了，实在让人绝望，眼泪瞬间冒了出来。阿心低声在他耳边说："你别怕，说不准他们已经逃出来了呢？"小峰一呆，低头想想也有道理，陵叔很厉害，不会那么容易就玩儿完了。一旁的阿心和小铁已经大口大口地吃了起来，小峰看了看地上的筷子，开始后悔了。他难为情地看了看小铁，欲言又止。小铁二话不说地去拿了双干净的筷子给小峰。小峰其实早就饿得前胸贴后背了，一拿到筷子，马上大吃起来，这时哪管粥有锅焦味，哪管番薯是冷的，哪管没有小菜，这些要求全都忘了。

"我们流浪的时候，连烂菜叶烂苹果都吃。"

"你们……你们就是自找的！"小峰呼噜呼噜地边吃边回应，"好好的家里不待，硬要往外跑……"

"还说我们，你不也是偷跑出来的。你也别老说小铁，他最可怜了，他爸妈两年都没回过家，家里就外婆照顾他们，经常吃不饱，他只能出来了。"听到小铁家里的情况，小峰有些心软，他看了看缩在一边吃粥的小铁，却依旧嘴硬地哼了一声："穷就能做坏事啦？再穷也不能骗我们！"

突然远处传来两声枪响，枪声虽然听着比较远，但在这寂静的山林中却震人心魄，响声过后，回声犹自震荡不绝。

孔布猛地站了起来，大叫一声："怎么回事？"

枪声过后就再没了动静，可山林的寂静已被打破，孔布的心再也无法平静下来。回归安静的山林中隐藏着沉重的威胁，静谧中吐露着凶险。孔布瞪大了眼睛望着枪声传来的方向，突然问："你的兄弟有没有人带枪？"

老王拍了拍腰，说只有他有。

"那就是警察跟上来了！那两个警察真是不弄死我不罢休啊！"孔布一脚踢飞了身边的凳子，双眼因为愤怒而恶狠狠地往外凸出，不停地扫视着屋外。老王强自镇定地拍了拍胸："孔哥放心，我的兄弟都是好手，你想警察都开枪了，肯定是被逼急了，放心，没事。"

"放屁！你刀枪不入啊？你给我挨两枪子试试！"

"你别急，你别急……"

这两声枪响对于孔布和老王来说真是当头一棒，可对于阿心他们来说却是天大的喜讯，看来除了唐青云和肖陵外，警察也跟了上来。阿心偷偷朝小铁挤了挤眼睛，小铁抽了抽嘴角，硬是把开心给压了下来。

　　老王嘴上说得特别自信，心里也是直打战，他吩咐瘦子去陷阱看看情况，一边和孔布商量对策。孔布怒气未消，埋怨老王没交代清楚，没让兄弟下狠手，老王则一个劲地解释兄弟们的能耐，就算警察有枪也能轻松摆平。看在钱的分上，他一边笑一边和孔布详细说明几个兄弟厉害的地方：大壮带着大黄，对付两三个警察跟吃番薯似的；瘦子的陷阱只要人掉进去就甭想出来；矮子更绝，对方不摔成七八块就算烧高香了。孔布安心了些，他拉过长凳坐下来，甩了句话："告诉兄弟几个，就算不弄死也给我弄残了，省得再给我惹麻烦。"老王连连点头说就这么办，他凑到窗口看着外面，哼了声，"我还真不信了，几百个夹子加陷阱，还对付不了几个破警察？"

　　屋里沉默着，老王不时朝窗外看，可什么也看不到，大壮和矮子还没回来，瘦子在处理坑里的一男一女。孔布不住抖着脚，小李皱着眉一言不发，几个人都跟吃了哑药似的。过了一会儿，孔布恨恨地骂了起来："我还没问你，小李，到底怎么回事？你不是说一路上没大人跟着吗？怎么会冒出个人来狂追我们？"小李顿时叫起苦来，说自己完全是按着孔哥的意思办的，不管是租房子等他们三个，还是开摩托车跟踪他们，确实没发现有大人跟着他们，鬼知道那两个家伙从什么地方冒出来的。孔布懊恼地拍了大腿一巴掌，想不明白这是咋回事。听他抱怨，老王也紧张起来，他在窗前来回踱步，眼睛始终望着窗外，希望能看到大壮或矮子回来，可别说他们两个，连去处理陷阱的瘦子也没了动静。

　　"瘦子这家伙也该完事了，怎么搞那么长时间？孩子都生下来了！"老王终于发火了。

　　孔布扫了他一眼，咬牙切齿地骂道："这不会是他们的计吧？"

　　老王没理解孔布的意思，可小李却有些明白了。孔布自以为聪明，利用小铁引两个孩子来山里，其实也可能是对方故意让三个孩子被引来的，好放长线钓大鱼。这一想法顿时让他这条大鱼冷汗直冒：难怪连警察也来了，要不怎么有枪声？要不明明孩子身边没大人，警察怎么会赶来？说到底还是着了人家的道！一想到外面可能已经有大批警察围住了这里，小李吓得连嘴唇也抖了起来，说："孔哥，要不做点准备？要真有警察……留得青山在啊。"

孔布铁青着脸沉思了片刻，猛地用拳头敲了敲桌子："你那两个没用的兄弟，要么是挂了，要么是听到枪声跑了，我们得做好撤的准备，万一搞不定至少跑得快！小李你去把小铁的妹妹拎过来，只要这两个小子在我们手上，钱跑不了。"老王脑子里又回想起两声枪响，他抹了抹汗，点点头说都听孔哥的。

"枪声！"唐青云低声喊了句。

肖陵仔细听着。两声枪响间隔的时间很短，意味着事件相当紧急，持枪者不得不连开两枪，而第三枪并没有出现，说明问题已经得到解决，或者枪已脱手。尽管不知道具体情况，但他听出枪声是警察配枪发出的，这急促感让他不安起来。肖陵歇了几秒钟，又使劲锯起枝条来。经过努力，已有两根粗枝条被锯断，等肖陵手上这根锯断就可以钻出去了。

"谁开的枪？"

"警察，付东他们肯定追上来了。"

"就怕警察没到，那群家伙已经跑了！"唐青云看着木屑不断从上面掉下来，"还要多久？"肖陵用力一掰，只听"喀"的一声响，第三根粗木枝也被锯断了。肖陵收起刀迅速翻身攀了上去，让唐青云等着。唐青云本想试着爬上去，可肖陵这么一说，她便收起了想法。

谁知几分钟过去了，肖陵还是没动静，唐青云不禁奇怪起来。又稍等了会儿，唐青云担心起来：难道这家伙被干掉了？可这外面无声无息的，也不像有打斗的样子。唐青云踩着口子往上爬去，手脚并用之下，她攀到了木架子上，拨开长草和枝叶正想爬上去，突然一张脸从旁边伸了出来，却并不是肖陵。唐青云吓了一跳，意识到要糟糕，自己攀在半空中，根本无法应付这家伙。在她犹豫的瞬间，那家伙的脸扭动着，似乎笑了下，然后笑容突然变得僵硬，整个人倒在了木架子上，差点压到唐青云的手。唐青云心跳剧烈，强自镇定地抓着木架子。这时有人把那家伙拎到了旁边，肖陵低声笑道："吓着了吧。"他拉住唐青云的手，顺利地把她拉出了坑外。

唐青云搓着手上的烂泥，低声说："还以为你被他们干掉了。"

"唉，我还以为你和别人不一样，能希望我有点好呢。"

肖陵示意唐青云注意四周，开始搜那家伙的身，可惜一无所获。肖陵便脱下他的裤子撕开后将他绑挂在了木架上。唐青云见他玩心未泯，不禁好笑。肖陵指了指远处的山脚，说顺着山势转弯，应该就能发现这群家伙的老巢！这条路正是那匪徒过来的路，他在枪声响起后没多久就到这里了，显然老巢就在附近。两人顺着小路前行，好在山草又密又高，在山风中摇摆不定，别人很难在一大片晃动着的重重叠叠的长草丛中发现他俩的踪迹。肖陵当先潜行，双手将长草拨开，看清楚情况再下脚，避免被铁夹招呼到，唐青云则谨慎地跟在肖陵身后。两人顺路转弯后，前方果然出现了房子，房子由几间木屋组成，远远地看不清里面的情况。两人借着长草的掩护来到木屋的侧面，肖陵微微探出头去小心地张望，唐青云却站起来往窗户里望。

长年不清洗的窗户玻璃上黏满了各种植物细条和泥点蛛网，窗角还有小蜘蛛在活动，但好歹能透过玻璃看到里面的情况：屋里的墙壁上挂着不少物件，从各种砍刀锯子到铁扒铲子应有尽有，泥地上堆着不少木柴和杂物。屋子正中间的地上有堆土豆，有双手从柱子后面伸出来，正在削土豆皮，只是有柱子挡着，唐青云看不到对方的身子。渐渐地，唐青云觉得有些不对劲，却说不出理由，她疑惑地看着那双手，连肖陵的问话都没听到。这时那干活的人往前爬了几步，将远一些的土豆拢了过来，就这么几秒钟，唐青云看到了那个坐在地上用小刀削土豆的人竟然是个六七岁的小女孩！不仅如此，小女孩身后还拖着一根粗重的铁链，显然，她是被大铁链锁在这里的。当她爬动时，铁链也跟着在地上摩擦，发出令人心悸的声音。

唐青云惊呆了。当她从震惊中回过神来，胸中一股怒气直涌而上，她愤怒地朝肖陵低喝："你在外面看着！万一那群畜生过来，你就狠狠搞定他们！"唐青云转身摸到屋子前门，发现门没关上，便毫不犹豫地钻了进去。门轻轻开合的声音让小女孩警惕地转过身来。她的衣服破旧不堪，不知原本的颜色，只能大概看出是件夹克衫；脚上是一双单薄的足球鞋，鞋带和泥块粘在一起；她的头发又脏又乱，仿佛粘了胶水般缠在一起。唐青云看见了她眼里的惊恐和害怕，见她张开嘴轻轻地啊了一声，唐青云忙做了个嘘的动作，低声说："不要怕，姐姐是来帮你的。"小女孩似乎感受到了唐青云亲切的态度，她闭上嘴，一双灵活的眼睛一眨不眨地看着唐青云。唐青云走上前去，蹲下身来，柔声说："不要怕，姐姐是来帮你的，你不要喊，不要让那些坏人听见，好吗？"

小女孩还是没说话，怔怔地看着唐青云，手上的活也停了下来。

"你是不是饿啦？姐姐这里有好吃的，吃一点吧。"唐青云拿出一块巧克力饼干来，慢慢递到小女孩面前。小女孩的眼珠咕噜一转，看了饼干一眼，又转到了唐青云脸上。近距离看到小女孩的样子，更让唐青云心痛。她的脸黑一块白一块，白的是皮肤或灰尘，黑的是泥土，那双因为长期营养不良而塌陷的眼睛里带着血丝，两只小手更是脏得看不到一块皮肤。唐青云撕开包装，自己咬了一小口嚼起来，再递到小女孩面前说："好吃的，很好吃。"小女孩迟疑着拿过饼干，放到嘴边咬了一口，轻轻嚼几下，然后一把放下小刀和土豆，双手抓住饼干用力嚼起来。唐青云把另一包饼干也撕开递了过去，小女孩拿起来便胡乱地塞进嘴里。唐青云见她吃得太快，整张嘴中都塞满了饼干，忙拧开瓶盖，将矿泉水放到她面前，小女孩一边嚼一边咽，又拿过矿泉水猛喝了几口，这才把饼干都咽到了肚子里。

唐青云劝她吃慢点，又问她今天吃过什么没有。小女孩看了眼柱子边。唐青云顺着她的目光望去，看到一个脏兮兮的碗，碗里有几块发黑的骨头、两个很小的番薯头和剩下的粥汤。"骨头，我……我咬不动。"小女孩可怜兮兮地看着唐青云，嘴里不清楚地嘟囔着，仿佛做错了事在求唐青云原谅。唐青云含着泪轻轻地拉过那根绑着小女孩的铁链，发现铁链的一端绑在小女孩腿上，另一端绑在房柱上。她柔声说："姐姐帮你把这个东西拿下来好吗？这东西多重啊，小心别把脚弄痛了，好不好？"谁知道小女孩一把将铁链拉住抓在手里，紧张地说："不行的，他们要骂的，哥哥都打不开。"

唐青云知道她一定是平时被这批混蛋吓怕了，便扯开话题，问："哥哥什么时候来的呀？"

"哥哥……刚来的。"小女孩拉住那铁链就是不放手。

唐青云越发肯定这小女孩就是小铁的妹妹花花了。唐青云又翻出一包牛肉干，撕开口子递到小女孩面前，问："你是不是花花啊？姐姐和你哥哥是朋友呢。姐姐请你吃牛肉干，你让姐姐把铁链拿下来好不好？姐姐保证没人会骂你打你，以前欺负你的那些坏人不会再欺负你，好不好？"

小女孩的眼神中充满了怀疑，弱弱地问："真的吗？你认识哥哥吗？"

"当然啦，姐姐从来不骗人。来，你把牛肉干拿着，这牛肉干很松软，很好吃，你慢慢吃，可不要再吃得那么快了，会噎着的。"

唐青云温和的态度化解了小女孩的怀疑，小女孩终于放下铁链，拿过牛肉干吃起来。唐青云坐到她身边，慢慢把她的裤脚拉起，铁链扣在她的脚脖子上，把她的脚脖子磨出了不少擦痕，青一块紫一块，有些地方的伤痕破损后又结了疤，她的腿上还有不少蚊子包，都被抓出了血结了疤。唐青云柔声说："不要害怕，不会弄到脚的，你看，姐姐把这个地方的扣子挖开，你的脚就能逃出来啦，看到了没？"小女孩点点头。铁扣子并不难搞，只是小孩子没那么大的力气，又没有工具，唐青云找东西把铁扣子撬开，将铁链丢到了一边。小女孩活动了下脚，忽地就把脚收了回去，藏到了屁股下面。

"花花，姐姐把你带到安全的地方去，和哥哥在一起好不好？"

"好啊，哥哥说一定会带我出去，天天给我吃大鸡腿，睡大床。"一说到哥哥答应自己的事，花花的眼睛开始放光了。

"好，我们一起去，姐姐请你们吃红烧肉，吃大虾，还要吃蛋糕，喝果汁，好不好？"

"真的呀？"

唐青云把花花抱了起来，忽然听到有人敲击窗户玻璃的声音，唐青云看到肖陵的脸在窗户外面，还指了指门口。唐青云顿时警觉起来，低声说："花花，一会儿有人进来你也不要发出声音，姐姐保证没人欺负你的，好不好？"

花花点了点头。

唐青云迅速把花花放到背门的角落里，顺手从木材堆里抄了根手臂粗的棍子，躲到门后面。门外果然传来了轻微的脚步声，脚步声在门外稍事停留，接着门被推开，一个男人走了进来，没走几步嘴里就骂了起来："这死丫头跑哪儿去了！"男人正在左右看，突然头上一阵剧痛，他晕乎乎地转过身来看到唐青云柳眉倒竖，杀气腾腾地拿着木棍站在面前，紧接着男人的腿上又中了一棍。唐青云拎起木棍猛打下去，可木棍被男人抓在手上，两人顿时扯起木棍来。没想到中了两棍后这家伙还这么有劲，唐青云愤怒地一脚踢中男子的肚子，把他踢倒在地，抽出木棍劈头劈脸地朝他身上打去，边打边骂："畜生！让你再欺负小孩子，让你再欺负小孩子！"

等肖陵进屋时，男人已被唐青云打得满面开花，晕了过去。肖陵吃惊地看着唐青云一副要杀人的样子，赶紧上前拉住唐青云。唐青云依旧气愤难平，恨恨地说："你看他们把孩子折磨成什么样了！"肖陵见那男子暂无性命之忧，便把他拖到柱子边绑了起来。唐青云抱起花花，看到她的手指上也有几道口子，可能是干活时不小心划伤的。唐青云取出毛巾，沾着矿泉水轻轻地给花花擦拭起来。肖陵走到门边，打开条缝隙往外观察，低声说："他们应该还没察觉，可惜这家伙晕了，不然就知道里面的情况了。"肖陵低声嘱咐唐青云照顾好孩子，悄无声息地钻出了屋子。唐青云给花花擦拭完双手，抬起头来想找找有没有洗毛巾的地方，却看到对面墙壁上挂着一张猎弓，旁边还挂着一个箭袋，箭羽上积满了灰尘。

瘦子还没回来，时间久到让人找不到借口来自我安慰。孔布望着深坑的方向，在他眼中，这外面的一切都幻化成了陷阱，又高又密的长草中呜咽着痛苦的风声，甚至瞅一眼那条隐入长草中的小路都能使他紧张起来，路口的风吹草动都能让他心跳瞬间加快。他甚至怀疑数量众多的警察已经将这里围起来了，只是还没有行动而已。这间屋子简直成了桑拿房，老王的汗水从额头经过脖子流到腰间，手臂上的汗珠也顺着淌下打湿了桌面，他能感受到孔布眼中的恐惧，这恐惧已经具象化，让他用肉眼都能看到。有种想法令他不寒而栗：几个兄弟都有去无回，下一个是不是就轮到自己了！他不断安慰着自己：大壮和大黄那么猛，瘦子挖的坑那么深，矮子那么熟悉地形，怎么可能都不行！这几个家伙一定是动作太慢了，小李那家伙也是，去趟柴房这么磨叽。

"看来警察是来真的了！"孔布突然暴跳起来，他在屋子里不停地转来转去，嘴里念念有词，似乎在说连柴房都被警察占了，小李那家伙肯定也完了。老王吃惊地拍拍脸，喃喃地说："已经到面前了……那可怎么办，那可怎么办……"

"不能再等了，要不然都得玩完！你背一个我背一个，从后面那条路走……"

孔布正说一半，老王突然拔枪对着窗户连开两枪。突如其来的巨大枪声就在耳边响起，把所有人都吓了一大跳。孔布被吓得尖叫了起来："你干什么？！"老王双手拿枪对着窗户外，破碎的玻璃四下飞落，他颤抖着双手，牙齿打战地说外面有人。孔布心跳得很快，这瞬间让他回想起了在河边和陈东鹏遭遇的场景，他的心态瞬间就崩溃了。孔布一把扯过老王，说："快，给他们打开手铐，我们快走，我有不好的预感！"老王颤抖着摸出钥匙给小峰和阿心打开手铐，他从牙齿到手指都在发抖，对钥匙孔都花了十几秒钟。孔布扯住小峰，让老王拉住阿心，说要是看到不认识的人，只管开枪！老王一手持枪一手拉着阿心，紧紧跟在孔布后面。这时，孔布才发现小铁不见了，估计是趁乱跑掉了。可现在也顾不得小铁了，他骂骂咧咧地一脚踢开后门就要冲出去。

只听"笃"的一声响，一支箭不知从哪里飞来，正钉在门上，箭尖没入木门里，箭尾还在不住晃动，箭上的灰尘受震动缓缓地降落到地面上。孔布感觉箭几乎是擦着自己的额头射过去的，他甚至能感受到箭带起来的空气流动，他按着自己的额头，倒吸一口凉气，重重地退了三步，腿就像是被灌了水泥，门口近在眼前却怎么也跨不出去了。

"这到底是……到底是怎么回事！警察怎么还用上弓箭了？阿凡达啊！"

老王也看到了那一箭，他眼睁睁看着箭擦过孔布面前，要是孔布走快一步，现在孔布的头就会被这支箭钉在门上。想到有枪的优势不复存在，他比孔布更害怕，握枪的手不住地发着抖，他惊恐地盯着门口，一屁股坐在长凳上，牙齿打战："孔哥，不行了，要不然我们还是投……""放屁！老子就不信他们真敢杀我！"孔布把小峰铐到了桌上，冲上去把门给关了。关上门后，屋里的气氛更显沉重，孔布脸色铁青地看着窗外，突然问："你只有一把枪？"

老王点点头。

"不知道他们有多少人！"孔布靠在墙边，额上青筋暴跳，汗水顺着面颊淌下来，"哼，好厉害的铁夹，好厉害的陷阱，好厉害的兄弟，都是屁！"箭没有射中他，或许只是想把他吓回屋里去，但那一箭带给他的恐惧正在被无限放大。在大雨中遭遇陈东鹏的一幕曾经是孔布最大的噩梦，可现在这支能夺人性命的箭就直直地钉在眼前的门板上，孔布脑中无法自控地浮现出自己的脑袋被扎上一支箭的情景，他的衣服早已被冷汗浸湿。老王眼神无助地望着孔布，希望他能说句让人宽心的话来，可惜孔布除了偶尔用焦灼的目光扫他一眼外，什么也没给他。

"要不……咱不管这俩孩子了，咱逃吧。"

"逃？你知道外面什么情况？你知道他们有多少人？"孔布瞪了他一眼，又大声咒骂起来。老王只能乖乖地听着他骂，可内心的害怕让他实在没法在屋里待下去了，山间流动的风仿佛成了巨大的海浪，不断挤压着墙面，从门的缝隙、窗的破口涌进来后迅速占领了屋里的空间，把空气挤得干干净净，让他喘不过气来。孔布壮着胆子把头探向窗口，四处张望几下，又谨慎地缩了回去，他的目光在小峰、阿心身上打了个转，问跑到后面那条小山道要多久。老王知道他指的是那条狭小而有些危险的小山道，便说要是不带孩子，几分钟就能跑到。"哼。"孔布用鼻音回击了他的胆小怕事。老王吃惊地看着孔布，听出来那声哼的意思了，显然孔布还想着带着孩子一起跑。

"老子要不就带着这两孩子一起跑，以后狠狠大赚一笔，要不就死在这里，弄他个鱼死网破！老子要是赚不到钱，他们也甭想救回孩子！"孔布下定了决心，猛地将桌上的东西全推到地上，把壁橱里的吃的全拿出来放在桌上，一屁股坐下大口吃起来。老王看得目瞪口呆，过了一会才说："孔……孔哥，你这是……"孔布一个字也不说，只顾着大吃。老王吃惊地看着他，还以为他疯了，问："孔哥，你这是又饿了？""你有没有脑子？不吃饱怎么有力气跑路，鬼知道还有没有下一顿！"孔布边吃边把食物装进背包里，嘴里不住骂着街。老王擦擦汗，点了点头，问怎么个跑法。孔布低声说只要跑进草丛里就安全了。

"他们开枪咋办？"

"你也有枪，你怕啥！我先跑，你留在这里给我看着，要是有人冲出来，你就干掉他！"

老王的心扑腾得厉害，问："可我跑出来的时候，他们开枪咋办？"

孔布瞪了他一眼，说："那你先跑，我拿枪给你看着！"

一想到把枪给孔布，老王心里一万个不愿意，说："要不……一起跑吧。"

"那谁来掩护？"孔布跺着脚，话音在屋里回荡。

阿心和小峰互相看了看，都屏着气不敢出声，虽然知道救兵就在屋外，可一想到孔布要是狗急跳墙先把两人给害了，那就真是冤死了。所以小峰一句话也不说，甚至连孔布的脸也不敢看一眼，只顾缩在地上，生怕把暴躁的孔布惹怒了。阿心紧皱着眉，偷偷看着被老王开枪打碎的那扇窗户，想象自己有胆子猛地从那窗口扑到外面去。

"我们一起跑，把孩子背上，谅他们也不敢开枪！"

两人各自吓唬了阿心和小峰，让他们不要喊叫不要挣扎，然后分别把他们背上。那支箭仍牢牢地插在门上，让孔布心里一阵发凉。孔布口中干燥无比，想到一跑出去就有可能吃枪子或利箭，他眼里突然刺痛起来。他闭上眼，几秒后再睁开眼时，眼中充满了血丝，面目变得异常狰狞。

"走，不要回头！"

"到这个时候还想着钱，你们真是想钱想疯了！"肖陵偷偷从窗户望进去，看到孔布他们都围在后门口，还背着两个孩子，估计他们是想跑，于是便大声对里面喊了起来。这屋子外面都是高草，肖陵也知道这两个家伙的目的，但他不清楚付东他们能否及时赶到，现在只能拖一阵算一阵，一旦被他们冲出去，在对方有枪的情况下很难保证孩子的安全，但是不紧跟又会失去对方的踪迹。

就在肖陵说话的短短几秒间，孔布的表情变得狰狞无比，他直瞪着后门，似乎在用最快的速度决定对策。"快走！这小子是想拖延时间。这个时候不走，等其他警察来，我们就真完蛋了！"

老王浑身哆嗦着，一句话也说不出来。

孔布咬牙大吼："孩子我们背着，有种你们就开枪！跑！"他用力打开了门，背着小峰领先跑了出去。因为担心警察开枪，孔布缩头乌龟似的把头低下，飞快往前跑去。本来还犹豫不决的老王看到孔布真的冲了出去，也只得跟着冲出去。和孔布不同的是老王手里有枪，他担心旁边会冒出个人来朝自己开枪，于是一手托着背上的阿心，一手抓着枪，一冲出去就四下张望。他运气真不好，刚跑出门，肖陵便从墙角边冲出，快速向他追去。肖陵的意图很明显，只要把对方唯一的枪卸下，那自己就没什么危险了。虽然老王人高马大步伐远，可肖陵的速度快，老王没跑几步，肖陵已经追近了。老王吓得双腿发麻，大叫："孔哥，孔哥，等等我……"背着小峰狂奔的孔布头也不回地叫道："老王，交给你了，你有枪！"

老王后悔死了，没想到自己拿着枪反而成了警察的首要目标。听到身后的脚步声越来越近，老王再也顾不上阿心，手一松阿心就掉了下来，摔倒在地上。肖陵大叫道："快趴在地上！"他加速追了上去。老王边跑边往后望，见到肖陵没去扶阿心，反而更快地向自己冲来，心中大骇，伸手便举枪。肖陵眼看老王要举枪，就把手上准备好的石头奋力向老王砸去。胆小的老王看到肖陵把什么东西砸过来，还以为警察丢手雷了，吓得七魂丢了六魄，身子往下一缩，双手自然而然地护住头。

只听得"嗖"的一声响，一支箭射来，在距离老王一尺的地方疾飞而过。这突如其来的威胁把老王吓得心胆俱寒，他的脑中瞬间划过利箭差点将孔布的头钉在门板上的画面，他拿枪对着正张弓搭箭的女人，扣动了扳机。"啪"的一声脆响，唐青云手中的弓突然断裂。枪声几乎同时响起，当这震慑人心的枪声响起时，肖陵也害怕了，他眼看着枪口对着唐青云的方向，子弹呼啸着飞出，他的恐惧达到了顶点。

老王大叫一声倒在地上。肖陵呆愣在原地，瞪着墙边的唐青云，看到她手持断开的猎弓怔在当场，并没有中枪的迹象。肖陵松了口气，看到屋子另一边有人持枪倚墙而立，正是付东！他靠在墙上，双手持枪，对着肖陵的方向。肖陵这才明白刚才那声枪响中其实包含着两颗子弹的迸发，老王对唐青云射出的子弹，还有付东对老王射出的子弹。付东在休息后感觉疼痛有所减轻，用对讲机联系陈东鹏无果后便循路而来，后来听到枪声，知道方向不错，没想到正好救了唐青云。付东倚墙跌坐在地上，鲜血早已浸湿他的鞋袜，疼痛和疲惫已耗尽了他最后的力量。

肖陵迅速上前将老王的枪踢开，发现他中枪的部位在肩膀，不是致命伤，不由暗暗佩服。

"孩子们呢？"跌坐在墙角的付东嘴唇煞白，神色萎靡。

"两个孩子安全，孔布往那边跑了，带走了小峰……"

"小铁去追孔布了。"趴在地上的阿心腾地跳了起来，"刚才小铁从草丛里跑过去了，肯定是追孔布去了，我要去帮他！"

"不要去，太危险了！"肖陵喝道。只见阿心幼小的身影在草丛里一晃就消失了，肖陵只得朝付东喊："你什么情况，有没有事？"

付东摇了摇头，有气无力地朝他挥了挥手。肖陵心中稍安，喊道："屋里有个被绑起来的犯人和一个被绑架的孩子，麻烦你照顾了。"他迅速转身去追阿心，唐青云丢掉已经无法使用的弓，也跟了上去。

看到肖陵安然无恙，三个孩子也都没事，付东的压力顿时小了很多，就像是千斤重担从肩上卸了下来，他的体能已到极限，连意志力都已耗尽。虽然孔布仍然在逃，小峰还未救回，但肖陵既然已经追去，相信他能追回来。胃里的痛感又强烈起来，付东一手扶墙一手撑着地，疼痛逼他弓起了身子，完全无法直起上身，望出去，眼前渐渐模糊起来……

"队长……队长！"

耳边依稀听到陈东鹏的声音，付东用尽最后的力气说："屋里有个匪徒和被拐的孩子，肖陵去追孔布了……"

"胃很痛吗？快躺下……"

少年的战争

声音听着是从很远的地方传来的，模糊而低微，付东终于失去了知觉。陈东鹏焦急地拿对讲机呼喊已经前来支援的小汤。小汤他们很快就赶到了，鉴于付队的病情半点也不能拖，小汤决定用担架立即将付队送下山去，和赶来的救护车会合。其他同事配合陈东鹏行动，对木屋进行了检查，将被绑着的小李连同路上抓到的可疑男人一起扣了起来，还把花花保护了起来。最后陈东鹏让小汤带几个同事留在这里收尾，自己带了两个同事去支援肖陵。

阿心一心想追上小铁，谁知小铁跑得飞快。前方道路变窄，左边的山壁压了过来，路的右边却陡峭起来，高高低低的山坡间有些地方落差有十几米，阿心脚下的道路向右倾斜，要是不小心滑倒，也许会顺着斜坡滑下去。路上有条一尺长的痕迹，像是谁到这里滑了一跤，阿心小心地看了看右边的低坡，咬咬牙，快步赶了过去。前面传来小铁的大叫声，他正在大骂孔布，说已经看到孔布的狐狸尾巴了，别想逃。阿心热血上涌，正要往前冲，背后赶来的肖陵一把拉住了他，低声嘱咐阿心要小心。阿心点点头，看到唐青云也从后面赶了上来，阿心高兴地朝她挥着手。唐青云跑上前来，笑着摸了摸阿心的头，说："小阿心，总算追上你了。"

肖陵让阿心问小铁在哪儿，不过不要提自己和唐青云。阿心心领神会，边跑边呼唤着小铁。阿心的话音刚落，就听到小铁的声音从不远处传来："我在这里，阿心快来，我看到小峰了！"阿心飞步往声音传来的方向跑去。小铁的大叫声不断传来："死孔布，我看到你了，你别躲，你把花花害得那么惨，今天铁大爷我不把你踢成烂泥巴，我就不姓铁！"

看到三个少年就在眼前，肖陵和唐青云都松了口气，他们互相看了看，几乎同时说："你没事吧？"

肖陵尴尬地笑了笑，说："没想到你还真的会射箭。"

"嗯，算是学过一阵子。"

"射向门板的那一箭很有气势。"

"因为门板不会叫痛，目标又特别大。"唐青云笑了起来。

阿心转过一个弯，看到小铁正要去捡地上的一根木棍，阿心冲上去大声问："小峰呢？"

"就在前面！"小铁操起棍子就往前追，阿心紧紧跟着他。

孔布跑得很快，他知道不能跟小铁纠缠，一个小铁没啥，可要是让那个跑步赶汽车的家伙追上来就麻烦了。他恶狠狠地严禁小峰出声，弯下身子往那没有路的野地里钻。果然小铁稍稍落后就找不到孔布了，他和阿心原地转了两圈，还是听不到一点声音，小铁急得大叫起来："死小峰，你倒是喊一声啊！"小峰害怕地看了眼孔布那紧张到扭曲的脸，想喊又不敢喊。孔布知道自己已经离开小铁他们一段距离了，只要不发出声音就不用担心谁能追上来，他继续俯下身子，悄无声息地在草丛中潜行着。

"这头猪不说话有啥办法！我们可不能让孔布再逃走了。"小铁都快急疯了。阿心咬着嘴唇，忽然低声说："小铁，我们激他。"然后他扯起嗓子叫道，"小铁，我不是和你说了，小峰他爸有钱，没事的，大不了让他爸出钱！"小铁一呆，见阿心正冲自己挤眉弄眼，他猛地想到了什么，顿时尖叫起来："要我说他就是个胆小鬼，孔布一吓他，他就连屁也不敢放一个。孔布就是个疯子，要是他发起疯来，打断小峰两条腿，就算救回来也要坐轮椅！你敢不敢和我打赌？"

"可他不说话我们也救不了他啊！"阿心踮起脚尖仰起头，张开嘴大声喊道。

"不管这孬种了，比花花还胆小！我铁爷可没这个兄弟！"

"胡说！你才是孬种……"小峰忍不住回道。后面半句声音突然变得很轻，看来是被孔布捂住了嘴。

"这小子终于出声了！"阿心和小铁兴奋地击了下掌，飞快往声音传来的方向跑去。

小峰像是被惹毛了的小狗，断断续续地大骂起来，把小铁骂得狗血淋头。小铁开始还觉得他能不断说话太好了，不怕追丢了，可小峰丝毫没有收口的迹象，孔布似乎也捂不住他的嘴，小铁也被激得冒起火来，边跑边还嘴，两人隔空打起了嘴仗。

"啊！你疯了，敢咬我！"孔布的声音突然冒了出来。小峰的骂声顿时变成了笑声："我把孔布咬出血了，小铁你有本事也来咬啊！"

"算你有种，你等着，铁爷我马上到！"小铁可不想被小峰看不起，他打了鸡血般地往前冲，当他跳过小斜坡，看到孔布和小峰正倒在地上扭打着。小峰的双手死死抓着孔布的脖子，双脚又蹬又踹，半点都不吃亏。小铁把棍子往阿心那儿一丢，大吼一声："阿心，我先上了，老子要咬死他！"他仿佛饿了三天的猎狗般嘶吼着扑了上去，狠狠一口咬在孔布的手臂上，双手双脚顺势将孔布的一臂一腿缠住，章鱼般缠得死死的。孔布吃痛，手上一松，小峰顿时轻松了许多。看到小铁奋不顾身地冲上来帮自己，小峰感动得都哭出来了，正想说点催人泪下的词，阿心冲上来一棍子打在孔布头上。这一棍还真是打得毫不犹豫，连小峰都替孔布痛得慌。孔布的手脚被小铁和小峰缠住了，长不出第三只手来应付阿心，脑袋上被打了两下他就吃不消了，这时他再也顾不上几百万了，用尽力气甩开三个少年就要逃走。哪知阿心又一棍子打在他小腿骨上，虽然棍子不粗，阿心力气也不大，可这一棍把已经筋疲力尽的孔布那最后一点逃跑的希望都打灭了。转眼看到小铁和小峰大叫着又扑了上来，孔布真是绝望透了，他连滚带爬地往前跑了几步，肖陵已经赶到，他一把扭住孔布的手臂，便将他锁得跪在地上，动弹不得。小铁仍然不解恨，从阿心手中抢过棍子就用力往孔布身上招呼，孔布无法招架又无法回避，只有讨饶的份。看到小铁打得爽，小峰也上来用力踢了孔布几脚。

很快，陈东鹏带着人也赶了过来，他们迅速给孔布戴上了手铐，孔布已经被折腾得半点力气也没有了，只有躺倒在地上喘粗气的份。陈东鹏让两位警员寸步不离地盯着孔布，以防他再次逃脱。

看到小峰还在不知疲倦地踢打着，肖陵上前一把将他扯了过来，怒骂道："看你下次还敢不敢再这样折腾！"小峰从来不把爸妈当回事，但他知道这个当警察的叔叔不好惹，叔叔发火的时候连老爸都得让着。这会儿听到肖陵怒极发火的声音，小峰吓得缩起了脖子，一句话也不敢接。

"要不是大人太能折腾，孩子也不至于被逼成这样，还学警察抓贼了，这么小就知道战斗，有前途。"陈东鹏拍了拍小峰的头，严肃地说，"不过你小子可真要长点记性，不要被你爸带坏了，要不然鹏叔和陵叔都不能护着你了。"

肖陵气还没有消，瞪了小峰一眼，才转头说："东鹏，我们知道这件事的来龙去脉了，还有两年前我那案子的脉络也已经基本理清了。"

"真的？真是太好了，你小子终于可以洗掉身上的泥了啊！这两年我们可没少花心思，特别是付队，为这事，他真是没少得罪人啊！你应该知道你那案子是谁办的吧？"

肖陵点了点头，他眼眶微红地望着唐青云，说："谢谢你，否则我这罪名还不知道得背多久。"

"我们动作得快一点了。"唐青云不无担忧地说，"要是小白没猜错的话，方银一定已经行动了。他恨死了肖信，谁也不知道他会干出些什么事来，我真怕他越走越错。"

"走，快去找队长，既然案情已经清楚了，咱们得马上制订一个行动计划出来。欢迎归队，我的兄弟！"陈东鹏上前抱住肖陵，拍了拍他的背。

下　篇

13

　　方银失踪了。

　　事情在往坏的方向发展。方银的失踪让付东期望他自首的可能性降到了零。最后收到方银信息的是唐青云。就在抓获孔布的那天晚上，方银用一个陌生的手机号码给唐青云发了条信息，内容是："还记得我们的约定吗？"

　　然而当唐青云打电话过去时，他已经关机了，追查手机号码也没有收获。深知方银为人的唐青云和小白万分警惕起来，但他们都无法预测方银下一步会做什么。小白和唐青云已经把部分方银犯罪的资料交到了警方手上。方银已经完全失去了扭转乾坤的可能，他还能做什么？从能把犯了杀人罪的吴刀藏起来这点来看，方银对法律没有足够的敬畏心，以他的能力，一定早早就给自己准备了后路，充足的资金、合适的藏匿地，在这样的情况下，他躲几年都不会被别人找到。更让付东和肖陵担心的是，尽管小峰对他而言已经失去了用处，但他要是想报复，小峰和唐青云就是首当其冲的，或许还有肖信。

　　但这一切，都是未知数。

　　回到家后，阿心把流浪的事原原本本地说给妈妈听，包括自己如何认识小峰、小铁，又如何被孔布骗去，怎么认识唐青云，警察叔叔怎么救的自己，一点不漏地说了出来。妈妈抱着阿心，听故事一样，一会儿哭一会儿笑。

　　第二天，阿心妈妈联系了班主任，大概解释了一下事情的经过。班主任听后也是连连称奇，并说马上向校长汇报。到了傍晚，班主任打来电话，说学校已经和公安局联系过了，知道了大概情况，还说公安局的同志表扬了阿心和他的朋友，另外关于阿心离家出走这事造成的影响，学校会开会讨论。

可谁也不知道消息是怎么走漏的，阿心帮助警察叔叔破获犯罪团伙的事在学校里引起了轰动，大家都把阿心当成了英雄。不认识阿心的同学，趁着下课纷纷跑到阿心的班里想瞧瞧小英雄的座位，而认识阿心的同学则大吹特吹，有的还编了阿心对付坏人的故事，到处宣传，好像亲眼看到似的。不但如此，连记者都在联系学校和阿心妈妈，说想采访阿心。

阿心四脚朝天地躺在床上，感受着窗外吹进来的微风把身上的汗水带走的惬意，皮肤舒服得像每个毛孔都装了换气扇一般，这可比吹空调冷风舒服多了。可能是阿心在床上滚来滚去的声音被老妈听到了，老妈在厨房里喊懒猪起床，阿心哈哈大笑说自己是懒猪，那老妈是什么呀。听到老妈在厨房笑，阿心便说："老妈以后不要再吃安眠药了，也不许一个人在晚上偷偷哭，否则就是癞皮狗。"老妈连连说："知道了知道了，你现在就这么烦人，以后老了可怎么办。"阿心又笑了起来，妈妈催他起床，说晚上要参加小峰家的聚会，小峰爸爸派来的车快到了。阿心这才恋恋不舍地从床上起来。阿心妈妈一边打扫一边叮嘱阿心到别人家去做客的规矩，阿心刷着牙，嘴里呜呜地答应着。

忽然响起了敲门声，阿心一抹嘴上的牙膏泡沫就抢出去开门，可没想到出现在门口的竟然是爸爸。阿心呆了一下，低头叫了声爸。妈妈从厨房里走出来，看到来的是阿心爸爸，脸色顿时沉了下来，说："你来干什么？"

"跟你商量的事，决定了没？"阿心爸爸站在门口，轻轻抖着腿。

"以后再说，今天我们有事，马上要走了。"阿心妈妈上前去关门。阿心爸爸却一把将门挡住了，提高声音说："已经给了你那么多时间，还要拖！""出去！我不想在阿心面前吵架。出去出去，你别再把阿心逼走！"阿心妈妈眼里泛起了泪光，两人僵持了起来。

"别欺负我妈！"阿心突然冲上去，一把将爸爸推了出去，"嘭"的一声迅速把门关上了。

阿心爸爸怎么也不会想到性格一向柔弱的阿心居然会旗帜鲜明地反对自

己，他在门外愣了一会儿才叫道："阿心，爸爸是想和你妈商量事的……"

"欺负我妈就是你不对。以后不许欺负我妈，否则我永远不理你了！"

阿心妈妈说："你走吧，我不想在阿心面前谈这些事，我会给你答复的。"

两人在门里听了会儿，门外没了声音，也不知道人走了没有。阿心低声说："妈，你别害怕，我不会让爸欺负你的。"阿心妈妈的眼泪再也藏不住了，她蹲下来一把将阿心抱在怀里："我的好阿心长大了，我的好阿心终于长大了，妈妈今天太高兴了……"两人抱成一团，阿心也呜呜地哭了起来。

花花的身体恢复得很好，也习惯了在肖信家生活。小铁想念起外婆来，他给陈东鹏打电话说要回老家看外婆。陈东鹏觉得这是件好事，正好破了人贩案，肖陵的案子也见到了希望，这让他心情颇为舒畅，于是就打算带小铁回去，顺便也了解一下小铁的家庭情况。他向付东请了几天假，这让付东觉得有点稀奇。小铁开心地又蹦又跳，说这下终于能见到外婆了。

陈东鹏买了长途车票，两人换了三班车，又走了十里山路，才终于到了小铁老家。一路上小铁就像是被上了发条的玩具般大步飞奔，要不是陈东鹏，普通人根本追不上他。虽然小铁有两年没回来了，但他带着妹妹走出来的这条山路却像是用刀刻在他脑子里似的，清晰如昨。等到光线黯淡下来，眼前的山路变得有些模糊时，陈东鹏才意识到太阳已落到群山深处，天边只剩最后一抹红霞。陈东鹏在这万籁俱寂的山中望着那抹淡淡红光，正有些入神，远处小铁在大喊："陈叔叔快来啊，我们到了！"

声音已在远处，可听着又像在身边，仿佛整座山中就只有小铁一个人在说话，也只有陈东鹏一个人在听。陈东鹏紧跑一段，抬头看到前方隆起的山坡上有几间房子，看不清是砖房还是木屋，只能借着黯淡的光芒看到坡前有棵高大茂盛的树挺立着。小铁依稀的身影在那树下挥了挥手，便消失在夜色中。虽然孔布已经落网，但当小铁离开了自己的视线范围，陈东鹏总有些不放心。果然等他跑到树下，早已不见了小铁的身影，一条村路出现在面前，两边错落着几间房子，却看不到有人。

少年的战争

"小铁，在哪儿？"陈东鹏吼了一嗓子，来之前就交代过小铁不要乱跑乱窜，没想到还是没能管住他。往前望去，地势起伏，一些房子无规则地堆叠在地上，有的亮着灯，有的静默在黑暗中，高高低低，影影绰绰，也不知道延伸了多远。

"快来，我家就在前面……"

"你给我原地站着，你要是敢乱跑，我掉头就走！"陈东鹏从背包里取出手电筒，没好气地大步跟了上去。

"知道啦……"听声音小铁还是在往前走。好在天色已暗，小铁也走不快。陈东鹏拿了手电筒便在黑夜中快跑起来，很快就跟上了小铁。他一把拉住小铁，把前路照得清清楚楚的。小铁迫不及待地指着前面，说："那里有个上坡，很快就到我家了，快……"

"快什么快，你家又不会跑！"

小铁扯着陈东鹏一路小跑冲上了坡，前面出现了十几间房子，积木般不规则地堆成了两排，不少屋里亮着灯光，光线从门窗缝中透出来，在黑暗的地面上照出几道狭小的光芒。

终于看到有当地人生活的迹象，陈东鹏不由松了口气。手电筒的光照在地上，能看到除了一条主路往前延伸外，还有条小路往右边转弯，通向土坡的右侧，那里还有几间平房。小铁像是被磁铁吸过去的铁块，一个劲地往里冲。转过弯，前面一片漆黑，也没见屋里有灯光，陈东鹏狐疑地扫视着那几间屋子。小铁低声说："超人叔叔，中间就是我家，外婆睡得早，可能睡觉了。"陈东鹏下意识地看了下时间，只是傍晚。小铁甩开陈东鹏的手，大步奔上前敲起门来。木门并不牢固，用力敲的时候，门和门闩、门框、门锁一起震动起来，各种声音交集在一起异常热闹。沉静如水的山村里即使远处交谈的声音都能声声入耳，门闩转动时发出的吱呀声或洗衣服时木棒的击打声都能传得很远，更不用说小铁这通闹了。

陈东鹏正想拉小铁，听到身后有个上了年纪的女人喊了句："谁呀？谁呀？闹腾啥呢？"黑漆漆的，陈东鹏看不清对方的样子，他刚想解释，只听小铁大叫一声："姨婆，我是铁娃啊。"说完，小铁便扑上去一把抱住了对方。对方吓了一跳，想推又推不开，听着怀里这孩子边哭边说，听了几句后像是想起了什么，一把将小铁拉开来，借着不远处的灯光仔细看了看，突然尖叫起来："铁娃，是铁娃啊！你到底是回来了啊！"她把小铁抱在怀里，大哭了起来，小铁也哭着喊姨婆姨婆，一边的陈东鹏忍不住流下泪来。

"你咋这时才回来？"姨婆伸手用力拍了拍小铁的屁股。

"姨婆，外婆呢？外婆睡得越来越早了啊。"

"没了，你外婆没了！"

　　小铁的父母原本在本地工作，父亲在村外的小厂子里做木工活，每天来回十里地，母亲在家照顾一家老小和家里的田地。小铁的外公去世早，外婆就经常过来帮忙。不知哪天起，据说县里要造大房子，村里的壮劳力就开始往县城里跑，去找更能赚钱的事做。起初那些跑出去的人还回来，后来就渐渐在县城里找了地方住，一个月也不回来一次，有些人隔年就把老家的亲人都接了出去，老山村就慢慢空了下来。这样几年下来，村里的劳力剩下不多了。小铁的父母也是那时候和大伙一起出去找事做的，先是小铁的父亲出去做事，后来就把母亲也带了出去，直至老家只有外婆独自照顾小铁和花花，还要照顾田地。那时花花刚出生不久，身子弱，花花的母亲只喂养了她两个月，就去了县里。父母回来的次数越来越少，后来听说夫妻二人一起去了省城，就更难得见着面了。

"白天地里忙活，晚上给俩娃儿洗衣服，弄吃的，身子就不行了，要不是大家帮着……"姨婆抹了抹眼睛，轻轻安抚着已经睡着的小铁，"俩娃儿走掉后，他外婆的身子就垮了，天天哭啊，说自己造孽没把俩娃儿管好，不知道被哪个杀千刀的拐了去，可怎么给他爹妈说呀……"

"小铁父母后来就没回来过？"

"他外婆去的时候回来过，待了几天给办了后事，就再没回来过，知道娃儿不见了，难受了几天就回城里去了。"

"就没想过要找找小铁和花花？至少要找找孩子吧。"

"咋找啊，咱们穷人就只有听老天的命。真是菩萨保佑啊，铁娃好好的，我们家小花也好的吧？"

于是陈东鹏就把小铁和花花的事说了出来，也表明了自己的身份。他一边说，姨婆就一边点头，说到惊险的地方，姨婆使劲捂着嘴，听到小铁终于安全了，又赶紧拍拍胸口，高兴地哭了起来，一直说着感谢政府，感谢政府。

姨婆离开后，陈东鹏有些疲惫，他把小铁身上的薄被盖了盖好，在旁边躺了下来。

第二天陈东鹏一大早就被鸡鸣声唤醒，他迷迷糊糊地起身推开门，山中凉意随之将他浸没。他打了个寒战，赶紧走出屋去，反手将门关上，把寒意留在了门外。天还未明，村子被一层阴暗沉郁的深蓝色调笼罩着，但已经能看清几十步外的事物了。山路清晰可见，四处依势而建的屋子高高低低有几十间，还有大大小小的豆腐干般的菜地错落在屋前屋后。只是还见不到人。整个村子仿佛是被人类遗忘了的古村落遗迹，安静、沉寂、毫无声息。几条刷在屋墙上的宣传语，颜色斑驳，字迹模糊。屋子右边有条上坡路，通到百米外的土坡上，陈东鹏信步前去，爬上土坡极目远望。村落北面靠着小山，南面有些丘陵，绿色葱郁，溪沟隐没在植被中，依稀可见。整个村落范围不小，但随着村民渐渐离开，只剩现在的几十户人家和数量不少的空屋。

想到繁华都市里的高楼大厦，陈东鹏不免有些感慨。他转身往回走，看到有村民背着锄头向山里晃去。走近的时候屋里传来低微的哭泣声，陈东鹏一把推开门抢进屋里，看到小铁坐在床上哭。小铁迷迷糊糊地睁开眼来，看了陈东鹏一眼，又闭上眼哭起来："叔叔，外婆没了，爸妈也不要我了，我没人要了，呜呜呜呜……"陈东鹏心里酸楚，上前抱住小铁，轻轻拍着他的背，安慰着。小铁也不知道是醒了还是在做梦，慢慢止住了哭声，又沉沉地睡去。这时姨婆悄悄走了进来，见陈东鹏把小铁哄睡了，就拉拉他的衣袖，两人走到外面。姨婆低声说："找人给铁娃他爸挂电话了，可电话那头不是他爸。"

陈东鹏压低声音说："您是说，那号码现在不是小铁他爸爸的了？"

"说的是呀……"

"那人知道小铁爸爸在哪儿吗？"

"不晓得。"

"麻烦您把号码给我，我来打打试试。"

"好好好。"姨婆说着从裤袋里摸出张皱巴巴的纸条来，递给了陈东鹏。陈东鹏记下手机号码，说现在还早，一会儿再打，免得惹他不高兴。姨婆连连点头称是，然后说照理要带小铁去外婆坟上拜一拜。陈东鹏答应等小铁醒来就去，然后掏出两百块钱给姨婆，请她帮着准备点纸钱元宝，姨婆再三推辞，怎么也不肯收。

吃过了姨婆送来的早饭，陈东鹏给小铁整理好衣服，带着小铁往姨婆家走去。小铁在知道要去外婆的坟上拜祭后又流下泪来。知道小铁回来了，村里的人都赶了过来，这些人到底是什么亲戚，小铁其实也搞不清，反正都挺面熟的。小铁的心情极差，统统不理，缩在那里拿陈东鹏当挡箭牌。陈东鹏向乡亲们解释了小铁的情况，还拿出警官证来消除大家的疑虑。乡亲们拿着陈东鹏的警官证啧啧称赞，好一会儿才还回到陈东鹏手中。姨婆给小铁的腰间系上了白线条，戴上了麻布帽，收拾了些元宝纸钱，就带着小铁和陈东鹏出门了，还有几个走得近的亲戚同行。小铁的外婆和外公葬在一起，坟就在村后山坡上，背山朝南，绿草荫荫。小铁被陈东鹏牵着手，边走边掉泪，听大人们说外婆的坟不远了，他就哭得更厉害起来，同行的大人们也都暗自掉泪。

大家顺着山间小路来到一处植被茂盛的地方，路边有些大小不一的坟头，有的呈土堆状，有的呈三角状，坟前或是插着去年上坟时点剩的小半根蜡烛，或是摆着一些被石块压着的纸钱，有座坟上还种着棵万年青，长得异常旺盛，远处一座大坟边上长着大丛白玉兰，青青翠翠，迎风摇曳。

姨婆在坟前停了下来，一边叹气一边低声说话："娟儿呀，铁娃来看你了，盼了好久吧。老天保佑，铁娃啥事都没有，好好的，长高了，还碰到了贵人，那是他命好。你就放心吧，花娃也挺好的，下次一定让铁娃带着花娃来看你，再给你好好上炷香，给他外公也好好地上杯酒……"她抹了抹眼泪。陈东鹏默

少年的战争

默地给坟包除草，小铁抽泣着也来帮忙。外婆外公的坟是用泥堆起来的，周围压着些大石块，前面用薄薄的水泥板树了块碑，由于碑太小，所以小铁和花花的名字都没能写上去。坟上长了不少杂草，小铁边哭边拔，脑中尽是和外婆相依为命的画面：晚上外婆陪着他们睡觉，白天外婆给他们煮粥，冬天给他们加被子，夏天把他从水坑里捞出来，下地时自己给外婆送水送饭，还有自己偷摸了邻居家的鸡时被外婆追着打……

小铁扑在坟上大声号哭起来："外婆，我是铁娃啊，你咋不跟我说话哩……外婆……"陈东鹏见他哭得太厉害，生怕他哭坏了，便上前拉他。谁知道小铁死死抱着坟头，一边哭一边大声骂起爹妈来，那些最凶的、最恶劣的脏话都从小铁嘴里喷了出来。

最后，小铁是被陈东鹏背下山的。陈东鹏尝试着给那个号码打了电话，但对方说根本不知道卖号码那人去哪儿了，只是在一起干这一段时间活，因为那号码尾数是他生日，所以买了过来。这条路走不通，陈东鹏也只能另想办法了。第三天，小铁一大早又去外婆的坟上哭了一阵，便和陈东鹏一起告别村民往回赶。离开时，姨婆抱着小铁，两人又是一阵痛哭。小铁斩钉截铁地答应姨婆，以后一定再回来看外婆和姨婆，还要把花花也带回来。

和小铁相比，阿心这两天就像是泡在蜜坛子里一般。由于学校决定让阿心在家休息一周，所以他待在家里舒舒服服地看书、看电视、帮妈妈做些家务。老爸便趁老妈上班的时候来找阿心，说想带阿心出去吃午饭，就在旁边的小饭店里。阿心想反正妈妈中午不回来，便答应了。老爸欣喜地带阿心去饭店，并让阿心点菜，只要爱吃的都可以点。阿心犹豫着点了一个咸菜毛豆，一个番茄蛋汤。谁知道老爸生气地说："这些菜哪够吃，你不是爱吃糖醋里脊吗？点一个点一个，还有红烧鲫鱼。"阿心连连说够了够了，老爸这才把菜单放下，转身去冰柜里取了两罐果汁，啪地放在阿心面前。阿心知道这牌子的果汁可不便宜，记得以前老爸总说喝饮料不营养，里面全是糖，还不如回家喝水呢。阿心转着那罐果汁，入手凉凉的，一点也不像是在做梦。

"菜还没上来，先喝点果汁。"

阿心小心翼翼地把一罐果汁推到老爸面前，却被老爸给推了回来，他特别强调都是给阿心的。阿心这才打开一罐喝起来，心想这饮料难得喝一次，另一罐带回去慢慢喝。接着老爸问了好多关于他离家出走的事，两人聊了好一会儿，吃饱后老爸把阿心送回了家。离开时老爸特别嘱咐阿心不要把这事告诉妈妈，担心妈妈会不高兴，阿心点点头同意了。回到家后，阿心生怕晚上妈妈回来看到留给自己的饭菜都没动，他就拿去便宜了邻居家的小狗。这天晚上阿心的心情很好，他一刻不停地和老妈聊天，饭后又陪老妈散步，直到看书看得睡着了，脸上还挂着满足的笑容。

第二天阿心做作业的时候，老爸又来了，说要带阿心去游乐场玩，阿心想也没想就合上作业本，随老爸出了门。两人在游乐场足足玩到下午四点，中午还尝了好多小吃，最后老爸把他送回家的时候，摸出个盒子递给阿心。阿心又惊又喜地接过盒子，看到了上面的商标，惊叫道："是手机！"

"不能让你妈知道哦。"

"天哪，太好了！老爸你太好了！我也有手机了！我可以玩微信、玩QQ了，我可以加小峰、小铁好友了，哈哈！"

"号码写在盒子上，千万要静音，我都已经给你设置好了……"

"好的！谢谢老爸！"阿心嘿嘿地偷笑着，和老爸挥了挥手，关上门迅速躲进了房间。

时间过得如此之快，阿心把作业忘到了天边，只有在妈妈回来的时候才写了会儿，一吃好饭就又躲到小房间里摆弄起手机来。这手机漂亮极了，又黑又酷，屏幕还大，不比小铁那个差。他一直玩到半夜才给手机插上电，摸着热乎乎的屏幕睡去。

第三天就这么愉快地到来了。阿心好不容易收心做了会儿作业，漂亮的手机放在一边，像个宝贝一样闪动着诱人的光芒。没一会儿手机震动了起来，阿心还有些不习惯，仔细一看是条短信：出来吃午饭啦，爸爸在门口。阿心顿时蹦了起来，抄起手机就冲出了家门。两人围坐在饭桌边，老爸笑嘻嘻地听着阿心一刻不停地说手机怎么怎么好用，微信怎么怎么好玩，直到服务员把菜端上来时还说个不停。老爸示意他边吃边说，阿心这才歇了口气，打开饮料大喝了几口，目光还是停在手机上。

"阿心，你能不能帮爸爸个忙？"

"好，什么事？"阿心满口答应，把手机往边上一放，兴致勃勃地吃起菜来。

"阿心，你也知道，爸爸妈妈之间有点问题，所以你看爸爸也没办法照顾你。"老爸的眼神瞟着阿心，"爸爸和妈妈在一起的时候老吵架，真是没办法。"他叹了口气，看看阿心的反应，又给阿心夹了块鸡肉，说："阿心，爸爸和妈妈在一起过不好日子，让你也过得不开心，你看这事怎么办才好呢？"

阿心沉下了脸，一言不发。

"爸爸想反正吵了这么久也没个结果，要不你也帮爸爸和你妈说下，让她同意离婚，怎么样？"

阿心异常迟缓地点了点头。见阿心表态了，老爸如释重负地吁了口气，猛抽了两张纸巾，别扭地抹了抹嘴，挤出一句话："快，快吃吧……"

阿心低头吃了些东西，说要回家做作业了。老爸连连点头说应该的应该的，一定要好好读书，将来才有出息。两人来到小区门口，简单说了再见后，阿心独自往小区里走，走了一小会儿回过头看时，老爸已不见了踪影，他的眼泪猛地掉了下来。

小峰一夜没睡，经过一个晚上的思考，他终于确定了比读书还要无趣无聊的事就是——结婚！而且这很有可能是世界上最无聊、最无趣、最无理的事，没有之一！小峰非常非常非常不明白大人结婚到底是为了什么。为了有个孩子养着玩吗？因为结婚了才能光明正大地生孩子吧？小峰清楚自己有多难伺候，对于父母来说肯定"一点也不好玩"，养孩子还不如养条狗呢！那他们为啥要结婚？一想到这个他实在想不明白的问题，小峰就觉得脑子快爆炸了，再想到昨天晚上老爸和老妈在客厅里说怎么离婚、钱怎么分、房子怎么分、孩子怎么分的事，小峰就更恼火，他感觉自己就跟家里的冰箱、床头柜、马桶没有任何区别，当大人们觉得不想再在一起玩的时候，就会拿出来分一下，然后另外找个人玩……

"你们倒是来问问我的意见啊！这两个家伙口口声声说要给我一个好的环境，让我好好成长的，看来都是在扯谎！还在那里装好人！简直是虚伪透顶！我费了那么大的劲，好不容易抓回了大坏人，他们好像一点也不欢迎我回来！"小峰百般无聊地翻了几个身，嘴里叫了起来，"死小铁，笨小铁，回什么老家嘛，怎么还不回来啊，真是无聊死了……"他随手拿过杂志翻了几页，就丢到了床的另一头，取过平板电脑胡乱划了几下，又没了兴趣，最后还是拿起了手机，可他对着阿心的微信说了好几句话，阿心一点反应也没有。小峰狠狠地朝床靠板上踢了两脚，换上衣服，用力摔门出去了。

不管是读书还是结婚，都无聊至极，无聊至极！相比之下，和阿心、小铁出去流浪虽然苦点，但有意思多了，每天能见到新鲜的东西，想干啥就干啥，想去哪儿就去哪儿，还没有人管。阿心那家伙是烦人了点，老是妈妈说妈妈说，唐僧投胎似的，小铁是损了点，一张嘴皮子比刀子还狠……不过每次想到把孔布混蛋打倒的事，真是想一次就热血沸腾一次啊，自己是多么勇敢，多么厉害，多么像个超级英雄！当然了，丢脸的片段早就被小峰自动删除了。每次想到孔布被警察叔叔铐上手铐带走的样子，小峰就觉得自己简直神了，居然帮警察抓到了那么难抓的坏人！他奇怪学校怎么也不发个大奖杯给自己，警察局发也可以嘛，哼，真是小气极了！

没过多久他就来到了阿心家，敲了敲门却没见回应，小峰背着双手低着头郁闷地往小区外走去，走过树丛边时忽然听到有人在低声哭泣，仔细一听是阿心的声音。他偷偷拨开树丛一看，果然看到阿心蹲坐在树丛后抱着头哭。小峰本想吓他一跳，可一听阿心哭得挺伤心，他犹豫起来，最后还是偷偷摸摸地退了出去。小峰往外走了几十步，然后转过身来边走边叫："阿心，阿心，我是小峰啊，我无聊死了，快来陪我聊天！"阿心从树后走了出来，一边抹着脸，一边奇怪地问小峰怎么来了。小峰也没提发微信的事，开始信口开河，什么在家里好无聊啊，好想找个人说说话啊，等等。他看到阿心手里拿了个新手机，便一把抢了过来，上下看了几眼，开始夸起阿心妈妈来，说阿心妈妈是自己见过最好的妈妈，连说话的声音都特别好听，特别温柔。

"手机不是妈妈买的。"

"哟，长本事了，自己买的？"

"我爸买的。"

"什么？"小峰呆了半晌，"你有两个爸？"

两人表情各异，大眼瞪小眼地互相看着，忽然小峰的手机响了起来。小峰摸出手机，大声喊着让小铁快过来，打车费峰爷付。挂了电话，他更是直接在微信里给小铁发了个五十块钱的红包过去。听他喃喃地说小铁这家伙心情不好，在不住地抽鼻子，阿心便有些奇怪，皱起眉头认真思索起来。小峰朝他撇了撇嘴，哼哼道："你还真想把自己训练成柯南啊。"两人在小区门口等了会儿，小铁就赶到了。他一下车，就冲上来一把抱住了阿心，大哭道："阿心兄弟，我外婆死掉了。"阿心被他吓了一大跳，忙和小峰一起把他拖到小区的凉亭里。一放下小铁，小峰便累得趴在了石椅上。阿心不敢追问具体情况，只等小铁哭累了，把事情一点点说出来。

听完小铁的叙述，小峰却大大咧咧地说："很正常啊，年纪大了谁都要死的，我老爸的老爸早就挂了。"

"胡扯！那两个没良心的为什么不早点死？我外婆那么好，为什么要死得这么早？"

"你说谁胡扯？"小峰吃惊地瞪着小铁，他还从来没被人这样骂过，连肖信都要好声好气地和自己说话，小铁区区一个小弟居然敢骂自己。他正想骂回去，瞟见阿心使劲地在朝自己使眼色，小峰转念一想就坐了回去，腮帮子鼓得老高，气呼呼地侧过脸看着远处。

"呜呜呜，阿心，是不是我把外婆害死了啊？"

"怎么会，外婆是年龄大了，身体不好……"

"要是我不带花花出来的话，外婆一定不会死得这么早的！外婆一定是看不到我和花花，很难受，所以就难受得死掉了！是我害死了外婆！"小铁又放声大哭起来。

"别往自己身上扯，人老了都得死。"小峰憋不住又蹦了一句。

"那你外婆有没有死啊？为什么偏偏是我外婆死了……"

"嘿，峰爷我好心劝你，你倒反咬一口！"

阿心赶紧冲上去把他摁住了。小峰气鼓鼓地走了开去，绕了一个大圈又回来找了个远点的位置坐了下来。阿心见小铁没有再骂，小峰也还算配合，总算是松了口气。三人都坐了下来，各自低着头，一时没人说话。

没几分钟，小峰开始坐不住了，拿出手机玩起来。

阿心见小铁渐渐收住了哭声，便低声问："小铁，你爸妈呢？"

"别跟我提这两个混蛋！要不是他们非要去城里打工，外婆怎么会死得这么早？他们去了几年，回来过几次？后来干脆连钱也不寄回来了，他们就是想我们死掉了才好吧！外婆就是被他们害死的！老子这辈子都不会认他们了！等花花大一点，我就和花花说，她爹妈都死光了。"

阿心也不敢插嘴，过了好一会儿才低声说："我爸也不要我了……"

阿心说话的声音虽然很轻，但远远坐着的小峰却听到了，他一下跳起来，问："阿心你说什么？你爸不是刚给你买手机吗？怎么会不要你？这又不是青春偶像狗血剧，剧情那么扯？"

阿心红着眼眶把老爸拜托自己的事说了。

"你爸够可以的啊，房子已经到手了，还要用这招！我说他怎么转了性，关心起你了。这帮大人太无耻了！好好管我们会死啊？要是不想管，那就不要把我们生下来啊！我发现了，他们大人都是胆小鬼！他们不敢离婚，怕被人笑，怕分不到钱，怕再找个人难，怕自己生病了没人管会死在床上烂掉！我告诉你，阿心，你要是真帮你老爸，我就鄙视你一辈子，咱们连兄弟都没得做！"他本想再来几句狠的，可看到阿心泪流满面，便再也说不下去了。他在亭子里来回踱着步，嘴里念念有词，仿佛是在骂这些不负责任的大人，又仿佛是在想什么法子。过了会儿，小峰见两人还在抹眼泪，不由烦了起来，指着两人的鼻子骂他们没出息，一点点小事就哭成这样！

小铁反驳小峰说："就会说好听的，要是你爸妈不要你了，要是你家里也很穷，看你怎么办！"

小峰吼了起来："我现在还小啊，当然要他们养了，难道我养他们啊？等我大了就会自己养自己了，让他们一边去！"谁知他的话还没说完，就被小铁的嘲讽打断了："吹吧吹吧，你花钱那么大手大脚，整天拿着张刷不完的卡，还说什么自己赚钱，鬼才相信！有本事你一毛钱不带去流浪试试？"连续被小铁嘲讽的小峰这下是真坐不住了，他铁青着脸摸出那张让小铁垂涎三尺的卡，丢在地上狠狠地踩上去，连踩几脚后用力在卡上蹦了蹦……阿心和小铁都看呆了。直到小峰蹦累了，气呼呼地坐下来，小铁才上前仔细看看那张已经被折磨得不像样的卡，喃喃说："不会是真卡吧……天那！你真的把卡踩坏了，这可怎么用啊！"小铁尖叫起来，一把将卡拿了起来，用衣服去擦，可卡磨损得厉害，有个角都快掉下来了，卡号什么的就更是看不清了。小铁心疼地把卡拿在手上又是擦又是吹，连连说疯了疯了，一定是疯了！小峰嘿嘿地笑了起来，啪地用力一拍石桌子，大声说："你们也哭够了，峰爷我就郑重宣布一件事！"

小铁和阿心怔怔地看着他，不知道他要发什么神经。

"我家里那两个要离婚了！"

小铁低声嘀咕："离婚有什么了不起的，又不死人。"

"是没啥了不起，反正迟早都得离，他们离他们的，跟我没半毛钱关系，我要宣布的是另一件事。"小峰抱着双手站在石凳上，一脸严肃地望着远处，说道："这几天我想明白了，这个家一点意思都没有，所以我决定去外面闯一闯！"他扫了眼呆呆看着自己的阿心和小铁，抖着脚问他们有何想法。

"我……没听明白……"

"你闯就闯，把卡搞坏干什么？"小铁心疼地捧着卡，"就这么踩坏了，唉。"

"我在和你们说闯荡江湖的事！你们认真点好不好！"见小铁和阿心一点反应也没有，小峰恨不得把卡抢过来再狠狠踩上一遍，最好把小铁也摁在地上好好地踩上一遍才解恨。看他要暴发的样子，阿心马上配合地说："好好好，你说你说，我们听我们听。"看到听众们开始配合，小峰才略感满意，他恢复到昂头看着远方的姿态，双眉凝成了一团："峰爷我烦透了整天在学校刷题，那里的人个个都是机器人，每天解各种不同的题，也不想想有没有意思！以后科技发达了，每个学生脑子里都装个芯片，学校考什么，就把答案输进去，不管考什么全校都是满分。啪，一数，全年级四百个人里三百九十九个并列第一名，还有一个脑子系统故障考了零分，完美！校长和家长都乐开了花！哼！所以我决定了！我不能当机器人，我要去外面好好挣钱，让老爸能看得起我，还有唐青云，哼哼，到时看她还敢不敢小看我……"小峰嘿嘿地笑了起来，仿佛穿越到了十年以后，夕阳下仙女般的唐青云正深情地看着他，送上一个大大的拥抱……

等他回过味来时，发现阿心和小铁两人在一边低声说话，都没看自己一眼。小峰的怒火爆炸了，他一把从小铁手里抢过卡，使劲往远处一丢，吼道："让你们两个聊聊聊，老子不理你们了！"

只见小铁像只追飞盘的小狗似的冲出去捡卡。阿心则一把拉住小峰，问："小铁的外婆去世了，又找不到他爸妈，以后他和花花咋办啊？"

"哼，关我什么事！"小峰把这句话喊得整个小区都能听得到，接着他头一偏，问："你……你刚才说你爸不要你了，是真的？"见阿心默不作声，小峰长叹了口气，说："这群家伙都疯了！小铁，卡就送给你吧。那你们打算怎么办啊？"小铁喜出望外地把卡擦干净，小心地放进口袋里，耸了耸肩，说："还能咋办，大不了去要饭呗。"一听小铁这志气，小峰顿时耷拉下脸，他朝小铁吼道："你这家伙就没想过学点什么？"小铁嘟囔着说自己就想把饭吃饱。看到峰爷很伤心的样子，小铁立刻拍起马屁，问峰爷想学啥。小峰提起自己对改车有兴趣，想象着自己开着改装后的跑车在街上疾驰，那叫一个拉风啊！

"改车啊，真厉害！是不是很难的？"

小峰用嫌弃的眼光瞄了瞄小铁，心知也不能指望小铁这家伙能听懂，于是把目光落到了阿心的脸上。阿心迟疑地说："我答应过帮老爸的，妈妈说答应别人的事一定要做到……"听到阿心居然说出了更没志气的话，真是要把小峰给气个半死，他吼道："帮什么帮！你当他死了多好！他都不要你了，你还帮他，你真是病得不轻啊！我……我真恨不得一棍子把你打醒，大人离婚都是不要小孩子的……"

"我妈一定会要我的！"阿心抱着头坐了下来。

"阿姨那么好，当然要你，可你爸是什么东西，你帮他算怎么个意思，直接让他走！"

阿心抹了抹眼泪抬起头来说："那你们说怎么办？"

"让他走！"小峰和小铁一起喊了出来。

"好……好吧，那我不理他了。"

"耶！"小铁和小峰欢快地击了下掌，小峰拍拍阿心的肩膀，仿佛打赢了场战斗，斗志昂扬地说："我们出去闯闯吧，世界那么大，待在这里要么被学校的题烦死，要么被老爸老妈的破事烦死，有啥意思？你看，我老爸还要跟我抢唐青云呢。他那么老了，还有老婆，真不知道害臊！"

阿心红着双眼不置可否，小铁摸着口袋里的卡说峰哥去哪儿，自己就去哪儿，只要花花能继续住在小峰家就行。小峰见他们都没反对，顿时精神百倍地开始策划离家事项了。他在凉亭里踱步，喋喋不休地盘算着，大意是这次得有计划有目标，打工赚钱闯出一番事业来，要不然就永远不回家。另外，这次三人除了衣服袜子等必备用品外，每人只能带三百块钱，一定要在钱用完之前找到工作，只有这样才能逼出潜力！小峰斩钉截铁地说完，脑中又想象起自己辛苦创业，终于成为一代巨商，开着豪车回家，老爸心悦诚服，心甘情愿地把公司交给自己管理的画面，那画面特别美，他忍不住嘿嘿地笑了起来。

阿心和小铁都不知道他在笑啥，只看到他背着双手，摇头晃脑，得意至极。接着小峰回过神来，把事情一一做了安排，花花继续在他家里生活，会有人照顾她，他还可以给阿心和小铁每人三百块钱当启动资金，还要带上包，把衣服备足，再拿点常用药，等等。阿心和小铁还是第一次看到小峰把事情想得那么认真周到，一点也不像是会半途而废的样子，两人都有点吃惊。阿心担忧自己要是再去流浪，妈妈又该担心了，可见到小铁一副甘愿鞍前马后、赴汤蹈火的模样，觉得自己不去实在不够义气。小峰好像看出他在担心啥，挽着他的肩膀劝他，男子汉都是要出去闯荡闯荡的，要不然怎么做男子汉啊，天天缠着妈妈怎么行呢。听小峰这么说，似乎也蛮有道理的，阿心没想出啥反驳的理由来，想到可能会再见到青云姐和小白，阿心又有点激动，接着想到要是真赚到钱买了房，那就不用住出租房了，那也不错。阿心超级想再见到青云姐，再说说话，去海边散散步，除了妈妈，就是青云姐最亲了。但一想到妈妈会因为自己的离开而担心时，他又难过地垂下了头。当他渐渐说服自己应该待在家里好好陪妈妈时，小峰和小铁的话又在耳边响了起来，自己答应了的事可不能反悔啊，妈妈也一直说要做言而有信的人。再说了，留在家里的话，老爸一定还会再来找自己，自己答应他的事……

阿心垂头丧气地挪步回了家，却怎么也无法安静下来写作业了，有很多东西在他眼前飘来飘去，一会儿是小铁和小峰的笑声，一会儿是老爸干巴巴的假笑，一会儿是老妈甜甜的微笑，一会儿又是青云姐站在晚霞下的画面。他大叫着搓了搓脑袋，索性闭上眼靠在桌子上，可丝毫没有效果。这一整天阿心都是在迷糊中度过的，连午饭也没有好好吃，直到晚上睡觉时才慢慢下定决心。他摸出纸笔写了一封简短的信：

"老妈，对不起，我和小铁小峰决定出去打工赚钱。老妈你放心，我们这次有经验了，一定能照顾好自己，你不用担心，等我赚到钱，我们就买房子。"

14

整理好资料时已是凌晨，付东活动了下手脚，感觉浑身上下的关节都有些僵硬，这才想起徐冰蓝的嘱咐。她的原话是这样说的："你就算休息在家，肯定也是不会停下工作的。这次还好兄弟们给力，及时把你送到医院，要不然你就陈尸荒野了，那我就得去跟别人的队了，多麻烦啊。所以你啊，好好珍惜身体吧，我可是奉了阿姨的命要看着你的。"徐冰蓝说话永远是那么直接，不管对陈东鹏还是对自己。想到荒野里对付歹徒的险情时，付东确实心有余悸。他叹了口气，站起身来慢慢做着操，热了一会儿身后，感觉身体确实舒服了些。

窗外，街道异常清静，零星的行人就像投在地上的影子，无声地移动着，飞驰而过的汽车搅起一阵响动，瞬间喧哗后又迅速平静下来。随着他的目光往东边望去，发现有几个人聚集在那屋檐下，有人往这边走来，也有人提着袋子往远处走去。他忽然想起了什么，拿起手机看了看时间。

半个小时后，老妈起床了，她看到餐桌上放着豆浆和油条、包子时，开始埋怨付东怎么不再睡会儿，还把她的活给抢了。付东笑笑说："一大早就饿了，要不然可没那么积极"。

"胃感觉怎么样？"

付东一边盛豆浆一边说："已经好多了，最近保证天天吃早饭，平时吃饭也有规律了，包里还总是放着几块饼干。"

老妈在他对面坐了下来，喝了一口热乎乎的豆浆，颇为认真地看着他。

"说吧。"

"什么？"

"你心里那点事还瞒得过我？你忘了你老妈以前也是警察？"

"内勤一枝花。"

"谁敢说内勤不是警察？"

"好好好，我认错我认错……好吧，您不干刑警真是可惜了。"付东慢慢把包子咽了下去，表情变得认真起来，"妈，您说得真准，陵子确实是被陷害的。虽然案件还没有结束，但这事已经是确定了的，我正在准备材料，等机会成熟就报上去。"

"真的？！太好了！我就知道陵子这孩子不可能做那样的事。我看着你们三个从小一起长大的，太了解你们了，你们谁都不会做犯法的事。你要是真能帮陵子翻了案，老妈我晚上睡觉都能踏实一点。"

付东点点头。

"怎么？有困难？"

"总是会影响到一些人。"

"不用顾虑这些，你既然是刑警，就要担得起肩上的责任，你的肩上没有人情世故，只有国法如山。"

付东慢慢坐直了身子，看着表情严肃的老妈，只觉肃然起敬。

老妈拍了拍付东的手臂，笑着宽慰他说："别担心，就算你下岗了，老妈养你。"

"对了，妈，您还记得我们三个小时候的样子吧。我们一起去菜场买菜，然后到家里每人烧个菜，就是一桌了。"

"还烧糊过好几次，真是可惜了那菜啊。"

"今天不会了。"付东笑着说。

晚上的小聚会虽然人不多，但气氛热闹又融洽。付东的妈妈直接给了肖陵一个大大的拥抱，害得肖陵眼泪都下来了，还把陈东鹏给嫉妒得不行，于是哈哈大笑的付东妈妈也给了陈东鹏一个大大的拥抱，倒把陈东鹏弄得很不好意思。和以前一样，付东、陈东鹏和肖陵每人露了点手艺，徐冰蓝也帮了点小忙。大家落座后，这张小圆桌便挤得没有一丝缝隙。

唐青云是第一次来，付东的妈妈给了她一个最好的位置。

吃好饭后，大家围坐在一起一边喝茶一边合计。肖信那边虽然还不愿意配合警方，吴刀和陆焰也继续保持沉默，但由于唐青云提供的信息非常有用，所以案件本身的前因后果已经水落石出，不存在大的疑问。现在最大的问题是方银的失踪还有朵朵的下落不明，只要方银仍然在逃，朵朵一天没被救回，这个案件就无法结案。不过大家都认为，只要找到了方银，那救回朵朵就不成问题。肖陵说决定去寻找朵朵，当付东问他有什么计划时，肖陵只说了句："我答应过吴刀。"

第二天，肖陵就启程了。

当天傍晚，付东就得知了一条消息：三小又集体离家出走了。他在电话里听陈东鹏扯着嗓子骂人："这帮家长到底是不是亲生的？好不容易把孩子们救回来，他们又把孩子们给折腾出去了，我看他们也真没比人贩子强多少！"

在吴刀给肖陵的那个小袋里有朵朵的出生证明和一张照片。肖陵很快就找到了那幢山下小村的旧屋子，只是房门紧闭，无人居住，只有门前泥地上还留着干了的杂乱脚印。肖陵把周边十几户人家都转遍了，没获得有价值的消息。邻居们说的都一样：朵朵她爸把她带走后就再也没回来过，这家里就没人住了。肖陵也去了吴刀曾经工作过的企业，但那家企业已经搬迁，只留下了个空空的破厂房。肖陵返回吴刀的家中，撬门而入。吴刀家中破败脏乱，一副衰败的景象。肖陵仔细研究朵朵的照片，想找出这照片是在哪个房间拍的，可几个房间转遍却一无所获，不仅找不到相似的房间，也没有找到符合照片背景中群山的场景。这说明照片有可能是在吴刀杀人后落脚的地方拍的，只是单凭一张背景中露出远山的照片，要找到房屋的位置可没那么容易。线索就在手上却无法破解，这让肖陵很难受。他站在阳台上，望着远处的群山，想象着吴刀失手杀死了妻子，匆忙地收拾东西，带着朵朵往外逃蹿，这个过程很惊慌很匆忙，也带着几分悲凉，吴刀或许看了一眼挂在墙上的老人的照片，顺着门外的村间道路去找生意上的伙伴，也许是想借点钱，也许是想托付女儿，最终有人收留了他，并给朵朵拍了这张照片，被吴刀带在了身上。

肖陵看看远处的群山，再看看照片，忽然意识到了什么。他在阳台上四处张望，口中念念有词，还拿出手机打开地图查看起来。没多久，他转身出屋，发动车子沿着山边大路开去。他一边前行一边观察山和附近的农屋并和照片比对，路上遇到本地人就仔细地询问。就这样兜兜转转地开了好长一段路，几乎花了一天的时间，渐渐地这山的形状变得有点像照片里的模样了，只是距离仍然对不上。照片里的屋子离山脚比较远，而路边的这些屋子却就在山脚下，肖陵便把目光落到了前面那个村子的一大片房屋上，可要在那么一大片房子中找到目标仍是很难的事，即使从望远镜中一间间看过去，都是项颇为费力的工作。让他欣慰的是，他站在那片房子的角度望着这边的山势，发现和照片上山的背景很像。他继续一路观察辨别，一路问当地人，有人说照片中的山就是这一片山，还给他指了指路。有所收获的肖陵把情况发给了唐青云，然后振奋精神，继续寻找。

没多久，他来到一大片农居前。这片农居小村落依着小山坡而建，高低起伏不太规律，但肖陵反复估算，距离确实符合照片里的情况，站在村落前往群山这边看时，又完全符合照片上的模样，只是这么多房子，总不能一家家找吧。肖陵用望远镜从一排排屋子上掠过，可转了几圈也找不出它们的区别来，看着哪间都有可能是，远看着那些挂在阳台上的各色衣物和比较雷同的房屋风格，肖陵觉得眼睛都要花了。

阳台？！

没错，照片里朵朵的身后只有一扇窗，外面就是群山，也就是说房间的窗口正对着山，并没有阳台，并且从窗外的景物来看，朵朵待的房间不在一楼。这意味着阳台正对着山的房间都不是目标！肖陵兴奋地收起手机，开车缓缓前行。远远看去，农居大多朝南而建，阳台也自然朝向南面，而且农居的阳台大多是连通走廊的，因此另类的窗口就很容易找到。肖陵发现了五幢可能的目标，远远地观察之后肖陵发现其中一幢楼似乎最符合照片里的情况。

这座三层农居房大门敞开着，楼侧用竹条圈着一个鸡窝，里面偶尔传出鸡叫声，门口的水泥地打扫得干干净净，看不到车轮的印痕，水龙头下还堆着一盆蔬菜，似乎是主人打算用来做晚餐的，看天色，也确实已近黄昏。肖陵在路边停下车，打开水壶喝了口水，借机四周打量了下，接着走下车来朝屋子里喊："有人吗？有人在吗？能要点热水吗？"肖陵想了三个方法，能保证自己至少可以进屋看个大概，但他喊了几声却没人回应，这倒让他有点意外。肖陵又喊了两声，确定三楼有人也能听到，却还是没人回应。肖陵转头望着山的方向，越看越觉得这房子就是朵朵拍照片的地方。他往里走去，客厅静悄悄的不见人影。楼梯就在眼前，而屋里完全没有人在的迹象。肖陵当即做了决定，以最快的速度冲上二楼。二楼的房门都开着，一个人也看不到。肖陵快步冲上了三楼，越过三楼楼梯口子上一道铁门后，看到三楼只有两个房间和一个露台，通往露台的铁门被锁着，一个房间的门敞开着，里面似乎放着些破家具和杂物，另一个房间门半掩着，肖陵伸手便推开了房门。

有个女孩正坐在屋子中间的椅子上，听到声音便转过头来。

朵朵？！

尽管朵朵穿的并不是照片上的衣服，脸上也比照片里多了些肉，看起来圆嘟嘟的，但对于肖陵来说，她的五官就像刻在脑海中一般，尤其那双大大的似乎随时能和别人说话的眼睛更让肖陵确定这绝对是朵朵无疑。想到马上能带朵朵回家见吴刀，肖陵抑制不住激动，问道："朵朵，你是朵朵吗？"小女孩坐在转轮椅上，抱着个很新的芭比娃娃，抬头看着肖陵，一双大眼睛眨也不眨，既不点头也不摇头，直到肖陵把照片放到她面前时，她的眼神才有了些变化。

"我是肖叔叔，是你爸爸的朋友。你爸爸特别想你，让我来找你。"肖陵蹲下身来，和颜悦色地解释给小女孩听。

小女孩没有说话。

"你爸爸身体不好，所以就让我来找你啦。叔叔可以带你去找他，你看我还带着你爸爸给的照片呢。"肖陵尽量用喜悦的口吻把话说完，似乎自己是圣诞老人，道完祝福后孩子们就能得到礼物似的。然而朵朵并没有表现出多大的兴趣，这个叫"爸爸的消息"的礼物看起来还不如她怀里抱着的芭比娃娃来得更讨她喜爱。这让肖陵始料未及，为了让朵朵相信自己，肖陵不得不思考对策。他觉得可能是自己没有解释清楚吴刀的情况，所以朵朵心里生气爸爸为什么没亲自来接。于是他继续向朵朵解释，说："你爸爸要是病好了，一定马上来找你了，这里不太安全，可能会有坏人，和叔叔去爸爸那里吧。"

谁知道小女孩的目光反而落到了肖陵的身后。

肖陵一怔，意识到有人来到了自己身后，他猛然转身，发现一个男人正站在门口，微笑地看着自己。这个穿着淡蓝色修身西服和黑色亚光皮鞋的男人留着一个自然清爽的发型，简单干净得如同十几岁的学生。他抱起了朵朵。于是肖陵看到了他手腕上戴着的表，印象中所有的手表品牌都迅速在他脑中闪过一遍，可没能辨别出这是什么表。朴素的机械表面用一根黑色的皮质表带系在手上，似乎并不是什么名贵之物，但却很符合他的气质。

那男人抱着朵朵，微笑着说："朵朵，今天过得好不好呀？喜不喜欢方叔叔给你买的芭比娃娃呀？"

朵朵淡漠的态度发生了变化，即使她还是不说话，但肖陵能切实感受到朵朵对芭比娃娃的热情和对方叔叔的信任。方叔叔？难道是……这个情况来得太突然，肖陵的脑中瞬间想到：他就是方银！方银为什么要讨好朵朵？几乎瞬间，肖陵就找到了答案：吴刀掌握着方银犯事的证据，如果朵朵回到吴刀身边，吴刀就未必会对警方守口如瓶了！可方银明明在这里，为什么刚才自己喊时却没有一个人出来回应？

"哇哦，朵朵挑的衣服真好看！"

肖陵吃惊地看着方银像是抱女儿般抱着朵朵，这带给他的震惊更甚于吴刀对他的哭诉。他突然意识到方银是想把自己引诱进这幢楼里来，所以方才自己喊人时他不回应。方银就像围棋高手，对手的所有变化都在他的预料之中，对手的每一步都会踏入他的陷阱！肖陵心中暗暗发寒，他宽慰自己，这案件最重要的两个人都出现在了自己眼前，这是好事。肖陵暗中保持着戒备，方银如此深谋远虑，那他既然敢于现身，自然是不惧怕面对自己，何况朵朵也在这里，就更不能有闪失了。

方银笑嘻嘻地和朵朵说了会儿话，又陪朵朵给芭比娃娃换了衣服，仿佛肖陵完全不存在似的。朵朵一直没有说话，但她没有抗拒方银，还拿了一套娃娃衣服给方银用。直到朵朵完全沉醉在给芭比娃娃换衣服的游戏里时，方银才坐了下来，轻轻弹了弹裤脚上的灰尘，问："你是哪位？"

"我等了两年多，好不容易才见到你，你就打算装傻？"

方银抬起头来，错愕地看着他。

"让我来说一些你的丰功伟绩吧。你和吴刀通过做生意认识，吴刀杀妻后带着朵朵来投奔你，你就让他监视小峰，并在合适的时候绑架小峰，同时你控制着朵朵让吴刀听命。你花钱让陆焰来陷害我，让我背上了个行贿的罪名，把我赶出信陵集团，送我进了监狱。另外，你指挥着手下处处针对信陵集团，拖延工地进度、混入假冒伪劣产品，暗中收购信陵集团的股份，你是想搞垮肖信，然后鲸吞信陵集团是吧？"

方银微笑着说："你们警察办案都是凭想象的吗？"

肖陵冷笑一声，"两年多前，我脱下警服去信陵集团，现在来看这确实是个错误的决定，肖信应该是察觉到了什么，所以才会希望我去帮他。不过，你怎么知道我是警察？你忽然又认识我了？"

方银的微笑消失了，肖陵没能捕捉到他脸上任何的微小信息，剩下的只是一张毫无表情的脸。

两人对视着。肖陵的冷笑里带着蔑视，而方银那没有表情的脸却渐渐变得冰冷。片刻间，屋内只有朵朵给芭比娃娃换衣服时发出的沙沙声。

"好吧，肖陵，你怎么找到这里的，没人知道这里。"

肖陵冷笑道："我一直相信天网恢恢，只要做了坏事，迟早会受到惩罚。"他把朵朵的照片拿到方银面前，让他能看到。

"只凭一张照片就能找到这里，肖陵，你真是名不虚传。"

"我看厉害的是你，你好像知道我会找来，所以不动声色地把我引到了三楼。"

"既然互相都那么了解，那就好办了。你既然来了，我就不能再让你走，你就陪陪朵朵吧，为了朵朵的安全，我想你应该不会冒险做些不该做的事吧。"楼梯处传来杂乱的脚步声，两个大汉冲上楼来堵在门口，抱着双臂怒视着肖陵。这两个大汉人高马大，手脚粗壮，在门口这么一站就像两个门神一样完全把门堵了起来。肖陵一言不发地往朵朵那边靠了一步，挡在了朵朵和方银之间。

两条大汉怒瞪着肖陵，其中一人问："老板……"

方银低声和两个大汉说了几句话，便走下楼去。两位大汉走上前来，一人走到朵朵身边，另一人走到肖陵身边，示意他把身上所有的东西都交出来。肖陵不得不从，他把手机关机，并把身上带着的钥匙、钱包等所有东西都掏了出来，递了过去。那个大汉在他身上一通乱摸后，低声提醒他不要搞事情。肖陵笑着点了点头。尽管被困，但找到了朵朵，还可以亲自保证朵朵的安全，这对于肖陵来说，是巨大的收获。他拉过一张椅子陪朵朵坐着，看着她异常认真地给芭比娃娃换衣服。

两条大汉离开了房间，并把三楼楼梯口的铁门牢牢地锁上了。

没过多久，楼梯口又传来脚步声，一个大汉走上楼来，把几碗饭菜放到铁门里面的地面上。朵朵的注意力顿时被吸引了过来，她盯着香气诱人的红烧肉，仿佛已经想好先朝哪块下手了，可又担心眼前这个比自己高好多的男人会抢，所以偷偷瞟着他。肖陵看出了她那双大眼睛里的担忧，哈哈大笑着把她抱到椅子上坐着，端来饭菜放到她面前，又把一双筷子塞到她手上。朵朵对着一大碗饭和三个菜，还是不动手，只是看着肖陵。肖陵不禁奇怪是什么原因。那大汉喊了句："你坐远点，这孩子怕生，让她先吃。"于是，肖陵坐到了远离桌子的一个墙壁破洞边上，那破洞大小像是一扇门，似乎房东原本打算在这里开个楼梯好直接下到一楼去，后来又因故没做，所以就用横七竖八的木板条封了起来。看到肖陵离远了后，朵朵果然马上开动起来，一边吃一边目光还往肖陵这边扫过来。

肖陵没有行动的打算，他可不敢冒险带朵朵逃走，况且朵朵也未必会配合自己，这孩子现在肯定更信任方银。他决定静下心来，想出个既能保证朵朵安全，又能离开这里的两全的办法来。他仔细检查了铁门锁，那是把挺大号的铁锁，就算有铁锤都未必能砸开它，铁门与墙的连接处也一样牢不可破，肖陵不得不寻找其他办法。

楼下的声音偶尔会传上来，男人们在打牌聊天。

朵朵表现得对外界的一切都漠不关心，可肖陵能感觉到她实际上一直在关注着自己，无论是自己在检查门锁时，还是在另一个房间审视杂物堆时，朵朵都会时不时地走过来转一下，虽然她什么也不问，什么也不说，可她看肖陵的眼神却非常认真，好像担心肖陵会偷走什么东西似的。最后肖陵什么收获也没有，他有点失望，朵朵却松了口气似的偷偷白了肖陵一眼，回到了床边。肖陵不死心，他把露台，包括楼房的外侧都看了个仔细，露台下面划出了块地养鸡，如果是自己一个人，跳下去也问题不大，但凡事都要考虑朵朵，难度就大了很多，他可不想伤了朵朵。肖陵回到房间里，坐在床上看朵朵玩芭比娃娃，他发现女孩子真是太爱芭比娃娃了，给娃娃换衣服也能玩上半天。谁知他刚坐下，朵朵就回过头来看着他，好像肖陵踩到她的尾巴了一样。肖陵见她表情不太友善，估摸着朵朵不喜欢自己坐在她的床上，于是马上坐到了沙发上。见他走开，朵朵果然又专心地玩娃娃起来。

肖陵松了口气，他可不想惹恼这位小公主。肖陵盘算着想和朵朵聊天，却怎么也忘不了照片上朵朵的神情，面对这个一言不发，又时时刻刻谨慎紧张的小女孩，他担忧假如留恋红烧肉和娃娃的话，朵朵会不愿意离开这里。肖陵叹了口气，走到墙边检查起那扇被木板封上的"门"来，"门"上钉了一些横七竖八的薄木板，把破口子给封上了，可阳光和风雨还可以透过木板的间隙误闯进来，让肖陵觉得这里是唯一能和外界沟通的出口。

天色渐渐黯淡下来，楼梯处又传来送餐的声音。晚餐颇为丰富，除了红烧肉，还有莴苣炒蛋。每块肉上都闪耀着诱人的油光。和中午一样，朵朵依旧吃得很欢，她完全不介意肥肉的油腻，大口大口连皮带肉地塞下肚去。肖陵没见哪个孩子这样喜欢吃肥肉的。朵朵有时会瞟肖陵一眼，似乎在提醒远远坐着的肖陵不要抢她的红烧肉吃。很快地，盘中便只剩下最后一块红烧肉了。

肖陵看到朵朵又用警惕的眼神看看自己，笑着说："朵朵，想和叔叔去找爸爸吗？"

就在肖陵猜想她会怎么回答时，朵朵一把夹过最后的红烧肉塞进了嘴里。

或许是一直在想什么，让这个夜晚显得异常简短，当那些木板的缝隙处透露进来数道阴暗的光线时，肖陵才惊讶地发现清晨已经到来。郊区农家特有的悠闲与清爽混入微凉的晨风中，从缝隙中缓缓流淌进来，溢满整个房间。坐在单人沙发上的肖陵耸了耸肩，活动了下有些僵硬的双腿，这才感到些许寒意。他抬头看了眼睡在床上的朵朵，半条薄被斜斜地盖在她身上，一个被角已经垂到了地上，肖陵轻手轻脚地上前把被子给拉了拉正，并特地把被子的边角好好捂了捂，避免留着空隙。

明明一整晚都在思考什么，可当肖陵从沉思中挣脱时，却又觉得什么想法也留下，这一整夜的思考仿佛只是为了让自己能更好地度过冷清的夜晚而开启的游戏，简单、纷乱、天马行空，却又只适合自己玩。他有时会想起以前父母都在时的那个小家，脑中也会浮现出秦瑜的面孔，有时又会突然换成唐青云的影像，但到最后，他仍然会想到现状，想到难以和朵朵交流，肖陵不禁怀念起小峰那叽叽喳喳、自以为是的模样来，要是这个家伙在的话，一定不会无聊。朵朵的性格是另一种极端，沉默寡言，甚至带着根深蒂固的孤僻，眼神中透露着隐藏很深的怀疑和不信任，让别人都不敢靠她太近，似乎生怕蜷缩着的她像只被激怒的猫一样迅速伸出利爪来，狠狠地抓别人几道血痕。但一想到吴刀在山顶说的那些话，肖陵的心情就特别沉重，小峰或许是因为家里的气氛不祥和才离家出走，那么朵朵呢？和朵朵相比，小峰这点不祥和又算得了什么？朵朵的吃穿都无法保证，连个属于自己的娃娃都没有，城里的父母们热衷于讨论的那些培养孩子的方法，普通孩子都能享有的各种衣鞋、美食，对于朵朵来说简直就是天方夜谭。父亲长期不在身边，而母亲又完全不负责任，长期生活在这样的状态下，还能指望一个孩子有多阳光、多善于交流吗？

肖陵慢慢把不快收敛起来，可心里还是隐隐有些难受。

楼下传来一声锅铲相击的声音，带着点破碎杂音拖刮的音调，仿佛哪个胡同里传出来的某种乡间乐曲。昨晚吃得太少，肖陵这时条件反射般突然觉得饿了。谁知他还没转身，朵朵就从床上坐了起来，奇快无比地拖上鞋子就冲到卫生间里洗漱。听到哗哗的放水声，肖陵不禁暗暗好笑这孩子真是个吃货，睡得好好的一听到有东西吃，立马就醒了。

"朵朵，要用牙膏好好刷牙哦，否则嘴巴里的小虫虫会来咬你的牙齿，把牙齿咬坏的。"

"咣"的一声响。看来是脸盆什么的掉到了地上，伴着水泼出来的声音，卫生间的瓷砖肯定被弄得一塌糊涂了。肖陵摇了摇头，正想提醒朵朵小心地上滑，突然又听到"嘭"的一声响，接着朵朵"哇"的一声叫了出来。肖陵冲进卫生间，看到朵朵摔倒在地上爬不起来，忙上前把朵朵抱起，连连说："不要紧不要紧，哪里痛？叔叔看下，擦点药就好了。"朵朵倒也不哭，只把撞伤的肘部抬了抬，肘部破皮见了血。肖陵把朵朵放到床上，低声问她其他地方有没有磕到？朵朵面无表情地摇了摇头。

肖陵跑到楼梯口处问楼下的人要来了红药水、棉签和创可贴，迅速给朵朵处理好了伤口，笑着说："没事，等好了连疤都不会有。"

"哼！"朵朵鼻孔里喷出个字，甩了甩手臂，若无其事地又去玩娃娃了。

吃过晚饭后，朵朵玩累了娃娃便开始睡觉，可不知什么缘故，朵朵在床上翻来覆去地过了一个小时都没睡着。肖陵听到床上老是有窸窸窣窣的声音，就像老鼠在偷东西。肖陵估计朵朵躲在被子里玩娃娃，就说晚上不睡觉的话以后会长不高的。他一说话，被子里的声音就停止了，好像朵朵瞬间睡着了一般，可过一会儿那声音就又来了。肖陵心想得哄朵朵睡觉才行，他就回想自己小时候是怎么被哄睡觉的。两兄弟小时候都爱听妈妈讲故事，自己最喜欢听的是童话故事，什么稻草人、铁皮人，什么环绕地球的大蛇啊，什么手持铁锤的雷神，还有偷火种的神，等等。自己还会不停地问妈妈问题，那大蛇有多长呢？那它吃什么才会不饿呢，它为什么要绕着地球呢……直到把妈妈问得无法招架才肯罢休。后来等肖信长大些了，妈妈就让肖信读神话故事，大哥翻遍书本想去找肖陵那些刁钻问题的答案，可往往一无所获。

朵朵静了下来，似乎在奇怪为什么肖陵突然笑出声来，可她的好奇心只出现了一瞬，见肖陵没动静，就又开始学起老鼠来。

"朵朵，叔叔讲故事给你听好不好？叔叔知道好多有趣的故事，想不想听？"

朵朵顿时又没了声音，也没有回答肖陵的话。两人在寂静中沉默了会儿，肖陵又问朵朵喜欢听什么故事，要不要听花仙子的故事。朵朵还是没有回答，肖陵也不管朵朵爱不爱听，把花仙子的故事在脑中重新编排了一遍，就开始讲起来。一开始肖陵还有些结巴，觉得自己像第一天上班的幼儿园老师，要是讲错了，那得多尴尬。不过两分钟讲下来，肖陵已经能说得很流畅了。躲在被窝里的朵朵再也没发出玩娃娃的声音，一直沉默着，好像在仔细听。这下子肖陵更有干劲了，他把自己所知的有关花仙子的故事七拼八凑地组合在了一起，再靠想象力加了些新桥段，讲了二十几分钟才讲完。虽然讲得乱七八糟，牛头不对马嘴，可朵朵听得津津有味，一点也没找肖陵的毛病，这真是让他暗暗吁了口气。他看看朵朵坐在被子里的模样，身子仍然竖着，便试探着问："朵朵是不是还想听故事啊？"果然被窝中的小脑袋点了点，被子也就跟着晃了起来。

于是肖陵不得不从花仙子的世界中跳出来，开始讲自己最熟悉也最擅长的神话故事。这可是肖陵的强项，他小时候不但看过好多书，还把各种神话故事中的人物都抄写下来，整理过各位神之间的关系图。当然了，肖陵最热衷的是给这些神的战斗力进行排名，看到底谁才是最强的神。所以这些神话故事在肖陵的记忆中可以说是栩栩如生，如刀刻斧砍般清晰。肖陵讲起这些故事，可比讲花仙子轻松自如多了。虽然朵朵还是一言不发，但显然被那些神话吸引住了。肖陵卖力地讲着，尽可能地把故事讲得生动有趣，尽可能引起朵朵的兴趣，为此他不惜添油加醋把故事讲成了单口相声，尤其讲到故事的精彩处，连他自己都被感染了，闭着眼睛坐在沙发上手舞足蹈，疯了一般，把这半旧的布沙发搞得吱吱作响。

肖陵听到"咯咯"的低笑声，他睁开双眼一看，发现朵朵的头露出在被窝外正看着自己。朵朵见到肖陵睁开双眼来，又猛地钻进被窝去。就在那一瞬间，暗暗的光线中，肖陵看到了朵朵的笑容。他满怀信心地继续讲故事，从希腊神话故事又讲到了复仇者联盟，讲到雷神索尔的故事。由于刚看过电影，所以肖陵真是把这段讲得淋漓尽致，不仅讲到武器和穿着的细节，还讲到了他们之间的感情纠葛，尤其讲到索尔的妈妈被反派杀死时，肖陵甚至觉得自己可以和马特达蒙去演话剧了。

躲在被窝里的朵朵却听得很认真，在肖陵停顿的时候，她破天荒地开口说："妈妈流血了。"

"当然会流血了，这一剑刺得很深……"

猛地，肖陵想起朵朵说的并不是电影中雷神的母亲被反派杀死的情节，而是现实发生在她面前的妈妈被杀的惨相时，肖陵只觉脑中轰的一声巨响，自己居然忘了朵朵家发生的惨剧，而且很有可能朵朵看到了这一幕！肖陵真想狠狠打自己一记耳光，他呆呆地看着那个隆起在被窝中的朵朵，怔怔地不知该怎么办才好。过了好一会，他才说："朵朵，今天就讲到这里，朵朵该睡啦。你乖乖睡觉的话，我们明天再讲其他的故事，好不好？"朵朵很听话地躺了下去。肖陵长长吁了口气，这才感到背后凉凉的竟然出了一身冷汗。原本和朵朵沟通得挺不错，现在这么一来可能前功尽弃了。朵朵小小的呼噜声在肖陵自责懊悔的情绪中渐渐蔓延开来，她睡得很熟，没有心情受影响的样子，这给了肖陵一些宽慰。他上前给朵朵压了压被子，在沙发上怔怔地坐了会儿，耳边却听到一句话。

"这孩子吃了很多苦。"

肖陵好不容易平静下来的心顿时又烦躁起来。他缓缓张开双眼，清凉的夜色显得更为深邃也更清澈一些，他仿佛可以看到无数细小微尘充满空间，在从木板缝隙中透进来的暗光里游荡。

"朵朵不会离开这里，离开这里就等于失去了红烧肉、芭比娃娃，失去了没有打骂、无忧无虑的生活。好不容易跳出坑，怎么会再跳回去？人都有向光性，在黑暗里，人都会向着光明走。"

"所以你利用她要挟吴刀？"

"交易而已。朵朵的父母没能带给她良好的环境，朵朵在这里至少吃饱穿暖，也没人打她。你要是看到朵朵身上的伤疤，你会理解的。"

虽然肖陵暗暗心惊，表面却异常镇定地说："方银，你还没看清楚自己的处境。"

方银沉默了一会儿，最后用一声咳嗽打破了寂静："相反，我很清楚自己的处境，想来付东队长已经找到足够的罪证了。"

"明明知道，还要顽抗到底？你是真觉得警察找不到你？"

"我没想那些，我只是想把该做的事做完。"

"警方已经掌握你足够多的犯罪证据，逮捕你是迟早的事。无论你做什么决定，该你还的债，你一分一毫都欠不了。"

方银笑了起来，他靠在铁门上，说："你说的我都清楚，这不难理解，我也相信付队的能力。虽然我一开始想把和肖信的战争保持在商战的范围内，但是信陵集团那么强大，如果不用点特殊的方法，真是很难对抗他。"

"商战？你是不是说得太轻描淡写了，陷害我入狱是商战？雇佣杀人犯劫持孩子也是商战？还有陆焰儿子的事。"

"我承认有愧于你，也承认想利用小峰来增加自己面对肖信时的话语权，你知道你大哥可不是个什么善良之人，不过我绝对不会伤害小峰，至于陆焰的儿子自杀这事确实是意外，谁也不会想到的。"

"我大哥到底怎么你了，你要这样恨他？"

"我害你入狱，你恨不得把我大卸八块，因为你觉得自己是无辜的。在我最开始和肖信做生意的那段时间，肖信设下陷阱把我害得倾家荡产，名誉扫地，几乎要跳河，可他连一句抱歉都没有说，那时，我也是无辜的。你大哥在外面的名声，你总应该听过吧，他对那些潜在的对手下手有多狠。"

肖陵沉默。

"我知道自己迟早要进去，但要我放弃对肖信的报仇，我实在无法做到。有时我甚至觉得，让这样的人获得巨大的成功，简直是无比的讽刺。"

"仇恨会毁了你的。"

"没错，但如果没有这股仇恨来支撑我，我可能早就不在这个世界上了。人总要依靠着什么才能不变成行尸走肉，如果实在没有什么能支撑你，那么仇恨也可以。"

"无论你们之间有什么过节，陆焰的儿子、小峰，还有朵朵，他们都是孩子，是无辜的，再怎么样都不该把他们牵扯进来！让我把朵朵带走吧，大人的事不要连累到孩子，让朵朵到她爸爸那儿去，有个好的开始。"

"你恰恰说反了。绝大多数时候，大人的所作所为都牵扯到孩子，大人甚至决定着孩子的命运。想想小峰吧，他现在是不是就和你大哥很像，他长大了会不会和你大哥一样嚣张狠毒？你再想想朵朵，她长大后会不会对所有人都怀着敌意，会不会在她的孩子身上也留下一道道伤痕？但即使这样，朵朵能有什么错呢？她的妈妈在她小时候能带给她的只有痛苦，而吴刀能带给她的，是贫乏的物质生活和那血腥可怕的一幕。但我同时也能理解吴刀和他的妻子，他们在贫困中挣扎，天天看着马路上无数的豪车来往，自己却连打个的也要考虑一番……"

"想要生活富足，得努力……"

"这就是你们这些人的论调，好像那些穷人都没有努力过一样，好像他们的贫穷百分百是他们自己的责任一样。我从一个小销售商做到区域代理，然后自己出来开公司，就在为能和信陵集团这样的大公司做生意而感到高兴的时候，肖信的一句话就把我直接打到尘埃里，让我十年的努力化为乌有。肖陵，你是个优秀的警察，就算你进了监狱，就算把你丢到无尽的黑暗中，你内心的正义感仍然不会泯灭，所以有些事就算你能理解，也无法体会。对于你大哥来说，合同代表着相应的利益，当其他什么超越了利益时，合同上的责任只是一纸空谈。违反合同对他来讲只是一点小损失，也许还及不上他送给情人的礼物，但对于我来说，那是十年努力的结果。"

"你这是在为自己辩白吗？"

方银摇了摇头，说："我只是希望能有人理解我，不认为我是个疯子。"

"去自首吧，那对你来说是最好的选择。"

"谢谢你的好意，等我把事情都完成后，我会考虑你的建议。"

"放了朵朵，把她送到警察局去，我在这里陪你。"

方银笑了笑，似乎是在取笑肖陵简单的思维："肖陵，我知道你和肖信完全不同，所以我才不希望你去帮他，我不想与你为敌，那会让我感觉自己做错了。事实上，我们两个想的才比较接近，只不过我是那个走在黑暗小径中的你……这两天朵朵就麻烦你照顾了。"他对肖陵点了点头，往楼下走去。

等到心中的怒气渐渐消去，肖陵轻轻捋起朵朵的裤脚，借着月色看到朵朵的腿上果然有不少伤疤。膝盖上因撞击留下的伤口、小腿骨上受伤恢复后留下的伤痕、小腿肚上的淡紫色伤痕，在清冷黯淡的夜色中更显触目惊心。肖陵想告诉自己，这些伤痕都是朵朵不小心摔跤造成的，只是方银的话和朵朵的哼声就在耳边，仿佛在嘲笑肖陵的自欺欺人。

15

坐上车的小峰状态很不一样，阿心一开始不知道是什么原因，后来趁小峰打瞌睡的时候，小铁才把原因说了出来。小铁穿着胸口有个大大标志的运动外套，脚上蹬着一双漂亮的板鞋，加上最近吃得好睡得好，整个人都胖了一圈，关键还能天天洗澡，所以和阿心刚认识他时相比，白了不止一圈。但他似乎不太开心，在解释了小峰的爸爸警告小峰不要再去骚扰唐青云的情节后，他委屈地和阿心说："住在家里多好啊，为什么还要出来折腾呢。"阿心也说不出来，他觉得自己多少还是有点想出来的，不管是为了赚钱，还是为了再见到唐青云。

让阿心颇有些意外的是，小峰这个患有"一坐大车就上吐下泻症"的家伙这次居然啥事也没有。习惯对可疑事情刨根问底的阿心顿时来了兴趣，他一直盯着小峰看，似乎在看小峰啥时候才会吐出来。可惜不知是天气好还是司机技术好的缘故，小峰的状态相当不错，在小睡一会儿后，他开始折腾起来了。他就像刚从水里捞起的鱼一样异常鲜活地蹦跶着，没有半点异样。他没有折腾小铁，而是从背包中拿出一大沓资料，认真地翻看起来。阿心凑上前去看，发现小峰看的都是些旅游资料。至于小铁，离小峰家舒适的床越远，整个人就越像一摊烂泥。

"旅游呀？"

"乱讲，我都说了，我们是出来创业！创业的！你听见没有！不是游山玩水的！"小峰瞪了阿心一眼，转头又瞪了一眼在旁装死的小铁，似乎恨不得把"打工创业"四个字刻在这两个家伙脸上才甘心。阿心就问他去哪儿打工，小峰说："海边呗，那里旅游的人多，机会大着呢，随便卖卖贝壳都能赚不少钱。"听他的意思，好像沙滩上有无数漂亮的贝壳躺在那儿等他来拾一样。他继续翻看第二份资料，阿心拿过第一份来看，两人流水线般翻看着旅游介绍、地图等资料，只有小铁半点也不感兴趣。

三人又换了两趟车，最后在离海边不远的地方下了车。看着小峰从耳后取出块小创可贴般的东西，得意地甩到垃圾桶里时，阿心才知道小峰坐大车不吐的原因，是因为贴了晕车贴，不由感叹果然一切事都是有道理的。

"真是太爽了！"小铁突然像是酒醒了一般，大叫着冲向海边，直接在沙滩上打起滚来。阿心也脱了鞋，屁颠屁颠踩起了沙子，小峰却双手插在裤袋里，施施然地跟在后面，完全不像上次见到大海时那般激动。小铁在沙滩上发疯似的滚来滚去，也不管衣服裤子上都沾了沙子，阿心用脚在沙滩上写字，可写得乱七八糟，连他自己都不知道是啥字。小铁滚过来，把字全搞乱了，阿心就用脚去踩他。两人玩了一阵，发现小峰闷闷不乐地站在一边呆呆地看着海，小铁朝阿心使了个眼色，阿心心领神会，两人边打闹边向小峰靠去，小峰不耐烦地要把小铁推开，阿心和小铁早把他一起抱住，三人尖叫着一起摔倒在沙滩上。小铁旁若无人地狂叫着，死命拉住小峰，不让他爬起来，小峰拼命想挣脱，可还有阿心帮着小铁，三人在沙滩上滚来滚去，谁也站不起来，黄沙飞扬让路人都远远地避了开去。

最后三人并排躺在沙滩上，累得一动也动不了。海水一次又一次冲上沙滩，浸润着他们的大腿，三小闭上眼睛躺着，感受着身下沙子缓缓流去，仿佛整个人都在渐渐随着流沙淌到大海里去。

"真是太漂亮了……"阿心看着远处太阳渐渐落下，霞光映满了海面和天空。

"爽死了，原来海边那么好玩，早知道上次就要好好玩。"小铁惬意地闭着眼睛，双手把身边的沙子往身上堆，慢慢地把肚子埋进了沙里。

"哼，两个土包子……"

"我去，说起包子，我肚子饿了！"小铁胸口的沙子已经堆得像个大包子。

"嘿，猪！"

阿心摸出手机拍起照来，还把三人一起躺在沙滩上的样子也拍了进去。

"喂喂喂，别拍我啊，我可不想被人笑是傻子。"小峰赶紧捂住脸，却忘了手上全是沙子，一捂脸，沙子就全落到了嘴里，又呸呸呸地把沙子从嘴里吐出来，阿心哈哈大笑着趁机拍了好多照片。小峰虽然嘴上说不拍，但也忍不住拿出手机拍起照来，小铁当然不能落下。三人躺在沙滩上，用各种姿势拍着各种各样表情古怪的照片，直到光线渐渐黯淡下来，远处海天相接的地方已经模糊不清了，小铁的肚子又一次惨叫起来。

"你们两个不饿啊，成仙了？"

"走，峰爷带你们吃好吃的。"

三人抖干净身上的沙子，又跑去自来水龙头旁冲洗，小峰便带着他们穿过海边公路，跑进对面的小吃一条街。这海边的小吃一条街有太多海鲜和各种烧烤了！三个少年穿梭其间，被一阵阵香味引得口水直流。别说是没见过世面的阿心和小铁，就算是小峰也难得来这种吃货的天堂享受。少年们早就忘记了别的事，一门心思找好吃的。忍无可忍的小铁买了两大串烤肠，阿心和小峰买了烤肉、烤鱿鱼、玉米，三人找了个干净的地方蹲着就大啃起来。等到把肚子吃撑，小铁拍拍肚子惬意之极地说了句："我们再去海边玩吧，这次我要堆坨大大的屎！"

阿心几乎把嘴里的鱿鱼喷了出来。

小铁嘿嘿地笑着："老家有个小沙堆，旁边就有溪沟，那水又凉又清，阿毛家的孩子就爱在水里拉屎……"

"呕……"小峰一口把嘴里的肉吐了出来，朝小铁使劲摆手，小铁哈哈大笑起来。

吃归吃，吐归吐，笑归笑，闹归闹，到了半夜，等到连海浪都快看不清的时候，三人终于累了，不知是谁先提了句睡觉的事，小铁顿时又想到小峰家舒服的床了，不禁哀叹起来。阿心就在旁边臭他，说他原来带个花花还能毫发无伤地在社会上混，这会儿一晚上没地方睡就愁成这样。小铁也不与他辩解，只顾坐在石块上望着大海叹气。小峰经过认真思考，提出了一套方案，就是找家不贵的旅馆住下来，算起来一个人不到一百。阿心一听，又开始心疼起钱来。小铁却否定了小峰的方案，并且迅速提出了自己的方案，找个地方白住一晚。

"好啊，好啊。"阿心立马表示了赞同。愤愤不平的小峰立马抵制小铁的"白住"方案，他知道以前小铁是怎么混过来的，那可都是些没法住人的地方，小峰一想到浑身发臭就地躺下，就要发疯。小铁却提出了明确的地点：二十四小时自助银行！小峰愣了愣，虽然嘴上不说，但他发现这地方确实……还不错。室内，无风无雨的，还有空调，虽然没有床，但地上应该还干净，大家这次出来准备得比较充分，都带了薄毯子，这么一想，好像也能混一晚……等等，有哪里不对。"那我们去哪里上厕所，去哪里洗澡！"小峰喊了出来。谁知道小铁很不以为然地摆了摆手，这种小事，随便哪里就解决了，想洗澡，海边就有水龙头，想尿尿，到处都行……

小峰开始抓狂了。

"我觉得可以试试哦。"阿心的话更让小峰快疯掉了，可小铁和阿心已经通过该方案，开始商量去哪找合适的自助银行。小铁在这方面真是超有经验，感情他没事一路上都在看哪些地方能成为晚上的窝，所以很轻易就找到了自助银行，远远看去还真不错，里面灯火通明，地上也挺干净的，安静舒适，就跟个小办公室似的，两人拍着手就冲了上去，一副喜出望外的样子。按下开门钮进入里面就听到注意安全之类的提醒语，小铁比画着说这里可以睡一个，那里可以睡一个，门口就不要睡了，上次就被踩到过。阿心相当满意，说没想到地上挺干净的。

看着他们兴高采烈地打开双肩包各自拿出毯子，小峰爷终于忍不住了，吼了声："我不睡这里！"

小铁说："那你去睡旅馆吧，我们就睡这里了。"

阿心嘟囔着说："你不是说这次出来要省钱吗？这里挺好的……"

"睡了旅馆再说，明天的事明天再想！"小峰怒吼着走出门去，"咣"地把门摔上，耳边响起提示音："欢迎下次光临。"

第二天，阿心和小铁离开自助银行，和小峰汇合，小峰昨天晚上也不知道睡在哪里，拖拖拉拉地迟到了一小时。三个少年大吃了一顿早餐，口袋更瘪之后，思想才逐渐统一起来。阿心愁容满面，他昨天晚上一直没想好要不要给妈妈发信息，而小铁表情呆呆的，显然仍在怀念舒服的床，只有小峰一副跃跃欲试的样子。他问两人都会些什么。阿心说会干家务，小铁也说会干家务，问其他还会干啥，两人都摇摇头。小峰生气地骂他俩真是太没用了，什么生存技能也没有。他指着街对面，说那里有好多饭店、洗脚店、酒吧，一会儿大家都去那找工作，要是有人找不到，就先借，等有了再还。小铁嘟囔着说要是一直找不到怎么办，小峰给了他一个白眼。

于是，三个少年往那几条热闹的街市走去，一路走一路看，店确实有很多，但要真走进去问老板找工作，三人却都不敢，就算是口口声声说要找事做的小峰也是如此。少年们在几条街上绕了一圈，又回到了原来的地方，却连一家店都没进去过。小峰拉长了脸，都要骂人了，可想想自己也没敢开口，就强忍了下来，但一转眼看到阿心和小铁都是一脸痴呆样，他的怒气就又冒了出来。眼看着中午快到了，肚子又要饿起来，三小终于想出了个抽签的办法，抽到签的下次走一圈时至少进三家店找工作。三小都同意了。小峰随便从路边采了三根草杆，做成一长两短，拿在手里露出一样长的三截，让阿心和小铁先拿以示公正。阿心和小铁互相看了看，小铁努了努嘴，阿心就壮着胆第一个抽了，小铁紧接着抽，三小手里都捏着根草，一起张开了手。

小峰没想到第一个抽到的会是自己，他一言不发扭头就走。君子一言，很多马都难追，峰爷还是讲话算话的。小峰找了家饭店，直接去前台找了个老板模样的人问。胖胖的老板正一边抖着脚一边玩电脑，一听有人说要找事做，好奇之下探出头来看，发现三个少年站在外面，他的目光怔怔地从三人脸上掠过，问："啥？"小峰耐着性子又说了一遍，阿心知道他通常可没那么有耐心。老板这次是真听清楚了，但他的表情比刚才更意外，就问小峰会做啥。于是小峰就把准备好的说辞背了一遍，说自己学过不少东西，做EXCEL表格、记账、算钱，这些活都能干，只要不是端盘子洗盘子的事……

"看不出你小小年纪懂的还挺多，不过这些活都是我老婆干，要是给你干了，我怕她不同意啊。要是打杂的话……唉，阿紫美女，你不是说忙不过来吗？给你配个小鲜肉，你看怎么样？"

"给我看看，小鲜肉长得帅不帅……唉哟，真是小鲜肉啊。老板，这肉也太鲜了点吧……"

店员们顿时哄堂大笑起来。

阿心看到小峰的脸像是被丢进冰箱放了一年的猪肉，完全冰冻住了。

阿紫弯下腰来仔细看了看小峰："嗯，要说长得还是挺帅的，就是这小胳膊小腿的，提得动东西吗？"

"谁小胳膊小……"小峰愤怒地扬了扬甘蔗粗细的手臂。

"我力气大，搬菜洗碗扫地都拿手，我行不行啊？"

老板和阿紫的目光顿时转到了身型略大的小铁身上。

"管饱管睡再给点零花钱就行了，怎么样？我力气很大的，啥都能干。"小铁撸起袖子，拍了拍胸口。

"嗯，要多少零花钱？"

"多……多少给点，两三百也成啊。"

阿紫试了试小铁的力气，冲老板喊："老板，我看这个可以啊。管饭管睡花不了几个钱，杂活真是少个人，这下问题就解决了，总比正式招个工省钱。这孩子看上去挺机灵的，至少能顶半个大人的活儿。"

"至少能顶大半个！"小铁更正了下。

"你还真要啊，这孩子可还没长大。"

"唉，你担心啥，这又不算招工，不签合同，就当是让这孩子体验社会，实习实习。实在不行，我就认个干弟弟呗。你说好不好，干弟弟？"

"好啊好啊，姐！"

"不过这身份证还是得看一看啊，要不然偷拿了店里的东西可怎么办？"

说到身份证，小铁可就傻了眼了，他哪里有什么身份证。

"留我的可以吗？"阿心从衣服口袋里拿出了自己的身份证。

饭店老板拿过来看看证件又看看阿心，还拿手机正反拍了照片，答应了下来。

小峰脸上的冰层又厚了三厘米，他没想到自己想了半天怎么找工作的细节，还背好了台词，不但没成功，反而被小铁捷足先登了。看着小铁哈哈大笑的样子，小峰的怒气就直冲脑门，他恨恨地走在前面，当没看见。阿心对小铁佩服极了，一个劲地夸小铁厉害，几句话的功夫就把找工作那么难的事解决了，不但包吃包住，还有零花钱，这可比住二十四小时自助银行强多了。小铁拍拍阿心的肩膀大声说："兄弟别担心，实在不行铁爷罩着你。"

"哼，都不知道人家每个月发你多少零花钱，说不定蒙你的。"

"唉，蛮好了，有地方睡觉还管饭！"阿心没听到小峰话里满满的醋意，把小铁夸上了天，小铁轻飘飘的越飞越高，小峰的嘴也嘟得更高。小峰心想虽然风头被小铁抢走了，但自己要找工资高的，到时看他们还怎么得意。

小峰正兴冲冲走着，拐过一弯就听到有人吵架的声音。他转过头去看，猛然觉得眼前白乎乎的东西一闪，正砸在自己脑门上。小峰顿时被吓出了一身冷汗，以为这下子自己的帅脸要不保了，唐青云就更不肯嫁给自己了。谁知道被砸了却一点也不疼，他伸长了缩回去的脖子，看到地上有个纸团在打转。小峰顿时怒火上冲，抓起纸团就喊："谁！谁丢的纸团？！"

路边有幢二层的小楼房，一楼的门上贴着"打字排版、复印画图"的字样，门里面放着几台电脑，还有复印机。店里正有两个人在大吵，一个是身材高大的中年男子，另一个是瘦小的年轻人。听到小峰的怒吼，两个人都转过头来，可只瞟了一眼，那年轻人喊了句"老子不干了"，就头也不回地跑了出去。那中年男子对着他的背影吼道："你小子啥也没干还耽误我的事，工资就别想了。"那年轻人跑了一段路还转过身来嘲讽他："谁稀罕你的工资。我一走，看你接的活怎么办，你就等着挨骂赔钱吧！"中年男子被气得哇哇大叫，抓起纸团就往那小子跑的方向丢，看他熟练的抛球手法，刚才那纸团显然就是他丢的！小峰见他这副气急败坏的样子，顿时幸灾乐祸起来。那老板对着早已没有人影的方向大骂了一通，怒气才渐渐消去，恨恨地转身回来，临进门时还不忘瞪了小峰一眼。

"这是怎么回事？"阿心低声地问小峰。

"嘿嘿，吵架呗。打字员不干了，我猜那几本笔记本就是要打的。嘿嘿嘿，这下子老板要完蛋了，活该，谁让他拿纸团丢我！"小峰指了指那一叠放在桌子上的笔记本。

"打字？我会啊。"阿心嘀咕了句。

"那你还不去试试？快啊！"小铁使劲地把他推进店去。

想到小铁找到工作了，又想到赚了钱就能帮老妈买房子，本来有点胆怯的阿心鼓起勇气走了进去。在小铁的帮助下，老板答应试一下阿心的打字水平。阿心当场打了半页，虽然速度不快但错字很少，老板大概觉得还是不够快，不禁皱起了眉头。在阿心表示保证按要求完成任务后，老板才勉强答应了，于是阿心就像上了发条的机器般打起字来。老板在旁看了会儿，见阿心真是在全神贯注地打字，十几分钟一停没停，这才满意地点点头。看到老板颇为高兴，小铁就在一旁和老板说他这兄弟怎么怎么好，事儿交给他，就放心吧，不过工钱也不能亏待他了。老板拍拍胸脯保证这没问题，按字数算，绝不欺负小孩，要是干得好就可以先干下去，活儿有的是。阿心听得清清楚楚，想到打字就能赚钱，真是喜出望外。小铁满意地拍拍阿心的肩膀，说："好好干，我还要陪峰爷去找工作，一会儿来看你。"

小峰的嘴嘟得更高了，他非常不满意阿心走了狗屎运，更不想看到小铁那么帮阿心，他甚至有点嫉妒起阿心来，便忍不住嘲讽道："不就打字吗？太简单了好不好？我和同学聊天的时候打得可快了，有什么了不起的！他就是运气好，瞎猫碰上死耗子了。"小铁的嘴角浮起了一个几乎看不出的冷笑，忽然他拍了拍后脑勺，大叫了起来："哎呀，刚才那饭店老板说要我早点过去帮忙，没想到这么晚了。峰哥，我先去饭店了啊。"说完，他也不等小峰有什么话要说，一溜烟地跑远了，留下小峰一个人站在马路当中。

又到晚餐时间了。在老板的几次催促下，阿心总算离开了电脑边，好好地伸了个懒腰，这才感觉手指和肩膀有点酸。小餐桌上摆了饭菜，年龄不大、长得又好看的老板娘和蔼地给阿心拿了碗筷，说今天烧了红烧肉，让阿心多吃点。阿心连连说谢谢，可坐在那里又有些拘谨。老板兴致高昂地将两瓶啤酒放在桌上，啤酒瓶森森地冒着寒气，没多久啤酒瓶上就冒出了大颗大颗的水珠，在瓶底聚了一圈水，阿心突然有摸一摸酒瓶子的冲动。

"来，喝一杯！"老板坐到阿心对面，把三个杯子放到桌上，熟练地打开瓶盖，倒了满满三杯。老板娘也放下了手上的活，过来坐下。阿心看着酒杯把雪白的酒沫吐到了桌子上，怯怯地说自己没有喝过酒。老板哈哈大笑起来，不由分说地把一杯酒放到阿心面前，说："男人都是要学会喝酒的。你看这泡沫足有半杯，酒才一口，你喝了也不会醉。"老板娘赶紧帮阿心说话："好了好了，哪有你这样逼孩子喝酒的。来，尝尝阿姨做的菜。"阿心忙端过饭大口吃起来。

老板半瓶酒下肚，话就开始多起来，骂起了之前打字的小伙子，一直骂到一瓶酒喝光，打开第二瓶酒后他的怒气才消了点，问阿心的打字是从哪儿学的。阿心就如实回答说是在家里偷偷和同学们聊天练出来的。老板又哈哈大笑起来，说小孩子总玩电脑不好，眼睛容易近视，还是练练钢琴才好。他说着说着叹了口气，猛地灌了口啤酒。老板娘正要说点什么，阿心鬼使神差地说了句："叔叔，你别喝太快，冰啤酒喝太快对身体不好。"

老板怔住了。老板娘看着阿心，眼神里满是惊喜。

"你小子……"

"好了好了，你看阿心这么小就懂事了，你都四十多了，怎么还不如阿心呢。"

老板放下酒杯，晃着脑袋剥了颗花生，说："嘿，老子喝个酒还要拦……"

"你最牛，你最牛，来来，再吃点菜。"老板娘给他夹了一筷子莴苣，转手又给阿心挟了块肉。阿心也不客气，大口大口地把饭吃完了，把碗筷往厨房里一放，又坐到电脑前开始打字。"哎，我说你小子，过来再陪我吃会儿，喝一杯又不会醉……""哎呀，阿心是个好孩子，做事多认真，你就别吵他了，我会让他休息的，你就喝你的吧。"

不知不觉又过去了两小时，老板酒喝饱就出去溜达了。老板娘给阿心端了冰镇绿豆汤，催着阿心休息。阿心喝着绿豆汤，眼睛还是看着稿子，好像在算时间够不够。老板娘则让阿心住在这里，反正有房间也有床。阿心便说去问问小铁再定，得到老板娘同意后，他蹦出门去，一溜烟地跑到了小铁打工的饭店。已经过了饭点，饭店里只有零星的两三桌，服务员告诉他去厨房找小铁。阿心找到他时，小铁正穿着底边拖到地的围裙，站在一长排水槽前洗碗。水槽里有几大盆各类碟子、盘子、碗、盆，还有一脸盆的筷子、汤勺，等等。阿心见几个盆里都放满了水，洗洁精的泡泡冒得到处都是，小铁戴着手套飞快地拿起脏碗一抹，就丢到旁边空盆里。

"天呐，这怎么洗得干净！"阿心吃惊地走上前去。小铁听到背后来人了，吓得一哆嗦，手上的盘子差点掉在地上。

"你偷偷摸摸地想吓死我啊！"小铁愤愤不平地把盘子甩到旁边的盆里，发出清脆的声音。

"小心摔破！"阿心又叫了起来。

"不这么洗要洗到什么时候，还要不要睡觉了？再说了，这么点钱……"小铁说着用手摸了摸鼻子，顿时泡沫沾到了鼻子上，然后发现不能用手去擦，就嘟起嘴来吹，可怎么也吹不掉。阿心拿起抹布帮着洗起碗来，一边洗一边埋怨小铁："好不容易找到工作怎么能做得乱七八糟呢，要是把东西打破了，别说是工资了，我看你连饭都没得吃。"阿心说个不停，小铁就在那儿不住地撇嘴，时不时还翻个白眼。小铁本来就洗得吊儿郎当的，现在有阿心帮忙，他就更潇洒了。两人边洗边聊，忽然想起了小峰。

"没事，他这么鬼，跑不了。"

"可这天也不早了啊，我们去找找他吧……"

"我可没你那么好命，坐在电脑前打打字就能赚钱了，我不洗碗，你养我啊？"

"那我们快点把碗洗了去找他吧。"阿心着急地洗起碗来，小铁则负责把还没洗的碗给阿心递过去。阿心的动作果然麻利，不但洗得又快又干净，还堆得整整齐齐，很快就把所有几大盆碗筷都洗好了。小铁惊叹不已，让阿心以后打好字就过来洗碗。阿心擦了擦手，摸出手机迟疑着要不要开机。小铁说："我来我来，反正小峰付钱。"他拿出手机打起电话来，可小峰没有接，试了几次都是如此。于是两人请了假，去街上找小峰。两人在最热闹的几条街上瞎转，挨家挨户地找着，可一圈绕下来也没能找到小峰。两人累得在一家韩国料理店外坐了下来，小铁又拨起小峰的手机号码来，可还是无人接听。小铁骂骂咧咧地说："这小峰真不知道在想什么，好端端的别墅不住，硬要到外面来闯什么闯，真是脑子有病！"

两人正想回家，忽然看到旁边十几米的地方有个人从拐角胡同走出来，大摇大摆地往远处走去，看这衣服、看这背影，还有背着的包，显然就是小峰！看着他酒足饭饱得意扬扬往前走的样子，两人都不敢相信自己的眼睛。小铁吃惊地看着他边走边晃动的上半身，嘴里喃喃地说："这猪头……这是在干啥？反正不是找工作，也不是创业！"小铁一激动就要喊出声来。阿心一把捂住小铁的嘴巴，使了个眼色，小铁露出恶狠狠的表情，重重地点点头。于是两人互相拉扯着，偷偷跟了上去。

绝对是死小峰没错！看他那一副得意劲，完全不见了白天找不着工作时的难过样，志得意满地走在街上，充分展现了某些富二代不负责任、不需理由、不讲道理的"三不"风范。只要一想到小峰那张怎么取都取不完钱的黑卡，小铁就觉得心里堵得慌，他情不自禁地伸手到袋里摸摸那张黑卡，虽然被踩得不成样了，但每次摸到那张卡，小铁都觉得被电着了一样激动，仿佛多摸几次就能把破卡修复，可以随便从机器里取钱。小铁在做梦的时候，阿心却犯迷糊了，大家身上带的钱都不多，吃过几次饭后就剩下更少了，何况昨天晚上小峰还住了旅馆，照理说应该没啥钱了才对。可小峰这副模样真不像是穷困潦倒饿肚子的样子，难道他找着工作领到工资了？不可能啊，就算找到工作也没那么快拿工资啊？两人满心奇怪地跟在后面，看小峰要去哪。在街上晃悠的小峰买了一大杯奶茶，还买了根大香肠，边走边吃。阿心到店门口看了一眼价格，小峰又花了三十块。闻到各种食物混杂在一起的香气，小铁不久前刚吃饱的肚子又饿了，他看看滋滋滴油的烤肠，咬咬牙买了一个啃起来。阿心一门心思在小峰身上，目光盯着不远处的小峰，怕一不小心就跟丢了。可小峰仰头看了看转弯处一家民宿的招牌，转身进了店里。

"这小子有钱住酒店！不是说了只带三百吗？他还有钱？"

阿心喃喃地说："小白说过要用事实来分析，小峰既然能住酒店，就说明他一定有钱，他的钱不是赚来的，那就是……"

"那就一定是他自己带来的！好啊，这小子真是可以啊，自己想个馊主意要打工要赚钱，要让谁谁谁看得起，还说只带三百块，多带就是小狗。没想到他自己偷偷带了好多钱，还不接我电话，就是怕我们知道他吃香的喝辣的！"他撸起袖子就要冲进去。阿心一把拉住他，小铁不服，怒气冲冲地在酒店门口骂街。最后两人决定回去，不管小峰了。可是直到小铁忙完夜宵场，阿心又打了两小时的字，小峰也没给他俩打电话。

第二天一早，阿心睁开了双眼，他对眼前那一堆布娃娃和玩具熊感到非常陌生，要想一想才记起自己在哪里。这房间干净整洁，舒适之极，房间里有好多阿心喜欢看的书，窗边还有架用浅蓝白相间的布罩着的钢琴。阿心起床洗漱后把那堆笔记本都翻了翻，每本笔记的厚度都差不多，于是对照他正在打的那本，还要打多久字才能完成任务，阿心就心里有数了。笔记本有些旧，用的还不是同一型号的纸张，是主人将不同笔记本里的纸取来自行做成的。谁会这么节约呢？他到底在写什么？好奇心大涨的阿心看起笔记本的内容来，一看才发现这些笔记本里写的竟然是部小说！于是阿心一边打字一边看起小说来。

老板娘见他真是争分夺秒、废寝忘食地打字，直夸这孩子好，做事认真，真是太难得了。这一天过得挺快，除了中间小铁来转过一次，又稀里糊涂地吃了顿午饭外，阿心的眼睛就没离开过笔记本，后来在老板娘的强烈要求下，阿心才休息了会儿。老板娘给他倒了杯茶，叮嘱他不能长时间看电脑，眼睛要看坏的，以后每打一小时字就得休息十分钟，任务要是完不成，就让老板再去推迟一两天好了。听老板娘啰唆的样子，阿心就想起了老妈，老妈平时也是这样，自己起床晚了，老妈就会冲过来掀被子；自己看电脑多了，老妈就会冲进来关显示器；自己偷懒不肯锻炼了，老妈就会扣掉下星期的零花钱。想着想着，阿心的眼眶就有点红了，他摸摸兜里关机的手机，特别想给老妈打个电话。

老板娘看出阿心的心事了，就问阿心怎么会从家里跑出来。阿心支支吾吾地说不出来。老板娘又问阿心两个朋友的情况，阿心就简单说了下，还把三人之前遇到的事也略略说了。老板娘吃惊地听阿心说了那么惊心动魄的事，要不是知道阿心诚实，她还真不敢相信这是真的。最后老板娘叹了口气，说小铁兄妹也挺可怜的，可住在别人家里这终究不是个事呀。

快到晚饭的时候，老板办事回来了，接到了个大活，他兴奋地拍拍阿心的肩膀，说："兄弟你好好干，活儿有的是。"阿心估计老板晚上又要让自己陪他喝酒了。果然到了饭点，老板娘把饭菜摆好了桌，心情大好的老板就招呼阿心快坐过来。阿心苦着脸挪了过去，就看到老板"啪、啪、啪"地连续开了三瓶，拿出三只酒杯就倒了起来，还说今天大家必须一人干掉一瓶，自己的酒自己负责，不许叫外援。

看这阵势，今天自己和老板娘都逃不过去了，阿心不由暗暗叫苦。阿心刚把屁股挪到椅子上，小铁就从门外冲进来，叫道："阿心，帮我洗碗去！"老板哈哈大笑起来："来来来，阿心的小兄弟，快过来陪宽叔喝酒。来来来，拿个凳子过来。"小铁一愣，就被按到了凳子上，"啪"地面前被放上一杯酒，还没搞清楚怎么回事，宽叔的酒杯就伸到了面前。

"来，兄弟们，走一个。"

阿心迟疑地拿起酒杯："我一会儿还要打字……"

"打什么字，你宽婶和我说了，你小子白天打了很多，早把明天的份都打完了吧。来来来，喝酒，别磨叨，还有你小子也是。"

小铁看了看倒满黄色液体的酒杯，舔了舔嘴唇说自己是溜出来找阿心帮着洗碗的，还得回去洗碗呢。宽叔哪管他这套，拍着小铁的肩膀说："你这小子最滑头，既然都出来了，还怕耽误这一会儿？来来来，干了！"小铁看了眼桌上的好菜，肚子立马就投降了，心想这大叔说得也对，反正都出来了，这一桌子菜不吃多可惜。他立马改变了主意，说："那就恭敬不如……不如那啥了，小弟我就先陪大哥喝一壶，只要阿心这厮能去洗碗……"

宽婶马上摇头不同意了，她正想反对，阿心突然抢着说："让我洗碗也行，可我也有条件。"

"哟，你还有条件，啥？"

"宽叔不能超过两瓶，小铁不能超过一瓶。你们要是答应，我吃个饭就去帮小铁洗碗，洗一个小时，然后来换小铁，怎么样？"

"好小子，你敢算计我了，我……我这就喝给你看，看你怎么管我……"

"也好也好，阿心想得挺周到的，正好我们和小铁聊聊天。"宽婶拍拍阿心的肩膀，说就按阿心的意思办吧。于是阿心麻利地吃起饭来，小铁煞有介事地拿起一杯酒敬宽叔。宽叔见他爽快豪气，就乐了起来。四人围在一张小方桌边吃饭，宽婶一边吃饭一边听小铁胡吹，一会儿看看阿心，一会儿看看小铁，一会儿又看看宽叔旁边的酒瓶。有小铁在，吃饭果然特别热闹，小铁可算是逮着机会把自己这两年在外流浪的事都说了个遍，不但说了三英战孔布的事，还说了海边木屋会神秘人的事，不管啥事都被他说得有声有色的，把宽叔宽婶都听得入了迷。

阿心暗暗好笑，他吃完饭，再次叮嘱了小铁后就去饭店了。没了阿心在一边，小铁吹的牛就更大了，直接把黄牛奶牛水牛全部吹成了牛魔王。等阿心干完活回来，见小铁和宽叔喝得热火朝天，别说一瓶两瓶，两人都喝了七八瓶了，小铁还高叫着下次他请客，大家兄弟一场，但管好酒好肉，不醉不归。看他那副脸红脖子粗、用力拍着胸口放声大笑的样子，还真像是梁山好汉。后来，宽婶安排小铁在家里睡下了。阿心想了想还是去替小铁打工，免得小铁拿不到工资。宽婶送他到门口，看着渐渐消失在街道口的阿心，叹了口气，说："这么好的孩子……"

"哼，别家的孩子，哪个都比不上咱乐乐。"宽叔说着又"啪"地开了瓶酒。那瓶盖跳到地上，滚到了门口，像是给宽叔出了口气似的。

16

这一天朵朵醒来后没去碰芭比娃娃，而是盯着肖陵看。于是肖陵灵机一动地告诉朵朵，起床后应该先刷好牙洗好脸吃好早饭，然后才能讲故事。朵朵略一犹豫，果真去刷牙了。肖陵有些得意，他知道讲故事这条妙计已经起到了意想不到的作用，事情有了转机。

在这一天里，肖陵什么也没干，只是陪着朵朵说话，玩芭比娃娃，给她讲外面精彩的世界，讲肖陵看过的所有动画片里的故事，还有各种游乐场中好玩的好吃的。朵朵的注意力都被肖陵吸引了过来，她坐在床上专心地听肖陵讲灰姑娘的故事、白雪公主的故事、葫芦娃的故事，尽管肖陵讲得有些混乱，经常会把这个故事里的情节讲到了那个故事里，但好在朵朵也不知道对错，依然听得津津有味。肖陵就不管白天晚上地给朵朵讲故事，吃饭讲，睡觉前讲，连刷牙的时候也讲，一直到朵朵睡着，肖陵给她盖好被子的时候才发现真是讲得舌头都打结了。看来朵朵长那么大，真是从没接触过这些动画片。望着在床上轻轻打呼的朵朵，肖陵又想起了她身上的伤痕，他索性把沙发轻声移到床边，这样随手就能给朵朵盖被子了。

肖陵带着满足感沉沉睡去。

第二天是朵朵把肖陵拉醒的，看着朵朵期待的眼神，肖陵知道今天自己的舌头又要打结了。果然朵朵整天看着肖陵，也不说话，仿佛肖陵是个机器人，只要一直看着，机器人就会开始讲故事一样。肖陵整理了下自己大脑中的故事库，想着要是得讲好几天，还真要好好理一理才行，免得讲了一半开始胡编乱造，这就对不起原作者了。

令肖陵异常兴奋的是，午饭时朵朵剩下了一块肉没吃。刚开始肖陵没太注意，可朵朵把其他菜吃得飞快，就最后一块肉一直不动，这时肖陵才有些奇怪。他看看朵朵，朵朵的眼神扫扫肖陵，又扫扫那块肉。肖陵忽然意识到，这是朵朵把肉让出来了。这个把红烧肉当成性命，为了红烧肉连老爸也不愿去见的孩子居然肯把美味的红烧肉让出来！肖陵瞬间感到巨大的成就感如暖流般在胸口盘旋，让他舒适至极。

肖陵试探性地指了指那块红烧肉。

"你吃。"朵朵干脆地回答。

"哦，叔叔……喜欢吃蔬菜，朵朵吃。"

"我吃，你还讲故事吗？"

"讲，朵朵喜欢听的话，叔叔就把所有故事全讲给你听。叔叔家里还有很多书，以后还可以给你买很多书，书里有更多更多的故事。"

"可我不认字。"

"叔叔教你，还可以送朵朵去学校，和其他小朋友一起学习，一起玩耍。朵朵可以交好多朋友，他们都会和你一起玩的。"

朵朵低下头来，似乎在小脑袋里想象了一下学校里是什么场景，和其他小朋友一起学习玩耍是怎么回事，然后抬头问："他们会打我吗？"

"叔叔向你保证，他们绝对不会打你。要是有孩子欺负你，叔叔就让老师打他屁股。"

看到肖陵异常认真的眼神，朵朵似乎有点相信了，她低头扒了口饭，又看了眼那块红烧肉。肖陵笑着夹起肉，放到朵朵碗里。朵朵一口就把肉吃了下去。肖陵摸了摸朵朵的头，笑着说："朵朵真懂事，叔叔喜欢。"

"我妈说我像爸，凶。"朵朵头也不抬地说。

　　为了不至于在短时期内把故事讲完，肖陵经常引导朵朵去想象故事中的情节，让她猜后面的情节是怎样的，人物又会做什么，这样一来，肖陵就不需要讲太多故事，还能把朵朵的兴趣带起来。这招果然非常有效，朵朵像完全变了个人，从最开始对肖陵的冷漠和保持距离，到现在经常被肖陵逗笑、两人吃饭时笑哈哈地抢一块红烧肉、在地上画圈圈玩游戏、肖陵教朵朵怎么正确地刷牙，甚至朵朵已经答应肖陵会去上学，和其他小朋友们玩，这都让肖陵倍感欣慰。

　　方银自那天和肖陵聊过之后，就没有再出现过，在三楼也没有听到楼下传来他的声音，肖陵怀疑他已经离开了，毕竟既然自己出现在了这里，那就说明这里也不安全了。不过现在肖陵的心思全在朵朵身上，虽然只有几天时间，可肖陵的笑声却比之前两年的总和还多。他就把这里当成小监狱，和以前的大监狱不同的是，这次狱友的年龄很小，围墙也不严密，只要自己愿意，就能轻易地离开这所监狱。想到这里，肖陵忍不住笑出声来。朵朵睁着大大的眼睛望着肖陵，似乎希望肖陵解释一下笑的原因，她那圆圆的眼睛和狐疑的表情引得肖陵哈哈大笑起来。他当然没和朵朵说监狱里的事，而是开始给她讲新的故事。朵朵马上就把肖陵大笑这事给忘了。

　　又一天愉快地过去了，吃过晚饭后两人玩了会儿游戏，肖陵再给朵朵讲了几段故事，然后安抚着朵朵睡去。当肖陵轻拍朵朵的背，看着她安然侧睡在自己身边的时候，尽管故事讲得口干舌燥，但内心却无比满足。这个从小就遭受苦难的女孩现在像只小猫般蜷缩在自己身边，一只小手还捏着肖陵的大拇指，她睡得那么沉静安详，仿佛这些年的怀疑、担忧、恐惧和痛苦都远远地离开了她的身体。她那微微嘟起的小嘴和略带肉感的脸庞组成了异常可爱的表情，让肖陵怔怔地无法移开目光。肖陵帮她掖了掖被子便要走开，谁知只是轻轻一动，床发出轻微的声响，肖陵感觉朵朵抓住自己的小手忽地一紧。肖陵不忍抽出手，就躺在床边的沙发上闭目养神。渐渐地，睡意上涌，肖陵依稀听得楼下有几个孩子在那叽叽喳喳地说话，但声音不大，透过被木板封住的破墙传到耳边时已经听不清楚了。肖陵沉沉睡去，楼下的说话声就像在梦中听到的那样异常模糊、越飘越远、越来越轻，直至不可听闻。

少年的战争

也不知睡了多久，突然有声沉闷的爆响声传到肖陵耳中，把他从沉睡之湖中拖了起来，接着又是时断时续的烟花燃放之声。肖陵半睡半醒地扫了朵朵一眼，发现她还睡得好好的，楼下孩童玩烟花的声响并没有把她吵醒，肖陵就放下了心，再次睡去。

直到肖陵再次被几声刺耳的爆裂声惊醒，这声音完全不同于孩童在楼下燃放爆竹发出的响动，而是在很近的地方，木材在燃烧中发出的短暂而剧烈的响声。

肖陵猛然坐起，发现房门口已被翻滚的浓烟封堵住，热气和浓烟正顺着走廊往屋里涌入，旁边那间杂物间似乎已经燃烧了起来。大火将房外所有可以燃烧的物品都吞噬了进去，不时发出噼啪的爆裂声，火舌顺着门框舔进屋里，很快就把门框也点燃了。房间外的温度已经升得很高，屋里也热了很多，犹自沉睡着的朵朵已是满头大汗，浑然不知巨大的危险正降临在眼前。肖陵的脑子在飞转，他不知道火是从哪里开始烧起来的，但从外面燃烧更厉害来看，可能是杂物间先着的火，他不清楚通往楼下的铁门有没有打开，但火势太大，已不容他冒险，更不容他多想。走廊上的穿堂风加速了火势的蔓延，浓烟随着火舌涌进房间，瞬间就占据了房顶，肖陵即使想冲出门去都已经不可能了。

肖陵深知大火中浓烟比烈火更容易致命，大多数死于大火的人其实是死于窒息。他一咬牙，用力朝墙上那被木板钉起来的地方踢去。连续猛踢了十几下后，浓烟已经透过剧烈的呼吸侵入到肖陵肺里，喉咙处火辣辣的感觉让他无法呼吸，几乎要呕吐出来。他掀起衣服遮住口鼻，屏息又拼命朝木板墙猛踢，终于几块木板挣脱了铁钉的束缚，墙上被踢出了一个大口子。肖陵探出头去，发现楼下有不少人在大喊大叫，有人在打电话，还有好几个孩子在尖叫号哭。也许正是孩子燃放的烟花爆竹造成了火灾。他一眼瞥见破口斜下方处架着台空调外机，尽管外机到地面仍然有段距离，但要是能在那儿借下力，总比直接跳下三楼好。

"呜呜呜——"朵朵已经醒来，她呆呆地看着门外的大火和盘旋在屋顶的浓烟，大哭了起来，可才哭了几声，就被浓烟熏得咳嗽起来。

大火带来的巨大热量正在炙烤着肖陵的头顶和肩背，吞吐的火舌翻上天花板，又顺着墙蔓延下来，顺着风迅速将可以燃烧的桌椅都点燃。肖陵被迫蹲下身子，却仍感觉肩膀被烤得疼痛无比，头发也在高温中不断卷缩，皮肤正在被逼近的火舌烧烤，缺氧让他意识模糊起来。肖陵咬紧牙关，迅速拉过被子把朵朵包起来，朵朵的双手死死地搂住了他的脖子。

楼下的人喊得更响了，还有人用脸盆端了水往房子上扑，可燃烧的是三楼，这些水毫无作用。肖陵蹲在破口处，双眼已被熏得通红，热浪让他都快无法看清空调外机的位置了，而屋顶迅速压低的火焰和滚滚的浓烟逼着他趴低了身子，把头探到破口外面。他低头看了眼怀里的朵朵，已经是满脸通红，呼吸困难，肖陵将脸贴紧被子深吸了口气，耳边听到有人在大叫："快跳，快跳！肖陵，快跳！"

声音是如此熟悉，肖陵朝声音传来处望了一眼，发现唐青云站在一楼朝自己大喊，她的手指着空调外机，拼命地喊。

肖陵信心大增，他双臂用力将朵朵抱住，看准空调外机的位置，奋力一跳！刚一跳出，左脸就被踢断的木板刮到，但肖陵感觉不到疼痛，他所有的精力都集中在空调外机上，他的左脚已经踩上空调外机，右脚即将踩上之时，左脚一滑，顿时失去了重心。肖陵心里喊了一声"糟糕"，但已经身不由己，他只能用尽最后一点力气扭过身子，让自己的后背先往下坠去。

肖陵最后的感知唯余一记沉重而沉闷的撞击，像是呼啸的陨石和整个地球迎面撞上……

17

没想到第二天早上叫醒阿心的，居然是小峰这个玩失踪的家伙。小铁睡得昏天黑地，早上好不容易睁开眼睛看看四周，甚至都没搞清楚自己在哪儿。阿心虽然没喝酒，可照样困得要命，昨天他先帮小铁洗了碗，然后把小铁扶到了床上，接着又帮小铁洗了碗，等他睡下的时候都已经是第二天了。两人正在床上发愣，小峰神秘地凑了上来，笑着说："你们猜我找的工作一个月能赚多少？"阿心和小铁呆呆地看着小峰。"嘿嘿，可别羡慕，我这工作你们可干不来……"小峰得意地坐了下来，手指敲着桌面，发出笃笃的声音。小铁和阿心互相看了一眼，阿心说："刷牙吃早饭吧，我还要打字呢。"小铁点了点头，两人互击了下掌，摇摇晃晃地站起来穿上鞋子去刷牙了。小峰的脸顿时变成了冰天雪地里的铁板，要是伸手摸上去，准保会被冻在上面动弹不得。好在宽婶过来招呼小峰一起吃早饭，小峰偷偷瞄了饭桌一眼，愉快地决定和小兄弟们共进早餐。

宽叔一大早就出门办事了，晚睡的阿心和宿醉的小铁明显都不在状态，小峰在那儿高谈阔论啥，他俩都没听进去，倒是把宽婶唬得一愣一愣的。阿心一边吃一边和小铁说昨天晚上饭店里的事，说到饭店老板吹胡子瞪眼的表情时，小铁表示再也不喝酒了，还是工钱重要。两人笑嘻嘻地击了掌。

小峰忍不住叫了起来："喂，我在说话，你们都没听见？"

阿心和小铁异口同声地说："听见了呀。"两人又击了下掌，嘿嘿笑了起来。

"我说我找到工作了，还拿到工资了呢，你们看！"小峰说着从口袋里翻出十几张崭新的百元大钞来，拍在桌子上，"你们有没有拿到工资啊？！"

阿心耸了耸肩："没有啊，不过宽婶这里很好啊，包吃包住，也不用花钱。"

小铁抬头看着天花板，说："我晚上要干活，不过干好了能吃夜宵，早上能多睡会儿，干姐对我也蛮好……"

"切，你们都没拿到工资吧，没工资还打什么工啊。"

"是啊，我们可没那个本事，工作没找到也有工资拿。"小铁仰着头，阴阳怪气地挑衅道。小峰的脸顿时涨红了，他瞅瞅阿心，硬是把怒火给压了下去，憋出声冷笑："赚不到钱就是赚不到钱，没本事就是没本事。"

"咱是实打实地干活拿钱，虚的东西可没有。"

"你说谁是虚的？！"

"我没说谁啊，我说我自己呢。我和阿心没啥本事，就心里发虚呗。我们只能干些粗活，峰爷当然不一样啦。"小铁的调子拿得很准，小峰一时没确定他这是讽刺还是真心话，他决定再忍一忍，可又觉得氛围不太和谐，便以上班为借口匆匆离开了宽婶家。小铁朝他的背影甩了个白眼，嘴里学小峰的口吻说："哎呀，你们打工没工资怎么行呀，没工资还打什么工啊。"阿心和宽婶忍不住笑了出来。小铁恨恨地说："我最看不惯他这副天王老子的样子，仗着老子有几个钱，把自己整得跟个太子爷似的。要不是看在花花住他家的份上，我才懒得理他！"

阿心已经坐到电脑前，劝他算了别生气啦。小铁倒是打开了话匣，说这家伙胆子小得跟兔子似的，没本事还天天吹牛，那么有钱一个老爸居然生了个没本事的儿子，光吃不干，书也不读，真是气死人了。阿心哈哈大笑，说："你这是羡慕他有个有钱的老爸吧？"小铁也不避讳，朝阿心翻了个白眼，说："你不羡慕啊？"阿心吐了吐舌头，转身打字去了。

阿心打字越来越顺手，错误也更少了，如此一来速度又快了不少。看着那几本笔记本渐渐都转到了完成的那一堆里，阿心感觉特别充实，仿佛自己完成了伟大的工程。阿心遵循着宽婶的建议，打一个小时字就休息十分钟，做做眼保健操，倒也不觉得眼睛累，只是肩膀有点酸。想到打完字就能拿工资，阿心都快笑出声来了，他可从来没有拿到过那么多钱。笔记本被翻过一页又一页，电脑屏幕上的字如有生命般迅速生长着，阿心甚至学会了边打边校对的技能，枯燥无聊的打字工作让他做得比玩电脑游戏还有趣。

宽婶有时会坐在他身边做事，有时又停下手里的活凑上头去看两眼。下午四点的时候，阿心忽然欢呼一声，放下了手中的笔记本，转头说："宽婶，我完成啦。"宽婶连忙让阿心休息下，起身给阿心拿来绿豆汤，吃惊地说："原来那小伙子说要一个星期的，怎么你三天就完成啦？你看这天还没黑呢。"阿心笑嘻嘻地喝着绿豆汤，心想马上就能拿到工资了，心里压抑不住地激动起来。

小铁突然从外面冲了进来，嘴里大叫："不好了不好了，小峰带着好几个小屁孩去我那个饭店吃饭了，还是他请客。"小铁狠狠拿脚往地上蹭，看来已经被气得一塌糊涂了。

"不就是请朋友吃饭么，有什么好生气的？"

"你知道什么啊。唉，你什么都不懂，他有新的小弟了，就不要我了！"小铁伤心极了，开始后悔自己先前的冲动表现了，他哀叹峰爷脾气不好有啥关系呢，自己就当没听见呗，又不会少块肉，这下可好，把财神爷惹毛了，以后的话费不用指望了，说不定连手机都要收回去，万一花花也得搬出来，那就……越想越惨，小铁都快哭出来了。阿心就安慰他："现在你都会自己赚钱啦，不怕没手机，还能养活花花，多好。"小铁呜呜地干号了一阵，觉得这样也不是办法，哭号得再伤心小峰也听不见，就算要哭也要到小峰面前去哭！虽然小峰有新的小弟了，可自己和小峰毕竟也是同那什么共苦的，三英战孔布的时候可还没那帮子小弟什么事呢，哼！那帮家伙算什么，就知道吃吃喝喝，啥苦都没吃过，天底下哪有这么轻松的事！必须得把"峰爷头号小弟"的名头给抢回来！小铁暗暗下了决心，可一想到要在那么多外人面前狂拍讨厌鬼小峰的马屁，他心里又有点不是滋味。

阿心见他发好一会儿愣了，就问他怎么又偷跑出来了，要是再被店长知道，工资就真的甭想了。小铁一脸不屑地哼哼着，嘀咕着说："这点小钱算什么，要是我把峰爷伺候爽了，那日子才过得爽。"他左想右想，觉得必须把小峰哄好了才行，要不然自己和花花又要回到街上裹破被子去了。

这时，从屋外传来了嘈杂的嬉笑声，一群孩子嘻嘻哈哈地正从不远处过来。小铁大叫一声，跑到大门口抓着门框往外张望。阿心以为小铁发神经了，他满心狐疑地跑到门口去看，这才明白为什么小铁会反应这么大，原来门外走过的正是小峰和那帮新认的兄弟。阿心转头看了眼小铁，差点被他眼里喷出来的怒火烤焦了眉毛。小峰就像国王般被一群小弟簇拥着大摇大摆地往前走，不时哈哈大笑几声，越是靠近店门口，他就笑得越大声。他很快看到了站在门口的小铁和阿心，于是朝两人甩甩眉毛，手搭着旁边小弟的肩膀又是哈哈大笑几声，说："走，我们K歌去。""峰爷的新小弟军团"顿时欢呼起来，一个个紧跟着小峰，七嘴八舌地说这里哪家KTV最好最贵，唱歌最嗨。小峰爷频频点头，一副得意扬扬的样子，舒坦得仿佛浑身上下每个毛孔都冒出了爽歪歪的气泡。

阿心和小铁呆呆地看着他们一群人在店门前走过，直到他们拐过弯，消失在胡同里，小铁的脑子还没转过弯来。他疑惑地望望小峰消失的方向，转头问："阿心，他们去哪儿？"

"不是说去K歌吗？就是唱歌。"阿心耸了耸肩。

"我也要去！"小铁"噌"地蹿出了门，头也不回地追了上去。

看着小铁迅速消失在胡同口，阿心忽然有些难过，他也想跟着小铁冲出去，可不知道为什么，脚下却没跨出半步。他不知道这是怎么了，上次小铁追孔布的时候，自己可是毫不犹豫地冲上去的。好不容易从打了一天字的辛苦中清醒过来，完成工作的愉快却被莫名其妙的情绪冲淡了，阿心呆呆地望着小铁消失的方向，最终回到了屋里。宽婶一边烧菜一边和阿心聊起了家常，问起小铁的外婆去世了，父母又找不到，那小铁和他妹妹有没有想过找户人家安定下来。阿心心里有个疑问忽然冒了出来：宽叔宽婶的年纪和老妈的年纪差不多，怎么家里没看到个孩子呢？这个念头一冒出来，阿心的思考技能就被激活了，大脑里那个虚拟的小白老师也满血复活了，阿心立马觉得大脑里被打进了无数个气泡，这些气泡上下乱蹿，活跃无比，一个个想法都飞快地生长出来，彼此联系，互相碰撞，想法多到阿心来不及收拾，它们就落在大脑的各处角落里了。他想到自己睡的那个房间里的玩具和钢琴，想问的话已到嘴边，可当他看到宽婶的眼神后，又觉得难以开口。

或许宽婶觉察到被阿心发现了什么秘密，顿时也沉默下来。气氛尴尬间，两人突然听到门外传来大喊声："救命啊！阿心，救命啊！"小铁的嘶声喊叫打破了宁静，尴尬气氛一冲而散，瞬间紧张起来。阿心刚走到店门口就被小铁撞了个满怀。小铁一把抱住他就喊起来："阿心，不好了，小峰被他们抓走了！"

"抓走了？谁啊？"阿心的大脑里突然浮现出小峰被那群小弟簇拥着走过的画面，不禁脱口而出，"难道是那帮……"

"就是他们啊！快跟我走，我知道他们往哪儿跑了！"小铁一把抓住阿心的手，两人就往外跑去。宽婶都没来得及说句话，两人早跑没了影。

少年的战争

小铁跑得飞快，毫无顾忌，勇往直前，迅猛地像头去拯救主人的小狗，呼呼喘着粗气，嘴里叫喊着就冲上去了。阿心紧紧地跟在他身后。两人穿过人群沿街狂奔，渐渐远离了热闹的海滩，身边的行人越来越少。没多久，小铁低声喊了起来："快看快看，我看到他们了，就在前面！快看，那房子旁边！"

小铁躲在一个大垃圾桶旁看着远处，阿心也跟了上来。远处荒芜的海边有两三间平房，似乎是工人临时居住的地方，现在荒废了，屋子外有一堆破败的木架子，其他没任何东西。连孔布都不怕的小铁这回倒显得特别谨慎，可能是那条差点把他淹死的河给他提了个醒，旁边可是大海，里面的水可比河水多多了。"虽说这回对手不是孔布，可警察叔叔也没在身边啊，还是小心点好。再说了，让这小子吃点苦头也不坏，看他以后还敢不敢随便找小弟，嘿嘿嘿……"小铁觉得自己实在是机智极了，随便丢了块石头就砸中了那么多鸟。他就更不着急救小峰了，反而希望那帮"冒牌小弟"能好好教训教训小峰，让这眼睛长在头顶的小子也能长点记性。

阿心奇怪小铁怎么笑了起来，他还以为这家伙想到什么救人的妙计了呢。谁知道小铁摇头摆尾地说："阿心，他们那么多人，我们也打不过啊，怎么办？"阿心也没疑心，一边观察，一边脑子在飞快运转，嘴里嘟囔着："要是小白在会怎么办，要是小白在会怎么办……"小铁见阿心想不出办法，心里暗暗得意，心想："等小峰吃够了苦头，再来个英勇救主，小峰这家伙一定把我当成最铁的哥们儿，以后啥事都听我的，我就吃穿不愁了，嘿嘿嘿嘿。"他正在得意，突然听到远处小峰哭喊了一声："阿心、小铁，快来救我啊！"

这声喊还真是又惨又痛，直接砸中了阿心柔软的心，他双眉一竖就想放大招，却被小铁一把摁住了。阿心着急地说："你没听到小峰在叫我们啊？他们肯定欺负小峰了！"小铁不以为然地说："你冲上去就能救他？你以为你拼命三郎啊？你以为你黑旋风李逵啊？你以为你打虎英雄武松啊，你打得过他们？梁山好汉打架还要找个帮手呢，你一个人冲上去，就算你是豹子头林冲，他们也能把你打成爆了头阿心！"

阿心没想到这家伙最近被小峰逼着看《水浒传》，居然能把书里的人物说得那么溜，他知道小铁说得没错，可一想到小峰的处境，他又觉得不能干等。

"要不打110叫警察帮忙，既能救小峰，又没危险。"

"千万别！"

"为什么啊？"

阿心天真又奇怪的眼神看得小铁心里一阵发毛。小铁心想自己这点小算盘可不能让阿心知道，要不然肯定要被阿心唠叨。再说了，万一阿心要抢这把"小峰第一小弟"的交椅，那问题就有点大了，这家伙读过书，和小峰谈得来，和小峰住在一个地方，平时还乖得很，肯定更讨小峰爸爸喜欢……

"你看这事，要是我们打110的话呢，警察就会来了。可我们是梁山好汉啊，怎么能叫警察帮忙呢，说出去不是要被江湖上的弟兄笑死，哪还会有英雄好汉再来投奔咱们？再说了，万一警察把我们也当坏人给抓起来了，那不就……对了！阿心，咱们可是偷跑出来的，你妈和小峰他爸可都在拼命找你们呢，要是让警察知道了，肯定把我们抓回去了，是不是？"

阿心犹豫地点了点头。于是两人远远地躲起来观察情况。小峰被带进屋后，有几个孩子往这边走来。小铁和阿心赶紧找地方躲了起来，两人听到他们大声笑着说："这小子看来是有钱人家的，一定要让这小子多吐点钱出来。这次可真是捡到了宝了，哈哈。"

看着他们走远的身影，阿心低声说还有两个在屋里。

"你怎么知道里面剩下两个？你是入云龙公孙胜啊，会掐指算来？"

"刚才我数过三遍，屋里只有两个了，快来！"阿心快步向小峰被关的屋子跑去。小铁嘴里哼哼着："要是真剩下两个，我九纹龙铁爷一出手，准保能救得哥哥出来，到时哥哥让我坐第二把交椅。天那个天那个什么星来着，阿心这家伙就排到后面好了，就叫地……地板星，天天拖地板，哈哈哈……"

两人迅速又小心地靠近那几间平房，阿心在门口的那堆垃圾里找了根断掉的木头拿在手上。小铁吓了一跳，问："你干什么？"

"你看孙悟空那么厉害还要拿根金箍棒呢。我不打他们，吓吓他们也好啊。"

"有道理。林冲功夫多厉害，几十万大兵的教头呢，不是也天天扛着把枪吗？看来我也得找一根。"

阿心偷偷凑近屋子想透过窗户看看里面的情况，小铁捡了根更粗的木棒凑上来低声说："不用看了，就两个小毛贼还怕啥，我们冲进去把他们赶跑，把咱小峰爷带走。"想到自己要像电影里那样手拿武器突然冲进屋里抓坏人，阿心顿时激动起来，大脑里飞快地闪过很多英雄人物，有超酷装备的各国警察、又帅又壮的美国队长、不怕子弹的机器战警，还有力气最大的绿巨人……阿心还没把自己知道的英雄都过一遍，就听到小铁大吼一声，一脚就把没关死的破门踢开了。

小铁就像刀枪不入的超人般冲了进去，阿心手持"武器"随后杀入。"峰哥，天王星小铁来救你了！"小铁冲进去时没忘高喊出了自己的名字，当然也加上了个牛气哄哄的外号。出乎意料的是，屋里居然没有人！小铁朝着空气抢了两棍子，呆呆地看着空荡荡的房间，墙角有张破败的小木桌，其他真是连有几颗灰尘都看得清楚。真是见鬼了！峰哥哪儿去了！想到精心设计的"小铁勇救峰爷"的场景没有出现，真是让小铁懊恼不已。

"在那里！"阿心一指右边墙角处，那儿有块墙破损了，正好可以挤一个人过去。"小峰，我们来救你了！"阿心冲了过去。看到阿心抢了自己的风头，小铁懊悔极了，赶紧上去护驾，却听到有个孩子大叫了声："妈呀！"接着是门被打开的声音，有人像惊恐的兔子般蹦了出去。小铁冲到门口，冲着逃跑的两孩子的背影得意扬扬地说："快跑吧，要是让你九条龙铁爷抓住，小心打爆你们的狗头！"

小峰被绑在一张木椅子上，阿心正把塞在小峰嘴里的毛巾拿出来，小铁大大咧咧地一把推开阿心："怎么那么笨，解个绳子都不会，还是让你铁爷出手。"小峰嘴里的毛巾刚被拿出，就使劲地朝外吐口水，看来那毛巾的味道不怎么样。

"你们两个终于来了！"

"嘿嘿，那还用说，峰哥有事，我小铁当然是死（驷）马难追，再累也得插个刀，那个……那个……"

"别废话了，你快点行不行！"

"好了好了，很快就好。阿心，快过来帮忙。你怎么一点也不关心峰哥？峰哥对我们多好，我们不能知恩……那什么报！"

阿心捧着肚子笑了起来。小铁看小峰的脸色不好，额头上的汗就出来了，可这绳子不知道是谁绑的，绑得那么紧，还打了死结，小铁使了吃奶的劲都没解开。这下小峰就更不高兴了，峰哥不高兴，后果很严重，小铁"峰哥第一小弟"的称号就有可能被别人抢走，比如旁边那个傻笑的家伙，搞不好自己会成为那个排名靠后的"地板星"。想到问题的严重性，小铁抹了把汗，说："峰哥要不我们先扶你走？这一下子解不开啊，得找刀子。"

"切，没用就是没用，找个工作不赚钱，连根绳子都解不开，阿心，过来帮我解绳子。"小峰扭了扭身子，把绳结从小铁手上挣脱了，移交到阿心手上。阿心偷瞄了眼小铁，他脸涨得通红，一副要哭出来的样子，阿心便让小铁一起来帮忙。两人忙活了一阵，好不容易把绳子搞松了，才让小峰逃脱出来。小峰甩掉绳子就大骂起来，什么乌龟的各种蛋，甲鱼的各种儿子，还有些听都没听过的史前生物，都从他的嘴里冒了出来。小铁怔怔地看着他，大概是没想到小峰哥居然也懂得那么多骂人的话，看他骂人词汇丰富，表情生动，小铁忍不住想点个赞了，可一想到小峰瞟自己那眼神，小铁顿时又泄了气。

"谢特！总有刁民想害朕！好吃好喝好唱地请他们，这帮土包子非但不谢我，反而想诈本大爷的钱，他们以为我傻啊，就算本大爷有的是钱，也不给他们一毛！两位爱卿好好跟着朕，你们还算有点良心，朕不会亏待你们的。"小峰双手又叉着腰，努了努嘴，感觉嘴里的滋味不太妙，又呸呸地吐了几口。

小铁一听，顿时喜出望外，连忙答："是是是，都听哥哥的，都听哥哥的。"

小峰拍了拍小铁的头："嗯，看来你最近有认真看书啊。"

"那是那是，峰哥让看的，一定要看，一定要看，就是好些个字不认识！"

小峰满意地拍拍小铁的肩膀，说："不认识可以问啊。"虽然他的个头比小铁还矮一点，但还真有点首长赞许警卫员的意思。小峰瞟了正往窗户外张望的阿心一眼："走，唱歌去，还没唱过瘾呢，这两天打工我可是赚了不少啊。"小铁连连叫："好啊好啊，峰爷赚钱就是厉害，我们是真比不上啊。"

阿心忽然说："不好，他们好像回来了！"

"不会吧，那么快！"小铁赶紧凑上去看。

小峰打了个哆嗦，猛地一扯小铁，说："兄弟，还不快护着哥哥先走！"

三人在屋子里转了两圈，发现后面还有扇门，小峰小铁冲过去就要开门。可这门也不知道是锈了还是哪里卡了，无论怎么用力推也无法打开，小铁急得大叫："阿心快来帮忙！"阿心回头一看，不知哪儿来的力气，大叫一声："你们让开。"小铁和小峰一愣神间，只听到"嘭"的一声破响，阿心冲上来一脚把门踢了个大洞！这下三人都呆住了，因为门是被踢破了，但并没有被打开！而且看这副破样，恐怕是更难打开了。三人正对着破门洞发愣，那边已经传来拍门声，三人顿时乱成了一锅粥，小峰狂拉破门把手，期望着在这最后一刻门能打开，小铁猛地冲上去把前门按住，想阻止他们进来，可这一切都是徒劳……

这次"落网"的可不止小峰一个。

三人被堵在墙角里坐着，六七个大男孩把他们围了起来，然后"啪"地一张破木椅放在了三人面前，一个身材略高大的男孩大大咧咧地坐在椅子上。他穿着黑色七分裤和白色短袖衬衫，手上还戴着个超大的、完全不符合他细小胳膊的金色的表，使他看起来像是从香港旧电影里走出来的小混混。他的目光在三人身上扫来扫去，最后停在了小峰身上，接着他跷起二郎腿，伸出手来甩了甩手腕上那块金色的表，说："怎么着我也得好好感谢你一下，是吧？"

三人不知道他讲得啥意思，不过他们见识过孔布的恐怖，倒也不觉得这大男孩有啥可怕的，尤其是小峰，看到对方穿着各种假名牌和不着调的衣裤搭配，还有一只能直接戴到肩膀的镀铜表，一股蔑视之情就从心底不由自主地冒了出来。

"这位兄弟，哪条道上的，给个痛快话！"

"小铁，你最近真没少看《水浒传》啊……"

"听说你给我这帮子兄弟吃好的、玩好的，我这个当老大的要是不谢你，不是显得我小气吗？"金表小哥一边摸着金表带一边斜着眼说。

"嘿嘿，吃个饭唱个歌能花多少钱，小意思小意思。来来来，峰爷我再请大家唱歌去，咱们唱到爽为止。"小峰边说边站起身来，笑嘻嘻地就要往那金表小哥靠过去。谁知金表小哥板着脸给了他一脚，把他踢回了墙角。小峰的屁股撞上了又脏又硬的地面，痛得叫了起来，他张嘴就想骂人，但一看到金表小哥那死沉死沉的脸，小峰眼前突然闪过孔布的眼神，到嘴边的话又缩了回去，只是低声哼哼了几声。

金表小哥给旁边小弟使了个眼色，那小弟上前把小峰口袋里的钱包搜了出来，递给了金表小哥。小峰满不在乎地说："几位兄弟要是钱不够用，钱包里还有千把块钱，就送给大家。"金表小哥从小峰的钱包里拿出了十来张百元大钞，就在三小以为他会把钱往口袋里塞时，金表小哥手一抖，十来张百元大钞顿时被甩到了地上，他冷笑着从钱包里抽出张卡来，伸长了手在小峰面前晃了晃。

"这卡里有多少钱？"

小峰耸了耸肩，说："这一路上用了不少，卡里大概还有一两千吧。"一边的阿心和小铁偷偷互望了一眼，心里都在想："这小子又在撒谎了！"

金表小哥嘿嘿嘿地笑了几声，继续甩着手上的卡，大声说："看起来可不像啊，一顿饭就请了大几百，瞧你请我兄弟们这派头，这卡里怎么也得好几万，是吧？"

"唉哟，我们都玩好些个地方了，钱用得差不多了，要不然也不用打工嘛，你们说是不是。"小峰反应特别快，马上就编出了一套鬼话，把阿心听得一愣一愣的。小铁肚子里一个劲在笑，脸上却啥也没表现出来。他可是在小峰家里住过的，那房子叫一个豪，那是真正的别……'别野'啊，还有那豪车，哪怕是停车的地方都特别高大上，连马桶都是银光灿灿的，还能各种冲洗烘干，舒服极了！这样的少爷要是在古代，必须得有好几个下人跟着，骑着马，架着鹰……

金表小哥把卡往小峰身上一丢，说："行吧，那就把这一千块钱拿出来。"小峰一呆，没想到这金表小哥智商挺高的，这卡里有钱没钱，只要插进ATM机一输密码就都知道了，哪能瞒得住啊。小峰一想这可不行啊，虽说卡里没太多钱，可白白被这戴假表的小子坑去，那也太不值了。再说了，没钱还流个什么浪呢，那就真是要饭了！小峰慢吞吞地捡起卡，在裤子上擦了又擦。

"我现在就带你去ATM机，顺便让我也见识见识有钱人的卡里到底有多少钱。"

小峰赶紧叫了起来："哎，你们要干什么？你们这是抢钱！我才不去，打死我也不去！"

金表小哥拍了拍脑袋，笑了起来："真不好意思，刚才没想到，你把密码告诉我们，就不麻烦你走一趟了。"

小峰嘿嘿地笑了起来，心里却在想："你当我傻啊，把密码告诉你，你还不全抢走了！唉，这次真是倒霉了，下次我怎么也得装个穷人才安全！哼，反正我要是打死也不说密码，他们能有啥办法！唉……可他们要真打我怎么办，为这点钱挨打可不值吧，家里有那么多钱等着我去花呢，我可不能被打死在这里。"

金表小哥拿出一把挫指甲刀来，一边挫指甲，一边斜眼望着小峰，胸有成竹的样子。小峰真想一脚把他踹倒在地，再往死里踩几脚解解恨。可对方人多块头又大，这地方又很偏僻，要是真被关起来，那日子可就苦了。小峰这才猛然觉得大事不妙，搞不好又要受罪！"唉，我真没脑子，这次出来一直在用现钱。本来想用完了再取，谁知道好久不用，现在一想，密码都忘了，唉……"

金表小哥凑上前来认真看着小峰装疯卖傻，直到小峰被看得害怕起来，他才缩回了身子。他不骂人也不打人，走远几步和兄弟们低声说了起来，几句话说过，他拿过从地上捡起的现金，转身出了屋子。剩下的几个孩子交头接耳起来，三人仔细听着，基本是要把他们关起来的意思。其中一个说："大哥说了，把你们关起来，不能放走，也不给吃的，除非把密码说出来。"

"你们算什么东西，敢关你铁大爷！"小铁怒不可遏地要冲上去跟他们干一场。可面前四五个高一头的大男孩，他们只消轻轻一推，小铁就只能乖乖地滚到一边去了。小铁气得哇哇大叫，抢着拳头想再冲上去，却被那几个大男孩摁住，在他身上一顿好搜。三人身上所有东西都被搜了去，钱、手机，甚至连一张餐巾纸都被搜走了，然后他们退出屋子在门外守着。小铁知道打不过他们，可就这样被困住，他真是心有不甘。以前被孔布关小黑屋那是没办法，因为孔布力气大得多，可现在自己一世英明居然栽在这几个小毛贼手上，连心爱的手机都被抢走了，小铁的鼻子都气歪了！他冲上去用力往那门上踢，却只能踢得脚尖生疼。

小峰见他们都退出去了，反而倒心安了，他才不会因为被抢去个手机而难过，长长吁了口气，说："还好他们没来硬的。"

"有什么好啊，我们被关起来了。"

"怕啥？就几个小毛贼，还能比孔布更变态啊！"小峰见识过大风大浪，居然真不怕似的，还笑嘻嘻地冲小铁挤挤眼睛。

时间就这样在担忧中流逝了，很快海边已经被夜色笼罩，海面变得不那么清晰起来，卷着白沫的波涛也暗沉了下来，每次冲击海岸的浪涛似乎都化身成了黑暗的巨兽，嘶吼着卷上沙滩，咆哮着又退去。听着有规律的海浪声，三小几乎同时感到饿了。饿肚子对于小铁来说是家常便饭，可对于峰爷来说就是大事了。小峰可不想在阿心和小铁面前丢脸，但还是忍不住哼哼起来，一边哼一边在屋里走动，好像走着走着就能变出美味晚餐来。可现实偏偏与他作对，小峰越走越饿，而且阿心和小铁都不和他说话，这让他心情更烦躁，几次想狠狠去踢门，可一看到屋外那几个大男孩的身影，小峰就失去了胆量。最后他找了个墙角蹲下来，嘴里低声骂着，阿心和小铁也听不清楚他在骂啥，估计全世界都被他骂进去了。

小铁偶尔扫一眼小峰，眼神中略带幸灾乐祸的神情，可一接触到小峰的眼神，那表情就又瞬间变得特别真诚，特别感同身受，特别担忧峰爷肚子的模样。阿心则从每一扇窗户口往外望，好像在观察看守们在干些什么。小铁被阿心吸引了，他忘记了看峰爷的表情，而是跟着阿心转来转去，这里摸摸，那里看看。小铁可是和阿心一起经历"孔布小黑屋事件"的人，他太了解阿心了，这个平时看上去傻了吧唧的小子往往会在危险时刻表现得特别勇敢……哦，也可能是天生死脑筋，感觉不到害怕。

小铁忽然想到阿心在找什么了，他猛地一拍阿心的肩膀，低声说："你是不是在找能开锁的东西？"

阿心摇摇头，说这门被封死了，开锁没用。小铁一想也对，上次孔布那里门缝大，所以才逃了出去。小铁丧气地问怎么办。阿心也叹了口气，说两扇门都结实得很，打不开的，窗户上都穿了铁栏杆，而且这地方很偏僻，喊救命都没人听见。看到连阿心也没辙了，小铁有点伤心，既然那个戴金表的家伙放出话来了，看来晚上这顿饭是不用幻想了。虽然饿惯了，但最近日子过得都挺不错，跟着峰爷吃香的喝辣的，好久没这么饿过了，今天这么一饿，便更难支撑了，他情不自禁回想起之前那些短暂而又美好的时光。想到这里，小铁扫了小峰一眼，他就不明白了，这好吃懒做的主到底是哪根筋有问题，会想出来打工的呢？这小子其实就是想带足了钱出来玩吧，唉，真是中计了。

小峰蹲在那儿，嘴里嘀嘀咕咕地骂着什么，间或冷笑几声，不知道的还以为哪位演员在用心排练呢。小铁看得心烦，他突然想到自己有件重要的东西不知道有没有丢掉，就急忙去翻。阿心见他在翻衣服口袋，就问他在找什么。小铁在衣服口袋里层翻出张照片来，照片跟小铁的手掌心差不多大，边缘已经泛黄变旧，闪着淡淡的油光，一看就是上了年代的东西了。阿心凑上去看，是位老婆婆的照片。阿心在家里也看到过这种照片，是妈妈保存起来的老照片，每次妈妈拿出来时都像拿着易碎的宝贝一般，看好后又小心翼翼地放回相册。阿心每次看到这些照片都会笑，因为照片上的人看上去都挺呆萌的，还会拿着很好笑的道具。比如老妈就有一张小时候穿着厚棉袄、手里拿着把小提琴的黑白照片，每次阿心看到老妈照片上那呆萌的表情就会大笑。

可小铁却笑不出来，因为那是外婆的照片，是陈东鹏陪他回老家那次找出来的。外婆去世了，小铁老是想起自己缩在外婆怀里睡觉的舒服劲，感觉那是自己这辈子最幸福的日子。有时小铁睡在外婆身边，抱着还小的花花，花花尿床了，外婆就会起身一边骂一边换床单，小铁也会拍拍花花的小屁股，花花就会无辜地哭起来，在床上扭来扭去的。

两人看着照片，都想着自己的心事。

"哟，谁的照片？"耳边响起了笑声，有人一把扯过小铁手中的照片，瞥了一眼后随手丢在地上，"还以为美女呢，原来是个老太婆。"

"去你的！"小铁眼里冒着怒火，冲上去照着那大男孩的脸就是一拳。

这一拳重重打在了对方脸上，打得非常果断，别说是被打的大男孩，就连阿心小峰都没反应过来。小峰听到了大男孩咧嘴喊痛的闷哼声，他心里咯噔一下，心想这下要糟。果然那帮大男孩围了上来，七手八脚地把小铁抓了起来，阿心想拉住小铁，也被打了几下，推了开去。

"好小子，胆够肥啊！你以为老大不在，我就不敢教训你？！"那被打的大男孩上来就给了小铁两巴掌，小铁的手脚都被控制住了，没办法还击，就狠狠地朝他吐口水。

"好，算你有种。"那大男孩转身说，"去，把那东西抬过来，房子后面有板车！我就不信收拾不了这小子！"当即有两个男孩笑着离开了。

小铁知道打不过他们，被放开后就去捡回了照片，仔细擦干净，小心地放回到口袋里。抬起头来看时，那被打两拳的男孩正在朝他冷笑，那表情似乎在说："小子，你就等着吧，看我给你好瞧的！"小铁怒瞪着对方，大有拼个鱼死网破的势头。小峰却开始担心他们要搞什么鬼，特别是看到被打那家伙阴险冷笑的脸，小峰就知道无论如何肯定不是好事。他讨起饶来，装出一副很无辜的样子说："你们不是要钱吗？我这卡里也没钱了，不过要是你们放我出去，我找我爸要一两千也行。"可他的话还没说完，对方就冷笑了起来。小峰不死心，继续诱惑对方，他把自己描述成普通人家的孩子，再也不敢吹嘘富二代的事了。可他的努力只换来对方的冷笑和嘘声。

没多久，屋外有了声响，天色虽已渐暗，但阿心透过窗户玻璃还是能看到两个大男孩推着板车，上面架着个大东西，可看不清楚是啥。东西被运到，几个大男孩欢呼了起来，他们全部走了出去，把门锁了起来，于是三人都跑到窗口去看。小铁眼尖，突然叫了起来："是个铁笼子！"小峰用他的近视眼疑惑地看着他们，问："铁笼子？什么意思？"什么意思很快就知道了，没到十分钟，三人就被"请"进了那个铁笼子。不管小铁如何狂吼着打死也不进那个门，也不管小峰如何叫嚣着他们可都是拿过好处的，反正三人没能抵抗过那几个大男孩的力气，被关进了这个长两米不到、高和宽均不足一米的铁笼子里。

几个大男孩在铁笼外上了把锁，看着被关在笼里的三人，乐得哈哈大笑起来。小铁愤怒无比地使劲往铁笼上踢，可里面地方太小，根本使不出劲，再加上笼子的关键地方加装了细铁条，牢固得很，小铁很快就只能坐那喘粗气了。那几个大男孩看铁笼子还挺管用的，就放心地做其他事了，有的去买晚饭，有的回家拿衣被，其他的就在屋子里守着铁笼子。三人只能坐在这个无法站直的铁笼子里，像狗一样被关起来。一想到受了那么大的委屈，小峰就眼泪汪汪起来了，他别转头，生怕阿心和小铁看到自己眼里的泪水；小铁坐着直喘，嘴边还是咬牙切齿地咒骂。

这两间没人居住的海边小屋似乎早就成了这几个大男孩的地盘了，他们默契地完成了各自的任务后，金表小哥就带着他们在屋外的沙地上生起了一个火锅——没错，真的是火锅，在一个大的破锅子里烧着了木柴，然后开始烧烤，很快肉串的香气就被海风吹进了屋里。饿得眼睛发黑的小峰骂了起来："用我的钱买烧烤，还不给我们吃！哎哟，真是饿死了！你们太过分了，我打死都不说密码！"

小铁却知道对方要是来硬的，小峰肯定会老实交代。可他也真是很好奇，就凑上前去轻声问："卡里到底有多少钱啊，你那么有钱还舍不得？"

"呸，这不是多少钱的问题，是……是尊严问题！峰爷我的尊严！"

小铁心里冷冷地呸了声："又不是你自己赚来的钱，有什么尊严。"知道小峰不会说，他也就不再追问，只是顾自叹了口气，说："他们拿不到钱的话，咱们只能饿死了。"小峰瞪了火锅几眼，恨恨地说："这就是群小流氓，他们哪敢杀人，就想骗点钱用用。"小铁低哼了声，嘀咕着说："饿一天，你顶得住吗？"小峰听出了小铁话里的轻视，尽管他知道小铁说得没错，自己饿一顿已经是极限了，要是饿一天，那简直毁天灭地了。可在小铁这个穷鬼兼小弟面前，是打死也不能服软的！小峰习惯性地冷笑了起来："是啊，我可没法和你比，平时没事就练习饿肚子，这饿肚子的本事当然比我强了。"

　　一想到小峰拿卡里的钱装成打工赚到的钱，到处吃喝住旅馆，小铁就打心眼里讨厌，平时憋着的满肚子话怎么都收不住，一起喷了出来。"哼，我要是有个那么有钱的老爸，我也不会饿肚子。唉，也不知道是谁，明明啥工作也没找到，还装出一副赚了很多钱的样子。哎哟，我可真是服了，还好意思说是赚来的工资。"

　　"有本事你别用我的钱啊，别要我的手机啊，是啊，也不知道是谁，问我要好处的时候跟只狗似的。"

　　"你说谁是狗！要不是你惹上这群流氓，我们也不用被关在这里饿肚子啊，我和阿心好心来救你！"

　　"切，你好心，你能那么好心？你就是想拍我马屁，好让我给你多花点钱，你是不是觉得我特别傻，会不知道你在想什么？"

　　"你们就别争谁是狗了，你们现在都是狗，因为你们都在狗笼子里，哈哈哈。"金表小哥走了进来，一手拿着啤酒一手拿着肉串。看来他已经喝了不少，晃晃悠悠地在笼子前蹲了下来，顺势打了个饱嗝，顿时一股酒气直冲三小。借着门外的火光看到小峰直皱眉的模样，他哈哈大笑了起来，拿着肉串在笼子前晃，说："真是特别特别要谢谢你啊，你看你晚上还请我们吃烧烤，真是太爽了。用别人的钱吃烧烤原来这么爽，今天吃得不过瘾，明天接着吃，哈哈哈。"他说着拿过肉串就大啃起来。

　　三小被肉串的香味整得都快饿晕了。

　　金表小哥脸上满是笑意，他摇头晃脑地把一串肉串吃下肚去，超级满意地长叹了口气，看着手中另一个肉串，说："这么好的肉串，有些人吃不到，真是可惜啊。"他看到小峰气得脸都扭曲了，就更是觉得开心，把肉串伸到铁笼外，"怎么样？只要你把密码说出来，我马上放你们出来，肉串管你们吃到饱……"他正在得意地耍小峰，小铁突然伸过手来一抓，一把抢过肉串就大啃起来。

　　这下偷袭大大出乎金表小哥的意料。小铁咬了一大口后把肉串伸到阿心面前，含糊地说："阿心，快。"阿心也咬了块肉。这边小峰着急地说："我，还有我。"他话还没说完，小铁就把剩下的半串肉往他手上一塞，小峰差点感动地掉下泪来，赶紧把肉吞进嘴里。小铁从小峰手上接过长竹签，递给金表小哥，学着小品里的口吻说："谢谢啊。"金表小哥看着三小一副战斗胜利，喜气洋洋的表情，不禁摇摇头站了起来，无奈地走出门去。

三小一起大笑起来。

"呸，打死我也不说密码！"小峰回味着嘴里肉的香辣味，朝着门外发了个毒誓。

18

虽然只吃了半串肉，但只要一想到小铁和阿心分了半串，小峰就觉得可以接受了。他靠在铁笼上睡了一会儿，可半坐半躺实在是不舒服，尤其是不知哪儿还漏了风进来，尽管已是五月，但凌晨的海风还是让人觉得有些凉意。小峰半梦半醒地熬到清晨，神智被突然袭来的一阵寒意逼醒，这才感觉冷得发抖，不自觉地缩起了身子。小峰的眼神往四周扫了下，想起自己被关在笼子里的事实，身边坐着阿心和小铁，墙边还躺着两个大男孩，他们倒舒服，睡在垫子上还盖着毯子。

小峰打了个喷嚏，阿心低声说："醒啦？"

"真是冻成狗了！"

阿心低声说："我想到了个办法。"

小峰一下子竖起了耳朵，正想问是啥办法，小铁猛地一拍阿心的肩膀，压低了声音说："我就知道你有办法，怎么不早说！"阿心和小峰被他突然的诈尸吓了一大跳。阿心转头看了看那两个还在熟睡的大男孩，低声说："他们不是问小峰要密码吗？小峰就说密码记不清了，要去试试，让他们带你一起去，到了外面后……""到了外面找机会就跑，人多的地方可以喊救命，还能叫警察。嘿嘿嘿，好办法，看我怎么惩罚这些忘恩负义的白眼狼！"小峰顿时兴奋起来，撸起了袖子狠狠地朝那两个睡着的大男孩比画了几下。

阿心一边点头一边继续说："但是如果他们不让你去的话……"

"是哦，那怎么办？"

小铁无比厌烦地扯了阿心一把，催他快说。

"要不把卡弄坏？"

大家都静了下来，三小大眼瞪小眼地互相望着。阿心似乎是想看小峰的反应。小铁看看小峰又看看阿心，似乎在佩服阿心怎么能想出这么好的办法来。小峰则瞪大了眼睛盯着阿心，心想阿心怎么会想出这么个破办法来，居然说要把卡弄坏！弄坏了还怎么拿钱，还怎么玩，还怎么……咦，要是把卡弄坏了，那这些家伙是不是就不会再缠着自己了？卡可以再换，里面的钱又不会一起弄丢！于是，小峰的双眼渐渐亮了起来，他支起下巴"嘿嘿嘿"地连笑了三声，说："吾已算定，今日必能脱困。"随即小峰大大咧咧地叫醒了那两个还在睡觉的大男孩，让他们去告诉金表小哥，自己想起了几个密码，愿意去试一下。没想到那两个男孩懒得去告诉金表小哥，只说一会儿他就会来，让小峰继续等。他们说完就倒头睡去，把小峰气了个半死。

好在没多久金表小哥就来了，他满身酒气，醉醺醺地晃到铁笼子跟前，一张嘴还没说话，就先打了几个大大的哈欠。小峰把早就想好的话和金表小哥说了，金表小哥打完哈欠又笑了起来，他用手指敲敲铁笼，然后摆起了手指，表示不同意。这小子果然不同意！他肯定是担心小峰出去后会给他惹麻烦，没想到这流里流气的家伙还挺聪明的，难道只能把卡弄坏了？阿心和小铁不约而同地瞟向小峰，看他到底打算怎么做。小峰咳嗽了几声，又抽了抽鼻子，说："你给我们买来早饭，我们吃了早饭，我就告诉你几个密码，你自己去试，拿到了钱就马上把我们放了。"金表歪着嘴角低声笑着，点点头说："早饭事小，但如果敢耍滑头的话后面可有苦头等着。"小峰心里泛起一阵寒意，可话已经说出了，也只有硬撑到底了。于是金表小哥叫一个男孩去买早餐，自己转身走了出去。

等到他离开，小铁着急地问小峰："你怎么答应把密码给他了？"

"没事，我给他假密码，他拿不到钱。"

"那他回来不还是会逼着你要密码吗？"

"嘿嘿，我想起来了，密码要是多输错几次，这卡就直接被机器吞了。我估计这几个土包子不知道，卡都没了要密码就没用了。再说了，ATM机上都有摄像头，把他们拍下来，以后就不愁找不到他们，这几个小流氓！"小铁连连点头，阿心也恍然大悟，说这办法可比故意把卡弄坏好多了。小峰顿时得意起来，说这就是知识的力量！

早饭很快就送来了，虽然只有烧饼和豆奶，但阿心和小铁还是狼吞虎咽地吃了起来。小峰看着干巴巴的烧饼，硬得跟铁饼似的，没点力气真是咬不动，他真担心会把牙咬坏。可不吃也不行啊，昨天中午到现在就吃了抢来的半串肉，早已经饿得前胸贴后背了。小峰没办法，只得慢慢用牙把烧饼磨软，他忍不住叹了口气，说："怎么总那么倒霉，这要是活一辈子都那么倒霉就完了。"

"得了吧，你还倒霉，你让我怎么活！"小铁含糊不清地说。

"唉，烦！"

"烦什么烦，钱多就不烦。"小铁呼出口气，把东西全吃完了。

"你知道什么！有钱了还烦那才是真烦！"小峰瞪了他一眼，继续磨起烧饼来。

不一会儿，金表小哥就来了，手上还拿着纸笔，小峰装出一副特不情愿的样子来，磨磨蹭蹭地在纸上写了七组密码，说："应该就是其中一个吧，这卡有段时间没用，记不清了。"小峰说这些话的时候一直暗中观察金表小哥，看他到底知不知道输错几次密码就会被吞卡的事。但金表小哥没什么反应，等小峰说完他还满意地"嗯"了一声，说："等钱到手了，我就放了你们。我做人还是讲原则的。"说完金表小哥满意地走了出去。

三小互相使眼色来庆贺计划的成功。

虽然计划成功了，但卡会不会真的被吞呢？要是卡真被吞了，他拿不到钱，回来会怎么办呢？会放人还是把人关在这里不闻不问呢？这还真是很难预测的事，小峰满脑子都在想这事。小峰想着想着，觉得没把握，而且越来越没把握，他忽然想到阿心这小子不会是故意想出个破主意来害他的吧？这小子心里还想着唐青云，搞不好就是想利用金表小哥害他！

阿心也有点纠结，他倒没担心那金表小哥拿不到钱后会对自己怎么样，他现在满脑子想的是金表小哥回来后可能会怎么做。自从小白教了阿心后，他把自己碰到的所有事都当成是实战演练。只有小铁最开心，啥也没想，就等着看金表小哥吃瘪的表情。

金表小哥回来得挺快！小峰靠在铁笼上眯着双眼装睡，眼睛却在眼皮缝隙里偷偷瞄着外面；小铁却不客气地抖着脚，打算抓住机会好好欣赏金表小哥气急败坏的表情；阿心的表情有点严肃，只要他一想事，表情就是这样。

金表小哥走到铁笼前向小峰点了点头，用一种无法名状的语气说："好，很好，你很聪明，耍我！"小峰想装出一副刚睡醒还没搞清楚状况的表情来，可一看到金表小哥那呆萌中透露着恼怒的模样，却忍不住笑了一声。这一声笑的代价很大，当即小峰就被他们拉了出去，虽然小峰狂叫着不肯离开铁笼子，小铁和阿心也用力拉住他，但毕竟对方人多力气大，小峰还是被拉了出去，在两个大男孩的"帮助"下离开了屋子。尽管已经走了一会儿，但小峰那撕心裂肺充满恐惧的叫喊声仍然在阿心耳边回荡。阿心冲外面两个大男孩喊，可他们顾自打起了牌，根本不理会。相比之下小铁淡定多了，他觉得金表又不是孔布，最多打小峰一顿，整好了会把他带回来的。小铁的幸灾乐祸阿心用下巴都能听出来，想想这段时间小铁受了小峰不少委屈，也难怪他有点乐不可支。

阿心有点自责，毕竟这办法是他想出来的，小峰要是出事可怎么办？

事情的发展证实着小铁说得没错，到太阳接近地平线的时候，他们真把小峰送了回来，只不过回来时的小峰和去时的模样已经完全不一样了。他整个人被汗水浸透，衣服又脏又乱，鞋子和裤子上沾满了泥巴、沙子还有木屑。几个大男孩把小峰拉到屋里，刚把手放开，小峰就像没有骨头的软体动物一样软倒在地上，仿佛灵魂已经脱离身体，只剩下了一具软绵绵的空壳。男孩们商量着让小峰躺在铁笼外面算了，反正他也没力气跑，于是他们把小峰扶起来，靠在了铁笼上。

阿心见小峰除了呼吸时胸口的起伏外，真是半点动静也没有。这可把阿心吓坏了，他伸出手去拉扯小峰，可小峰半点动静都没有，只有粗声的喘气声。这下连小铁都担心起来了，他指着外面两个男孩大骂起来，谁知还没骂几声，突然听到小峰大哭了起来。小峰哭得真是极其凄惨，哭声里带着恨天恨地恨世界的巨大怨恨以及沙哑的咳嗽声，哭声虽然不响亮，却给人一种要毁灭地球的痛苦决心。只是这哭声还没持续多久，咳嗽声就盖过了哭声，然后就只剩咳嗽声了。阿心听他开始还咳得不多，咳声里混杂着点哭声，可渐渐地咳嗽越来越厉害，有几声剧烈的咳嗽仿佛要把整个肺都咳出来似的。这时小峰就再也没力气哭了，浑身的力气就只能用来应付咳嗽。阿心听声音就知道不妙，今天早上小峰就有点咳，一定是昨天晚上冻坏了，再加上白天不知道被他们如何折磨，肯定是病了。

阿心伸手去摸小峰的额头，可怎么也摸不到。小铁就凑过来说他手长，让他试试。于是小铁和阿心在铁笼里艰难地换了个位置，小铁努力伸手去摸小峰的额头，果然摸到了小峰的额头。这一摸把小铁也吓得够呛，他摸了下自己的额头，叫了起来："阿心阿心，不好了，小峰的头能烧开水了！"阿心使劲摇着铁笼，叫外面两个大男孩去给小峰买药。那两个男孩怎么会理他，吃东西打牌不亦乐乎。于是阿心就一直叫一直喊，喊到那两个男孩实在受不了，终于有个男孩说了句："小子，你再喊，老子把你丢到海里去！"

"你们有没有脑子啊，发高烧是会死掉的！"

"要死掉？"另一个大男孩嘀咕着看看在那咳嗽的小峰。

"不信你去摸他的头，这么烫当然要死人了，你们都没发过高烧啊，你们高烧了都不吃药啊！"阿心的连吼带叫总算引起了这两个男孩对小峰高烧的注意，其中一个发现小峰的额头真的很烫人，就和另一男孩嘀咕起来。

"你们脑子是不是有病！我们身上的东西全被你们抢走了，卡也没了，还把我们关在这里干什么啊？要是真死人了，警察不会找你们啊？"看两个男孩有点动摇，阿心抓着铁笼使劲吼。小铁心想小峰烧得很厉害，万一真挂掉了，那自己的好日子也就到头了！这个觉悟在小铁脑中迸现，他顿时反应过来，也摇着铁笼大吼起来："快给我峰哥买药，快啊，要不然他就要烧死了！他要是死了，你们两个就是凶手！你们就等着吃牢饭吧！"

俩男孩见阿心和小铁把铁笼摇得左右晃动，还真担心他们把铁笼摇破了，一男孩喊："停停停，别摇了，我们这就去找老大！"

"你们抢东西，又把我们关在这里，已经犯罪了知道吗！是犯罪！要是再死个人，你们这辈子就在牢里待着吧！"小铁吓人的技能果然比阿心高，一下就把两个男孩镇住了。他们面面相觑地退到墙边商量该怎么办，似乎担心小峰真会死掉，又担心老大会怪他们。

小铁知道他们在犹豫不决，赶紧追着吼："你们真是猪脑子，你们的老大就是个流氓！真要是死了人，你们给他背黑锅啊？"可能想想阿心和小铁的话没错，这杀人的黑锅是怎么也不能背的，胖点的男孩说先去买退烧药，然后再和老大说这事。另一个略矮的男孩懊恼地嘀咕说一会儿就回去，不再碰这破事了！那胖男孩点点头，说："买完了药后就走掉，万一这里真出事也跟我们没关系。"

药买回来后，阿心和小铁七手八脚地把药给小峰喂了下去，还给他灌了杯水。小峰昏昏沉沉的，别说是喂他喝药，就算是喂他喝洗脚水也不知道。小峰喝了药后靠在铁笼上睡着了，两人见他咳嗽好些了，也就放心了。矮个儿男孩递过来三个烧饼。小铁喜出望外地拍了拍铁笼，说："兄弟，靠谱啊。"

"可别和老大说。"

"放心放心，绝对不说，绝对不说！"小铁飞快地啃了起来。

"要是真出啥事，你们……你们也别扯上我们啊。"

"你们把我们放了吧，这可真是犯法的。"小铁边啃烧饼边说，阿心有点奇怪他居然知道什么叫犯法。

两个看守男孩和金表小哥联系后，金表小哥同意给小峰吃药，还同意买烧饼给三小吃，并说明天一早他会过来。这个结果比阿心他们预想的好很多，也多少有些出乎意料，小铁喃喃地嘀咕，这金表小子难道是突然善心大发了？

过了好几个小时，金表果然来了，而且还带来了三张毛毯和几张烧饼。他的表情似乎有些忐忑，先在门口和几个兄弟说了几句，然后走进屋来。他在铁笼前蹲了下来，又甩了甩他那标志性的金表，说："我实话和你们说，我也不是什么坏人……"

"不是坏人？你把我们关在狗笼子里难道还是好人了？你戴着金色镀铜表，是个有头有脚的体面人。我们只能待在狗笼子里，活一天算一天。"小峰的精神恢复了一些，他跷起了腿，一副睡在桑拿房的模样。

阿心忍不住说："当然是有头有脚，要不然就是鬼了……"

"臭小子，真会说啊。可别忘了，要是我几天不给你们吃喝，特别是你，额头还烫着吧，不吃药想烧死自己？"

小峰心里一阵惊慌，他没想过高烧会死人，他只是对待在狗笼子里感到异常厌恶。想想自己以前旅游都是事先找最好的宾馆，吃最好的饭店，就算爬山也一定是预订山上的豪华住宿，小峰做梦也没想到自己居然会沦落到住在狗笼子里！这简直就是奇耻大辱，这要是回去被同学们知道，自己还怎么活啊！小峰心里不知道有多恨这个炫耀假金表的混蛋，可他也学乖了，脸上尽量不暴露出来，嘴上也不乱吐槽了，心想要是这戴假金表的白痴发个狠真不给吃的，那可怎么办啊？鬼知道什么时候才能从这里出去，还是好汉不吃眼前亏吧。

"我也不为难你们。这笼子呢，我给你们撤了，你们就老老实实待在这里。每天我会给你们送饭菜，等到一定时候，我会把你们的东西都还给你们，你们想去哪儿就去哪儿，怎么样？"他说着把手中的烧饼递给了三小。金表小哥态度的变化完全超出了三小的预料，他们怎么也不会想到凶神恶煞和孔布有的一拼的金表小哥突然变了，居然还答应把钱和手机都退回来，这实在是有些不可思议。但这看来好像是真的，当即金表小哥把兄弟们叫了进来，让他们把铁笼子给撤了，还把地扫了扫干净，铺上了毛毯，让三小可以舒服地躺在上面，接着他们就全部退出了房间，守在外面。

小峰啧啧称奇，一边啃着烧饼一边透过窗户玻璃看着外面那两个守门的家伙，说："这些家伙在搞什么鬼，不问我们要钱了？怎么突然变了？"

"肯定是发生了什么，不过这总是好事，至少现在舒服多了。等我出去了，就去把工资拿了，然后就回家去。"

小铁在一旁舒舒服服地躺了下来，听到阿心这么说，赶紧点了个赞。

"难怪人家说穷人家的孩子早当家，阿心你真算是个好孩子，不像有的人，穷得要命，还一脑子狗屎。"

小铁把沾了油的手在衣服上擦了擦，抬头望着天花板说："哎哟，说的也真是的，也不是人人都那么好运气，一出生就有个土豪老爸。小阿心还算是好的，至少有个好老妈，像我这种从小就没爹没妈的，只能出来要饭。"

小峰学着小铁的样子把手在裤子上擦了擦，大声回应他："那也没办法啊，这就是命啊。这世界啊，垃圾都有分类的，好的差的是没法在一起的，有些人天生命苦，爹妈不要他，连唯一的外婆也没了。"

小铁冷笑着听小峰说，可听到最后一句他突然就恼了，上前一把揪住小峰的衣领就吼了起来："你小子说什么？"小峰没力气吵，他直接朝小铁翻了个白眼，说："看到我吃亏你心里很爽吧？你以为我看不出来？我就一病号，来吧，你就使劲欺负吧。"小铁愤怒地拎着他的领口，吼道："我最恨的就是有人骂我外婆，你是不是哪根骨头痒了，想挨揍？"小峰讥笑地看着他，把嘲讽的级别提到了最高级，一副"有本事你就动手啊"的表情。

小铁一肚子火，可想想毕竟自己还拿了小峰一些好处，现在他生病了，揍他好像不符合英雄好汉的作风，只得恨恨地松了手。他心里着实不爽，总想甩出几句痛快的话，可他左想右想总是些老话，感觉没啥新意，小峰就算听了也不痛不痒。小铁心里郁闷极了。他满脑子都在想怎么好好教训这个没啥本事又不知天高地厚的小峰，虽然不能打他，可也得变着法子狠狠教训他才行，让他再也不敢骂外婆！他一言不发地听着阿心和小峰在聊天，老实阿心说明天可能会怎么怎么的，而发烧虚弱的小峰吃饱喝足后把自己裹到了毯子里，有一句没一句地嘲讽着阿心。也不知怎么的，小铁越仔细听小峰说话那腔调就越讨厌，听到后来简直恨得牙痒痒的，好想把他放到脚下狂踩一顿！不管是住在小峰家的花花，还是小峰买手机给他，这些好处都没能把他对小峰的讨厌降低半点，甚至更加剧了他对小峰的厌恶。

"这次回去，打死我也不出来了！"小峰抽了几下鼻子，似乎终于醒悟了，"太危险了，让我爸都安排好，玩得才舒服。"他深深叹了口气，把身子裹得更紧了些，像只躲避寒冷的小动物般蜷缩到了最小的体积，尽可能地保住温暖。

19

一阵撕心裂肺般的灼痛刺醒了昏迷中的肖陵，他还没有完全恢复意识，只是在混沌的梦境中感觉无数烧得通红的针正扎在自己身上，所有的皮肤、肌肉、骨骼都被刺穿，针上灼热的能量正在燃烧炙烤着每一寸肌肤，甚至连骨髓都在沸腾，整个身体正在被烧成灰烬……

等他真正醒来的时候，感觉疼痛的剧烈程度轻了许多，已经可以咬牙承受下来，不再有全身被烧着，即将灰飞烟灭的感觉了。他睁开双眼，眼泪顺着脸颊淌了下来，有人伸过手来帮他擦掉了眼泪。当手移开时，肖陵看到朵朵就坐在面前，圆圆的脸凑得很近，连呼吸都能感受到。朵朵低声说："不痛不痛，乖，不痛不痛。"她看到肖陵睁开了双眼，马上叫了起来："醒了，醒了，醒了……"声音中充满了喜悦和激动。她往外面跑去，那兴奋的神情甚至让肖陵觉得疼痛都减轻了不少。

唐青云马上走了进来。肖陵看到她关切的眼神，心中一阵感动，忍住痛咧开嘴说："每次见你，都要……接受考验。"肖陵感觉喉咙中有什么东西卡着，既无法咽下又无法吐出，嗓音因此沙哑而混浊，声音忽大忽小，无法控制。唐青云一怔，她没料到肖陵受这么重的伤，开口第一句话还是说笑，但转而一想，在古镇时肖陵被吴刀砍伤，在山顶时差点被吴刀所杀，追孔布时差点死于车祸，这次两人见面，肖陵又被烧成重伤，这么一想，肖陵说的又似乎是实情。唐青云带着愧疚的神情低声说："真对不起。"

肖陵含糊不清地说："还好……朵朵没事。"

"医生已经给朵朵检查过了，朵朵只是有点小擦伤，多亏了你这个肉垫。倒是你，已经昏迷两天了，医生说你的喉咙和呼吸道被火焰的热流和有毒的气体烫伤，需要好好休养才能恢复。你最好不要说话，会影响恢复。"唐青云轻轻地把朵朵抱在怀里，说："本来想安排朵朵去旅馆睡觉的，可她不肯，说一定要陪着你。另外我也觉得没人陪朵朵，不大放心。"肖陵刚说了两句话，嗓子便有被灼烧的感觉，他只得打消了说话的念头，想伸出手臂去抱抱朵朵，可略一动弹，顿时感觉皮肤被拉到了，皮肤和肌肉瞬间被撕裂般的疼痛让他出了一身冷汗，最后只得勉强从嗓子口挤出了一点别人无法听清楚的声音。

唐青云知道肖陵内心有疑问，她轻轻按住了肖陵的手，低声说："不要说话，我来说给你听。"接着唐青云一边抱着朵朵一边将情况说了出来。在付东母亲家聚餐后，肖陵就出发去寻找朵朵。后来，肖陵给唐青云发了一条找到线索的信息后，唐青云发了三条信息给肖陵，但肖陵没有回复，这让唐青云有些担忧。这个时候，肖陵正在和方银对峙，手机还被方银没收了。等到第二天唐青云再联系肖陵时，肖陵仍然没有回复，唐青云就知道肯定出事了，她给肖陵打电话，却发现手机已经关机了，她便马上联系了付东。付东也觉得这里有问题。肖陵发来的最后一条信息里提到一个他当时所处的位置，付东便让两位便衣警察带她一起去寻找肖陵。于是唐青云三人开着车到该位置寻找，三人在那边附近打听，直到后来听说附近有幢楼房发生火灾，敏感的唐青云马上开车前往，正好见到肖陵被困大火之中。如果不是因为那场火灾，唐青云他们恐怕仍然无法找到肖陵，也亏得唐青云他们及时出现，才能在最短的时间内将肖陵和朵朵送到医院，并且事先通过付东联系医院给予了肖陵最快速的治疗。

"但还是不知道方银去了哪儿，他似乎早就离开了。"唐青云有些郁闷。

肖陵闭着双眼，不知道是在思考什么，还是在单纯地忍受疼痛。

"你知道火是怎么烧起来的吗？"

肖陵知道唐青云在担心什么，他轻微地摇摇头，陷入了沉思。

朵朵就睡在折叠床上，折叠床紧挨着肖陵的病床，虽然高低不一，但她还是努力往肖陵这边靠，即使睡着了，一只小手还搭在肖陵的被窝里，捏着肖陵的手。些微的鼾声让她显得更为安静，而这小小的病房也成了专为朵朵而设的宁静港湾，朵朵就如同初生儿一般平和安静。望着朵朵缩在薄被里的娇小身躯，唐青云不禁想起了初见花花时，她被铁链拴在地上削土豆的情景，那情景让她心中发寒。

疲惫的肖陵再次昏睡过去，从他第一次在医院睁开双眼到现在，他这种忽睡忽醒的状态已经持续了近一天，他极力想清醒过来，但又抵抗不住重伤造成的极度困乏而再次睡去，疼痛则在这两者之间促成了平衡。每次他醒来，间歇睁开双眼的时候，唐青云都柔声地安慰他，和他说一些能让他安心的话，尽管不清楚他能听见多少。但事实上，唐青云心中有着强烈的不安，每当她回过头，瞥见病房外坚守岗位的警察时，心里总会感觉平静一些，可只要她一想起肖陵抱着朵朵站在熊熊燃烧的烈火中的情景时，她就觉得浑身冰冷，有种无法言喻的深深的害怕逼迫得她无法喘过气来。

她的手机中留着方银发来的那条信息："还记得我们的约定吗？"

方银的信息中有种情侣间亲切问候的感觉，可现在却让唐青云汗毛直竖。不论是在追击杀人犯吴刀时，或者开飞车追孔布时，又或者在山上被大壮瞄准开枪时，唐青云都没有那么害怕过，但是现在她却真的害怕了。她不知道方银接下来会做什么，又会以谁为目标。她希望大火是意外烧起来的，但没人能拿出确凿的证据来让她安心。警察询问当地百姓，那天晚上确实有孩子们在楼下放烟火玩，具体是人为纵火还是烟花引燃，恐怕永远都不会有人知道。

"约定？"

唐青云满脑子在回想这"约定"是指什么。她的思绪回到了更早一些的时候，见到了那个还很青涩的自己，那个还未经历巨大变化的自己。

　　KTV并不是唐青云爱去的地方，那里充斥着大杂烩式的曲子和不堪入耳的器叫式的嚎叫声，还有随时都能碰上的喝饱了酒在走廊里乱蹿找厕所的人。虽然可能人人都去KTV唱过歌，但对于在里面工作而言，这并非是什么美好的体验。唐青云从未想过自己会在KTV里工作。她自己也很惊讶为什么会做出这样的决定，除了怪两位要好的小姐妹之外，她想来想去，也只能怪自己太穷了。为此，她忍受了那个经理稀奇古怪的说话口吻和那双老鼠般的小眼睛的直视。

　　刚开始那几天，她笨拙得就像一只从未成功偷吃过主人家东西的小老鼠，每日在自己的洞口左右张望，也不知道是在找吃的，还是在害怕主人突然出现。这让经理很不开心，他原本十分看好唐青云，毕竟她的形象实在太好了，说万里挑一也不过分，可没想到唐青云太过笨拙和木讷，经理非常失望。

　　就在唐青云决定放弃这个工作、彻底离开的时候，人生的转折点到来了。后来唐青云经常回想起那一天。以前回想的时候，她的内心总是充满了喜悦和甜蜜，但是最近一年，她已经无法判断那一天对自己到底意味着什么。那一天，方银闯入了她的世界，具体时间是在她把托盘里的酒泼到客人腿上的时候，是故意的还是无意的已经不重要，就在那位客人喊着要找经理时，一个一直坐在边上不被人注意的清瘦男子站了起来，把那位客户按到沙发上说了几句话，然后礼貌地提出想借用唐青云十分钟，陪他出去转转。

　　唐青云答应了。

　　清瘦男子说话相当简约，也相当直接，两人在KTV外的广场上走了一阵后，他告诉唐青云，她不适合在这种环境工作。接着他在一处花坛边上坐了下来，在黑暗的角落里点起了烟。看着那渺小的一点火光在黑暗中亮起，唐青云突然想哭，她强忍住了眼泪，说自己是想走人，只是有点心疼押金。

　　"就算再穷，也不能凡事皆以钱为最终目的。"他吸了口烟，引得那点烟火忽地一亮。

　　唐青云站在几步之外，广场上昏黄的灯光淡淡地照在她身上，给她增添了一丝神秘的美感。她茫然地看着坐在黑暗里的他，说自己并不知道该做什么，只是想着先赚钱养活自己，还要往家里寄点钱去。

"我就是从农村出来的。好不容易在城里打拼了那么些年，取得了点小成绩，但是前几天我把所有的积累全部折进去了，好像又回到了刚开始进城打拼的时候。"他说得很平淡，仿佛只是打牌输了几十块而已，但唐青云却能感觉到这个打击对他来说肯定很大。

"所以你一直坐在角落里闷闷不乐？"

"我的几个朋友想给我解解闷，所以才来唱歌喝酒，但是没用的。"他耸了耸肩。

"是啊，要是我手上真没钱了，连明天的早饭都买不起了，唱歌喝酒能管什么用。"

清瘦男子低声笑了起来，手上的烟头忽地掉落了下来，他顺势挪了下脚，把那地上亮起微光的烟头踩灭，说："买早饭的钱倒还有。你要是没有的话，我可以请你吃。"他听到唐青云笑了起来，又接着说："说实话，放过那个害我的人，我是有点不甘心……"

"有人害你把所有积累都亏光了？"

"嗯……还倒欠了别人不少吧。"

"那怎么能放过他！"

清瘦男子又把烟点了起来，吸了一口，说："你可能不太了解，有时候，有的人一句话就能决定你的生死去留。对他们来说，这就像踩死一只蚂蚁那样简单。而且，他们可能还因此非常享受。"

"我们经理就是这样，我的押金就是他一句话的事，可我能拿他怎么样？几千块钱对他来说是比蚊子还小的肉，对我来说能活两个月了！"

"嗯，大概就是这么个意思。"

"那就要他付出代价，不能便宜了这些人，这些人仗着自己有权有势，根本不把穷人当人看。"

"你真这么觉得？"

"当然！要不然人还活个什么劲？"

"嗯……我想想。"

"还想个什么劲，你不是欠了人家钱吗？可不能赖账！别跟你那帮酒肉朋友混了！我还要赚钱养活自己和爸妈呢，你就回去想想该怎么报仇雪恨吧。"

"唉，我还没仔细算过，报仇雪恨哪这么容易，人家比我强不知多少倍……"

"呸，你要是觉得自己行，这个仗还有的打，你要是觉得自己不行，那就真的不行了，还是趁早回老家去吧，走走走。"唐青云说着示意他站起身来。清瘦男子听话地站起身来，往KTV门口走去，唐青云就在他后面跟着。

"我发现你没比我高多少呀。"

"我又没穿高跟鞋。"

"我脱了还是比你高，不信试试。"

"十分钟到了，不聊了不聊了。"

"再送你十分钟，买一送一。"

一年多以后的某个星期六中午。

方银把车停在学校门口的停车位上，等待着。

过了大约二十分钟，学校里开始陆陆续续走出人来。方银老远就看到了从两大片茂盛的草坪间快步走出来的唐青云，她穿着白色连衣裙，手上抱着一个颇为厚实的红色文件夹，宛如绿野仙子般吸引着附近几乎所有人的目光。她从走近学校门口开始就在往校门外张望，直到方银打开车窗，朝她挥了挥手。唐青云的脸上顿时泛起了笑容，她和两个同学告别后，快步攀上了这辆全新的路虎。

"买新车了啊。这车好大啊，你发财了吗？"

"也没有，就是恢复到以前五六成的水平了。"

"天呐，欠别人的钱全还清了？你看，要不是我，你这会儿大概在村子里卖快餐吧？说，怎么谢谢我。"

"这个车子送给你吧。"

"我可开不来这么大的车子，万一撞坏了我修不起。我很实惠的，你还是请我吃顿饭比较实在。"

"立了那么大的功，就这么点要求啊？"

"人不能太贪，大不了多吃你几次。"

"那我就准备一张一百年的饭票。"方银看了眼从车外走过的唐青云的两个同学，发动了车子，问："你怎么跟同学说的？"

"说什么？"

"就是……我是谁。"

"我傍了个大款呗。"看到方银尴尬的表情，唐青云哈哈大笑起来。

路虎在大街上奔跑起来，唐青云靠坐在车座上，舒舒服服地闭上了眼，享受着豪车带来的舒适感。

"你……"

"想说啥，说呗。"

"你不是不要我的钱吗？那你想赚钱吗？"

"想啊，我现在除了学习，天天就是想着赚钱。不管怎么样，你供我读书的钱，我得还呀，虽然不用付利息。"

"学好了知识才能赚钱。"

"你是不是有好主意，快说！"

"确实有。我有个朋友在一家地产公司上班，他们新开了一家分公司，他负责人事，需要招新的人手。所以我推荐了你，你现在学的东西应该能用得上，学校那边我问过没问题，只要你保证学业不落下就行。怎么样？"

"什么怎么样，快让我上班吧，天天读书真的会把人逼疯的。能上班赚钱，我的心情就会好多了，快带我去吃顿好的，然后就去面试。"

"好。"

又是半年多过去了。

唐青云约了方银吃饭。当方银赶到的时候，发现唐青云静静地坐在餐厅的角落里，手上拿着一杯咖啡，正望着外面的雪天发呆。

方银在她对面坐下，脱下大衣放在一边。服务员正把两份牛排送了上来，还有汤和沙拉以及一杯热牛奶、一杯果汁。

"太好了，正饿得心慌呢。还是老样子，我的雪花，你的西冷。要不今天你就试试雪花吧？你看，多好多嫩。"

唐青云微笑着说："还是算了吧，我又没钱买大路虎，今天我请客，我就小气一点了。"

"啊。"方银正要拿刀往雪花牛排上招呼，听她这么一说，顿时停顿了下来。

"好了，快吃吧，虽然我才上了几个月班，不过请你吃顿好的牛排总还是可以的。"

方银知道她的性格，也不敢强行坚持自己付账，便犹豫着下了刀。

"工作怎么样？"

"除了副总有点好色之外，其他都还好，你那个朋友还挺照顾我的。慢慢吃，别忘了喝牛奶。"

方银吞下一口牛排，听话地喝了半杯牛奶。接着，他冲唐青云挤了挤眼睛，含糊不清地说："你也不能怪人家朝你流口水。就连你们经理也是看你太漂亮，才费力培养你的，还给你放出了一个'全城最美'的称号。可惜啊，你不识趣，浪费了人家的心血。"

"别动。"唐青云拿起餐巾纸，凑上前去帮方银擦了擦下巴上的牛奶渍，在方银略带惊愕的眼神中缩回了手，接着切起自己的那块牛排来。

方银挑最好的地方切了块牛肉下来，想送到唐青云的盘子里去，但看到唐青云非常认真地吃牛排的样子，他最终还是放弃了这个举动。

"怎么啦？有心事的样子。"

"上次向集团总部举报分公司老总中饱私囊的事，总公司的决定已经下来了，就像你说的那样，他们私下处理了，那个分公司的老总被开了。"

方银点点头。

"可是总公司说要调我去总部，似乎是董事长亲自点的我，还有传言说会培养我当董事长的秘书。"

"哇哦，这下你要挣得比我多了。信陵集团的董事长秘书，收入可是不低的。"

"我跟你说认真的！"

"真的有很多工资奖金嘛……"

唐青云在桌子底下给了他一脚，说："我是问你，我真的要去吗？"

"为什么不去？信陵集团董事长秘书，你知道是什么概念吗？就算不说收入的事，以你的条件，站在这个位置上，你就是本城最耀眼的大明星，有多少人会认识你，你知道吗？"

唐青云有些不乐意，低声嘀咕着说："那又怎么样，他们都当我是花瓶，而且我听说董事长有点……你不觉得这件事有点怪吗？"

"没什么好奇怪的，运气来的时候就好好抓住，不要错过就对了。"方银举起牛奶，笑着说："祝你早日成功！以后该你给我买饭票了。"

唐青云犹豫着举起杯子，两人轻轻碰了下杯。看着方银欢喜的样子，唐青云内心却有些疑惑，但是她并没有再说什么。她转手从包里拿出一个淡金色的长盒子，放在方银面前。方银的刀叉停了下来，惊喜地看着唐青云。

"送给你的，不是什么贵的东西。"

"那我就不客气啦。"方银打开礼物盒，看到盒子里静静地躺着一只手表，白色的表盘、黑色的表带……

突然，唐青云察觉自己的手被什么东西握住了。她猛然从回忆中挣脱出来，看到正是肖陵那裹着绷带的手正握住了自己的手。她望向他的双眼，肖陵从双唇间挤出几个字来："别害怕。"

唐青云点了点头，眼泪忽地掉落下来。

20

　　第二天，阳光明媚。

　　海浪就像个永不疲倦的孩子，一次又一次向海岸发起冲锋，又一次次撤退下来，乐此不疲，还用巨大的声响来表达它的欢乐。尽管亿万年玩着同一个游戏，可这孩子仍然像第一天玩时那样兴致勃勃。阿心闭上眼睛，想象海浪咆哮着冲上海岸，又迅速偃旗息鼓撤回阵营，转眼又再次发起冲锋，如此周而复始，永不停歇。渐渐地，阿心觉得自己被海浪包围了，整个人轻飘飘地被海风吹起，有时随着海浪冲上岸来，有时站在海岸上迎着浪涛张开双臂，享受浪花带来的凉爽。肆意地玩了不知多久，阿心瞟见海上缓步走来一个人，长发披肩白衣飘飘。阿心大喜着挥手跑了上去，刚要呼唤就被小峰难受的哼唧声吵醒了。

　　小铁正靠在毛毯上，张着嘴仰着头流着口水睡得挺熟。小峰在一旁低声哼哼着，把毯子紧紧地裹在身上，生怕有人抢似的。阿心感觉不妙，这天明明就不冷，可小峰一副冻坏了的模样，还在发抖。糟糕，病情不会是加重了吧！阿心揉了揉僵硬的脚踝，感觉整个身子都生锈了似的难以动弹。他挪动身子在小峰额头摸了一把，发现真是烫手，整张脸都在发烫。阿心赶紧拿过药瓶往小峰嘴里塞：“快喝，你的头越来越烫了。”

　　小峰眯着双眼混混沌沌地紧裹着毯子，额头上都是汗，连衣领都被浸湿了。他在迷迷糊糊中感觉嘴被什么东西抵住了，厌恶地伸手一甩，顿时打飞了阿心手中拿着的药瓶，药瓶“啪”的一声落到了地上。小铁揉揉眼睛，看明白了事，暗暗得意，心想：“我还没出招呢，小峰这小子就吃苦头了，真是老天爷要收拾他啊。”这时金表小哥走了进来，手上拿着三个饭盒。在连续吃烧饼之后，小铁的鼻子已经灵敏到能闻出十里外拌面的香味了，他一把抢过饭盒，打开一看果然是香喷喷的拌面，还有个荷包蛋。

简直是超级大餐！

小铁三两口就把蛋吞了下去。金表小哥见小峰半死不活的样子，似乎有点担忧，转眼看地上斜躺着吐血而亡的药瓶，问怎么回事。在了解情况后，金表小哥转身出了门，说马上去买药！这让阿心怀疑自己是不是听错了，这次金表小哥来似乎比上次又和善了很多。这到底是怎么了？小白说过，任何事都不是无缘无故发生的，既然发生了就一定有原因，可究竟是什么原因呢？阿心冥思苦想也找不到能说通的理由。

小铁迅速把面吃完了，看到阿心面前还有一盒面，是小峰的。小铁扫了仍在昏昏沉沉发烧的小峰一眼，排除了小峰要吃面的可能，然后又瞟了阿心一眼，发现阿心也有点灵魂出窍的感觉，小铁就伸出了手去。可他的手刚碰到饭盒，就像是触动警铃似的被阿心发现了，阿心在他手上打了一下，说："这是小峰的。"见阿心这么坚决，小铁又开始讲歪理，什么面不吃的话会变成面团的啦，什么小峰在发烧是吃不下东西的啦，还有什么金表小哥一定会再给小峰买一盒的啦……可阿心坚决不同意小铁碰小峰的面。

这下小铁可有点怒了，吼道："我们是不是兄弟？你为什么要帮这小子！"

阿心睁大眼睛瞪着小铁，不知道自己哪里做错了，这碗面明明就是小峰的啊。小铁可不这么认为，他转眼瞅了瞅睡得迷迷糊糊的小峰，估计小峰也听不见，就放胆说起小峰来。小铁不说倒还好，一说还真把阿心吓了一跳。原来小峰是为了能把阿心从唐青云身边支开，才同意离开海边木屋的。小铁略带委屈地说："我是为了救花花才听孔布的，小峰这小子可一直没安什么好心。青云姐对你最好，小峰其实都恨死你了，你傻才不知道，小峰这小子经常在我耳边说你坏话，说总有一天要把你彻底解决掉。"

听小铁嘟囔个不停，阿心只觉得大脑嗡嗡的一片空白。看到阿心又开始发呆，小铁赶紧拿起小峰的面大吃起来，为了避免再被阿心阻拦，第二盒面迅速被小铁吃了个底朝天。小铁特别满意地抹抹嘴，感觉这才算是勉强吃饱了，他摇摇阿心的肩膀，安慰说："算啦，只有我才当你是兄弟，你以为像小峰这种有钱人家的能看得起我们？你做梦吧，要不是看在花花的份上，我才懒得理这小子。哼，还是乡下好，城里垃圾都分得那么清，你说穷人和富人是不是分得更清了？"

"小峰现在不是和我们在一起吗？"

"靠，他那叫吃饱了撑的想折腾，我这是在家吃不饱出来找活路，能比吗？他上次吃的苦还不够，这次吃够了苦头，明天就直接打的回家了，你信不信？"

"其实这两天我也特别想老妈……"

小铁见他双眼红红很难受的样子，本想安慰安慰他，可最终只从鼻子里哼出一声来。

"哼，你倒好，有个好妈。说起来，阿心，我有个事想问你。那天，宽婶偷偷问我，要不要认她当干妈。"

"干妈？"

"你真笨，就是给她和宽叔当儿子呗。她还说让我把花花也带过去，住在他们家，吃在他们家，他们会供我们上学什么的，你说这成吗？"

"挺好啊，不愁吃不愁穿的，你和花花再也不用流浪啦，还有小楼房住呢。"

"好是好，可，哎……"小铁叹了口气

屋里安静了下来，只有小峰半靠半躺着，脑子里一片糨糊。

"要不我们回家吧？"

"你倒是有家好回，你让我回哪里去？"

"你不打算找你爸妈啦？"

"找到有个鬼用啊？"

"自己的孩子……"

阿心还没说完，金表小哥就带着退烧药回来了。他把退烧药递给了阿心，让阿心马上给小峰喂药喝。阿心打开药瓶盖闻了下，摇摇头说这药肯定是苦的，小峰打死也不会喝的。金表小哥看了眼一脸痛苦模样的小峰，也不废话，从屋外找了根木棍进来，敲了几下铁笼子，说："这小子要是不喝，我就马上拖他出去打工。"

冷冷的嗓音听着总是让三人想起孔布，小峰瞅了瞅阿心手中的药瓶，又瞟了眼金表小哥手里的棍子，默默地接过药瓶捏着鼻子蒙头喝了口。阿心不知道这药啥味道，但小峰那视死如归的表情已经能说明一切了。阿心暗暗替他捏了把汗。小铁则在肚子里笑开了花，他大概巴不得小峰喝下去的是泻药，要是毒药他也不反对。

"要是你敢吐出来，我就把整瓶药给你灌进去，你信不信？"

小峰吓得一哆嗦，果然乖乖地咽下了药。

"我说，你打算一直养着我们啊？"

金表小哥的表情有些尴尬，但很快又嘿嘿地笑了起来，说："你就做梦吧，我现在是人在江湖，身不由己，不过我养着你们也有好处，你们乖乖听话就行，要不然……"

"你就这点本事，仗着人多。哼，要是我们单挑，你肯定打不过我。"

"小子，你可别太嚣张……"

"打一场不就知道了？"旁边传来小峰那半死不活的嗓音。大概他终于听到了一点自己感兴趣的事，所以魂魄被勾回来了。他转身换了个更舒服的姿势，一脸不屑地说："我猜你们没人懂拳击吧？要不让峰爷我给你们策划一场拳击赛，你们打一场就知道谁是狗、谁是熊了。"金表小哥还没回答，小铁马上叫了起来："好，就这么定了，谁不敢谁就是小狗！"

金表小哥一脸怒意，说："你想当狗，我还不想当熊呢！"

可看到三人的表情，金表小哥感觉有点骑虎难下，要是不答应，身边的弟兄们也会看不起自己，这个后果可一点都不可爱。小铁还在那叫，他生怕那几个在屋外的小兄弟没听到，所以把声音吼到了最高分贝，要和金表小哥来场一对一的决斗！阿心有点好笑他居然懂得"决斗"这个词，不过听他高声喊叫的样子，看来真是准备豁出去拼命了。

"哼！"

"别哼了，打就打，不打就不打。要是打，我来负责指挥你们搭台，怎么样，敢不敢？"峰爷的精神持续向好中。

"有什么不敢的！看我不打得你满地找牙！"

"你要是打输了，就得把我们的手机和钱还回来！"

一个小时后，小峰赤着脚，坐在一把不知从哪儿找来的破木椅子上，脚上沾满了沙子，一边抖着腿一边指挥着金表小哥的几个小弟干活。他们几个找来几根竹竿，按小峰指的位置把竹竿插到了沙滩上。看着小峰的嘴巴一刻不停地说着话，阿心估计他的高烧大概是好一些了。小铁在一边活动着身子骨，打着他独创的某种拳来热身，而金表小哥则穿着破洞牛仔短裤在沙滩上踱步，赤着脚转来转去的好像想把每个冲上沙滩的浪都踩在脚下，偶尔一脸无辜地看着小弟们布置"拳击台"，然后发现自己的小弟好像已经成了峰爷的小弟。

不远处跑来两个小弟，其中一个离得远远的就在大喊："东西买回来了，买回来了，还多了三十块钱。"

小峰吼了一声："买这么点东西，花了那么长时间，快绑起来！那点小钱赏给你们了。"峰爷把脚架在椅子扶手上不住晃动，笑嘻嘻地看着表演即将开场。当即两个小弟把买回来的绳子在四根竖起的竹竿上绑了起来，由于绑的位置不对，峰爷又颇为费心地让他们整改了一番。峰爷一边嫌他们笨，一边嫌他们不懂，喋喋不休地说他们平时怎么也不学点有用的东西，比如看看拳击比赛啦，比如关注一下国际新闻啦。小弟们唯唯诺诺地听着，既不生气也不反驳，一想到事情办好就有小钱钱装进口袋，他们的心情已经足够愉快，觉得峰爷对他们的指导都是那么情真意切地为他们好。另一个小弟则把买来的两副拳击套递给金表和小铁，说都是一个号子，他说着，脸上露出了不怀好意的笑。

没多久，场地上就立起了一个简易拳击台。拳击台由四根竹竿组成四个角，再用绳子围成一个不那么正的正方形，他们还在相对的两个角上各用沙子堆起了一个沙堆，算是拳击手休息处。

　　金表小哥一脸冷静地戴起了手套。小铁虽然完全没见过这种东西，不过反正是往拳头上套，倒也难不倒他。

　　"小阿心，来来来，陪峰爷我看好戏了，你来猜猜这两狗相争谁输谁赢。"小峰向阿心招招手，示意他到自己这边来。他不管吃了多少苦，仍然改不了那副藐视一切的口吻。阿心不免有些奇怪："你不烧了？"阿心说着就要去摸小峰的额头。小峰赶忙躲过："摸什么摸，大家都是男人，摸得我鸡皮疙瘩都上来了。"见阿心收回了手，小峰笑了起来，拍拍阿心的肩膀说："峰爷已经把这戴假表的小怪兽收服了！小铁这家伙最近不乖，今天你就等着看好戏吧。"小峰指了指前面，那边已经剑拔弩张了——小铁和金表隔着三四米远的距离开始对峙。

　　"算了吧，小铁个子矮那么多。"

　　"那怎么行，我可不能白琢磨，小铁这家伙一肚子坏水，不教训怎么行。"

　　"你答应给他多少钱，让他打小铁？"

　　小峰偏转头看着阿心，眼神中带着些惊异："你小子……真是把小白的招数学会了？"阿心见他果然收买金表小哥打小铁，不免有些生气，正想追问，小峰拍拍手，跳下椅子，走上前仔仔细细检查了一遍，接着点了四个人，让他们每人站一个角，保护好竹竿。那几个金表小弟相当听话，小峰怎么说他们就怎么做，完全不像开始那样难搞。场子中央的小铁看上去特别古怪，相比金表小哥而言他个子不高，也不魁梧，显得手上的拳击套异常硕大，给人摇摇欲坠之感，阿心真担心他挥拳时会把身子也连带飞出去。不过看来小铁很能接受新事物，他使劲抢了几下感觉呼呼带风非常来劲，顿时来了兴趣，借着拳击手套的重量把整条手臂转成了风车。小铁一边抢着手臂一边哈哈大笑起来，叫道："阿心阿心你快看，我厉不厉害？"

　　"你看，只要一有钱，他们都很听话，嘿嘿。"小峰和阿心说。接着他站到椅子上，嘴里叫大家过来过来都过来。他清了清嗓子开始发表演讲，意思是这场比赛输掉的一方可以获得两百元，胜利的一方可以获得五百元，裁判就是资深的拳击爱好者肖峰同学。

　　台下的人听到奖金发出了欢呼声，小峰更得意了，继续讲了些拳击台上的规则，最后他高声叫着："谁来举牌，谁来举牌？"

　　大家一脸茫然，都不知道什么叫"举牌"。于是小峰特地走到拳击台中，双手高扬，仿佛举着一块牌子似的走了几步。为了表现出那种妖娆的感觉，他还特意走成了一条直线，如同T台上的模特一般。

　　众人看得眼睛都直了。

　　"谁来举牌？"

　　众人都低下了头。

　　"举牌的奖一百元！"

　　问题就这么愉快地解决了。

　　阿心凑到小峰耳边低声提醒他，要是没钱的话可别乱答应，到时这些家伙会找麻烦。小峰轻蔑地用眼神扫了扫阿心："我峰爷是什么人，这么点小事都搞不定还怎么创业发大财？"小峰随手拿出一张百元大钞，让一个小弟去买十瓶不一样的饮料，多出来的钱算小费。立马有两个小弟过来抢着去买。想到他之前偷偷带卡在身上，阿心也知道他有办法，便去找小铁说话。显然小铁还不知道小峰已经把金表收买了，还以为打一架就能把钱和手机都要回来呢。看着小铁嘭嘭嘭地互击着拳击套，嘻嘻笑着说一定把金表这死人打倒，救兄弟和手机于水火，阿心便觉得有点难受，低声劝小铁别打了。可小铁非常坚决地摇摇头，一边舔着嘴唇一边说："大丈夫一言九……那什么。不但要把手机和钱都拿回来，还要把五百块赚到，那可是五百块啊。"

　　阿心见他笑得嘴巴都要咧到耳根了，知道再劝也是没用，只得默默地走到一边。

　　很快拳击比赛就开始了，有个小弟举着块写有大大的"1"字的纸牌扭着屁股绕场一周后，小铁和金表小哥开始拿硕大的拳击套互怼，而小峰和其他人就在圈外高声叫喊，叫喊中混合着"拳击手"们的哼哼声，让阿心觉得异常难受。一回合结束，当看到小铁喘着粗气跌坐在角落椅子上，看到站在椅子上高喊着"用力打"的小峰那张激动到变形的脸，阿心顿时连最后一点想留下的心情都没有了，他慢慢往远处走去。

一分钟的休息时间马上过去了，又有一个小弟举着那块把"1"涂改成的"2"的纸牌绕场一周。小铁咬着牙，皱着被打疼了的眼角，站起来往拳击场中央走去，眼中透露着一丝让阿心害怕的眼神。很快，小铁和金表小哥的身影交织在了一起，已经看不太清楚，只能偶尔看到小铁在人群里一闪而过的脸。这时，远处跑来一个小弟，他拎着个大塑料袋，里面装着各种颜色的饮料，一边跑一边喊："我听说宽叔家走丢的女儿乐乐被警察找回来啦。"

阿心突然感到心里一阵失落，他望了一眼小铁，小铁正在为钱和手机奋勇战斗，完全没有听到。

21

肖陵仍然被浑身包裹在绷带里，躺在床上动弹不得，但他已经能用很慢的语速说话，他的状态在好起来。这让朵朵很开心。她这几天一直陪在肖陵的床边，看着肖陵，还和他说话，肖陵睡了，她也躺在沙发上睡一会儿，她非常相信是自己说话把肖陵说醒的，她更相信只要自己继续和肖陵说话，他一定会好得更快。病房门外，两位警察不分昼夜地守着，只在晚上互换睡一会儿，而唐青云则担负起了照顾肖陵的责任，并将这边的信息及时汇报给付东。

早上医生们又来复诊，给了比昨天更乐观的预期。

等唐青云陪朵朵吃了早餐后，肖陵苏醒了过来，朵朵一眼看到，顿时欢呼着扑到了他的床边。朵朵遵循着唐青云的嘱咐，没有碰肖陵，只是笑嘻嘻地在很近的地方看着肖陵，近到两个人的鼻子都快碰到一起了，那感觉仿佛隔着玻璃看另一边的珍稀动物。

"朵朵真是时时刻刻盼着你醒过来。"唐青云坐了过来，抚摸着朵朵的头发。

"有件事得告诉你，三个孩子又逃出去了，不过你不用担心。小铁的外婆去世了，阿心的爸爸又只顾着离婚和抢房子的事，还有你大哥大嫂因为离婚而吵架被小峰听到，所以这三个傻孩子伤透了心，决定出去打工赚钱。他们可不知道，他们找的第一家饭店的老板就把阿心的身份证信息发给了警方，所以付队马上派便衣过去，把三个孩子保护了起来，不过暂时没有干涉三个孩子的行动，只是在暗中保护他们而已。"

"这群大人真是够可以的。唉，我真是对他们一点信心也没有。"肖陵叹了口气，问道："付东觉得方银有可能去找小峰？"

"付队说，虽然可能性不大，但有准备总不是坏事。"

"还是他周到。"

唐青云笑了起来："据说三个孩子这次也是吃了些苦，被一群小混混给缠上了。要不是警察暗中出面教育了那个混混的头，恐怕他们三个现在还在受罪呢。"

"哼，就该让小峰这家伙吃点苦头，要不然以后真跟他爸一个样，那就真是害了他。"

"付队也是这个意思。"唐青云沉默了一会儿，叹了口气，说："看到你抱着朵朵跳下楼的时候，我真担心你们出事，还好总算有惊无险。"

"唉，要是我被裹成木乃伊不算是'险'的话，那你对'惊'的要求也太高了。"

"好吧，至少我们朵朵安然无恙，你这个肉盾还是做了挺大贡献的，"她放低了声音说，"但愿那场大火是个意外。"

"讲故事。"一直在听他们交谈的朵朵忽然说了句话。

看着她非常期盼的目光和肖陵为难的表情，唐青云拍拍朵朵的小手，说："朵朵乖，一会儿姐姐讲给你听，好不好？姐姐的手机里啊，有讲不完的故事，什么故事都有，听一整天都没问题。"

肖陵笑了起来："对了，吴刀知道朵朵被救回来了吗？"

"应该知道了，付队会安排的。"

肖陵缓慢而又长长地吁了口气，仿佛要把这几年憋在胸中的怨气全部都排出来。他望着窗外明净透亮的天空，身上的痛感在渐渐消失，第一次醒来时的那种刺骨钻心的疼痛已经不在，即使是昨天那种缓慢如针扎般的刺痛也已经消失不见，他现在舒坦地只想在这清朗的晨光中沉睡下去，一直睡到可以把身上所有的束缚都挣脱时，再去启动大脑。当他收回眼神，发现唐青云正呆呆地望着窗外，她那雪白的脖颈划出一道优美的弧线与立体精致的脸庞完美连接，如同一件沉静安详的稀世珍品，让人可以忘却时间，一直欣赏下去。

也不知过了多久，唐青云回过神来，看到朵朵已经趴在肖陵床边睡着了，而肖陵则正睁大了双眼看着自己。她瞪了他一眼，低声道："看什么？"语调却远没有眼神来得那么犀利。

肖陵还未回答，唐青云口袋里的手机突然响了起来，把她吓了一跳。唐青云摸出手机，屏幕上显示的是一个陌生手机号码，她的心中突然有种奇怪的担忧浮现上来。她把手机屏幕给肖陵看了一眼，肖陵似乎明白了她的担忧，他的脸色顿时严肃起来。唐青云接起电话，放到耳边，手机那端没有声音传过来，她快步走到门口，示意两位警察进来，同时提醒他们保持安静，并按下免提键，回应了几声。

手机里仍然没有传出什么声音，但却有打开了某种通道的感觉，似乎有什么从那里被传送了过来，却无法被看到或被听到。病房里的每个人都屏息凝气地等着，气氛沉重而压抑，所有人都竖起耳朵听着，却始终没听到从手机那端传来的任何声音，即使是外界的杂音。唐青云看了眼手机屏幕，刚刚才过去半分钟，可她却感到自己无法透过气来。唐青云疑惑地看看肖陵，怀疑这是不是个骚扰电话，可肖陵的表情却越来越凝重。就在她忍无可忍，决定挂掉电话的时候，手机里突然传出了声音。

"你在吗？"

声音虽然不大，却非常清楚，不要说唐青云，就连肖陵都已听出那是方银的声音。

"我在。"唐青云努力压住怦怦的心跳，尽量用平静的口吻说。

"我们好长时间没见面了。青云，这几天我有种感觉，感觉自己好像又回到了第一次和你见面的时候。"

唐青云感到一阵寒意掠过心头，那些她经常回想的，让她无法忘却的熟悉画面又在她脑中回闪。

"方银，你在哪里？你听我说……"

两位警察互视一眼，一个拿出手机开始录音，另一个走出门外，悄悄地拨通了一个电话。

"几年前第一次见到你的时候，当时我计划好了一切。我打算第二天就把钱发给员工们，让他们另找门路。我也给父母准备了钱，让律师定期转给他们。那时我还放不下的，只有自己心里的遗憾。"

"方银……"

"但这一次不同，这一次，我终于把想做的事都做完了。"

"我们见面聊吧？我也想和你说些事，这段时间我和小白……"

"青云，认识你后我度过了人生中最快乐的几年。这几年来我唯一后悔的事，就是把你送进了信陵集团，让你去面对肖信那个败类。真的很抱歉，我不知道自己当时在想什么，也许有那么一阵子，我想报仇的心愿特别强烈，希望有更多人来帮我吧。好在这几年来你安然无恙，而且还成长了很多，这也要谢谢小白。"

"你知道小白会把那些事告诉我？"唐青云吃惊地问。

"小白正直善良，是我最信任的朋友，也是我最好的助手，有他帮你，我才能放心。"

"你既然知道我们会反对你，为什么还要继续做下去？收手不好吗？"

方银笑了起来："说好了要反击的，中途收手多没意思，更何况我的目的还没有达到。"

"可是……可是这件事你做得太过了。"

"我知道，陷害肖陵进监狱这事我做过界了，陆焰的孩子的事也超出了我的预料，但那时我不能让精明的肖陵去信陵集团帮肖信，所以陆焰提了这个想法，利用他在信陵集团的身份，设局拉肖陵下水。"

唐青云吃了一惊："那件事是陆焰自己提出来的？"

"他想尽快赚一笔大钱。他老婆是怎么样的人，你也许有所耳闻，他赚的都花在了老婆身上，可他老婆还是嫌少。陆焰也知道他老婆在外面有人，可还是想用钱留住她。我也劝过他，没有用。至于他儿子的事，我也很难受。这大概就是人的局限吧，我无法预料到所有的事。"

"方银，你说你终于把想做的事做完了，是什么意思？"

电话那头再次沉默了，但唐青云却感到方银仿佛在无声地笑。

"青云，今天其实是个清算日。几年前我们认识后引起的那些连锁反应和变化，所有相关的人和事，今天都要得到清算。犯了错的，终究会得到惩罚，努力了的，最终会收获结果。"

肖陵皱起了眉，他似乎能看到电话那头的方银张开双手、心满意足的样子，这让他有种不好的预感。唐青云看到了他眼神里的异样，她想到陆焰儿子的悲剧，想到朵朵差点被火烧死，想到肖陵差点被吴刀砍死，她能想到的都是惩罚和痛苦，她没能想到什么好的结果。可电话里突然传来了方银无法克制的、压抑着狂喜的低笑声。那笑声听起来充满着他对所有事情的讽刺和谩骂，却又带着不明所以的全盘理解，这种剧烈的冲突带来的错位感就是肖陵皱眉的原因。

唐青云也感觉到了。

"青云，你知道吗？今天和我们第一次见面时的情况完全不一样了，虽然还是你，还是我，但所有事都发生了巨大的变化。那个时候，肖信挖了个坑让我跳，我还以为是难得的合作机会，之后我被他逼得走投无路。当时我完全不知道他为什么要这样做，我去质问他，他说有个朋友想做这个项目，而且愿意承担这次毁约带来的损失。我说单方面撕毁合同也会有损信陵集团的信誉。他笑了笑，说知道我这些年发展得很快，人也很聪明，说希望我加入信陵集团，他会很欢迎，这个合同就会交给我做，否则……"

"否则？"

"没错，我知道他有这个实力，因此，即使是被不正当的手段胁迫，但当我想清楚反抗的后果是什么后，我想与其破产那还不如加入信陵集团算了。但可笑的是，所谓的希望我加入都是他肖信茶余饭后的游戏而已，他大概是玩够了，他把我的吃惊、愤怒、犹豫、屈辱都看了个遍，然后便想看我绝望的样子。他通知我，他决定让他的朋友来接手这个项目。当时我觉得自己仿佛被丢进了冰窟，想到自己那么多年的心血即将毁于一旦，我差一点去他面前跪下，求他给我个机会，好在膝盖比大脑更僵硬，我很快意识到他是不会给我机会的，对于潜在的对手，他的选择向来只有一个，那就是彻底打败对方。后来我才知道，他那个所谓的朋友的公司，其实他自己也有入股，肖信无非就是搞些小规模的垄断而已。毁约虽然会带来一些损失，但和垄断带来的利益相比，那简直不值一提。所以肖信和我签的那个合同，从头至尾都不是真正想和我合作。他事先了解清楚我的资本情况，然后精心定制了这个我跳一跳刚好能签到的合同，引诱我去签约，并在合同中加入了一些免责条款，降低了他的责任，甚至算好了我将无法偿还债务。于是，当我下定决心东拼西凑加大杠杆，孤注一掷地签下这个大蛋糕时，我的命运就是注定了的，我不仅会把自己的资本亏完，还会倒欠别人钱。这就是我们第一次见面时我的想法，但求一死罢了。而这就是肖信，一个屡获各类殊荣的著名企业家。是不是很讽刺？"

唐青云看了肖陵一眼，肖陵板着脸沉默着。

"现在，肖信也会得到他应得的惩罚。这就是这几年来我想完成的第二件事，直到最近才终于完成了。"

"这就是你想做的？让肖信身败名裂？"

"是清算。肖信也好，吴刀也好，陆焰也好，或者是你我，只要踩进了这件事中，就会有选择有舍弃。你选择了泼客人一杯酒水，看似糟糕透顶，却因此认识了我，开始了一段全新的人生。肖信选择用不道德的手段打压对手，达到了垄断的目的，却也树立了很多想毁灭他的敌人，事实上他的敌人远比他想象的多，这也是我能发展得那么快的原因之一。吴刀选择了一百万，给自己加了一条罪名。陆焰也选择了金钱，不仅让自己进了监狱，更决定了他儿子的悲剧。而我选择了陪伴你几年，来完成自己的心愿，也帮助你完成你的心愿，就像我在放弃时得到了你的回应一样，每个人都应该有完成自己心愿的机会。当然，也要付出一定的代价，但我保证这些交易是双方自愿的，当中没有陷阱，也没有阴谋，即使我通过软件追踪吴刀，也是事先告诉了他的。"

"你说你能毁了肖信？"

"是他自己毁了自己，我只不过是揭开了他盖在自己身上的层层伪装，让应该发生的事最终发生了而已。"

"既然你完成了所有的事，那你自首吧。"

"青云，这是你所希望的吗？"

"方银，你犯了法啊！你自首吧，你也堂堂正正地接受自己应得的惩罚，好吗？"

方银没有回答。

病房内顿时又变得非常安静，安静地可以听到朵朵低微的呼吸声。

"青云，我很高兴我能安心地离开你了，你已经足够强大了。"方银说完这最后一句话，电话就中断了。一听到通话结束，两位警员迅速行动了起来，而肖陵却皱着双眉沉思着，一言不发。唐青云怔怔地看着那只沉默的手机，过了好一会儿才说："肖陵，是我害了他。"

肖陵看到泪珠从她的眼眶中滚落。

警方没能通过这个电话找到方银，他们在一个偏僻的城郊小屋里找到了一只手机，那里没有监控，也少有人家，无论是谁进出都不会有人注意。

在唐青云和小白的配合下，方银的公司得到了彻底清查，但结果是公司里所有员工都与案件无关。付东预计，公司里与案件有关的，大概只有已知的那几个人，或许方银在信陵集团还有内应，但很难查到。同时，信陵集团也受到了审查，尽管肖信很不情愿，但毕竟事关重大，肖信最终不得不同意了。遗憾的是，对信陵集团的审查工作进展缓慢，也收获甚微，而唐青云由于没有接触到信陵集团的核心业务，所以也帮不上什么忙。

　　一个多月后，肖陵顺利出院了，老同事们给他办了一个盛大的欢庆仪式。付东给了他一个拥抱，并告诉他，他的案件已经获得重审批准。在徐冰蓝的努力下，监狱里的陆焰也吐露了实情，再加上唐青云他们的证词，还有方银那通电话的录音，即使方银仍然在逃，但要洗清肖陵的冤情已经不成问题。尽管付东和肖陵都有伤在身，但那天的聚会后，几个人又偷溜出去尽情地吃了一顿，最后还是徐冰蓝和唐青云把他们各自送回了家。

　　第二天下午，有人敲响了肖陵的家门，当肖陵昏昏沉沉地打开门后，一位快递员礼貌地请他签收一份邮包。那是一份厚厚的邮包。还未睡醒的肖陵费力地看清了邮包上的名字和地址，确实是寄给自己的，但他对寄件人信息并无印象。他打开邮包后，发现里面有三个文件袋，里面装着各种纸质的大小不一的凭证和文件。最上面的那个文件袋上还粘着一张纸条，上面写着："肖陵先生，这是肖信多年来违法乱纪的证据，现交由你处理，并再次对你的入狱表示歉意。"

　　肖陵迟疑着打开了其中一个文件袋，拿出了里面的文件，浏览了五分钟后，他把文件放了回去。他怔怔地坐着，双眼直直地看着这三个厚厚的文件袋，最终站起身来，走出门去。

　　半个小时后，肖陵来到了公安局。接待处的警员热情地和他打招呼，肖陵则表情严肃地将怀里的大邮包放到两人面前的桌上，并说明了来意。

　　那警员拿过邮包，从里面取出三个厚厚的文件袋，吃惊地问："知道是谁寄的吗？"

　　就在肖陵刚要开口的时候，身后传来一个声音，替他答道："是我。"

　　肖陵惊诧地回过头去，正看到一个清瘦男子走上前来。他微笑着看了看肖陵，转头和警员说："是我寄的，我是方银。"

全文完